Anne of green Gables

빨간 머리 앤

몽고메리 지음
봉현선 옮김

惠園出版社

어스름이 내려앉은 정원에
하얀 나방들이 날아다니고
이슬을 머금은 대기 속에
박하 향기가 가득할 무렵
앤과 마릴라는 거기에 앉아 있는 것을 즐겼다.

Hye Won World Best
Hye Won World Best

Hye Won World Best

■■■ 차　례 ■■■

제1장 레이첼 린드 부인의 놀라움

레이첼 린드 부인은 에이번리 마을의 큰길을 따라 내려가면 나오는 깊은 골짜기에 자리한 아담한 마을에서 살고 있다. 이곳에는 개암나무가 우거진 숲이 있고, 숲 안쪽에 있는 기스비트 씨 집 쪽에서 냇물이 흘러나와 길을 가로지른다. 상류에는 깊은 샘과 폭포가 있어서 물살이 매우 거칠다. 그러나 하류로 내려올수록 물살은 점점 약해져 작은 냇물을 이룬다.

린드 부인은 창가에 앉아서 밖을 내다보고 있다. 상대가 누구이든 간에 조금이라도 눈에 거슬리게 되면 따지고 든다. 린드 부인은 자신의 일에도 충실하면서 남의 일까지 시시콜콜 신경을 쓰는 사람이다. 주부로서의 역할도 완벽하게 해낼 뿐만 아니라 재봉 모임, 주일학교 운영, 외국 선도 부인 후원회의 열성적인 회원이기도 하다.

에이번리는 세인트로렌스 만의 뾰족하게 튀어나온 작은 반도에 자리잡고 있어서 이곳을 드나드는 사람은 누구나 언덕길을 지나게 된다. 그런데 이 언덕길은 린드 부인의 집에서 빤히 바라보이기 때문에 누구든 부인의 관심을 피할 수가 없는 것이다.

6월의 맑은 오후, 그날도 부인은 여느 날과 다름없이 따뜻한 햇빛이 내리쬐는 창가에 앉아 있었다. 꽃이 활짝 핀 과수원에는 벌떼들이 날고 있었다.

부인의 남편 토머스 린드는 헛간 뒤의 비탈진 밭에서 철늦은 무씨를 뿌리고 있었다. 그는 작은 체구에 온순한 성격의 소유자였다.

그런데 대부분의 남자들이 밭이나 과수원에서 일할 시간인데도 녹색지붕집의 매슈 커스버트가 언덕을 올라가고 있는 것이 아닌가? 사람을 만나는 것을 싫어할 뿐만 아니라 좀처럼 외출하지도 않는 매우 내성적인 매슈가 흰 칼라가 달린 외출복을 입고 마을 밖으로 나가는 것을 본 린드 부인의 궁금증은 더욱 커졌다. 매슈는 밤색 노새가 끄는 마차를 탄 것으로 보아 꽤 먼 곳으로 가는 것 같았다. 뭔가 특별한 일이 있는 게 틀림없었다.

'녹색지붕집에 가서 마릴라한테 물어봐야겠어.'

과수원으로 둘러싸인 넓고 휑한 커스버트네 집은 골짜기에서 큰길을 따라가면 반 마일도 안 되는 거리에 있다.

아들만큼 내성적이었던 매슈의 아버지는 가능한 한 이웃들과 멀리 떨어져 살기 위해 그곳에 터를 잡았다. 그래서 에이번리의 다른 집들이 사이좋게 늘어서 있는 큰길에서는 잘 보이지 않았다.

마차 바퀴 자국이 깊게 패어 있는 들장미 샛길을 걸어가며 부인은 혼잣말로 중얼거렸다.

"매슈와 마릴라는 참 별난 남매야. 아마 나무들이 말동무가 되어주나 봐. 나는 사람이 더 좋은데 말야."

샛길을 지나자 녹색지붕집 뒤뜰에 도착했다. 뒤뜰은 가지 하나, 돌멩이 하나 떨어져 있지 않았다. 뜰 한편에는 크고 오래된 아름드리 버드나무들이 버티고 있고, 다른 쪽에는 포플러나무들이 의연하게 서 있었다.

녹색지붕집은 동쪽과 서쪽으로 창이 나 있었다. 뒤뜰이 내다보이는 서쪽 창문에서는 따사로운 6월 햇살이 쏟아져 들어오고 있었다. 온통 푸른 등나무가 뒤엉켜 있는 동쪽 창문으로 내다보면 왼쪽 과수원에서는 하얀 벚꽃이 활짝 피어 있고, 냇가의 골짜기에서는 늘씬한 자작나무가 서 있는 것이 보인다. 마릴라 커스버트는 항상 이 동쪽 창문 앞에 앉는다.

"안녕하세요, 레이첼? 오늘은 정말 날씨가 좋네요. 앉으세요."

두 부인은 닮은 데가 전혀 없었다. 그런데 언제나 사이가 좋았다.

마릴라는 키가 크고 말랐으며 고지식했다.

"덕분에요. 그런데 부인에게 무슨 일이 생겼나 봐요. 아까 매슈가 나가더라구요?"

마릴라는 린드 부인이 호기심 때문에 틀림없이 찾아올 줄 알고 있었다.

"어머, 아니에요. 어제 두통이 심하긴 했지만 괜찮아요. 매슈 오빠는 브라이트리버 역에 간 거예요. 고아원에서 어린 사내 아이를 데려오기로 했는데, 그 애가 오늘 밤 기차로 오기로 했거든요."

린드 부인은 말 그대로 말문이 막혔다.

"그게 정말이에요?"

"그럼요."

린드 부인은 굉장히 충격을 받았다. 마릴라와 매슈가 양자를 들인다구! 이런, 세상이 뒤집힐 일이네!

"대체 왜 그런 생각을 하게 된 거예요?"

"그래요, 우린 겨우내 생각했죠. 크리마스 전에 알렉산더 스펜서 부인이 왔었는데요, 봄이 되면 호프타운의 고아원에서 여자 아이를 입양할 거라고 하더군요. 그래서 우리도 사내 아이를 하나 데려오기로 한 거예요. 매슈도 60살이니까 나이도 들었고 지병인 심장병 때문에 괴로워하고 있어요. 그리고 아시다시피 일꾼 쓰는 일이 얼마나 힘들어요. 일 좀 가르쳐 놓으면 금방 새우 통조림 공장이나 미국으로 가버리잖아요. 그래서 결국 스펜서 부인한테 우리 아이를 하나 골라 달라고 했어요. 카모디에 사는 리처드 스펜서 씨를 통해서 말이죠. 나이가 열 살이나 열한 살 정도 되는 영리한 사내 아이를 데려다 달라고요. 그 정도는 되어야 우선 뭔가 도움이 될 것 같아서요. 교육도 제대로 시킬 거예요. 알렉산더 스펜서 부인에게서 전보가 왔는데, 오늘 저녁 5시 30분 기차로 데려온다고 했어요. 그래서 매슈가 데리러 간 거예요. 스펜서 부인은 그 애를 내려놓고만 갈 거니까요."

마릴라가 대답했다.

린드 부인은 항상 솔직한 사람이었다. 그래서 자기 생각을 거침없이 말했다.

"마릴라, 당신은 너무 바보 같은 짓을 한 것 같군요. 한 번도 본 적이 없는 아이를 집에 들여놓겠다는 말인가요? 성격이나 태생이 어떤지 아무것도 모르잖아요?"

이 말을 들으면서도 마릴라는 잠자코 있었다.

"부인의 말에도 일리는 있죠, 레이첼. 나도 걱정이 되지만, 제 오빠가 원하는 일이라 동의했어요. 또 위험이라면 언제나 따라다니게 마련이잖아요. 그런 식이라면 자기 자식도 안심하고 낳을 수 없지 않겠어요? 게다가 캐나다의 노바스코샤라면 이 섬하고 아주 가까워요."

린드 부인은 매슈가 그 고아를 데리고 돌아올 때까지 기다리고 싶었지만, 아직 두 시간 반은 족히 걸릴 것 같았기 때문에 로버트 벨 씨네로 가서 이 소식을 전할 셈이었다. 분명 놀랄 것이다.

린드 부인이 서둘러 작별 인사를 하고 돌아갔기 때문에 마릴라는 다소 마음이 놓였다. 그러나 린드 부인의 비관적인 말 때문이었는지 의심과 두려움이 슬며시 고개를 쳐들었다.

린드 부인은 샛길로 접어들자 중얼거렸다.

"그 애가 안됐어. 매슈도 마릴라도 아이에 대해선 아는 게 하나도 없잖아. 아무튼 그 녹색지붕집에 아이가 생긴다는 건 생각만 해도 이상하네. 그 집엔 지금까지 아이라면 그림자도 없었잖아. 어쨌든 나라면 그 고아의 처지는 안 되고 싶겠다. 그 애도 참 안됐네."

제2장 매슈 커스버트의 놀라움

매슈 커스버트는 기분 좋게 브라이트리버 역으로 가고 있었다. 아담한 농장들 사이로 길이 뻗어 있었고, 이따금씩 전나무 사이를 지나가거나 자두나무가 하늘거리는 꽃을 드리고 있는 골짜기를 지나기도 했다. 시과니무 괴수원에서 향긋한 냄새가 났고, 목장은 아지랑이가 피어나는 지평선 멀리까지 비스듬히 뻗어 있었다.

매슈는 나름대로 즐거웠지만, 부인들을 만나 고개 숙여 인사해야 할 때만은 난처했다. 이 섬에서는 아는 사람이든 아니든 길에서 만나는 사람한테는 누구에게나 고개 숙여 인사하게 되어 있었기 때문이다.

매슈는 마릴라와 린드 부인 외에는 여자라면 모두 두려워했다. 몰래 자기를 비웃는 게 아닌가 하고 생각했던 것이다. 그의 몸집은 데통하게 보였고, 길고 허연 머리카락은 구부정한 어깨까지 내려왔다. 또 스무 살 무렵부터 기른 턱수염 때문에 외양이 괴상해 보였다.

브라이트리버 역에 도착해 보니 기차가 왔다 간 흔적이 없었다. 매슈는 너무 일찍 왔나 보다 생각하며 풀밭에 말을 매어 놓고 역장실로 가보았다. 긴 플랫폼에는 인기척이라곤 없었고, 단지 저편 끝에 있는 판자더미 위에 여자 아이가 하나 앉아 있을 뿐이었다. 매슈는 그쪽은 쳐다보지도 않고 빠른 걸음으로 지나갔다.

매슈는 저녁을 먹으러 가려던 역장과 마주치자 5시 30분발 기차가 금방 오느냐고 물었다.

"벌써 30분이나 전에 지나갔는데요. 그런데 당신한테 온 손님이 있어요. 작은 여자앤데요. 저쪽 판자더미 위에 앉아 있어요. 숙녀 대합실에서 기다리라고 했더니 바깥이 더 좋다고 심각한 얼굴로 말합디다. 그쪽이 넓어서 공상하기가 좋다나요? 보통내기가 아닌 것 같던데요."

매슈는 당황하며 말했다.

"남자 아이가 오기로 되어 있는데. 알렉산더 스펜서 부인이 노바스코샤에서 데리고 오기로 되어 있어요."

역장은 휴우 하고 휘파람을 불었다.

"무슨 착오가 생긴 모양인데요. 스펜서 부인은 저 여자애를 맡겨 놓고 갔어요. 금방 당신이 데리러 올 거라고 하더군요. 제가 아는 건 그뿐이에요."

"이해가 안 가네."

매슈는 어찌할 바를 몰랐다.

"저 애한테 물어보시면 되겠네요. 저 애가 설명을 잘 해줄 것 같은데요."

역장은 태평스럽게 말했다.

불쌍한 매슈는 이제껏 본 적도 없는 고아 소녀한테 가서 왜 넌 사내가 아니냐고 따져야 할 판이었다. 여자 아이는 줄곧 그를 지켜보고 있었다.

나이는 열한 살 정도, 누르스름해진 회색의 보기 흉한 면모교직 옷을 입었는데, 그 옷은 몹시 짧고 꼭 끼어 보였다. 빛바랜 갈색 세일러 모자 밑으로 눈에 띄게 진한 빨간 머리가 두 갈래로 땋어서 길게 늘어뜨려져 있었다. 작은 얼굴은 희고 말랐으며, 더구나 주근깨투성이였다. 입도 크고 눈도 컸는데, 그 눈빛은 그때그때의 기운이나 빛의 정도에 따라 초록빛으로도 보이고 잿빛으로도 보였다.

특별히 예리한 눈을 가진 사람이라면 이 아이의 턱이 몹시 뾰족하고, 큰 눈에는 생기가 넘치며, 입가에는 귀엽고 감정이 풍부해 보인다는 것, 이마는 넓고 둥글다는 것 등을 알아차릴 수 있었을 것이다. 뛰어난 관찰력을 가진 사람이면 매슈 커스버트가 우스울 정도로 두려워하고 있는 이 어른스러운 집 없는 소녀에게는 예사롭지 않은 영혼이 깃들여 있다는 걸 알아차렸을 것이다.

매슈는 자기 쪽에서 먼저 말을 걸어야 할 필요가 없었다. 매슈가 다가가자 여자 아이는 볼품없는 낡은 가방을 한 손에 들고 일어나 다른 한 손을 그에게 내밀었다.

소녀는 유난히 낭랑한 예쁜 목소리로 물었다.

"저 녹색지붕집의 매슈 커스버트 씨인가요? 뵙게 되어서 정말 기뻐요. 혹시 데리러 안 오시는 게 아닌가 걱정이 되어 여러 가지 상상을 하고 있던 참이에요. 만약 오늘 밤에 안 오시면 저쪽 모퉁이에 있는 큰 산벚나무 위에 올라가서 하룻밤 지낼까 생각했어요. 달빛을 받으며 하얗게 활짝 핀 산벚꽃 속에서 잔다는 건 멋진 일이잖아요. 마치 대리석으로 꾸민 홀에서 자는 것 같을 거예요, 그렇죠? 그리고 내일 아침에는 꼭 데리러 오실 거라고 생각했어요."

매슈는 햇빛에 그을린 작고 말라빠진 손을 어색하게 잡으며 결심했다. 이렇게 반짝이는 눈을 가진 아이에게 착오가 있었다고 말할 수는 없다. 설령 착오가 있었다 해도 이 아이를 내버려두고 갈 수는 없어.

"늦어서 미안하다. 자아, 따라오너라. 저쪽 뜰에 말을 매두었단다. 그 가방을 이리 다오."

매슈는 수줍어하며 말했다.

"어머, 제가 들고 갈게요. 이 안에는 제 전재산이 들어 있지만 무겁진 않아요. 그리고 요령 있게 들고 앉아야 손잡이가 빠지지 않거든요. 그러니까 제가 드는 게 나아요. 아저씨께서 와주셔서 정말 기뻐요. 벚나무 아래서 자는 것도 나쁘지 않겠지만요. 길은 멀어요? 스펜서 아주머니 말씀으론 8마일은 가야 한다던데요. 전 마차 타고 가는 걸 아주 좋아해요. 아저씨의 가족이 되는 건 정말 멋진 일일 거예요. 전 지금까지 누구와도 가족이 된 적이 없었거든요. 하지만 어느 곳보다 고아원이 제일 싫었어요. 넉 달밖에 안 있었지만 지긋지긋했어요. 아저씨는 고아원이 어떤 덴지 모르시겠지만 상상하지 못할 정도로 안 좋은 곳이에요. 그런 말 하면 안 된다고 스펜서 아주머니가 말씀하셨지만 전 특별히 못되게 굴려고 하는 말은 아니에요. 물론 고아원 사람들은 모두 좋은 사람들이었어요. 하지만 고아원에는 아무것도 상상할 거리가 없어요. 오로지 다른 고아들에 대한 것뿐이죠. 그것도 재밌는 건 아주 재미있어요. 옆에 있는 여자 아이가 사실은 백작의 딸이었는데 어렸을 때 나쁜 유모 손에 유괴당해 버려졌다, 그런데 그 유모가 그만 모든 걸 자백하기 전에 죽어 버렸다. 그런 상상을 하는 건 재미있어요. 밤이 되면 자주 그런 걸 상상하곤 했어요. 낮에는 그럴 틈이 없거든요. 그래서 제가 이렇게 말랐나 봐요. 저 정말로 말랐죠? 몸에 살이라곤 하나도 없어요. 전 팔꿈치가 움푹 들어갈 정도로 토실토실 살찐 예쁜 저를 상상하는 게 아주 좋아요.”

여기서 매슈의 길동무는 재잘거리는 것을 멈추었다. 숨이 찼을 뿐만 아니라 두 사람이 마차가 있는 곳에 다 왔기 때문이기도 했다. 두 사람은 마을을 떠나 작고 비탈진 언덕길을 내려갔다. 흙이 부드럽고 도로는 군데군데 아주 깊이 패어 있었다. 만발한 산벚나무와 희고 가냘픈 자작나무들이 죽 늘어서 있었다.

소녀는 손을 뻗어 마차 옆을 스쳐 지나가는 야생 자두나무 가지를 꺾었다.

“어머, 예쁘네요. 저 위로 삐져나와 있는 새하얀 레이스 같은 나무를 보면 아저씨는 무슨 생각을 하세요?”

“글쎄다, 난 모르겠는데.”

“아이, 그야 당연히 새색시죠. 뭐니뭐니 해도 새하얀 드레스를 입고, 멋지고 신비스런 베일을 쓴 신부요. 아직 한 번도 본 적은 없지만요. 제가 신부가 되는 일은 없을 것 같아요. 너무 못생겼으니까요. 하지만 전 언젠가는 새하얀 드레스를 입어 보고 싶어요. 전 예쁜 옷 입는 걸 너무너무 좋아하거든요. 제 기억으로는 지금까지 한 번도 그런 옷을 입어 본 적이 없어요. 오늘 아침에 고아원을 나오는데 너무 창피했어요. 이 끔찍하게 낡은 원피스를 입어야 했으니까요. 글쎄, 고아원에서는 모두 이 옷을 입어야 돼요. 작년 겨울에 호프 타운의 한 상인이 교직천을 300마 기부했거든요. 안 팔리니까 기부한 거라고 말하는 사람도 있었지만, 전 그 사람이 친절한 마음에서 기부한 거라고 생각하고 싶어요. 아저씨도 그렇게 생각하시죠? 기차에 타니까 모두 절 불쌍하다는 듯이 쳐다봤어요. 하지만 전 금방 상상을 하기 시작했죠. 제가 더할 나위 없이 아름다운 엷은 하늘빛 실크 드레스를 입고 있다고 생각했어요. 어차피 상상하는 거니까 기왕이면 멋진 상상을 해야죠. 꽃이나 하늘거리는 깃털 장식이 잔뜩 달린 큰 모자를 쓰고 금시계를 차고, 새끼염소 가죽으로 만든 장갑과 구두를 신고 있다고 상상했죠, 뭐. 그랬더니 금세 기분이 좋아지더라구요. 섬으로 올 때까지 마음껏 즐겁게 타고 올 수 있었어요. 배를 탔을 때도 멀미는 전혀 안 했어요. 스펜서 아주머니도 평소에는 속이 울렁거리셨대요. 그런데 이번엔 저한테만 신경쓰느라 속이 울렁거릴 틈이 없으셨대요. 저처럼 싸돌아다니는 애는 처음 보셨다나요. 하지만 그 덕분에 멀미를 안 하셨다면 제가 싸돌아다닌 게 잘한 거죠? 그리고 전, 그 배에서 볼 수 있는 건 뭐든지 봐두고 싶었거든요. 또다시 그런 기회가 없을지 모르니까요. 어머, 또 벚꽃이 많이 피어 있네. 이 섬처럼 꽃이 많은 곳은 없을 거예요. 전 벌써부터 이곳이 너무 좋아 죽겠어요. 이런 곳에 살게 되다니 너무 기뻐요. 프린스에드워드 섬은 세상에서 제일 아름답다는 소리를 늘 들어왔기 때문에 항상 제가 그곳에 사는 상상을 했지만, 설마 진짜로 그렇게 될 줄은 꿈에도 몰랐어요. 그런데 이 붉은 길은 아주 재미있네요. 샬럿타운에서 기차를 타고 오는데 빨간 도로가 옆으로 자꾸 지나가길래 왜 저렇게 빨갛냐고 스펜서 아주머니한테 물었거든요. 그랬더니 아주머니도 모르신대요. 그리고 '제발 더 이상은 묻지 좀 말아라. 벌써 천 가지도 넘게 물었다' 그러시는 거 있죠. 하긴 그 정도는 물어봤을 거예요. 하지만 모르는 걸 안 물어보고 어떻게 세상을 알 수 있어요? 그런데 왜 길이 빨간 거예요?"

"글쎄다, 잘 모르겠는데."

"좋아요. 그것도 언젠가 알아봐야 할 것 중 하나네요. 전 사는 게 너무 즐거워요. 세상은 정말 재미있는 곳이에요. 그런데 제가 말이 너무 많은 거예

요? 항상 사람들이 그래요. 제가 말 안 하는 게 좋으세요? 그럼 그렇다고
말씀해 주세요. 금방 고칠게요. 하겠다고 마음만 먹으면 할 수 있어요. 좀
힘들긴 하지만요.”

매슈는 스스로도 놀랄 정도로 즐거웠다. 별로 말이 없는 사람들이 대개
그렇듯이 그도 상대방이 맞장구 쳐주기를 요구하지만 않는다면 말이 많은
사람을 좋아했다. 그러나 설마 이렇게 어린 여자 아이의 얘기에 즐겁게 귀
를 기울이게 되리라고는 꿈에도 생각지 못했다. 분명 부인들을 싫어했지만
여자 아이들은 그보다 더 싫어했다. 여자 아이들은 한 마디라도 말을 건네
면 대답도 하지 않고 겁을 내며 지나가곤 했다. 그러나 이 주근깨투성이의
아이는 전혀 달랐다. 그래서 매슈의 더딘 이해력으로는 도저히 따라가기 힘
들 정도로 어지럽게 아이의 생각이 옮겨 다녔지만, 그래도 이 아이의 수다
는 마음에 든다고 생각했던 것이다.

매슈는 평소처럼 수줍어하며 말했다.

“뭐, 좋을 대로 실컷 얘기하려무나, 난 상관 없으니까.”

“어쩜, 너무 기뻐요. 아저씨하고 전 뭔가 잘 통할 것 같아요. 애는 얌전해
야지 수다스러우면 안 된다고 말씀하지 않아서 정말 다행이에요. 지금까지
얼마나 많이 그런 소릴 들었는지 몰라요. 그리고 제가 거창한 말을 쓴다고
비웃어요. 하지만 거창한 생각이 떠오를 땐 거창한 단어를 써야 제대로 표
현되는 거 아닌가요? 제 말이 맞죠?”

“으음, 일리가 있구나.”

“스펜서 아주머니가 그러시는데 아저씨네 집은 녹색지붕집으로 통한다
면서요? 아주머니한테 이것저것 물어봤는데 아저씨네 집 주변에는 온통 나
무라더라구요. 그래서 더 기뻤어요. 전 나무를 굉장히 좋아하거든요. 고아원
에는 전혀 없어요. 그저 조그만 나무가 희고 작은 울타리 속에 겨우 두세
그루 있을 정도였어요. 그 나무도 고아처럼 보여서 그걸 보면 항상 울고 싶
었어요. 그래서 말해 줬죠. ‘너희들, 너무 가엾구나. 만약 너희들이 숲속에
있어서 너희들의 뿌리 위에 작은 이끼나 꽃들이 자라고 가지에 작은 새들

이 앉아 노래 부른다면 더 잘 자랄 수 있을 텐데. 안 그러니? 너희들이 어떤 기분인지 난 잘 알아'라구요. 오늘 아침에 걔네들을 두고 떠나오는데 얼마나 슬펐는지 몰라요. 그런 것들한테는 마음이 쉽게 끌려요. 녹색지붕집 근처에는 시냇물이 있나요? 스펜서 아주머니한테 깜빡 잊고 못 물어봤네요."

"으음, 그래. 집 바로 아래쪽에 있지."

"와, 멋져! 시냇가 근처에서 사는 게 꿈이었는데 그 소원이 이루어지리라고는 생각도 못했어요. 이루어지는 꿈은 좀처럼 없잖아요, 그렇죠? 그러니까 그렇게 된다면 얼마나 행복하겠어요. 이미 전 거의 완벽에 가까울 정도로 행복해요. 전 순전히 완벽하게 행복해질 수는 없거든요. 왜냐하면 후유, 이게 무슨 색깔이라고 생각하세요?"

소녀는 깡마른 어깨 위로 길게 땋아 내린 윤기나는 머릿다발 하나를 매슈에게 보여주었다.

"빨간색 아니냐?"

여자 아이는 평생 맺힌 슬픔을 발끝에서부터 모조리 토해 내는 듯한 한숨을 내쉬며 머리카락을 도로 내려놓았다.

"그래요, 빨간색이에요."

소녀는 체념한 듯 말했다.

"그러니 제가 왜 완벽하게 행복해질 수 없는지 아시겠죠? 빨간 머리를 가진 사람은 누구나 그래요. 전 다른 건 별로 신경 안 써요. 주근깨나 초록색 눈이나 비쩍 말랐다는 건요, 상상으로 없애 버릴 수 있거든요. 살결은 장밋빛이고, 눈은 아름답게 빛나는 보랏빛이라고 상상할 수 있거든요. 그런데 이 빨간 머리만큼은 아무리 상상해도 안 돼요. 가슴이 터질 것 같아요. 일생의 슬픔이 될 거예요. 오래 전에 전 일생의 슬픔을 안고 사는 소녀에 대한 소설을 읽은 적이 있었는데, 그 아이의 슬픔은 빨간 머리 때문은 아니었어요. 그 소녀의 머리카락은 금발이고 석고 같은 이마에서부터 탐스럽게 뒤로 물결처럼 흘러내린다고 했어요. 석고 같은 이마가 어떤 거예요? 전 그게 어떤 건지 잘 모르겠더라구요. 아저씨는 아시겠어요?"

"글쎄다, 잘 모르겠는데."

약간 현기증을 느끼며 매슈가 대답했다. 아직 어리고 혈기왕성하던 시절, 피크닉 갔다가 웬 남자 아이한테 꼬여서 회전목마를 탔을 때 바로 지금과 똑같은 기분을 느꼈었다.

"어쨌든 틀림없이 멋진 걸 거예요. 그 소녀는 성스러울 정도로 아름답다고 했거든요. 아저씨, 성스러울 정도로 아름답다는 건 어떤 건지 상상해 본 적 있어요?"

"글쎄, 아니, 없다."

매슈는 순순히 자백했다.

"전 몇 번 있어요. 만약 어느 쪽으로든 원하는 대로 해주겠다고 하면 아저씬 어느 쪽이 더 좋으세요? 성스러울 정도로 아름다운 것과, 굉장히 똑똑한 것과, 천사처럼 착한 것 중에서요?"

"글쎄다. 난, 난 잘 모르겠다."

"저도요. 어느 쪽을 선택해야 좋을지 아무리 생각해도 모르겠어요. 하지만 어느 쪽이든 상관없죠, 뭐. 어차피 전 어느 쪽도 될 수 없을 테니까요. 천사처럼 착할 수 없다는 건 확실해요. 스펜서 아주머니가 그러시는데요……어머, 아저씨! 어쩜! 아저씨."

스펜서 부인이 이렇게 말했다는 것이 아니다. 또 소녀가 마차에서 떨어진 것도 아니고, 매슈가 뭔가에 놀랄 일을 저지른 것도 아니다. 그저 길 모퉁이를 돌아 '가로수길'로 접어들었을 뿐이다.

뉴브리지 사람들이 '가로수길'이라고 부르고 있는 이 길은 길이가 4~5백 야드로, 몇 년 전에 어느 괴짜 농부가 심은 거대한 사과나무들이 빽빽이 줄지어 서 있었다. 머리 위로는 눈처럼 새하얀 향기로운 꽃들이 긴 천장처럼 뒤덮고 있었다. 나뭇가지 아래에는 보랏빛 황혼이 온통 자욱했고, 저 멀리 앞쪽에 있는 대성당의 큰 장미 모양 창문에서처럼 노을진 하늘이 빛나고 있었다.

그 아름다움에 반한 듯 아이는 잠자코 있었다. 좌석에 기대어 야윈 손을 앞으로 모아 쥐고, 넋을 잃은 얼굴은 머리 위의 새하얀 꽃들을 향하고 있었다. 긴 비탈길이 뉴브리지로 향해 달리고 있을 때도 소녀는 입을 열지 않았다. 여전히 멍한 표정으로 해가 지는 서쪽을 바라보고, 눈부신 하늘로 떼지어 몰려가는 아름다운 환상을 바라보고 있는 듯했다. 수다 떨 때는 맹렬하게 재잘댔지만 말을 하지 않을 때도 그에 못지 않게 입을 열지 않는 성격 같았다.

"몹시 피곤하고 배도 고프겠구나."

너무 오래 말을 하지 않자 매슈는 드디어 과감하게 말을 걸어 보았다.

"이제 얼마 안 남았다. 1마일만 가면 돼."

깊은 한숨을 내쉬며 명상에서 깨어난 소녀는, 별세계를 헤매고 있었던 것처럼 꿈을 꾸는 듯한 시선으로 매슈를 바라보았다.

"아아, 커스버트 아저씨, 우리가 지나온 곳, 저 새하얀 곳은 뭐라고 불러요?"

"으음, 가로수길을 말하나 보구나."

잠시 곰곰이 생각한 뒤 매슈가 대답했다.

"보기 좋은 곳이지."

"보기 좋다구요? 어머, 그런 말은 저곳에 꼭 맞는 말이 아니에요. 아름답다도 아니고, 어떤 말도 적당치 않네요. 아아, 멋있어요. 멋있어요. 제 상상으로 이름을 더 멋지게 만들 수 없는 곳은 이곳이 처음이에요. 여기가 후련해졌어요."

앤은 왼손을 가슴에 대고 말했다.

"이상하게, 그러면서도 기분 좋은 통증을 느껴요. 아저씨도 그런 통증을 느껴 본 적 있어요?"

"글쎄다."

"전 몇 번이나 있었는지 몰라요. 말할 수 없이 아름다운 것을 볼 때마다요. 하지만 그런 곳을 그냥 '가로수길' 같은 시시한 이름으로 부르면 안 돼요. 그런 이름에는 의미가 없잖아요. 그런 식으로 불러야죠. 으음…… '새하얀 환희의 길'은 어떨까요? 시적이지 않아요? 전 장소든 사람이든 이름이 마음에 안 들 때는 새로운 이름을 붙여요. 고아원에 헵지버 젠킨스라는 이름의 여자애가 있었는데, 전 그 애를 항상 로잘리아 디비에라고 생각했어요. 다른 사람이 아까 그곳을 '가로수길'이라고 부르는 건 상관없지만, 전 앞으로 '새하얀 환희의 길'이라고 부를래요. 정말로 집까지 1마일밖에 안 남았나요? 기쁘기도 하고 슬프기도 하네요. 왜 슬프냐면요, 이 드라이브가 아주 즐거웠거든요. 즐거운 일이 끝나게 되면 항상 슬퍼지거든요. 나중에 더 즐거운 일이 기다리고 있을지도 모르지만, 앞으로의 일은 모르는 거잖아요? 그리고 대개 슬픈 일이 있는 경우가 더 많으니까요. 제 경험으로는 그래요. 하지만 집에 가는 거라고 생각하니 기쁘네요. 진짜 집으로 가는 중이라고 생각하니 그것만이라도 전 기분 좋은 통증을 느껴요. 어머, 예쁘다!"

두 사람은 언덕 꼭대기를 넘어갔다. 아래쪽에는 길고 구불구불해서 꼭 강처럼 보이는 연못이 있었다. 중간쯤에는 다리가 놓여 있고, 아래쪽 끝에는 호박색의 모래 언덕이 띠처럼 가로놓여 있고, 눈부신 갖가지 색들이 연못을 물들이고 있었다. 크로커스나 장미나 투명해 보이는 초록풀들이 이 세상의 것으로는 생각할 수 없는 그림자를 드리우고 있는 곳에 뭐라고 이름 붙일 수 없을 듯한 갖가지 기묘한 색깔들이 사라졌다가 나타나곤 했다. 다리 위쪽은 숲이었고, 연못 가장자리에 우거져 있는 전나무나 단풍나무들이 흔들리는 수면 위에 울창한 반투명의 그림자를 비추고 있었다. 곳곳에서 야생 자두나무가 기슭에서 몸을 내밀고 있는 모습은 마치 발끝으로 서서 물에 비친 자기 모습을 바라보는 흰옷 입은 소녀를 연상케 했다. 그 너머 비탈진 땅에는 하얀 사과나무 과수원으로 둘러싸인 한 채의 작은 회색 집이 어렴풋이 모습을 보이고 있었다. 아직 날이 완전히 어두워지지는 않았지만 그 집 창문에서는 불빛이 새어나왔다.

"저건 '배리의 연못'이야."

매슈가 말했다.

"어머, 그 이름도 마음에 안 드네요. 저라면 으음, '반짝이는 호수'라고 하겠어요. 그래요. 그게 꼭 맞는 이름이에요. 가슴이 찌릿하니까 틀림없어요. 꼭 맞는 이름이 생각나면 가슴이 찌릿해지거든요. 아저씨는 그런 적 있으세요?"

"으음, 그래. 오이밭을 파면 나오는 그 기분 나쁜 흰 구더기 말이다. 그걸 보면 난 항상 가슴이 찌릿찌릿해. 너무 징그러워서."

"어머, 그건 제가 말한 가슴 찌릿한 경우와는 다르잖아요. 아저씨는 같다고 생각하세요? 구더기와 '반짝이는 호수'는 전혀 관련이 없잖아요. 참 그런데 왜 그걸 '배리의 연못'이라고 불러요?"

"아마도 배리 씨가 저 집에서 살고 있기 때문일 거다. 배리 씨 집을 '비탈 과수원집'이라고 부르거든. 저 집 뒤에 저렇게 큰 덤불이 없다면 여기서도 녹색지붕집 지붕이 보였을 텐데. 하지만 우리는 다리를 건너 길을 빙 돌아 가야 되니까 반 마일이나 더 가야 돼."

"배리 씨 댁에는 어린 여자애가 있나요? 아주 어린 꼬마는 말고요. 제 또래 되는 아이 말이에요."

"열한 살쯤 되는 여자애가 하나 있지. 이름이 다이애나야."

"어머나, 예쁜 이름이네요."

"글쎄, 난 모르겠구나. 왠지 오싹할 정도로 이교도적인 이름 같아서. 제인이나 메어리나 뭐 그런 점잖은 이름이 더 좋거든. 하긴 다이애나가 태어났을 때 그 집에 학교 선생님이 하숙하고 있었는데, 그 사람이 붙인 이름이니까."

"그럼 제가 태어났을 때도 그런 선생님이 있었으면 좋았을 텐데. 어머, 다리까지 왔네요. 전 눈을 꼭 감을래요. 다리를 건널 땐 항상 무섭거든요. 한가운데까지 가면 잭나프처럼 다리가 딱 접혀서 나 자신이 칼에 잘릴 것 같거든요. 그래서 눈을 감아요. 하지만 그런데도 가운데쯤 왔다 싶으면 눈을 안 뜨고는 못 배기겠어요. 다리가 정말 부서진다면 그 박살나는 모습을 보고 싶으니까요. 어머나! 덜컹덜컹 신나는 소리가 나네요. 전 마차가 덜컹 대는 소리를 굉장히 좋아해요. 이 세상에 이렇게 좋아할 만한 것들이 많으니 너무 멋지지 않아요? 와, 다 건넜다. 이제 되돌아봐야지. 안녕히 주무세요, 반짝이는 호수님. 전 항상 사람한테 말할 때처럼 좋아하는 것한테는 '안녕히 주무세요' 하고 인사해요. 그럼 더 좋아하는 것 같거든요. 저 물이 지금 저한테 미소 짓고 있는 것 같아요."

두 사람은 언덕을 또 하나 오르고, 모퉁이로 접어들었다.

"이제 집에 거의 다 왔다. 녹색지붕집은 저쪽에……"

"어머, 더 이상 말씀하지 마세요. 제가 알아맞힐래요."

하고 여자 아이는 숨가쁘게 말을 가로막더니 눈을 감았다.

그녀는 눈을 떴다. 두 사람은 언덕바지에 있었다. 좀전에 해가 졌지만, 부드러운 노을빛을 받아 일대가 한눈에 들어왔다. 서쪽에는 거무스름한 교회의 뾰족탑이, 금잔화색 하늘에 높이 솟아 있었다. 눈밑으로는 작은 골짜기가 있고, 그 너머의 길고 완만한 비탈에는 아담한 농장이 여기저기 보였다. 아이의 정다운 눈길은 여기저기로 열심히 옮겨졌다. 그러다가 마침내 왼쪽 길로 많이 들어간 한 채의 집에 멈추었다. 주변의 숲이 어스름한 그림자를 드리우고, 꽃이 활짝 핀 나무들이 희부옇게 보였다. 그 위의 티없이 맑은 남서쪽 하늘에는 큰 수정 같은 하얀 별이 반짝이고 있었다.

"저거죠, 그렇죠?"

아이가 손가락으로 가리켰다.

매슈는 기쁜 듯이 찰싹하고 노새의 등을 고삐로 쳤다.

"맞다. 스펜서 아주머니한테 미리 들었나 보구나?"

"아니에요. 못 들었어요. 정말로 못 들었어요. 하지만 저걸 본 순간 저 집이다, 하고 느꼈어요. 아아, 꼭 꿈속에 있는 것 같아요. 전 항상 그럴 때마다 진짠지 아닌지를 확인하려고 꼬집어 보곤 했어요. 있죠, 제 팔뚝은 시퍼렇게 멍이 들었을 정도예요. 그런데 어느 순간 갑자기 꿈이면 어때, 가능한 한 오랫동안 꿈을 꾸면 되지, 하는 생각이 들었어요. 그런데 지금은 현실이에요. 이제 곧 집에 도착하는 거예요."

매슈는 불안해졌다. 그러나 이 집 없는 아이가 이렇게 고대하고 있는 집이 역시 자기 집이 아니라고 이 아이에게 직접 말해 주지 않아도 되기 때문에 다행이었다. 마릴라가 얘기할 것이었다. 린드 부인의 집이 있는 골짜기쯤 도착했을 때는 해가 완전히 저물었다. 그러나 부인은 그 창문으로 두 사람을 정확히 볼 수 있었다. 마차가 그곳을 빠져나가 언덕을 오르고, 녹색지붕집으로 가는 긴 샛길로 접어들었다.

집에 도착할 즈음 매슈는 모든 사실이 폭로될 시간이 가까워지고 있다고 생각하자 스스로도 한없이 두려웠다. 그의 머릿속에는 오로지 이 아이가 얼마나 실망할까 하는 걱정뿐이었다. 아이의 눈에서 저 기쁨으로 빛나는 눈빛이 사라질 것이라 생각하자 심란했다. 그것은 죄없는 어린 양이나 송아지를 죽일 때 느끼던 심정이었다.

두 사람이 뒤뜰에 들어섰을 때는 완전히 날이 저물었고, 수변에서는 포플러 나뭇잎들의 바스락거리는 소리가 들리고 있었다.

"나무들이 잠자면서 얘기하고 있는 걸 들어보세요."

매슈가 안아서 내려주자 아이가 속삭였다.

"분명 멋진 꿈을 꾸고 있을 거예요."

아이는 '전재산'이 들어 있는 가방을 꼭 쥐고 매슈를 따라 집 안으로 들어갔다.

제3장 마릴라 커스버트의 경악

매슈가 문을 열자 마릴라가 얼른 나왔다. 그런데 꼭 끼는 원피스를 입고 빨간 머리를 두 갈래로 땋은 아이를 보더니 깜짝 놀랐다.

"오빠, 사내 아이는 어딨어요?"

"사내 아이 같은 건 없었어. 이 아이뿐이었어."

매슈는 풀이 죽어 대답하면서 고갯짓으로 아이를 가리켰다.

"네? 사내 아이를 데려다 달라고 스펜서 부인한테 부탁했잖아요."

"그랬지, 그런데 이 아이를 데리고 왔더라구."

"이게 무슨 일이야?"

이 얘기가 오가는 동안 아이는 아무 말도 하지 않고 서 있었다. 생기 있던 빛은 흔적도 없이 사라졌다. 그러다가 돌연 소중한 가방을 떨어뜨리고 앞으로 다가가 절망적으로 말했다.

"절 원했던 게 아니었군요! 역시 그랬군요. 지금까지 절 원한 사람은 아무도 없었어요. 너무 멋진 일이라 설마 했지만. 저를 기다려 줄 사람은 없다는 걸 알고 있었어야 했는데. 아아, 어쩌면 좋죠?"

아이는 울음을 터뜨렸다. 테이블 옆에 있는 의자에 앉아 양팔에 얼굴을 묻고 엎드린 채 엉엉 울어댔다. 마릴라와 매슈는 어찌할 바를 몰라 서로 얼굴을 쳐다보았다. 두 사람 다 뭐라고 말해야 좋을지 몰랐다. 마침내 마릴라가 어설프게 그 상황을 수습해 보려고 했다.

"자, 그만. 그렇게 울 필요는 없어."

"아뇨."

아이는 재빠르게 머리를 들었다. 얼굴은 눈물로 범벅이 되었고, 입술은 바르르 떨고 있었다.

"아주머니가 저였더라도 울었을 거예요. 만약 아주머니가 고아이고, 앞으로 자기 집이 될 거라고 생각한 곳에 와보니 남자 아이가 아니니까 필요없다는 얘기를 들었다면 분명 울었을 거예요. 이런 비극적인 일은 처음이에요."

자기도 모르는 사이에 입가에 떠오른 미소가 마릴라의 위엄있어 보이는 표정을 부드럽게 했다. 오랫동안 사용하지 않았던 탓에 녹슬어 버린 듯한 어색한 미소였다.

"이제 그만 울어. 당장 내쫓겠다는 게 아니야. 어차피 일이 왜 이렇게 됐는지 알게 될 때까진 여기에 있어야 되니까. 이름이 뭐지?"

아이는 머뭇거리며 말했다.

"저를 코델리아라고 불러 주실래요?"

"코델리아라고 불러 달라니? 그게 네 이름이니?"

"아뇨, 저, 제 이름은 아니지만 코델리아라고 불러 주셨으면 좋겠어요. 예쁘고 우아한 이름이잖아요."

"도대체 무슨 소리야? 코델리아가 아니라면 이름이 뭔데?"

"앤 셜리예요. 하지만요, 꼭 코델리아라고 불러 주세요. 금방 갈 거니까 상관없잖아요. 앤이란 이름은 너무 평범해요."

"평범하다니? 앤이야말로 기억하기 쉽고, 어른스럽고, 정말로 좋은 이름이네 뭐. 절대 부끄러워할 필요 없어."

"어머, 그게 아니에요. 그냥 코델리아가 더 좋아서 그래요. 전 항상 제 이름은 코델리아라고 상상해 왔거든요. 훨씬 어릴 때는 제럴딘이라는 이름으로 할까 했는데, 지금은 코델리아가 좋아요. 앤이라고 부르고 싶으시면 철자에 'e'가 붙은 앤으로 불러 주시든지요."

"철자야 어떤 식으로 부르든 무슨 상관이야?"

어색한 미소가 또다시 마릴라의 얼굴에 떠올랐다.

"어머, 많이 다르죠. 그쪽이 훨씬 멋져 보이잖아요. 이름을 들으면 금방 눈앞에 마치 인쇄된 것처럼 그 이름이 떠오르지 않으세요? 전 그래요. 'Ann'보다는 'Anne'이 훨씬 고상해 보여요. 아주머니가 끝에 'e'자를 붙인 앤으로 불러 주신다면 '코델리아'를 포기할게요."

"좋아, 그렇다면 'e'자가 붙은 앤 양, 어떻게 해서 이런 착오가 생겼는지 얘기해 주겠니? 우리는 남자 아이를 데려다 달라고 스펜서 부인한테 부탁했는데. 고아원에 남자 아이가 없었니?"

"아뇨, 많아요. 하지만 아주머니, 아저씨가 원하는 건 분명히 열한 살 정도 되는 여자 아이라고 스펜서 아주머니가 그러셨어요. 그래서 원장님께서 제가 좋겠다고 하신 거구요. 전 너무 기뻐서 어젯밤에는 한잠도 못 잤어요. 그걸 왜 역에서 말씀 안 하셨어요? 거기 내버려두셨으면 됐을 텐데."

앤은 매슈를 보고 말했다.

"그 '새하얀 환희의 길'이나 '반짝이는 호수'를 몰랐다면 이렇게 괴롭지는 않았을 텐데."

"대체 무슨 소릴 하는 거예요?"

마릴라는 멍하니 매슈의 얼굴을 쳐다보았다.

"이 아이는, 이 아이는 그저 우리가 오는 길에 나눈 얘기를 하고 있는 거야. 난 말을 마구간에 넣고 올 테니 식사 준비 좀 하지."

매슈는 허둥대며 말하고는 밖으로 나갔다.

"스펜서 아주머니가 너 말고 누구 다른 아이도 데려왔니?"

매슈가 나가자 마릴라는 말을 계속했다.

"릴리 존스를 데리고 왔어요. 릴리는 아직 다섯 살인데 아주 예쁘게 생겼어요. 머리는 갈색이구요. 만약 제가 아주 예쁘고 갈색 머리였다면, 아주머니, 절 여기서 살게 해주실 건가요?"

"아니야. 아저씨의 농삿일을 거들 남자 아이를 원했으니까 여자 아이는 우리한테 아무 도움이 안 돼."

세 사람은 저녁 식사를 시작했다. 그러나 앤은 먹을 수가 없었다. 간신히 버터 바른 빵을 씹어 보고, 사과 설탕절임도 조금씩 입에 댔지만 빵도 사과 설탕절임도 도통 줄어들지 않았다.

"왜 아무것도 안 먹어?"

마릴라는 엄하게 말하고, 마치 중대한 잘못을 저지른 것처럼 앤을 바라 보았다.

앤은 한숨을 내쉬었다.

"못 먹겠어요. 전, 절망의 늪에 빠져 있거든요. 아주머니는 절망의 늪에 빠졌을 때 음식을 먹을 수 있으세요?"

"난 절망의 늪 같은 데는 빠져 본 적이 없다."

"없어요? 그럼 절망의 늪에 빠지는 걸 상상해 본 적은 있어요?"

"아니, 없어."

"그럼, 어떤 건지 모르시겠네요. 그건 정말로 괴로운 기분이에요. 먹으려 고 하면 목구멍에 덩어리가 치밀어오는 것 같아서 아무것도 삼킬 수가 없 어요. 제가 먹지 않는다고 해서 나쁘게 생각하진 말아 주세요. 맛은 있지만 못 먹겠어요."

"이 아이는 피곤한 것 같아. 재우는 게 좋겠어, 마릴라."

마구간에서 돌아온 이후로는 입을 다물고 있던 매슈가 말했다.

마릴라는 어디에 앤을 재울까 고심하고 있던 중이었다. 기다리고 있던 남자 아이를 위해 주방에 잠자리를 준비해 뒀지만 아무리 그곳이 깨끗하고 깔끔하다 하더라도 여자 아이를 재우기에는 탐탁지 않았다. 그렇다고 해서 이런 고아에게 손님방을 주는 것은 당치도 않았기 때문에 남은 곳은 동쪽 에 있는 돌출된 창문이 있는 방뿐이었다. 촛불을 든 마릴라가 따라오라고 하자 앤은 힘없이 뒤따라갔다.

마릴라는 다리가 세 개 달린 삼각 탁자에 촛불을 놓고 잠자리 준비를 했 다.

"잠옷은 있겠지?"

하고 마릴라가 묻자 앤은 고개를 끄덕였다.

"네, 두 벌 있어요. 고아원 선생님이 만들어 주신 거요. 꼭 끼는 옷이에요. 고아원에서는 뭐든지 부족하니까요. 뭐든지 항상 꼭 끼어요. 제가 있던 곳처럼 가난한 고아원에서는요. 저, 꼭 끼는 잠옷, 너무 싫어요. 그래도 이런 잠옷을 입든, 목에 주름 있고 옷자락이 끌리는 예쁜 잠옷을 입든 꿈꾸는 건 똑같으니까, 그래도 위안이 돼요."

"자아, 얘긴 그만 하고, 빨리 옷 갈아입고 자거라. 2, 3분 있다가 촛불을 가지러 올 테니. 너한테 끄라고 안 하마. 불내면 안 되니까."

마릴라가 가버리자 앤은 아쉬운 마음으로 주위를 둘러보았다. 회칠한 벽은 눈이 시릴 정도로 하얗다. 벽은 분명 쿡쿡 쑤시는 아픔을 느끼고 있을 거라고 앤은 생각했다. 바닥 한가운데에는 지금까지 본 적이 없는 둥근 매트만 깔려 있었다. 방 구석에는 네 개의 짧은 기둥이 달린 높다란 구석 침대가 놓여 있었다. 또 한 구석에는 삼각형 탁자가 있었는데, 아무리 두꺼운 바늘이라도 휘게 만들 것 같은 딱딱하고 불룩한 빨간 벨벳 바늘꽂이가 장식으로 달려 있었다. 그 위에는 거울이 걸려 있었다. 탁자와 침대 한가운데 창문이 열려 있고, 얼음처럼 하얀 모슬린 커튼이 달려 있으며, 그것과 마주 보이는 곳에 세면대가 놓여 있었다. 방 전체에 엄숙함이 배어 있었다.

말로는 뭐라고 표현할 수 없었지만, 앤은 뼛속까지 움츠러드는 것을 느꼈다. 흐느끼면서 서둘러 옷을 벗고 꼭 끼는 잠옷으로 갈아입었다. 침대에 올라가 베개에 얼굴을 파묻고 이불을 머리끝까지 끌어올렸다. 촛불을 가지러 온 마릴라의 눈에 비친 것은 여기저기 어지럽게 벗어 던져진 초라한 옷가지뿐이었고, 앤의 모습은 보이지 않았다. 단지 침대의 모양으로 간신히 앤의 존재를 알 수 있을 정도였다.

마릴라는 천천히 앤의 옷가지들을 주워서 노란색 의자 위에 단정히 올려 놓은 후 촛불을 들고 침대로 가서, "잘 자거라" 하고 조금은 겸연쩍은 듯, 그러나 전혀 무뚝뚝하지 않게 말했다.

"어떻게 잘 자라고 하실 수 있어요? 오늘 밤이 저한테 최악의 밤인데요."

앤은 다시 이불 속으로 들어가 버렸다.

마릴라는 주방으로 내려가 설거지를 하기 시작했다. 매슈는 담배를 피우고 있었다. 그것은 뭔가 번민하고 있다는 증거였다. 그가 담배를 피우는 일은 좀처럼 없었다.

"정말, 큰일이네요. 이건 남한테 심부름을 시켰기 때문에 일어난 일이에요. 내일 스펜서 부인한테 갔다 와야겠어요. 저 애를 고아원에 돌려보내야 되니까요."

마릴라는 화가 나서 못 견디겠다는 투였다.

"그래, 그래야겠지."

매슈는 마지못해 대답했다.

"그래야겠지라뇨? 오빠, 그길 말이라고 하세요?"

"으음, 저 아인 참 귀엽고 좋은 아이야. 저렇게 여기 있고 싶어하는데 돌려보낸다는 건 너무 몰인정하지 않을까?"

"오빠, 설마 저 아이를 길러야 한다고 말씀하시는 건 아니겠죠?"

설령 매슈가 물구나무를 서겠다고 말했어도 마릴라는 이렇게 놀라지 않았을 것이다.

동생의 추궁에 난처해진 매슈가 말을 더듬었다.

"으음, 아냐, 그런 건 아닌데. 내 생각에는…… 우리로서는 저 애를 키울 수가 없지."

"키울 수 없죠. 저 애가 우리한테 무슨 도움이 되겠어요?"

"우리 쪽에서 저 애한테 뭔가 도움이 될지도 모르니까."

돌연 매슈는 뜻밖의 말을 꺼냈다.

"오빠, 분명 저 애한테 푹 빠진 모양이네요. 오빠 얼굴에 '저 애를 키우고 싶다' 그렇게 적혀 있으니 말이에요."

"그래, 저 아인 정말 재미있는 아이야. 저 애가 얘기하는 걸 너도 들었어야 해."

매슈는 계속 우겼다.

“정말 말을 잘하더군요. 그러나 전 저렇게 말 많은 애는 싫어요. 제가 원하는 건 저런 애가 아니에요. 안 돼요. 돌려보내야 해요.”
“내 일을 도와 줄 사내 아이를 고용하면 되고, 그럼 저 아인 네 말벗이 되지 않겠냐?”
“말벗 같은 건 필요없어요. 저 아이를 키울 생각도 없고요.”
“네 맘대로 해라. 난 자러 간다.”
2층에서는 애정에 굶주린 한 외톨이 아이가 울다가 어느새 잠들었다.

제4장 녹색지붕집의 아침

날이 훤히 밝은 후 눈을 뜬 앤은 일어나자 창문으로 쏟아져 들어오는 밝은 햇빛에 눈을 깜박거렸다. 창 밖에서는 뭔가 하얀 깃털 같은 것이 살랑거리고 있고, 그 사이로 푸른 하늘이 들여다보였다.

순간 앤은 자신이 어디에 있는지 생각나지 않았다. 처음에는 유쾌한 기분이 들었지만, 금방 생생하게 기억이 되살아났다. 이곳은 녹색지붕집이다. 그리고 내가 남자 아이가 아니라서 이 집 사람들이 나를 필요로 하지 않는다.

그러나 지금은 아침이다. 그래, 그리고 창문 밖에는 벚꽃이 활짝 피어 있다. 앤은 단숨에 침대에서 뛰어내려오자 창문을 올렸다. 창문은 오랫동안 열지 않았던 모양인지 삐걱거렸다.

앤은 무릎을 꿇고 6월의 아침을 내다보았다. 눈은 환희로 빛나고 있었다. 어쩌면 이렇게 아름다울 수가. 정말로 여기서 살 수 없다 해도 뭐, 살 수 있다고 상상해 두자. 여기는 상상할 거리가 많으니까.

바로 밖에 서 있는 큰 벚나무는 가지가 손에 닿을락말락했다. 흰 꽃이 빽빽이 피어서 잎이 보이지 않을 정도였다. 집 양옆은 한 쪽은 사과, 한 쪽은 벚나무의 큰 과수원으로 되어 있었고, 이곳 또한 꽃이 한창 피어 있었다. 보랏빛 라일락의 숨막힐 듯이 달콤한 향기가 아침 바람을 타고, 창가로 밀려왔다.

정원 아래는 클로버로 뒤덮인 들판이었고, 그것을 완만하게 내려가면 골짜기가 나온다. 골짜기에는 시내가 흐르고, 몇십 그루나 되는 하얀 자작나무들이 쭉쭉 자라고 있었다. 그 너머에는 가문비나무·벚나무가 초록빛 연기처럼 뒤덮인 언덕이고, 나무 사이로 보이는 회색지붕은 '반짝이는 호수' 맞은편에서 본 적 있는 그 작은 집의 지붕이었다.

왼편에는 큰 헛간이 있었고, 그 아래쪽의 완만한 들판을 내려가면 그 너머로 반짝이는 푸른 바다가 있다.

앤은 모든 것을 탐하듯이 바라보았다. 가엾게도 지금까지 지겹도록 살풍경한 곳만 보아왔던 것이다. 그러나 이곳은 앤이 꿈에도 상상하지 못했을 정도로 아름다웠다.

넋을 잃고 있던 앤은 누군가가 어깨에 손을 얹자 소스라치게 놀랐다. 마릴라가 들어왔는데도 앤은 몽상에 빠져 있었던 것이다.

"아직 옷을 안 갈아입었구나."

마릴라는 무뚝뚝하게 말했지만, 그런 냉정한 태도를 취한 것은 실은 이 아이에게 어떤 식으로 말을 걸어야 할지 잘 몰랐기 때문이지 악의가 있어서 그런 건 아니었다.

앤은 일어나서 긴 숨을 내쉬고 "와아, 정말 멋져요"라고 말하고는 바깥쪽으로 손을 흔들어 보였다.

"저건 나무가 크고 꽃도 많이 피지만, 열매는 신통치 않아. 너무 작고 벌레만 들끓어."

"아, 저 나무만이 아니에요, 제가 말하는 건. 물론 저것도 눈이 부실 정도로 아름다워요. 저 나무는 자기가 아름답다는 걸 알고 있는 것 같아요. 하지만 저는 모든 걸 말하는 거예요. 정원도, 과수원도, 시냇물도, 숲도, 크고 정다운 세상 전체를 말하는 거예요. 아주머니, 이런 아침에는 그저 세상이 좋아서 못 견디겠다는 생각 안 드세요? 그리고 시냇물이 내내 웃으면서 이곳으로 흘러오는 소리가 들려요. 시냇물이 얼마나 유쾌한 건지 아주머니, 생각해 보신 적 있어요? 항상 웃고 있잖아요. 겨울에도 얼음 밑으로 흐르고 있는 걸 전 들은 적 있어요. 녹색지붕집 근처에 작은 시냇물이 있다는 게 너무 기뻐요. 아마 아주머니는 저를 이곳에서 살게 하지 않으실 테니까 그런 게 너한테 무슨 상관 있냐 하시겠지만, 그렇지 않아요. 설령 두번 다시 볼 수 없다 해도 전 녹색지붕집 옆에 작은 시냇물이 있다는 걸 기억할 거예요. 전 오늘 아침에는 절망의 늪에 있지 않아요. 아침에는 절대 그런 곳에 있을 수 없었어요. 아침이 있다는 건 정말 멋진 일이잖아요? 하지만 전, 아주 슬퍼요. 방금 아주머니가 원하는 건 역시 나이고, 언제까지나 이곳에 있게 된다는 상상을 하고 있었거든요. 그 상상이 계속되는 동안에는 기분이 좋지만, 뭔가 상상했을 때 제일 나쁜 점은 상상을 그만둬야 할 때가 오면 아주 비참해진다는 거예요.”

“그보다, 빨리 옷 입고 내려오너라. 네가 하는 상상 같은 건 어찌 됐든 난 관심 없으니까. 식사가 다 됐다. 세수하고 머리도 빗고. 창문은 그대로 열어 두고, 이불은 발 쪽에 정리해 두거라. 가능한 한 빨리 하거라.”

간신히 말할 기회를 얻은 마릴라가 얼른 말했다.

분명 앤은 상당히 민첩해서, 10분이 지나자 단정하게 옷을 갈아입고, 머리도 단정히 땋고, 세수하고 내려왔다.

의자에 살며시 앉으며 앤은 “오늘 아침에는 굉장히 배가 고파요”라고 먼저 입을 열었다.

“어제 저녁에는 이 세상이 꼭 황야 같은 기분이 들었어요. 오늘 아침은 이렇게 해가 비치고 있어서 참 좋아요. 하지만 비가 그친 아침도 아주 좋아요. 아침은 어떤 아침이든 좋잖아요? 그날 어떤 일이 일어날지도 모르니까요. 상상할 거리가 있어서 좋아요. 하지만 오늘은 비가 내리지 않아서 기뻐요. 날씨가 좋은 날은 괴로운 일이 있어도 참기가 더 쉽고, 기분 좋게 있을 수 있거든요. 제겐 참아야 할 일이 너무 많은 것 같아요. 슬픈 소설을 읽고 나 자신이 꿋꿋하게 살아가는 걸 상상하는 건 굉장히 좋지만, 정말로 그런 일을 당하는 건 별로 안 멋있는 것 같아요. 그렇지 않아요?”

“제발 조용히 해. 진짜 말이 많네.”

앤은 순순히 입을 다물었다. 그리고 언제까지나 말을 하지 않자 마릴라는 뭔가 어색한 기분이 들었다. 매슈도 묵묵히 있었다. 그러나 매슈가 말이 없는 것은 자연스러웠다. 식사 시간은 매우 조용했다.

그러는 동안 앤은 점점 멍해졌고, 기계적으로 음식을 먹으며 가만히 창문 밖의 하늘을 응시하고 있었다. 마릴라는 더욱더 초조해졌다. 이 엉뚱한 아이는 몸은 식탁에 있어도 영혼은 상상의 나래를 타고 멀리 구름 위의 세상에 가 있을 것 같은 기분 나쁜 느낌이 들었다. 누가 이런 아이를 기르고 싶어하겠는가.

더구나 매슈는 이 아이를 그대로 두고 싶어한다. 마릴라는 그가 아직 그 생각을 버리지 않았다는 것을 알고 있었다. 매슈는 늘 그랬다. 일단 한 가지 일을 작정하면 그 일을 성취할 때까지 한 마디도 하지 않았다. 침묵은 말보다 열 배나 더 효과적이다.

식사가 끝나자 앤은 설거지를 하겠다고 말했다.

"잘할 수 있겠니?"

마릴라가 못 믿겠다는 투로 물었다.

"꽤 잘해요. 아기 돌보는 일은 더 잘하지만요. 아주 경험이 많거든요. 제가 돌볼 아기가 없어서 너무 섭섭하군요."

"나한테는 지금 너만으로도 벅차다. 난 어떻게 해야 좋을지 모르겠다. 오빠도 못 말리겠고."

"아저씬 정말 좋은 분이세요. 이해심도 아주 많구요. 제가 아무리 떠들어도 싫어하지 않으셨고, 제 얘기를 좋아하는 것 같았어요."

마릴라는 비웃었다.

"둘 다 이상해. 그게 네가 말하는 마음이 통하는 건가 보구나. 좋아, 설거지하거라. 뜨거운 물을 넉넉히 사용하고 잘 말려. 아침에 난 할 일이 많아. 오후에는 화이트샌드에 가서 스펜서 부인을 만나야 되거든."

앤을 날카로운 시선으로 지켜보던 마릴라는 앤이 설거지는 잘한다고 판단했다. 그 뒤로 앤은 침대 정리를 했는데, 이것은 별로 신통치 않았다. 지금까지 털이불을 다뤄 본 적이 없었기 때문이다. 그럭저럭 정돈하고 나자 마릴라는 자신에게 방해가 되지 않도록 하려고 앤에게 점심때까지 밖에 나가 놀고 와도 좋다고 말했다.

상기된 얼굴로 눈을 반짝거리며 문으로 뛰어나가던 앤은 갑자기 현관에서 멈추었다. 그러더니 탁자 앞으로 다시 와서 앉아 버렸다. 상기됐던 얼굴도, 반짝거렸던 눈빛도 완전히 달라졌다.

"왜 그러니?" 마릴라가 물었다.

"저, 밖으로 나갈 자신이 없어요. 여기서 살 수 없다면 녹색지붕집을 좋아해 봤자 소용이 없죠. 나가서 저 나무나 꽃들·과수원·시냇물과 인사하면 전 좋아하지 않고서는 못 배길 거예요. 더 이상 괴롭고 싶지 않아요. 그렇지만 밖에 나가고 싶어 못 견디겠어요. 모두들, 모두들 '앤, 앤, 우리한테 와요. 앤, 앤. 우리는 친구가 필요해요' 하며 부르고 있는 것 같아요. 하지만 안 가는 게 좋겠어요. 어차피 헤어져야 한다면 좋아할 필요가 없잖아요. 그렇죠? 사랑할 수 없다는 건 괴로운 일 아닌가요? 저, 여기서 살게 될 거라고 생각했을 때 너무 기뻤어요. 하지만 그 짧은 꿈은 사라졌어요. 지금은 운명에 맡길래요. 밖으로 안 나가려는 건, 저를 운명에 맡기기가 또다시 싫어질지 몰라서 그래요. 저 창문에 있는 파란 꽃은 이름이 뭐예요?"

"사과향 제라늄이라는 거야."

"저, 그런 이름 말고요, 아주머니가 붙인 이름요. 이름 같은 거 안 붙이세요? 그럼 제가 붙여도 되죠? 저건, 으음…… '보니'가 좋겠어요. 제가 여기 있는 동안만 그렇게 불러도 되죠? 네, 그래도 되죠?"

"나 원 참, 네 마음대로 하렴. 그런데 대체 꽃에 이름 같은 걸 뭐하러 붙이는 거냐?"

"있죠, 같은 제라늄이라 해도 각각 자기 이름이 붙어 있는 게 좋아요. 그럼 더 친근감을 느낄 수 있거든요. 그냥 제라늄이라고만 부르면 제라늄이 기분 나빠하지 않겠어요? 전 저걸 '보니'라고 부르겠어요. 오늘 아침에는 침실 창문 밖에 있는 벚나무에도 이름을 붙여 줬어요. '눈의 여왕'이라고. 새하야니까요."

"나 원 참. 진짜 재밌는 애네. 나까지 저 애 입에서 무슨 말이 나오나 궁금할 정도야. 오빠가 나갈 때 날 처다보는 얼굴을 보니 어젯밤에 말하고 암시했던 대로 하라는 뜻이 그대로 씌어 있었어. 다른 남자들처럼 뭐든 정확하게 표현해 주면 좋을 텐데. 그러면 거기에 대꾸를 하거나 설득을 해볼 텐데, 그저 표정으로만 말을 하다니."

마릴라는 지하실로 감자를 가지러 내려가면서 중얼거렸다.

마릴라가 지하실에서 돌아오자 앤은 두 손으로 턱을 괴고 가만히 하늘을 바라보며 공상에 빠져 있었다. 마릴라는 조금 이른 점심 시간 때까지 앤을 그대로 놔두었다.

"오늘 오후에 마차 좀 써도 되죠?"

마릴라가 매슈에게 물었다.

매슈는 고개를 끄덕이고 앤 쪽을 안쓰러운 듯 처다보았다. 마릴라는 그 시선을 무시하고 냉정하게 말했다.

"전 화이트샌드에 갔다 올게요. 앤도 데리고 갈 거예요. 스펜서 부인이 이 아이를 돌려보내는 수속을 해줄 거예요."

매슈가 아무런 대꾸를 하지 않자 마릴라는 괜히 말을 붙였다고 생각했다. 대답을 하지 않는 남자처럼 분통터지는 것도 없다.

마릴라와 앤은 길을 나섰다. 매슈는 뒤뜰의 문을 열어 주고 두 사람이 천천히 나가는 것을 배웅하면서 혼잣말처럼 중얼거렸다.

"크리크에서 제리 부트라는 남자 아이가 오늘 아침에 여기 왔었는데, 올 여름에 그 아일 고용하겠다고 했어."

마릴라는 대꾸도 하지 않고 마차에 세게 채찍질을 했다. 이제껏 이런 대우를 받아본 적이 없던 노새는 화가 났는지 샛길을 맹렬한 기세로 달리기 시작했다. 마릴라가 살짝 뒤돌아보자, 문에 기대어 두 사람을 바라보고 있는 매슈가 보였다.

제5장 앤의 이야기

앤은 비밀스럽게 말했다.

"있죠, 저, 이 드라이브를 아주 즐겁다고 생각하기로 했어요. 즐겁다고 굳게 결심하면 대부분 힁싱 즐거워지는 게 제 성격이기든요. 모치럼의 드리이브니까 고아원에 돌아가는 건 생각 안 할래요. 어머, 벌써 들장미가 한 송이 피었네요. 너무 아름다워요. 저 꽃은 자기가 장미라서 분명히 기뻐하고 있겠죠? 장미가 말을 할 수 있다면 정말 멋질 거예요. 분명 멋지고 아름다운 얘기를 들려줄 텐데. 그리고 분홍색은 세상에서 제일 매력적인 색인 것 같아요. 전 분홍색이 너무 좋은데, 입을 수는 없어요. 빨간 머리는 설령 상상 속에서도 분홍색 옷을 입을 수 없어요. 어릴 때 빨간 머리였다가 커서 다른 색으로 변한 사람이 있을까요? 아주머니, 혹시 그런 사람 아세요?"

"글쎄, 모르겠다. 너도 그렇게 될 것 같진 않은데."

마릴라의 대답은 냉정했다.

앤은 한숨을 쉬었다.

"그럼 또 희망이 하나 사라지는 거네요. 완전히 제 일생은 '묻혀 버린 희망의 묘지'예요. 이건 언젠가 책에서 읽은 구절인데요. 실망스런 일이 생기면 그렇게 말하면서 제 자신을 위로해요."

"어째서 그게 위로가 된다는 거냐? 난 이해가 안 가는데."

마릴라가 말했다.

"그건 아주 근사하고 낭만적으로 들리잖아요. 마치 제가 책 속의 여주인공이 되는 것 같거든요. 전 낭만적인 걸 굉장히 좋아하는데요, '묻혀 버린 희망의 묘지'라는 말은 굉장히 낭만적이지 않아요? 그런 묘지를 가지고 있는 게 오히려 전 기뻐요. 오늘도 '반짝이는 호수'를 지나가나요?"

"배리의 연못을 말하는 거라면 안 지나간다. 해안길을 따라갈 거야."

"와아, 해안길, 너무 근사해요. 이름처럼 멋진 곳이에요. 아주머니가 해안 길이라고 말씀하시니까 순간 팍 하고 그 경치가 머릿속에 떠올랐어요. 그리고 화이트샌드도 멋진 이름이긴 하지만 에이번리만큼은 아니에요. 에이번리는 너무 아름다운 이름이에요. 꼭 음악 소리 같아요. 화이트샌드까진 얼마나 더 가야 돼요?"

"5마일이다. 아무래도 네가 무척 얘기가 하고 싶은 모양이니까 차라리 네 얘기나 해보렴."

"제 얘긴 별로 할 가치가 없어요. 차라리 제가 제 자신에 대해 상상하고 있는 얘기를 들으시면 훨씬 재미있으실 거예요."

"난 네가 상상하는 건 듣고 싶지 않아. 그냥 있는 그대로의 사실을 말해 보렴, 처음부터. 어디서 태어났고 지금 몇 살이지?"

앤은 체념한 듯 한숨을 내쉬고, 얘기하기 시작했다.

"3월이 되면 만 열한 살이 돼요. 태어난 곳은 노바스코샤의 볼링브로크예요. 아버지 이름은 월터 셜리이고, 볼링브로크 중학교의 선생님이셨어요. 엄마 이름은 버사 셜리라고 해요. 월터도 버사도 멋진 이름이죠? 부모님이 멋진 이름이라서 너무 기뻐요. 만약 으음, 제디디어 같은 이름이었다면 정말로 창피했을 거예요. 그렇죠?"

"그 사람이 행실만 바르면 이름 같은 건 어떻든 상관없어."

유익한 교훈을 가르치는 것은 이때뿐이라는 듯 마릴라가 말했다.

앤은 생각에 잠긴 듯하다가 말했다.

"그럴까요? 언젠가 어느 책에서 장미는 설령 다른 이름이었더라도 똑같은 향기가 났을 거라고 했지만, 전 아무래도 믿을 수 없어요. 만약 장미가 엉겅퀴라든가 양상추라는 이름이었다면 그렇게 멋지지는 않았을 거예요.

엄마도 같은 중학교 선생님이셨어요. 두 사람 다 애들 같았고, 교회당의 쥐처럼 가난했다고 토머스 아주머니가 그러셨어요. 두 분은 볼링브로크의 조그만 노란 집에서 살림을 차리셨어요. 전 한 번도 그 집을 본 적은 없지만 뭐든 다 상상해 뒀어요. 거실 창문에는 인동덩굴이 휘감겨 있고, 앞뜰에는 라일락이 자라고, 대문을 들어서면 백합이 피어 있었을 거예요. 창문에는 전부 모슬린 커튼이 걸려 있고요. 모슬린 커튼은 집안 분위기를 아주 차분하게 해주는 것 같아요. 전 그 집에서 태어났어요. 토머스 아주머니는 저처럼 못생긴 아기는 처음 봤대요. 너무 마르고 작아서 눈밖에 안 보이더래요. 그래도 엄마는 절 너무 예쁘다고 생각하셨대요. 어쨌든 엄마가 저한테 만족하셨다니 전 기뻐요. 엄마가 저한테 실망하셨다면 너무 슬펐을 거예요. 왜냐하면 그 이후로 얼마 못 사셨거든요. 제가 태어난 지 석 달이 됐을 때 열병에 걸려 돌아가셨어요. 아버지도 나흘 후에 역시 열병으로 돌아가셨어요. 그래서 제가 고아가 돼버린 거죠. 있죠, 그때도 아무도 절 좋아하는 사람이 없었어요. 그게 제 운명인 것 같아요. 아버지도 엄마도 먼 곳에서 오셨기 때문에 친척이 한 사람도 없었거든요. 그래서 결국 토머스 아주머니가 가난하고 게다가 술주정뱅이 남편이 있었지만, 저를 떠맡겠다고 했어요. 토머스 아저씨와 아주머니가 볼링브로크에서 메어리스빌로 이사할 때도 따라가서 여덟 살이 될 때까지 함께 살았어요. 토머스 씨네 아이들을 돌보면서요. 저보다 어린 아이들이 넷이나 있었거든요. 사실 아주 힘들었어요. 그러고 나서 토머스 씨가 기차에서 떨어져 돌아가셨기 때문에 토머스 씨의 어머니께서 아주머니와 아이들을 데려가겠다고 하셨는데, 저는 데려가고 싶어하지 않으셨어요. 그런데 강 상류에 사는 해먼드 아주머니가 오셔서 제가 애들을 잘 돌보는 걸 보시고 저를 데려가겠다고 했어요. 그래서 전 강 상류 쪽에 있는 작은 개간지의 그루터기에서 살게 됐어요. 아주 쓸쓸한 곳이었어요. 해먼드 아저씨는 그곳에서 작은 제재소를 하고 있었고, 아이는 여덟 명이나 됐어요. 쌍둥이가 세 쌍이나 됐거든요. 전 아기를 굉장히 좋아하긴 하지만 쌍둥이가 줄줄이 세 쌍이나 되는 건 너무 심했어요. 마지막 쌍둥이가 태어났을 때 딱 잘라서 해먼드 아주머니한테 그렇게 말했어요. 여기저기 안고 다니느라 너무 지쳐 버렸거든요. 2년 이상 해먼드 아주머니와 강 상류에서 살았지만, 해먼드 아저씨가 돌아가셨기 때문에 아주머니는 애들을 친척집에 나누어 주고 미국으로 가버렸어요. 그래서 전 호프 타운의 고아원으로 갈 수밖에 없었죠. 스펜서 아주머니가 오실 때까지 전 넉 달 동안 그곳에 있었어요.”

앤은 또다시 한숨을 내쉬며 얘기를 마쳤다. 자기를 환영하지 않았던 세상에 대한 얘기를 하는 것이 괴로웠던 것 같았다.

“학교에 다닌 적 있니?”

마릴라는 말을 해안길로 돌리며 물었다.

“얼마 못 다녔어요. 강 상류에 살 때는 학교가 너무 멀었어요. 겨울엔 걸어서 갈 수가 없었고, 여름은 방학이라서 못 다녔고, 그냥 봄하고 가을밖에는 못 다녔어요. 하지만 고아원에 있을 때는 다녔어요. 전 제법 책을 잘 읽고 시도 많이 외울 수 있어요. 아주머니, 등이 오싹해지는 시를 좋아하세요? 5학년 교과서에 〈폴란드의 멸망〉이라는 시가 있었는데 그야말로 감동의 연속이었어요.”

“그 아주머니들은 너한테 잘해 줬니?”

“네에……”

앤은 말을 머뭇거렸다. 감수성이 예민한 작은 얼굴이 갑자기 빨개지며 당황한 듯 말했다.

“두 분 다 잘해주려고 했지만…… 가능한 한 친절하게 대해 주려고 했다는 걸 알아요. 그러니까 잘해 주고 싶은 마음만 있다면 상관없어요. 그분들은 힘이 많이 드셨을 거예요. 술주정뱅이 남편과 사는 건 무척 견디기 힘들었을 거고, 줄줄이 쌍둥이를 세 번이나 낳는 건 보통일이 아니었겠죠.”

마릴라는 깊은 생각에 잠긴 채 말을 몰았다. 갑자기 이 아이에 대한 동정심이 생겨 마음이 흔들렸던 것이다. 얼마나 고되고 애정에 굶주린 생활을 해왔을까…… 분명 이 아이는 진짜 가정을 가질 수 있다고 생각하고 매우 기뻐했을 것이다. 되돌려보내는 건 가엾지만, 그러나…… 아이는 가르치면 잘 클 것 같다…… 말이 많지만 그건 고칠 수 있겠지. 거친 말은 조금도 안 쓰니까. 좋은 집안 출신인 것 같다……

해안길은 나무가 많고 황량했다. 오른쪽에는 키 작은 전나무들이 빽빽이 우거져 있었다. 왼쪽은 가파르고 붉은 사암 절벽인데, 노새가 아니었다면 뒤에 탄 사람의 간담이 서늘해질 정도였다. 절벽 아래에는 파도에 깎인 바위가 겹겹이 싸여 있고, 자갈들이 보석처럼 박힌 모래언덕이 있었다. 그 너머에는 갈매기들이 햇빛을 받아 은빛 날개를 반짝이며 날아다니고 있었다.

아까부터 내내 눈을 크게 뜬 채 말없이 있던 앤이 입을 열었다.

"바다는 참 멋지지 않아요? 토머스 아저씨가 마차를 빌려서 10마일 떨어진 해안으로 우리 모두를 데리고 가신 적이 있었어요. 전 그날의 순간순간을 즐겼어요. 내내 그날의 일을 꿈꾸며 살았죠. 이 해안은 그곳보다 더 아름다워요. 아주머니, 갈매기가 되고 싶지 않으세요? 전 되고 싶은데. 저어, 저 앞에 있는 큰 집은 뭐예요?"

"저건 화이트샌드 호텔이야. 아직은 손님들이 들 철은 아니지. 여름이 되면 미국 사람들이 많이 와."

앤은 어두운 표정으로 말했다.

"가고 싶지 않아요. 어쩐지 모든 것이 끝나 버릴 것 같은 기분이 들어서요."

제6장 마릴라의 결심

그러나 마침내 두 사람은 도착했다. 스펜서 부인은 화이트샌드 만의 커다란 집에서 살고 있었다. 부인은 온화한 얼굴에 놀라움과 환영의 뜻이 담긴 표정을 지으며 문가에 나타났다.

"정말 잘 오셨어요. 너도 잘 있었니, 앤?"

"덕분에 잘 지냈어요."

앤은 웃음기 없는 얼굴로 대답했다.

"사실은 부인, 이상한 착오가 있었던 것 같아서 그 설명을 들어보려고 온 거예요. 우린 남자 아이를 원한다고 부인의 남동생을 통해 부인에게 전갈을 보냈어요. 열한 살 정도 되는 사내 아이를 원한다고 전해 달라고 했던 건데."

"어쩌나! 동생이 딸 낸시를 보내서, 당신이 여자 아이를 원한다고 하던데요. 안 그러니, 플로라 제인?"

하고 부인은 계단에 나와 있던 자기 딸에게 말했다.

"분명히 그렇게 말했어요."

"정말 미안하네요. 안됐지만 제 탓은 아니에요. 저도 할 만큼 했고, 지시대로 한 줄 알았는데요."

마릴라는 체념하고 말했다.

"우리 실수였어요. 중요한 일인데 직접 와서 전했어야 했어요. 이 애를 돌려보낼 수 있을까요?"

"돌려보낼 필요가 없을 것 같아요. 어제 피터 블레윗 부인이 찾아와서 집 안 일을 도울 여자애가 필요하다고 부탁했거든요. 그 집은 대가족이에요. 애가 좋겠네요."

마릴라는 이 달갑지 않은 고아에게서 손을 뗄 수 있는 뜻밖의 행운을 잡았는데도 다행이라는 생각이 들지 않았다.

마릴라는 피터 블레윗 부인과는 안면이 있는 사이였지만, 몸에 살이라고는 한 점도 없는 말라깽이에 키가 작고 잔소리가 심할 것 같은 여자였다. '남을 지독하게 부려먹는 사람'이라고 소문으로 들어 알고 있었다. 해고당한 하인들은 부인이 성깔이 사납고, 인색하고, 아이들은 건방지고 싸움질만 한다는 등의 입에 담지 못할 소문을 퍼뜨렸다. 마릴라는 양심이 찔리는 것 같았다.

"어머, 저기 블레윗 부인이 마침 오시네요."

스펜서 부인은 두 사람을 거실로 맞아들였다.

"정말 잘됐어요. 곧바로 여기서 얘기를 끝낼 수 있겠네요. 앤, 넌 거기 긴 의자에 앉아서 얌전히 있거라. 잠시 실례할게요. 플로라 제인에게 쿠키를 오븐에서 꺼내라고 말하는 걸 잊어버렸네요."

앤은 무릎 위로 두 손을 꼭 쥔 채 올려놓고, 아무 말 없이 긴의자에 앉아 블레윗 부인을 바라보고 있었다. 자기는 이 날카로운 표정에 날카로운 눈을 가진 여자한테 보내지는 걸까. 앤은 가슴이 미어지고 눈물이 번져 나왔다. 더 이상 눈물을 참을 수 없을 것 같았을 때 스펜서 부인이 들뜬 얼굴에 웃음을 띠며 돌아왔다.

"이 여자 아이의 일로 착오가 있었던 모양이에요, 블레윗 부인. 커스버트 부인은 남자 아이를 원하시는 모양이에요. 그래서 만약 어제 생각이 바뀌지 않았다면 이 아이가 좋을 것 같아요."

블레윗 부인은 앤을 샅샅이 훑어보더니 물었다.

"몇 살이지, 이름은?"

"앤 셜리."

움츠러든 앤은 떨면서 대답했다. 이때만큼은 앤이라는 이름의 철자에 조건을 붙일 용기조차 없었다.

"열한 살이에요."

"흐음, 별로 볼품은 없지만, 강단은 있겠다. 좋아, 내가 데리고 가면 말 잘 들어야 한다. 밥값은 해야 해. 이 애는 제가 데려가죠. 지금 당장 이 애를 집에 데려갔으면 해요."

앤을 쳐다본 마릴라는 마음이 흔들렸다. 어린 생명이 간신히 빠져나온 덫에 다시 걸린 듯한 표정이었다. 마릴라는 내내 이 표정을 떨쳐 버리지 못할 것 같았다. 감수성이 예민하고 극도로 긴장한 아이를 저런 여자한테 보내다니!

마릴라는 천천히 대답했다.

"글쎄요. 오빠도 저도 이 애를 데리고 있지 않겠다고 확실히 결정한 건 아니에요. 솔직히 말씀드리면 저는 우선 어째서 이런 착오가 생긴 건지 물어보려고 온 것뿐이에요. 오빠와 의논하기 전에는 제 마음대로 결정할 수가 없어요. 만약 이 애를 우리 집에 두지 않게 되면 내일 댁으로 데리고 가든가 보내드릴게요. 그러면 되겠죠, 블레윗 부인?"

"그럴 수밖에 없겠군요."

블레윗 부인은 무뚝뚝하게 대답했다.

마릴라가 얘기하는 동안 앤은 얼굴이 환해지기 시작했다. 처음에는 절망의 표정이 사라지더니, 차츰 희미하게 희망의 빛이 나타났다. 눈은 샛별처럼 깊고 영롱한 빛을 띠어 마치 다른 사람처럼 바뀌었다. 그리고 잠시 뒤 블레윗 부인이 요리 식단표를 빌리기 위해 스펜서 부인과 함께 방에서 나가자, 앤은 벌떡 일어났다.

"와아, 커스버트 아주머니, 정말 절 '녹색지붕집'에 살게 해주시겠다고 말씀하신 거예요? 정말 그렇게 말씀하신 거예요? 아니면 제가 상상한 거예요?"

마릴라는 언짢은 얼굴로 말했다.

"현실인지 아닌지 구별이 안 갈 정도라면 네 그 상상인지 뭔지 하는 걸 어떻게 해야겠구나. 분명 네가 들은 그대로다. 아직 정해진 건 아니다. 나보다 저 사람이 훨씬 일손을 필요로 하니까."

"저 사람한테 갈 거라면 고아원에 돌아가는 게 나아요."

앤은 격렬하게 말했다.

"저 사람은 꼭, 꼭 송곳같이 생겼어요."

마릴라는 웃음을 억지로 참으면서 앤을 타일러야 한다는 생각에 엄격한 어조로 말했다.

"저쪽에 돌아가서 조용히 앉아 있거라."

"절 있게만 해주시면 아주머니가 하라시는 대로 할게요."

앤은 얌전하게 긴의자로 돌아갔다.

저녁에 두 사람이 녹색지붕집으로 돌아오자 매슈가 샛길까지 마중나왔다. 그가 어슬렁거리고 있는 것을 멀리에서 발견한 마릴라는 그 이유를 짐작할 수 있었다. 매슈와 함께 창고 뒤로 우유를 짜러 가서야 비로소 상황을 이야기했다.

"설령 우리가 원하지 않는다 하더라도 그 블레윗한테는 못 줘."

매슈는 평소 같지 않게 노기등등해서 말했다.

"저도 그런 사람은 마음에 안 들어요. 어쨌든 그 사람한테 보내든가 아니면 우리 집에 데리고 있든가 해야 되는데. 그래서 오라버니가 저 애를 좋아하는 것 같으니까 저도 그래야 되겠다고 생각해요. 너무 생각을 많이 했더니 어느 샌가 데리고 있는 게 당연한 것 같은 생각이 들더군요. 저 애를 데리고 있어도 괜찮겠어요."

내성적인 매슈의 얼굴은 기쁨으로 빛났다.

"그래, 난 네가 그렇게 생각하게 될 줄 알았어."

"쓸모있는 아이였으면 좋겠네요. 어쨌든, 제가 단단히 가르칠 거예요. 저 애 교육은 저한테 맡기세요."

"그래, 네 말대로 하자."

매슈는 약속했다.

"그저 버릇이 나빠지지 않을 정도만이라도 그 애한테 다정하게 대해 주면 좋겠어."

마릴라는 흥 하고 코방귀를 뀌고는 가버렸다.

'고아 여자 아이를 키우게 될 줄 누가 알았겠어. 그렇지만 이 일을 시작한 사람이 오빠라는 게 더 놀랄 일이야. 여자 아이라면 기겁을 하고 무서워하는 저 오빠가 말이야.'

제7장 앤의 기도

그날 밤 앤을 침실로 데리고 갔을 때 마릴라는 따끔하게 주의를 주었다.

"앤, 어젯밤에 넌 옷을 침대 위에 아무렇게나 던져 놨더구나. 그런 단정치 못한 습관은 절대 안 된다. 벗으면 모두 잘 개어 둬야지. 칠칠치 못한 아이는 난 필요없어."

"저, 어젯밤에는 너무 괴로워서 옷에 대해선 조금도 신경쓸 수가 없었어요. 오늘 밤에는 잘 개어 놓을게요. 빨리 침대로 들어가서 상상할 일들이 많았거든요. 오늘 밤에는 잘 개어 놓을게요."

"여기 있고 싶다면 잊어선 안 될 게 있어. 기도를 하고 눕거라."

"전 기도를 해본 적이 없어요."

마릴라는 깜짝 놀랐다.

"뭐라고? 하느님이 누구신지 모르니?"

"하느님은 사랑이요, 그 지혜와 힘과 거룩함과 정의와 선함과 진리는 무한하며 영원히 변함이 없어요. 고아원의 주일학교에서 교리문답서를 모두 외우게 했거든요. 전 굉장히 좋아했어요. 거기엔 멋진 문구가 많거든요. 큰 오르간을 치고 있는 듯한 느낌이 들어요. 시라고는 할 수 없지만 시처럼 들리는 것 같아요. 그렇지 않아요?"

"지금은 시에 대한 얘기를 하는 게 아냐, 앤. 네 기도에 대해 얘기하고 있는 거야. 매일 밤 기도를 하지 않는 건 아주 나쁜 짓이란 걸 모르겠니? 너, 아주 나쁜 애가 아닌지 걱정스럽구나."

"아주머니도 만약 저처럼 비참한 빨간 머리였다면 나쁜 애가 안 될 수 없으셨을 거예요. 빨간 머리를 가진 사람이 아니면 그 괴로움을 몰라요. 토머스 아주머니가 하느님이 일부러 제 머리를 빨갛게 만드셨다고 그랬어요. 그 이후부터 전 하느님이야 어찌 되든 내가 무슨 상관이냐고 생각했죠. 그리고 너무 지쳐서 기도를 할 수 없었어요. 쌍둥이 돌보는 일을 하는 사람한테 기도 같은 건 무리예요."

"네가 이 집 지붕 밑에 있는 동안에는 기도를 꼭 해야 해."

"아주머니가 좋아하시는 일이라면 전 무슨 일이든 해요. 하지만 뭐라고 기도하면 되는지 이번 한 번만 가르쳐 주세요. 생각해 보니 기도라는 것도 굉장히 재밌을 것 같아요."

"그럼 무릎을 꿇어."

앤은 무릎을 꿇고 마릴라를 진지하게 올려다보았다.

"왜 기도할 땐 꼭 무릎을 꿇어야 되는 거예요? 제가 정말로 기도하고 싶을 땐, 전 넓고 넓은 들이나 깊고 깊은 숲으로 가서 하늘을 올려다봐요. 끝을 알 수 없는 푸른, 저 아름다운 푸른 하늘을 올려다보고, 그리고 기도를 마음속으로만 생각해요. 이제 무릎 꿇었어요. 뭐라고 하면 되는데요?"

마릴라는 점점 더 난처해졌다.

'이제 전 자려고 합니다'라는 식의 어린애들이 하는 기도를 가르칠 생각이었다. 그러나 하얀 잠옷을 입고 엄마 무릎에 앉아 하는 어린아이의 더듬거리는 기도 문구가 이 주근깨투성이의 어른스러운 여자 아이한테는 어울리지 않는다는 것을 문득 깨달았다.

"넌 이미 컸으니까 혼자서 기도해 보렴. 네게 베푸시는 하느님의 은혜에 대해 감사드리고, 이루고 싶은 소원을 부탁드리는 거야."

"그럼, 열심히 해볼게요."

앤은 마릴라의 무릎에 얼굴을 묻고 기도를 하기 시작했다.

"자비로우신 하느님 아버지, 목사님은 교회에서 이렇게 말씀하시니까 혼자 할 때도 이렇게 해도 되죠?"

앤은 머리를 들고 묻더니, 금방 다시 이어서 기도했다.

"자비로우신 하느님 아버지, '하얀 환희의 길'이나 '반짝이는 호수'나 '보니'나 '눈의 여왕'에게 감사드립니다. 정말로 진심으로 감사드립니다. 지금 현재 감사드릴 것은 그것뿐입니다. 소원이라면 너무 많으니까 제일 중요한 두 가지 소원만 말씀드리겠습니다. 부디 저를 '녹색지붕집'에서 살게 해주십시오. 그리고 제가 크면 미인이 되게 해주십시오. 안녕히 계세요. 앤 셜리 올림."

"이렇게 하면 되는 거죠? 생각할 시간이 좀더 있었다면 훨씬 더 멋지게 할 수 있었을 텐데."

가엾게도 마릴라는 아무 말도 할 수가 없었다. 이런 말도 안 되는 기도를 해도 앤은 결코 신에게 불손하지 않았으며, 난시 종교적 지식이 전혀 없기 때문이라는 것을 너무도 잘 알고 있었기 때문이다. 아이를 잠자리에 눕게 하면서 마릴라는 당장 내일부터 기도하는 법을 가르쳐야겠다고 생각했다. 방을 나가는데 앤이 불렀다.

"참, 안녕히 계세요, 라고 하는 대신에 아멘, 이라고 하는 거 아니에요? 목사님처럼요. 깜빡 잊고 있었어요. 잘못한 거죠?"

"잘못은…… 잘못이랄 건 없지, 뭐. 잘 자거라."

"오늘은 잘 잘 수 있어요."

앤은 이불 속으로 깊이 파고들었다.

주방으로 내려오자 마릴라는 매슈를 매섭게 쏘아보았다.

"저 앤 완전히 이교도나 마찬가지예요. 지금까지 한 번도 기도를 한 적이 없다니 믿을 수 있어요? 내일 목사관에서 유아 교육용 책인 《새벽 성경공부》를 빌려 와야겠어요. 주일학교에도 보내야겠고요…… 제가 할 일이 너무 많겠어요. 아무래도 저한테 고생문이 열린 것 같네요."

제8장 앤의 교육

마릴라는 오전 내내 앤에게 바쁘게 일을 시키면서 일하는 태도를 관찰했다. 점심때쯤에는 앤이 기민하고 순수하고 꾀부리지 않고 일하며 일을 빨리 배운다는 사실을 알았다. 제일 큰 단점은 일하는 중에 공상에 빠지면 일하는 것을 완전히 잊어버린다는 것인데, 야단을 맞거나 일을 저지르고 나서야 비로소 당황하며 정신을 차리곤 했다.

설거지를 끝마치자 앤은 최악의 사태에 직면하여 비장한 결심을 한 듯한 표정으로 돌연 마릴라 앞에 섰다. 머리에서 발끝까지 떨고 있었고, 얼굴은 불그레하게 상기되어 있었다. 양손을 꼭 쥐고 앤은 애원하듯 목소리를 쥐어짜며 말했다.

"절 다른 데로 보내실 건지 아닌지 가르쳐 주세요. 아침 내내 참고 있었는데, 이제 더 이상은 1분도 못 기다리겠어요."

"행주를 뜨거운 물로 소독하지 않았더구나. 먼저 네가 해야 할 일부터 하고 오너라."

앤은 행주를 소독하자마자 돌아와서 가만히 마릴라의 얼굴을 바라보았다. 마릴라는 더 이상 시간을 끌 핑계가 없었다.

"그럼, 얘기해 줄게. 네가 착한 아이가 되려고 노력하고, 감사하게 생각한다고 약속한다면 데리고 있겠다. 아니, 대체 왜 그러니?"

앤은 쑥스러운 모양이었다.

"저, 울고 있는 거예요. 기뻐서 참을 수 없는데 눈물이 나오네요. 아아, 기쁘다는 말만으로는 어울리지 않아요. '하얀 길'이나 '벚꽃'을 봤을 때는 단순히 기쁜 마음이었지만, 이건 아니에요. 기쁘다는 말만으로는 부족해요. 너무 행복해서요. 저. 꼭 착한 아이가 되도록 할게요. 그런데 제가 왜 울고 있는 걸까요?"

"그건 네가 너무 흥분해서 그래. 그 의자에 앉아서 마음 좀 가라앉히거라. 너는 너무 쉽게 울고 웃고 하는구나. 학교에 가야 되지만 앞으로 2주 동안은 방학이니까 7월부터 가는 게 좋겠다."

"아주머니를 어떻게 불러야 될까요? 마릴라 고모님은 어때요?"

"그냥 마릴라 아주머니라고 부르면 된다."

"그렇게 부르면 너무 버릇없어 보이는걸요."

"네가 조심해서 존경하는 마음으로 말하면 조금도 실례가 되지 않을 거다. 에이번리에서는 젊은 사람도 나이든 사람도 목사님 외에는 모두 날 마릴라라고 부르니까. 목사님은 미스 커스버트라고 하지만…… 생각날 때만 말이다."

"전 마릴라 고모님이라고 부르고 싶어요. 그러면 진짜 가족 같은 기분이 들 것 같아서요."

"안 된다. 난 네 고모가 아니니까."

"하지만 제 고모님이라고 상상할 수 있잖아요."

"난 그렇게 안 돼."

마릴라는 난처한 얼굴로 대답했다.

"아주머니는 현실과 다른 일을 상상해 본 적이 없으세요?"

"없어. 실제와 다른 식으로 상상하는 일엔 찬성할 수 없다. 하느님이 우리에게 있어야 할 환경을 주신 이상 우리가 마음대로 상상으로 그곳을 빠져나가는 건 옳지 않은 일이야. 난로 위 선반에 있는 카드를 가져오너라. 거기 주기도문이 있으니까. 그걸 열심히 외워두거라. 어젯밤 같은 기도는 두 번 다시 하지 않도록 말이야."

"저도 이상했을 거라고 생각했어요. 하지만 지금까지 한 번도 기도를 해

본 적이 없었잖아요. 처음 할 때는 아무래도 잘 안 돼요. 저, 이불 속으로 들어간 뒤에 멋진 기도문을 생각해 냈어요. 목사님의 기도처럼 길고 시적이었는데요, 그런데 글쎄, 아침에 눈을 뜨는 순간 한 마디도 생각이 안 나는 거예요. 그런 멋진 걸 다시는 생각해 낼 수는 없을 것 같아요. 뭐든지 두 번째 생각할 때는 처음만큼 좋지 않은 것 같아요. 그렇죠?"

"넌 조심해야 될 일이 있다, 앤. 뭔가 하라고 시키면 곧장 시키는 대로 하도록 해. 우두커니 서서 이러니저러니 말만 하지 말고. 빨리 가서 내가 시키는 대로 하거라."

앤은 곧장 거실로 갔다. 그러나 돌아오지 않았다. 10분을 기다리고 나서야 마릴라는 화가 나서 앤을 찾으러 갔다. 앤은 창문과 창문 사이의 벽에 걸려 있는 그림 앞에 꼼짝도 하지 않고 서 있었다. 뒷짐을 진 채로, 고개를 들고, 꿈을 꾸듯 물기 어린 시선으로 서 있었다. 창문 밖에서 사과나무와 덩굴잎 사이로 비쳐 들어오는 흰색과 녹색 광선이 무아지경에 빠져 있는 어린 소녀의 모습을 성스럽게 비추고 있었다

"도대체 무슨 생각을 하고 있는 거야?"

앤은 그제야 깜짝 놀라 제정신으로 돌아왔다.

"저거요."

앤은 '아이들을 축복하는 그리스도'라는 제목이 붙은 석판화를 손으로 가리켰다.

"파란 옷을 입고, 마치 저같이 가족이 아무도 없는 애처럼 혼자 구석에 서 있는 여자 아이가 저라고 생각하고 있었어요. 저 애도 분명 아빠 엄마가 없을 거예요. 하지만 자기도 축복받고 싶으니까 머뭇머뭇 다른 사람들 곁으로 다가가고 있어요. 저 애가 어떤 기분일지 저는 알아요. 제가 여기 있게 해달라고 빌었을 때처럼 저 아이의 가슴은 두근거리고 손은 분명 차가웠을 거예요. 예수님이 자기를 보지 못할까 봐 걱정하고 있지만, 예수님은 알아차리시죠. 전 모든 걸 상상해 봤어요…… 저 아이가 조금씩 다가가다 보니 예수님 바로 옆까지 오게 되어 버렸어요. 그러자 예수님은 저 아이를 보시

고 손을 저 아이 머리 위에 올리시는 거예요. 아아, 너무나도 기뻐서 저 아이는 떨고 있어요. 하지만 저 그림을 그린 사람이 예수님을 저렇게 슬퍼 보이게 그리지 않았더라면 좋았을걸. 잘 보면 예수님의 그림은 어느 거나 다 그래요. 하지만 실제로는 저런 모습이 아니었을 것 같아요. 그랬다면 아이들이 예수님을 무서워했을 테니까요.”

마릴라는 왜 더 빨리 이 얘기를 중단시키지 않았을까 스스로도 의아스러웠다.

“앤, 예수님을 그런 식으로 불경스럽게 말하는 건 실례야.”

“어머, 전 아주 경건한 마음인걸요.”

“하지만 그런 말을 너무 스스럼없이 하는 건 나빠. 그리고 또 한 가지, 내가 너한테 뭘 가지고 오라고 할 때는 즉시 그걸 가지고 와야지, 그림 앞에서 공상이나 하고 있으면 안 돼. 명심해. 그 카드를 가지고 주방으로 오너라. 거기 앉아서 그 기도문을 외워.”

앤은 카드를 사과꽃이 잔뜩 꽂혀 있는 화병에 세워 놓고—앤이 점심 식탁을 장식하려고 그 꽃을 가져왔을 때 마릴라는 아무 말도 하지 않았다—양손에 턱을 괴고 몇 분간 말없이 열심히 읽었다. 그러더니 이렇게 말했다.

“저 이거, 마음에 들어요. 전에 주일학교의 선생님이 이걸 말하시는 걸 언젠가 들었어요. 이건 시를 읽는 기분이 들어요. ‘하늘에 계신 우리 아버지, 그 이름을 거룩하게 하오시며’ 마치 음악 같잖아요. 저한테 이걸 외우라고 해주셔서 감사합니다.”

“잠자코 외우기나 해.”

마릴라는 무뚝뚝하게 말했다. 앤은 꽃병을 가볍게 기울이고는 담홍색 화병에 키스를 하더니 또다시 열심히 외우기 시작했다. 그리고 잠시 지나자 이렇게 물었다.

“아주머니, 가까운 시일 내에 에이번리에서 저한테 막역한 친구가 생길까요?”

“뭐? 막…… 뭐라고?”

"막역한 친구요…… 친한 친구 말이에요. 마음속까지 털어놓을 수 있는 진짜 친구 말이에요. 전 그런 친구를 만나는 꿈을 꿔왔어요."

"다이애나 배리가 과수원 언덕에 있긴 한데, 그 아인 너하고 비슷한 나이 또래지. 착한 아이니까 좋은 친구가 될 거다. 지금은 큰아버지 댁에 가 있거든. 하지만 조심해야 돼. 그 애 엄마는 까다롭거든."

앤은 정신없이 눈빛을 반짝이며 사과꽃 사이로 마릴라 쪽을 보았다.

"다이애나는 어떻게 생긴 아이예요? 빨간 머리는 아니죠?"

"다이애나는 아주 예쁘게 생긴 아이야. 검은 눈에 피부는 장밋빛이야. 그리고 영리하고 착하지. 그게 예쁜 것보다 중요해."

마릴라는 〈이상한 나라의 앨리스〉에 나오는 공작부인처럼 교훈을 좋아해서, 한창 자라는 아이에게 뭔가 얘기를 해줄 때는 마지막에 교훈으로 끝을 맺어야 한다고 굳게 믿고 있었다.

"다행이에요. 토머스 아주머니네서 살았을 때, 유리문이 달린 책장이 거실에 있었거든요. 책은 한 권도 없고. 아주머니는 제일 위칸에 도자기나 절인 음식을 넣어 두셨는데…… 문 한짝은 깨져 있었어요. 어느 날 밤 토머스 아저씨가 잔뜩 취해서 깨버렸거든요. 나머지 하나는 멀쩡했죠. 전 그 유리문에 비친 제 모습을 유리문 저편에 살고 있는 다른 여자 아이라고 상상하고 캐티 모리스라고 부르며 아주 사이좋게 지냈어요. 그 책장에 마법이 걸려 있어서 제가 그 주문만 외우면 문을 열 수 있고, 토머스 아주머니의 절인 음식이나 도자기가 놓인 선반이 캐티 모리스가 살고 있는 방으로 변한다는 식으로 생각했죠. 그러면 캐티 모리스는 제 손을 잡고 꽃이나 요정이 가득하고 태양이 빛나는 멋진 곳으로 데리고 가는 거예요. 그렇게 언제까지나 우리는 행복하게 그곳에서 사는 거예요. 제가 해먼드 아주머니 집으로 가게 되었을 때 캐티 모리스를 두고 가는 것이 너무 괴로웠어요. 캐티도 분명 너무 슬펐을 거예요. 왜냐하면 책장 문 너머에서 저한테 작별 키스를 해줄 때 울고 있었거든요. 해먼드 아주머니 집에는 책장은 없었지만, 집에서 조금 떨어진 강 상류에 길고 푸른 계곡이 있었는데, 말할 수 없이 아름다운 메아리가 살고 있었어요. 별로 큰 소리를 치지 않아도 한 마디 한 마디 정확하게 되돌아와요. 그래서 전 그게 비올레타라는 작은 소녀라고 상상하고, 아주 친하게 지냈어요. 그 아이를 전 캐티 모리스만큼이나 사랑했어요. 고아원에 가기 전날 밤에 비올레타에게 '안녕'이라고 말했더니 어쩜, 너무너무 슬픈 목소리로 비올레타도 '안녕'이라고 하는 거예요. 전 비올레타를 잊을 수 없었어요."

마릴라는 매정하게 말했다.

"우습구나. 살아 있는 진짜 친구를 빨리 만들어서 그런 바보 같은 일은 머리에서 떨쳐내 버려야 해. 배리 부인한텐 그런 얘기 절대 하지 마라. 거짓말하는 걸로 알 거다."

"네, 얘기 안 해요. 아무한테나 얘기하는 건 아니에요. 그 두 친구의 추억은 너무 신성한 거라서요. 하지만 아주머니한테만은 말씀드리고 싶었어요. 어머, 이것 보세요. 큰 벌이 사과꽃에서 굴러떨어졌어요. 사과꽃 속에서 산다니 얼마나 멋진 집이에요. 바람에 흔들릴 때 그 안에서 자면 어떤 기분일까요? 만약 제가 인간 여자 아이가 아니었다면 벌이 되어 꽃 속에서 살고 싶어요."

"어젠 갈매기가 되고 싶다며? 넌 변덕이 심하구나. 기도문이나 외우거라. 얘기하지 말라는 거 잊었니? 네 방에 가서 외우거라."

"벌써 거의 다 외웠어요, 한 줄만 빼고요."

"그래, 알았다. 그래도 내가 시키는 대로 해. 네 방에 가서 마저 다 외우거라. 그리고 차 마실 시간에 부를 때까지 거기 있어."

"사과꽃도 함께 가지고 가도 돼요?"

"안 돼, 방에 꽃을 떨어뜨리면 안 되니까. 무엇보다도 꽃을 함부로 꺾어 오면 안 되는 거야."

"저도 조금은 그런 생각을 했어요. 꺾어서 아름다운 생명을 단축시키면 안 된다고 생각을 하긴 했는데…… 저도 만약 사과꽃이었다면 꺾이는 게 싫었을 거예요. 하지만 유혹을 이길 수가 없었어요. 아주머니는 이길 수 없는 유혹을 만나면 어떻게 하세요?"

"앤, 네 방으로 가라는 소리 못 들었니?"

앤은 한숨을 쉬더니 동쪽 방으로 물러가 창가 의자에 앉았다.

"이제 기도문은 알아. 마지막 줄은 계단 올라오면서 다 외웠거든. 그럼 이 방에 대해 상상해 볼까? 바닥에는 분홍 장미로 뒤덮인 흰색 벨벳 양탄자가 깔려 있고, 창문에는 분홍색 실크 커튼이 달려 있어. 벽에는 금실이나 은실로 짠 벽걸이가 걸려 있고. 가구는 마호가니야. 마호가니를 본 적은 없지만 아주 호화스러울 것 같아. 이건 호화로운 실크 쿠션으로 파묻힌 소파이고. 난 그 위에 우아하게 기대고 있는 거야. 내 모습은 벽에 걸려 있는 크고 멋진 거울에 비치고 있어. 키가 크고 기품 있고, 발끝까지 끌리는 하얀 레이스 가운을 입고 있어. 가슴에는 진주로 된 십자가를 걸고 머리에도 진주를 달고 있고. 머리카락은 칠흑처럼 검고, 피부는 상아처럼 창백해. 이름은 코델리아 아가씨. 아냐, 이건 내가 생각해도 진짜 같지 않아."

앤은 벌떡 일어나 작은 거울 앞으로 가서 들여다보았다. 주근깨투성이의 얼굴과 진지한 회색빛 눈동자가 앤을 쳐다보고 있었다.

"넌 그냥 '녹색지붕집'의 앤 아냐. 네가 코델리아 아가씨라고 생각하려고 할 때마다 넌 지금 같은 네 모습을 보게 될 거야. 하지만 집 없는 앤보단 '녹색지붕집'의 앤이 백만 배는 낫다, 그치?"

앤은 몸을 앞으로 구부려 거울에 비친 자신에게 다정하게 키스한 후 활짝 열려 있는 창가에 가서 앉았다.

"눈의 여왕님, 안녕. 그리고 골짜기의 자작나무들도 안녕. 언덕의 잿빛 집들도 안녕. 다이애나가 내 친구가 될까? 그러면 좋을 텐데. 하지만 캐티 모리스나 비올레타도 잊으면 안 돼. 난 누구의 마음도…… 설령 책장 속의 여자 아이라도, 메아리 소녀라도 마음을 상하게 하고 싶지 않아. 매일 키스를 보내 줘야지."

앤은 손가락 끝에 키스를 두 번 하고는 벚꽃 쪽으로 그 키스를 날려 보냈다.

제9장 레이첼 린드 부인의 충격

앤이 온 지 2주일이 지나서 린드 부인은 앤을 보러 왔다. 심한 독감에 걸려 줄곧 집안에 틀어박혀 있어야 했기 때문이다. 감기가 낫자마자 부인은 호기심을 참지 못하고 매슈와 마릴라의 양녀를 탐색하러 찾아왔다.

지난 2주 동안 앤은 눈만 뜨면 1분 1초를 즐기며 보냈다. 집 근처의 나무나 숲과는 벌써 친해졌고, 오솔길이 과수원 아래를 지나 가늘고 길게 숲으로 이어져 있다는 사실도 발견했다.

앤은 그 오솔길을 끝까지 걸어가서 시냇물이나 다리, 전나무 숲이나 아치 모양의 야생 벚나무, 풀고사리가 우거진 모퉁이길, 단풍나무나 마가목들의 가지가 뻗어 있는 샛길 등을 구경했다.

골짜기에 있는 아름다운 샘과도 친구가 되었다. 깊고 맑은 얼음처럼 차가운 물에 반질반질한 붉은 사암이 깔려 있고, 주변에는 종려나무 같은 물고사리가 자라고 있었다. 샘 너머에는 냇물이 있었고, 그 위에는 통나무 다리가 놓여 있었다. 이 다리를 건너면 나무가 무성한 언덕으로 이어졌다. 이곳은 우뚝 솟은 전나무나 가문비나무가 빽빽하게 들어서 있었기 때문에 항상 어두웠다. 거미줄이 은색 실처럼 빛나고, 전나무 가지와 꽃들이 다정하게 속삭이고 있었다.

이런 환희에 넘치는 탐험은 놀다 와도 좋다고 허락받은 30분 남짓의 얼마 안 되는 시간 동안 이루어졌다. 앤은 자신의 새로운 발견을 일일이 매슈와 마릴라에게 보고했다. 매슈는 귀찮아하는 기색 없이 잠자코 즐거움이 가득한 얼굴로 미소지으며 들었다.

마릴라는 자신이 그 '수다'에 어느 샌가 빠져서 넋을 잃고 듣고 있었다는 걸 깨달으면 금방 '조용히 하라'고 명령하곤 했다. 정원의 푸른 풀이 저녁 햇살을 받아 산들바람에 흔들리는 곳을 앤이 기분좋게 거닐고 있을 때 린드 부인이 찾아왔다.

"실은 깜짝 놀랄 얘기를 들었어요."

마릴라는 선수를 쳤다.

"깜짝 놀란 건 저예요. 아무려면 당신이 나만큼이야 놀랐겠어요. 지금은 아니지만요."

린드 부인은 동정하는 투로 말했다.

"그런 실수가 있었다니 정말로 어이없었겠어요. 그 아이를 돌려보낼 수가 없었나 보죠?"

"돌려보낼 수는 있었지만 우리가 그러지 않기로 했어요. 매슈가 아주 마음에 들어해서요. 그리고 저도 그 아이가 싫지 않았고요…… 집안 분위기가 완전히 달라졌어요. 애가 워낙 명랑해서요."

얘기가 시작되자 마릴라는 뜻하지 않았던 말까지 하게 되었다. 린드 부인이 탐탁지 않다는 뜻을 내비쳤기 때문이다.

"당신들은 막중한 책임을 떠안은 거예요. 특히 당신들은 아이라면 아무 경험도 없잖아요. 그 아이의 신상에 대해서도 별로 모르고 있고, 앞으로 어떤 아이가 될지도 모르잖아요."

마릴라는 담담하게 대답했다.

"저는 한번 결심하면 끝까지 해내요. 아이를 부르죠."

잠시 후 앤이 환한 얼굴로 달려들어왔다. 그런데 낯선 사람을 보자 방 입구에서 멈춰섰다. 그 자세는 분명 기묘했다. 고아원에서 입고 왔던 짧고 꼭 끼는 교직옷 밑으로 마른 다리가 흉하게 드러나 있었다. 주근깨는 평소보다 한층 두드러져 보였고, 모자를 쓰지 않은 머리카락은 바람에 헝클어져서 아주 빨개 보였다.

“외모 때문에 널 기르기로 한 건 분명 아니겠구나.”

린드 부인은 입심 좋게 말했다. 부인은 솔직한 것을 자랑으로 여기는 사람이었다.

“비쩍 마르고 못생겼네. 너, 얼굴 좀 자세히 보자. 세상에, 주근깨가 어쩜 이렇게 많니. 게다가 빨간 머린 꼭 홍당무 같다, 애.”

앤은 단번에 린드 부인 앞으로 달려가서 분노로 빨개진 얼굴로 입술을 부르르 떨고 깡마른 몸을 부들부들 떨었다. 그리고 발을 구르며 “아주머니 같은 사람은 싫어요”라고 목멘 소리로 외쳤다. “너무 싫어…… 너무 싫어요…… 너무 싫다구요”라고 한 마디씩 할 때마다 점점 격하게 발을 쾅쾅 굴렀다.

“어떻게 나한테 그렇게 말할 수 있어요? 어떻게 주근깨부성이에 빨산 머리라고 말할 수 있어요? 아주머니처럼 품위 없고 예의 없고 인정 없는 사람은 본 적이 없어요.”

“앤!” 마릴라는 당황해서 소리쳤다.

그러나 앤은 머리를 꼿꼿이 쳐든 채, 눈을 부라리며 주먹을 불끈 쥐고 있었다. 온 전신으로 격한 분노를 발산하고 있었다.

앤은 맹렬하게 되풀이했다.

“누가 아주머니한테 그런 식으로 말하면 어떤 기분이 드시겠어요? 뚱보에 볼품없고, 아마 상상력 같은 건 눈곱만큼도 없을 거라는 소리를 들으면 어떤 기분일까요? 이런 말로 아주머니가 마음 상하신다 해도 안 무서워요. 아니, 마음 상하셨으면 좋겠어요. 전에 토머스 아주머니네 주정뱅이 아저씨도 아주머니처럼 제 기분을 상하게 하진 않았어요. 절대로 아주머니 같은 사람은 용서하지 않을 거예요. 절대로요!”

앤은 발을 쾅쾅 굴렀다.

“무슨 저런 성질 못된 애가 다 있어?”

린드 부인이 고함쳤다.

“네 방으로 올라가.”

간신히 말할 기운을 차린 마릴라가 명령했다.

앤은 왈칵 울음을 터뜨리며 달려나갔는데 너무 세게 문을 닫는 바람에 바깥 벽에 걸려 있던 함석까지 덜컹거릴 정도였다. 이어 2층에서도 쾅 하는 소리가 들려왔다.

"세상에, 저런 애를 기르겠다니요."

마릴라는 뭐라고 사과를 해야 좋을지 모르겠다고 말하려 했지만, 엉뚱한 말을 내뱉었다.

"아이 생긴 걸 가지고 이러쿵저러쿵하는 건 안 좋아 보이네요."

"마릴라, 설마 당신이 방금 눈앞에서 저렇게 버릇없이 대든 저 애 편을 들고 있는 거예요?"

"아뇨. 저 아이 편을 들려고 그러는 게 아니에요. 저 아이가 잘못했으니까 잘 타일러야겠죠. 하지만 너그럽게 봐줄 필요도 있지 않겠어요? 제대로 교육을 받지 못했을 테니까요. 그리고 당신도 저 애한테 너무 심하게 말한 것 같아요, 레이첼."

마릴라는 이 마지막 말을 덧붙이지 않을 수 없었다. 하지만 그렇게 말하고 나서 또다시 자기 자신도 깜짝 놀랐다. 화가 난 린드 부인은 아무렇지 않은 척 위엄을 떨며 일어났다.

"좋아요, 다음부턴 조심하죠. 어디서 굴러먹던 말뼈다귄지 모르는 고아의 기분이 그렇게 중요한가요? 아니, 난 화가 난 건 아니에요…… 난 당신이 너무 안돼서 화도 안 나네요. 저 애 때문에 고생 깨나 하겠어요. 충고 한 마디만 하죠. 아이 열을 키워 둘을 잃은 내 충고라도 안 들으려 하겠지만요. 그 당신이 말한 그 '타이르는 걸' 하려면 적당한 굵기의 회초리를 사용하는 게 좋을 거예요. 저런 애한테는 백 마디 말보다도 그게 더 효과가 크죠. 저 아이의 성깔은 저 머리 색깔하고 딱 어울리는 것 같더군요. 그럼 잘 있어요, 마릴라. 지금까지 그랬던 것처럼 이따금씩 놀러도 오고 하세요. 물론 나야 당분간 여기 안 오겠지만요. 이런 식으로 모욕당한다면요. 이런 일은 생전 처음이에요."

이렇게 말하고 린드 부인은 쏜살같이 나가 버렸다. 마릴라는 난처한 표정으로 동쪽 방으로 향했다.

2층으로 올라가면서도 마릴라는 전혀 자신이 없었다. 아까 본 광경에는 적잖이 낙심하고 있었다. 다른 사람도 아니고 레이첼 린드 부인 앞에서 앤이 그런 성깔을 보이다니 얼마나 운수 사나운 일인가? 어떤 식으로 벌을 주어야 할까? 린드 부인의 아이들한테 효과가 있었다는 회초리는 마음에 들지 않았다. 아이에게 회초리를 드는 일을 마릴라는 도저히 할 수 없을 것 같았다. 뭔가 다른 방식으로 벌을 주어서 앤 자신이 잘못한 것을 깨닫게 해야 한다.

앤은 침대에 얼굴을 파묻고 몹시 울고 있었다. 깨끗한 침대보 위에 흙투성이 구두를 그대로 신고 올라갔다는 사실조차 깨닫지 못하고 있는 것 같았다.

"앤."

그다지 엄격하다고 할 수 없는 목소리로 마릴라는 앤을 불렀지만 앤은 대답하지 않았다. 그래서 이번에는 더 엄격하게 말했다.

"앤, 지금 당장 침대에서 내려와, 내 말을 들어."

앤은 주춤주춤 침대에서 내려왔다. 눈물로 얼룩진 얼굴은 통통 부어 있었고, 눈은 고집스럽게 바닥 쪽만 내려다보고 있었다.

"잘하는 짓이다, 앤. 부끄럽지 않니?"

앤은 반항적인 태도로 말했다.

"그 사람한테는 제가 못생겼다느니 빨간 머리라느니 말할 권리가 없잖아요."

"너도 그런 식으로 화를 내거나 함부로 말할 권리는 없어. 난 창피해 죽겠더라. 레이첼 아줌마 앞에서 예의바르게 행동했으면 했는데…… 넌 날 망신시켰어. 그 아주머니가 너한테 그렇게 말했기로서니 어쩌면 그 정도로 이성을 잃을 수 있니? 네 입으로도 늘 네가 못생겼느니, 빨간 머리라느니 그랬잖아."

"제가 말하는 것하고 남이 그러는 것은 천지 차이예요. 성질이 못됐다는 소리를 듣게 되더라도 어쩔 수 없었어요. 도저히 따지지 않고는 참을 수 없었다구요."

앤은 큰 소리로 울부짖었다.

"어쨌든 좋은 웃음거리가 된 거야. 레이첼 아주머니한테 온 동네에 네 얘길 떠들고 다닐 구실을 만들어 주다니. 그 사람이 오죽이나 떠들고 다니겠니?"

"하지만 누가 아주머니 앞에서 대놓고 삐쩍 마르고 못생겼다고 하면 어떡하시겠어요?"

앤은 눈물을 흘리며 항변했다.

갑자기 오래 전 기억이 마릴라에게 떠올랐다. 아주 어렸을 때 숙모 한 분이 또 다른 숙모한테 마릴라에 대해 "가엽게도, 어쩌면 이 아인 이렇게 까맣고 못생겼죠"라고 말하는 걸 들은 적이 있었다. 그때의 속상한 기분은 오십이 되어서도 잊혀지지 않았다. 그래서 마릴라는 좀더 목소리를 누그러뜨렸다.

"그거야…… 레이첼 아주머니가 너한테 그런 식으로 말한 걸 잘했다고 하는 건 아니야. 너무 말을 함부로 했어. 하지만 그래도 너는 그러면 안 되지. 그 사람은 윗사람이고, 손님이잖니."

문득 마릴라는 멋진 벌을 생각해 냈다.

"그러니까 너, 그 아주머니한테 가서 '대단히 잘못했으니 용서해 주세요' 하고 사과하고 와."

"그것만은 절대로 못 해요."

앤은 단호하게 말했다.

"어떤 벌이든 다 주세요. 뱀이나 두꺼비가 사는 깜깜하고 축축한 감옥에 가두고, 음식은 빵하고 물만 주셔도 저 불평 안 해요. 하지만 그분한테 사과하는 것만은 못 해요."

"어둡고 축축한 감옥에 가두는 일 같은 건 난 못한다. 그렇지만 레이첼 아주머니한테 사과하겠다고 할 때까지 방에서 나오지 마라.”

마릴라는 차갑게 말했다.

“그럼 영원히 이곳에 있어야겠군요. 어떻게 사과를 해요? 조금도 잘못했다는 생각이 들지 않는데. 잘못했다고 생각하지도 않는데 잘못했다고 말할 수는 없잖아요? 상상으로라도 전 그렇게는 못 해요.”

“찬찬히 생각해 보렴. 넌 이 집에서 살게 해주면 착한 아이가 되겠다고 하지 않았니? 오늘 밤 하는 걸 보니 그럴 것 같지 않구나.”

이 뼈아픈 한마디를 던지고 마릴라는 내려가 버렸다. 몹시 혼란스럽고, 신경이 곤두섰다. 그렇지만 말도 제대로 못하던 린드 부인의 모습이 떠오를 때마다 자꾸 웃음이 나와서 참을 수가 없었다.

제10장 앤의 사과

마릴라는 그날 밤 매슈에게 아무 말도 하지 않았다. 하지만 이튿날 아침이 되어도 앤이 계속 완강하게 고집을 부리자, 그 애가 아침 식사에 내려오지 않은 이유를 설명하지 않을 수 없었다. 마릴라는 앤의 불손한 행동을 특히 강조하면서 모든 얘기를 매슈에게 들려주었다.

"레이첼 린드를 화나게 한 건 잘한 거야. 쓸데없이 참견이나 하고 다니는 떠벌이 아냐."

"오빠, 앤이 잘못한 걸 뻔히 알면서 그 애 역성을 드세요?"

"너무 심하게는 하지 마라. 아이한테 먹을 걸 좀 갖다 줘야지."

"제가 언제 애 굶겨가면서 예절 가르친대요. 식사는 제대로 줄 거예요. 하지만 린드 부인한테 가서 사과하겠다고 할 때까지는 그대로 두겠어요, 오빠."

앤은 계속 고집을 부리고 있었다. 두 사람의 식사가 끝나면 마릴라는 잘 차린 쟁반을 동쪽 방으로 가지고 갔고, 잠시 지나서 거의 손을 대지 않은 쟁반을 도로 가지고 내려왔다. 마릴라가 식사를 가지고 내려올 때면 매슈는 걱정스러운 듯 그것을 바라보았다.

그날 저녁 마릴라가 소를 몰러 방목장으로 나가는 것을 헛간 근처에서 보고 있던 매슈는, 도둑처럼 살금살금 2층으로 올라갔다. 매슈는 살금살금 복도를 지나 동쪽 방 문 앞에서 주저하다가, 드디어 용기를 내어 들어가 보았다.

앤은 창문 앞의 의자에 앉아 슬픈 듯이 정원을 내려다보고 있었다. 매슈는 마음이 아팠다. 매슈는 살그머니 옆으로 다가가 소리를 낮추어 말했다.

"기분은 어떠냐?"

앤은 힘없이 미소지었다.

"뭐, 그런대로 괜찮아요."

앤은 이제부터 있을 길고 긴 쓸쓸한 감옥 생활에 대해 생각한 듯 용감하게 그 운명에 맞서겠다는 결심으로 또다시 미소지었다.

"어때, 앤, 차라리 사과하고 끝내는 게 낫지 않겠니? 언젠가는 해야 되는 일이야. 마릴라는 한번 꺼낸 말은 절대로 번복하지 않는 성격이야. 빨리 결심해라."

"레이첼 아주머니한테 사과하는 거 말이에요?"

"그래, 사과, 맞다. 그냥 비위를 맞춰 주는 거야. 문제를 원만하게 수습하자는 거지."

매슈는 열심히 설득했다.

"전 아저씨를 위해서라면 할 수 있을 것 같아요. 정말이에요. 왜냐하면 지금은 잘못했다고 생각하고 있거든요. 어젯밤에는 조금도 그렇게 생각 안 했어요. 하지만 오늘 아침이 되니까 완전히 다 나아 버렸어요. 이젠 화 같은 건 안 나요. 그냥 완전히 맥이 빠져 버렸어요. 그리고 제 자신이 너무 부끄러웠지만 레이첼 아주머니한테 갈 기분은 도저히 안 나더라구요. 너무 부끄러울 것 같아서요. 그보다는 차라리 언제까지나 방에 틀어박혀 있는 게 나을 것 같았어요. 하지만 그래도 아저씨를 위해서라면 할래요. 아저씨가 정말로 그걸 원하신다면요."

"물론 원한다. 네가 아래층에 내려오지 않으니까 너무 쓸쓸해서 그래. 그냥 그 사람의 기분만 풀어 주면 돼. 넌 착한 아이 아니냐."

"좋아요. 마릴라 아주머니가 돌아오시면 후회하고 있다고 말씀드릴게요."

앤은 포기한 듯했다.

"그래, 그래야지, 앤. 하지만 마릴라한테는 내가 뭐라고 했다고 말하면 안 된다. 내가 참견하는 걸 싫어하니까."

"능지처참을 당하게 되더라도 절대로 말 안 해요."

앤은 엄숙하게 약속했다.

"그런데 능지처참이 뭐예요?"

이미 매슈는 사라진 뒤였다. 자신의 성공에 스스로도 놀랐을 뿐만 아니라 마릴라에게 발각될까 봐 멀리 도망가 버렸기 때문이다.

마릴라가 집으로 돌아오자 2층 계단 난간 쪽에서 "아주머니!" 하고 부르는 소리가 들렸다. 마릴라는 그 순간 놀랍고도 반가웠다.

"왜 그러니?"

마릴라는 복도로 들어갔다.

"저, 성질부리고 무례한 짓 한 거 잘못했다고 생각해요. 레이첼 아주머니한테 가서 그렇게 말할게요."

"좋아. 우유 짜는 거 끝나면 데려다 주마."

마릴라는 사실 앤이 계속 고집을 부리면 어쩌나 몹시 난처해하고 있던 참이었다.

마릴라와 앤은 함께 오솔길을 걸어갔다. 마릴라는 의기양양하게 몸을 뒤로 젖힌 모습이었고, 앤은 고개를 숙인 비참한 모습이었다. 그런데 반쯤 가다 보니 어느새 앤은 머리를 들고 노을이 지는 하늘을 바라보았고, 발걸음도 경쾌해졌다. 어쩐지 기분이 들뜨는 것 같았다. 마릴라는 못마땅한 시선으로 바라보았다. 몹시 화가 나 있는 린드 부인 앞에서 가져야 할 태도는 아니었기 때문이다.

"무슨 생각을 하고 있는 거니, 앤?"

마릴라가 날카롭게 물었다.

"레이첼 아주머니에게 어떤 식으로 말할까 생각하고 있는 중이에요."

앤은 꿈꾸는 듯한 눈초리로 대답했다.

마릴라는 벌을 주려던 자기 계획이 예상과는 달리 빗나가고 있는 듯했다. 앤이 왠지 즐거워 보였던 것이다.

앤은 마릴라에게 이끌려, 창문가에서 뜨개질을 하고 있던 린드 부인 앞에 섰다. 그런데 그 순간 즐거워 보이던 기색은 온데간데없이 사라지고 침통한 참회의 모습이었다. 앤은 한 마디도 하지 않다가 갑자기 놀란 표정을 짓고 있는 린드 부인 앞에 무릎을 꿇었다. 그리고 떨리는 목소리로 말했다.

"오, 레이첼 아주머니, 전 너무나 큰 잘못을 저질렀어요. 제가 얼마나 슬퍼하고 있는지 도저히 말로 표현할 수가 없어요. 설령 사전 한 권을 다 사용한다 해도 표현할 수 없을 거예요. 아주머니께는 너무나도 큰 실례를 저질렀고, 저를 녹색지붕집에 살게 해주신 매슈 아저씨와 마릴라 아주머니를 망신시켜 드렸어요. 전 정말로 배은망덕한 아이예요. 저 같은 아이는 영원히 버림받아야 해요. 아주머니께서는 사실을 말씀하신 것뿐인데 제가 괜히 화를 냈어요. 아주머니가 말씀하신 건 모두 사실이에요. 제 머리는 빨갛고, 주근깨투성이고, 삐쩍 마르고 못생겼어요. 아아, 아주머니, 부디부디 용서해 주세요. 만약 용서해 주지 않으신다면 전 평생 슬퍼하게 될 거예요. 제가 못된 성질을 부렸다 해도 가엾은 고아에게 평생 동안 슬픔을 안겨 주진 않으시겠죠? 아아, 부디 저를 용서해 주세요, 레이첼 아주머니."

앤은 두 손을 맞잡고 머리를 숙였다.

앤이 진지한 것은 분명했다. 그 한 마디 한 마디에 넘치는 진실의 목소리를 마릴라도 린드 부인도 인정했다. 그러나 앤이 분명 이 굴욕적인 순간을 대단히 즐기고 있다는 것을 눈치챈 마릴라는 질려 버렸다. 그 건전한 벌의 결과는 어디로 간 건가? 앤은 그것을 더없는 쾌락으로 바꿔 버린 것이다.

사람 좋은 린드 부인은 이 사실을 알아차리지 못하고 있었다. 그저 앤이 극진하게 사죄하는 모습을 보자, 남의 일에 참견이 심한 편이지만 본심은 다정한 부인의 가슴에서 노여움은 완전히 사라져 버렸다.

"자아, 자아, 일어나거라. 물론 용서해 주고말고. 나도 조금은 지나쳤던 것 같구나. 하지만 난 원래 솔직한 성격이라 그러니, 내 말에 신경쓰지 마라. 정말이지 네 머리가 너무 빨간 건 사실이다. 전에 내가 알던 여자 친구가 하나 있었는데, 나하고 같이 학교를 다녔거든. 그런데 그 애는 어릴 적에 꼭 너처럼 빨간 머리더니 크니까 색이 짙어져서 정말로 아름다운 금갈색으로 변하더구나. 네 머리도 나중에 그렇게 되지 말란 법 있니?”

앤은 크게 숨을 들이마시며 벌떡 일어났다.

“세상에, 아주머니는 제게 희망을 주셨어요. 앞으로 아주머니를 은인으로 생각할게요. 크면 아름다운 금갈색 머리가 될지도 모른다고 생각하니, 그 생각만으로도 무슨 일이든 참아낼 수 있을 것 같아요. 머리가 아름다운 금갈색이라면 착한 애가 되는 건 훨씬 쉬울 거예요. 그렇죠? 두 분이서 얘기 나누시는 동안 전 정원에 나가서 사과나무 밑에 있는 벤치에 앉아 있어도 돼요? 그쪽이 훨씬 상상할 거리가 많거든요.”

“그래, 되고말고. 그리고 구석에 있는 하얀 수선화는 꺾어도 돼.”

앤이 나가고 문이 닫히자 린드 부인은 벌떡 일어나 램프에 불을 붙였다.

“정말로 저 애는 별난 데가 있는 아이군요. 하지만 어딘가 사람을 끄는 데가 있네요. 이제 보니 당신이나 매슈가 저 아이를 데리고 있겠다고 한 것도 별로 놀랄 일이 아니네요. 잘 자라겠어요. 물론 말하는 게 좀 이상하지만요, 조금요…… 그래요, 좀 많이 이상하지만요. 뭐, 그거야 고쳐지겠죠. 그리고 굉장히 성미가 급해 보이지만, 저렇게 발끈하다가도 금방 풀어지는 성격은 교활하지도 않고 거짓말을 않죠. 저는 저 애가 마음에 들어요, 마릴라.”

마릴라가 작별 인사를 하고 나오자, 앤이 그윽한 향기가 감도는 과수원의 어둑어둑한 그늘 속에서 수선화 다발을 안고 나타났다.

“저, 제법 사과 잘했죠? 어차피 사과할 거면 철저하게 하는 편이 낫죠.”

오솔길을 걸으면서 앤은 자랑스러운 듯 말했다.

“정말 철저하더구나.”

마릴라는 좀전의 일을 생각하면 자꾸 웃음이 나오려고 했다. 또 앤이 너무 능수능란하게 사과한 것에 대해 야단쳐야 하는 게 아닌가 하는 생각이 들어서 마음이 편치 않았다. 그러나 이렇게 말해 두었다.

“앞으로 그런 사과는 하는 일이 없도록 하거라.”

앤은 한숨을 쉬었다.

"저에 대해서 이러쿵저러쿵 말만 좀 안 했으면 좋겠는데. 다른 일이라면 화 안 낼 자신 있는데, 빨간 머리 얘기만 나오면 저도 모르게 발끈해져요. 제가 크면 정말로 제 머리가 금갈색이 될까요?"

"너무 자기 외모에 대해서만 생각하면 못 써. 아무래도 넌 허영심이 많은 것 같구나."

앤은 항의했다.

"제가 못생긴 걸 아는데, 어떻게 허영심이 많을 수 있어요? 전 예쁜 것이 좋아요. 거울을 봤을 때 예쁘지 않은 모습을 보면 너무 슬퍼져요. 아름답지 않은 건 불쌍하다구요."

"마음이 예쁘면 용모도 예쁜 법이다."

"전에노 그런 말을 늘은 적이 있어요. 하지만 그 말이 사실일까요?"

수선화의 향기를 맡으며 앤이 물었다.

"어머, 어쩌면 꽃이 이렇게 향기로워요? 이걸 주시다니 정말 레이첼 아주머니는 친절하신가 봐요. 이제 전 그 아주머니가 싫지 않아요. 사과를 하고 용서받는 건 기분 좋은 일이네요. 오늘 밤에는 별이 정말 예쁘지 않아요? 아주머니, 만약 별에서 산다면 어디서 살고 싶으세요? 저라면요, 저 멀리 어두컴컴한 언덕 위에 있는 저 아름답고 빛나는 큰 별에서 살래요."

"앤, 입 좀 다물거라."

쉴새없이 옮겨 다니는 앤의 생각에 질질 끌려 다니느라 마릴라는 지쳐 버렸다.

오솔길에 도착할 때까지 앤은 아무 말도 하지 않았다. 어디에서 불어오는지 알 수 없는 산들바람이 이슬에 젖은 어린 풀고사리의 싱그러운 향기를 싣고 두 사람을 맞이했다. 땅거미가 자욱히 낀 멀리 저편에는 나무들의 가지 사이로 녹색지붕집의 주방에서 새어나오는 불빛이 즐거운 듯 반짝이고 있었다. 앤은 갑자기 살며시 다가가 마릴라의 건조한 손바닥에 손을 끼워넣었다.

"집에 돌아간다는 건 기쁜 일이네요. 자기 집으로 돌아간다는 건요. 저,

녹색지붕집이 너무 좋아졌어요. 마릴라 아주머니, 저 정말로 행복해요.”

그 가냘프고 작은 손이 자기 손에 닿았을 때 뭔가 몸 속이 따뜻해지는 듯한 감정이 마릴라의 가슴에 피어났다. 아마 지금까지 한 번도 느껴 보지 못했던 모성애일 것이다. ‘이런 일은 처음이야.’ 그 달콤한 느낌에 마릴라는 당황스러웠다. 그러나 서둘러 평소의 차분함을 되찾으려고 재빨리 교훈을 하나 생각했다.

“착한 아이가 된다면 행복한 거란다, 앤. 그렇게 되면 결코 기도문 외우는 걸 어렵다고 생각하지 않게 될 거야.”

“기도문을 외우는 것과 기도를 하는 건 다른 거예요. 하지만 지금 저는 바람이 되어서 저 나뭇가지 끝을 흔드는 걸 상상해요. 나무에 싫증나면 살랑살랑 이 풀고사리한테 내려와서…… 그러고 나서 이번에는 레이첼 아주머니네 정원으로 날아가서 꽃들을 춤추게 할래요. 그러고 나서 획 하고 단번에 클로버 들판으로 갔다가 ‘반짝이는 호수’로 가서 반짝이는 잔물결을 일으킬래요. 아, 바람 속에는 상상할 거리가 너무 많아요. 그러니까 이제부터 아무 말도 안 할래요.”

“그거 참 다행이구나.”

마릴라는 진심으로 안도했다.

제11장 주일학교에 대한 인상

"마음에 드니?"

마릴라가 말했다.

동쪽 방에서 앤은 침대 위에 펼쳐져 있는 새 옷 세 벌을 앞에 두고 진지한 얼굴로 서 있었다. 한 벌은 짙은 밤색의 깅엄 체크였는데, 작년 여름에 굉장히 실용적이라고 권하는 행상에게 설득당해서 산 것이었다. 또 하나는 검정과 흰색으로 된 바둑판 무늬의 면새틴으로, 이번 겨울에 물품교환소에서 고른 것이다. 나머지 한 벌은 보기 흉한 파란색 사라사로 이번주에 마을 가게에서 샀다.

마릴라는 손수 옷을 만들었는데, 전부 같은 모양이다. 주름이 없는 스커트에 주름이 없는 몸통이 붙어 있고, 소매는 몸통이나 스커트와 마찬가지로 아무런 장식도 없고, 통이 좁았다.

"저, 마음에 든다고 상상할게요."

앤은 진지하게 대답했다.

"누가 마음에 든다고 상상해 달래? 넌 이 옷이 마음에 안 드는 모양이구나. 뭐가 어때서? 모두 단정하고 깨끗하잖니."

"네."

"그런데 왜 마음에 안 든다는 거야?"

"저어, 예쁘지가 않잖아요."

앤은 마지못해 대답했다. 마릴라는 코방귀를 뀌었다.

"안 예쁘다구? 너한테 예쁜 옷을 만들어 준다는 건 난 생각도 안했다. 허영심을 키우고 싶진 않으니까. 앤, 이것만은 분명히 해두자. 어느 거나 다 얌전하고 실용적인 옷이야. 주름이나 장식 같은 게 하나도 안 달려 있어서 말이다. 이번 여름에는 이 옷들뿐이다. 갈색 깅엄 체크하고 파란색 사라사는 학교 다닐 때 입는 옷으로 하고, 면새틴은 교회와 주일학교에 갈 때 입는 것으로 해라. 항상 단정하고 깨끗하게 입도록 해라. 지금까지 보잘것없는 교직 옷 같은 걸 입고 있었으니까 뭘 입든 고마워할 줄 알아야지."

"물론 감사하죠. 하지만, 만약…… 만약 이 중에 하나라도 퍼프 소매로 만들어 주셨다면 더, 훨씬 더 감사했을 텐데. 퍼프 소매는 요즘 유행이거든요. 퍼프 소매 옷을 입으면 너무 기뻐서 가슴이 찌릿했을 거예요."

"퍼프 소매 같은 데 낭비할 천이 어딨어? 그런 옷은 바보스러워 보여. 나 같으면 편하고 얌전한 옷이 좋겠다."

"하지만 다른 사람들이 다 입었다면, 저 혼자만 단정하고 얌전하게 보이기보단 차라리 바보스러워 보이는 게 더 낫다구요."

앤은 처량하게 우겨댔다.

"시끄럽다. 이 옷을 옷걸이에 잘 걸어 둬. 그리고 나서 주일학교 공부를 하렴. 벨 씨한테서 교리문답서를 받아왔단다. 넌 내일 주일학교에 가는 거야."

마릴라는 몹시 화가 나서 아래층으로 내려갔다.

앤은 옷을 내려다보며 실망한 모습으로 중얼거렸다.

"퍼프 소매로 만든 흰색 옷이 있었으면 좋겠다고 생각했는데. 그런 옷을 달라고 기도했는데. 하지만 별로 기대는 안 했어. 하느님은 어린 고아의 옷 같은 덴 신경쓸 시간이 없으실 거라고 생각했어. 마릴라 아주머니의 생각대로 만들어질 줄 알고 있었어. 하지만 괜찮아. 다행히 이 중 하나는 멋진 레이스 주름이 있고, 3단 퍼프 소매가 달린 흰 모슬린 원피스라고 상상하면 되니까."

다음날 아침 마릴라는 두통 때문에 함께 주일학교에 갈 수가 없었다.

"레이첼 아주머니네 집에 들렀다 가거라. 네가 들어갈 교실로 데려다 주실 테니까. 조심해서 예의 바르게 행동해야 한다. 끝나고 나면 설교 시간에 남아서 레이첼 아주머니한테 우리 집 가족석을 가르쳐 달라고 해. 이건 헌금할 1센트다. 남의 얼굴을 빤히 쳐다보거나 여기저기 두리번거리거나 그러면 못써. 집으로 돌아오면 나한테 오늘 배운 성경 말씀을 얘기해 다오."

앤은 조금도 나무랄 데 없는 옷차림으로 집을 나섰다. 빳빳한 검정과 흰색 바둑 무늬 면새틴은 길이도 적당하고 꼭 끼지도 않았지만, 앤의 야윈 몸매의 선을 남김없이 드러내어 더욱더 두드러져 보였다. 모자는 작고 납작하고 번들번들 윤이 났지만 너무 평범했다. 앤은 리본이나 꽃장식이 달린 모자를 상상하고 있었기 때문이다.

샛실을 반쯤 걸어가자 바람에 살랑거리고 있는 미나리아재비나 들장미가 만발해 있었기 때문에, 앤은 묵직한 화환을 만들어 모자를 장식했다. 앤은 그 효과에 대만족이었다. 그래서 발걸음도 가볍게 빨간 머리를 쳐들고 의기양양하게 걸어갔다.

린드 부인 댁에 와보니 부인은 이미 나가고 없었다. 앤은 태연하게 혼자서 교회를 향해 걸어갔다. 교회 입구에 도착하자 흰색이나 청색이나 분홍색으로 각각 화려한 복장을 한 어린 소녀들이 모여서 이상한 머리 장식을 달고 들어온 낯선 여자 아이를 신기하다는 듯 찬찬히 뜯어보았다. 에이번리의 여자 아이들은 이미 앤에 대해 기묘한 애기들을 들어 알고 있었다. 린드 부인은 앤이 성격이 대단한 아이라고 했고, 녹색지붕집에서 일하고 있는 남자 아이인 제리 부트의 말에 의하면 앤은 약간 정신나간 아이처럼 혼자서 떠들어대거나 나무나 꽃에 말을 건다고 했다. 여자 아이들은 서로 소곤거렸다. 그때도, 그리고 예배가 끝나 앤이 로저슨 선생 반으로 간 뒤에도 아무도 옆에 오는 사람이 없었다.

로저슨 선생님은 중년 부인으로, 20년이나 주일학교에서 아이들을 가르치고 있었다. 그 교육 방식은 교리문답서에 인쇄된 대로 질문하고, 자기가 지명하려고 생각하는 여자 아이에게 교리문답서 너머로 눈길을 주는 것이

었다. 오늘은 이런 식으로 앤 쪽을 여러 차례 쳐다보았다. 다행히 마릴라한
테 얘기를 들어 알고 있던 앤은 척척 대답을 해낼 수 있었다.

앤은 로저슨 선생이 마음에 들지 않았고, 몹시 비참한 기분이 들었다. 같
은 반에 있는 다른 여자 아이들은 모두 퍼프 소매 옷을 입고 있었다. 퍼프
소매 옷을 입지 않는다면 인생은 정말 살 가치가 없다고 앤은 절실히 느꼈
다.

"그래, 주일학교는 어땠니?"

앤이 돌아오자 마릴라가 물었다. 모자의 꽃장식은 시들었기 때문에 앤이
집에 오다가 샛길에 버리고 왔으므로 마릴라는 아무것도 몰랐다.

"별로 안 좋았어요, 싫었어요."

"앤 셜리."

마릴라는 나무랐다.

앤은 길게 한숨을 내쉬고 흔들의자에 앉아 '보니'라고 이름 붙인 파란 잎
사귀 하나에 키스하고, 막 꽃이 피기 시작한 바늘꽃에 손을 흔들어 주었다.

"제가 없는 동안 보니도, 이 꽃들도 외로웠을 테니까요."
라고 앤이 설명했다.

"주일학교 말인데요, 아주머니 말씀대로 저 예의바르게 행동했어요. 레이
첼 아주머니는 외출하고 안 계셔서 혼자서 갔어요. 다른 여자 아이들과 함
께 교회 안으로 들어가서 예배 보는 동안 구석에 있는 창가 좌석에 앉아 있
었어요. 벨 씨는 너무 길게 기도를 하시더라구요. 창문 옆에 앉지 않았으면
참을 수가 없었을 거예요. 하지만 창문이 '반짝이는 호수' 쪽으로 나 있었기
때문에 전 그걸 보면서 여러 가지 멋진 상상을 했어요."

"그러면 못써. 벨 씨가 기도하는 걸 잘 들었어야지."

"하지만 벨 씨는 저한테 말씀하신 게 아니잖아요. 하느님과 얘기하신 거
잖아요. 그것도 별로 열심히도 안 하시더라구요. 하느님이 계신 곳이 너무
머니까 열심히 해봐야 무슨 소용 있겠나 그렇게 생각하고 계신 것 같던데
요. 하지만 전, 혼자서 작은 기도를 드렸어요. 하얀 자작나무들이 죽 일렬로

호수에 몸을 내밀고 있고 그 사이를 뚫고 햇빛이 깊이 깊이 물 속을 내리비추고 있었어요. 아 아, 마릴라 아주머니, 그건 아름다운 꿈 같았어요. 전 너무 가슴이 설레서 저도 모르게 '하느님, 감사합니다'라고 두 번, 세 번 말했어요."

"설마 큰 소리로 그런 건 아니겠지?"

마릴라는 걱정하며 물었다.

"아뇨, 작은 소리로 그랬어요. 그러고 나서 드디어 벨 씨의 기도가 끝나고 나니까 저더러 로저슨 선생님 반 학생들과 교실로 가라고 했어요. 모두 퍼프 소매 옷을 입고 있었는데, 저도 퍼프 소매 옷을 입고 있다고 상상하려고 했지만 안 되더라구요. 왜 그랬을까요? 동쪽 방에 혼자 있을 땐 상상이 잘되는데 실세로 퍼프 소매 옷을 입은 사람들 사이에 있으니까 굉장히 어렵더라구요."

"주일학교에서 소매 생각만 하면 되니? 공부에 열중해야지."

"네. 그래서 많은 질문에 대답했는걸요. 로저슨 선생님이 아주 많이 물으시더라구요. 그렇게 혼자서만 질문하시는 건 불공평하다고 생각해요. 로저슨 선생님한테 묻고 싶은 게 굉장히 많았지만 물어볼 기분이 아니었어요. 왠지 진지하게 대해 주실 것 같지 않아서요. 그러고 나서 다른 아이들은 모두 찬미가를 암송했어요. 로저슨 선생님이 저한테도 뭐 알고 있는 게 있냐고 하셨어요. 제가 잘 모르지만 그래도 괜찮다면 〈주인의 묘를 지키는 개〉라는 걸 낭송할 수 있다고 그랬죠. 그건 3학년 교과서에 있었어요. 종교적인 시는 아니지만, 그래도 종교적인 시 못지 않게 슬프고 우울한 거예요. 로저슨 선생님은 그건 곤란하니까 다음 일요일까지 찬미가 제19장을 외워 오라고 하셨어요. 그래서 전 교회에 있는 동안에 그걸 읽어 봤는데요, 멋있었어요. 그 중에서 두 줄에는 특별한 감동을 느꼈어요.

　　미디안의 불행한 날에
　　살육당한 기병대가 빠르게 무너져 내렸다

저는 '기병대'도 '미디안'도 무슨 뜻인지 모르지만 왠지 모르게 비극적인 느낌이 들어요. 빨리 낭송하고 싶어서 다음 일요일까지 못 기다릴 것 같아요. 이번주 내내 연습할 생각이에요. 주일학교가 끝난 뒤에 로저슨 선생님께 아주머니 자리가 어딘지 가르쳐 달라고 부탁했어요. 레이첼 아주머니가 너무 멀리 떨어져 계셨거든요. 저 가능한 한 얌전히 앉아 있었어요. 오늘 성경 말씀은 묵시록 제3장 2절과 3절이었어요. 아주 긴 구절이었어요. 제가 만약 목사님이었다면 짧고 멋진 걸로 골랐을 텐데. 설교도 또 너무너무 길더라구요. 아마 성경 구절이 기니까 설교도 길어야 한다고 생각하신 것 같아요. 목사님도 하나도 재미있어 보이지 않았어요. 전 별로 열심히 안 듣고, 상상 속에 빠져서 굉장히 놀라운 걸 생각하고 있었어요."

마릴라는 엄하게 야단쳐야겠다고 생각했지만, 앤의 말 속에는 부정할 수 없는 사실도 있었기 때문에 그렇게도 할 수 없었다. 특히 목사의 설교와 벨 씨의 기도에 대해서는 입 밖에 꺼내지는 못했지만 마릴라 자신도 몇 년간이나 마음속으로 느끼고 있던 일이었다. 아무에게도 알리지 않고 말로도 표현하지 않았던 비판적인 생각을 느닷없이 이 솔직한 아이의 입을 통해 듣게 되자 마릴라는 자신을 비난하고 있는 것처럼 느껴졌다.

제12장 엄숙한 서약

다음 금요일이 되어서야 비로소 마릴라는 화환으로 장식한 모자에 대한 얘기를 들었다. 마릴라는 린드 부인의 집에서 돌아오자 앤을 추궁했다.

"앤, 린드 부인이 그러시던데, 너 일요일에 미나리아재비와 장미로 모자를 거창하게 장식하고 교회에 갔었다면서? 대체 어떻게 그런 엉뚱한 생각을 했니? 웃음거리가 됐을 거 아냐."

"네, 저한테는 분홍색과 노란색이 안 어울린다는 거 알아요."

"색깔 문제가 아니야. 애초에 모자에 꽃 같은 걸 단다는 게 엉뚱하다는 거지. 넌 정말 못 말리겠구나."

"옷에 꽃을 다는 것하고 모자에 꽃을 다는 것은 같은 거 아니에요? 옷에 꽃을 단 여자애들은 많던데요."

마릴라는 이런 추상론엔 서툴렀기 때문에 철저히 차근차근 따지며 말했다.

"말대답하지 마라, 앤. 하여튼 그런 바보 같은 짓은 다시는 하지 마라. 모두 그 일로 이러쿵저러쿵 말이 많은 모양이야. 물론 내가 견문이 없어서 그런 꼴로 널 내보냈다고 생각하고 있을 거다."

"제가 잘못했어요. 아주머니가 싫어하실 줄은 생각도 못했어요. 장미도 미나리아재비도 너무 예뻐 보여서 그랬어요. 조화를 달고 다니는 여자애들도 많았거든요. 제가 아주머니께 너무 큰 폐를 끼친 건 아닌가요? 아마 절 다시 고아원으로 보내시는 게 나을지도 몰라요."

앤의 눈에서 눈물이 흘러내렸다.

"바보 같은 소리 하지 마라. 널 다시 고아원으로 돌려보내고 싶다는 게 아니야. 네가 다른 여자애들처럼만 행동해 주면 돼. 웃음거리가 되지 말란 말이야. 반가운 소식이 있다. 다이애나가 오늘 오후에 돌아온단다. 난 배리 부인한테 스커트 패턴을 빌리러 갈 건데, 괜찮으면 너도 같이 가서 다이애나와 사귀어 보는 게 어떻겠니?"

앤은 양손을 꼭 쥐고 뺨에는 아직 눈물을 반짝이며 일어섰다. 그러더니 그릇 닦던 행주가 바닥에 떨어진 것도 모른 채 말했다.

"오오, 마릴라 아주머니, 전 두려워요. 드디어 그 시간이 왔군요. 만약 다이애나가 절 안 좋아하면 어떻게 하죠?"

"그렇게 당황할 것 없다. 그리고 그렇게 거창한 말은 쓰지 않으면 좋겠다. 어린애가 쓰면 너무 우습게 들리니까. 다이애나도 널 좋아하겠지만, 문제는 다이애나의 엄마야. 만약 네가 그 부인의 마음에 안 들면 아무리 다이애나가 널 좋다고 해도 소용없어. 네가 린드 부인한테 대든 거나 모자에 미나리아재비를 달고 교회에 간 소문을 들었다면 다이애나의 엄마가 뭐라고 생각할지 모르겠다. 예의 바르고 공손하게, 그리고 그런 거창한 표현은 쓰지 마라. 그런데 너 왜 이렇게 떠는 거야?"

앤은 부들부들 떨었고 얼굴은 창백해 보였다.

"오, 마릴라 아주머니, 아주머니도 만약 친구가 됐으면 하는 여자애를 만나러 간다면 역시 저처럼 흥분되실 거예요."

모자를 가지러 가면서 앤이 말했다.

두 사람은 지름길을 택해, 시냇물을 건너고 전나무가 무성한 언덕을 올라 과수원집에 도착했다. 마릴라가 문을 두드리자 배리 부인이 나왔다. 키가 크고 눈도 머리카락도 검고, 몹시 준엄해 보였다. 그녀는 엄하기로 소문이 나 있었다.

"잘 오셨어요. 들어오세요. 두 분이 키운다는 그 여자 앤가 보죠."

"그래요, 앤 셜리라고 해요."

라고 마릴라가 대답했다.

"앤의 철자는 마지막에 'e'가 붙어요."

앤은 힘들게 덧붙였다. 아무리 흥분하고 떨린다 하더라도 이 중요한 점만은 오해가 없도록 해야 했기 때문이다. 배리 부인은 못 들었는지 이해를 못한 건지 그저 악수만 하고 다정하게 "안녕"이라고 인사했다.

"마음은 굉장히 뒤엉켜 있지만 몸은 건강해요. 감사합니다, 아주머니."

앤은 점잖게 대답하고 나서 살짝 마릴라를 향해 "조금도 거창하지 않았죠, 마릴라 아주머니?" 하고 주변에서 다 들을 수 있을 만큼 큰 소리로 속삭였다.

긴의자에서 책을 읽고 있던 다이애나는 두 사람이 들어오자 책을 내려놓았다. 엄마로부터 검은 머리와 눈을 물려받았고, 뺨은 징밋빛이었으며, 아빠로부터는 명랑한 표정을 물려받은 아이였다.

배리 부인이 소개했다.

"이쪽은 다이애나란다. 다이애나, 앤하고 뜰에 나가서 네 꽃을 보여 주렴. 눈 피곤하게 책을 읽는 것보다 그게 더 좋아."

여자 아이들이 밖으로 나가자, 부인은 마릴라를 향해 말했다.

"저 아이는 책을 너무 많이 읽어요. 아이 아빠가 자꾸 부추기거든요. 그래서 항상 책에만 파묻혀 있어요. 이제 놀이 상대가 생겨서 다행이군요. 그러면 밖으로 나가 노는 일이 더 많을 테니까요."

바깥에서는 거무스름한 오래된 전나무 사이로 감미로운 저녁 노을이 정원의 서쪽을 가득 비추고 있었다. 앤과 다이애나는 화려한 참나리 덤불을 사이에 두고 서로 부끄러운 듯 쳐다보았다.

배리 씨네 정원은 나무들이 우거져 있고 온통 꽃들뿐이어서, 운명을 결정하는 이런 중대한 때가 아니었다면 앤은 몹시 즐거워했을 것이다. 주위는 큰 버드나무 고목이나 키 큰 전나무로 둘러싸여 있고, 그 밑에는 그늘을 좋아하는 꽃들이 탐스럽게 피어 있었다.

예쁘게 조가비로 가장자리를 두른 좁은 길이 젖은 빨간 리본처럼 정원을 양쪽으로 가로지르고, 그 좁은 길을 끼고 화단에는 고풍스러운 꽃들이 만발해 있었다. 장밋빛 금난화와 너무 아름다운 진홍빛의 크고 둥근 목단, 향기로운 하얀 수선화나 가시 많고 우아한 스코틀랜드 장미, 핑크나 파랑·흰색의 매발톱꽃이나 쑥, 리본초, 박하, 흰색 날개 같은 잎줄기를 보이고 있는 클로버 풀밭, 새초롬히 얌전빼고 있는 사향초 위에는 불타는 듯한 선홍색 꽃이 새빨간 창을 휘두르고 있는 것 같았다. 이런 아름다운 정원을 떠나기가 아쉬운 듯 햇빛도 꾸물거리고 있었고, 벌은 한가로이 윙윙대고 바람도 조심스럽게 망설이듯 나뭇가지 끝을 어루만지고 있었다.

"다이애나."

간신히 앤은 두 손을 맞잡고 속삭이는 듯한 목소리로 말했다.

"저어, 있지, 나, 나를 조금 좋아할 수 있겠니? 나하고 막역한 친구가 돼줄래?"

다이애나는 웃었다. 다이애나는 항상 뭔가 말하기 전에 웃는 버릇이 있었다.

"그래, 그럴 수 있을 것 같아. 난 네가 녹색지붕집에 살게 돼서 정말 기뻐. 같이 놀 친구가 생기면 재미있을 테니까. 근처엔 함께 놀 친구가 아무도 없고, 동생은 아직 어리거든."

"너, 영원히 내 친구가 되겠다고 맹세할 수 있니?"

앤은 진지하게 말했다.

"어떻게 하는 건데?"

앤은 엄숙하게 말했다.

"서로 손을 잡아…… 사실 흐르는 물 위에서 해야 하는데. 이 좁은 길을 흐르는 물이라고 상상하고, 내가 먼저 맹세할게. '해와 달이 사라지지 않는 한, 나의 막역한 친구 다이애나 배리에게 충실할 것을 나는 엄숙히 맹세합니다.' 자아, 너도 해."

다이애나는 웃고 나서 맹세를 마친 후 또다시 웃으며 말했다.

"너 참 이상한 애구나, 앤. 이상하다는 얘긴 전부터 듣고 있었어. 하지만 난 정말로 네가 좋아질 것 같아.”

다이애나는 마릴라와 앤이 돌아갈 때 통나무다리 있는 곳까지 배웅했다. 두 여자 아이는 서로 어깨동무를 하고 걸었다. 시냇가에서 두 아이는 내일 오후에 만나자고 몇 번이나 약속하고는 헤어졌다.

“어땠니? 다이애나하고는 마음이 통하든?”

녹색지붕집 뜰에 들어서면서 마릴라가 물었다.

앤은 마릴라가 비꼬는 것을 느끼지 못하고 기분이 좋은 듯 “네” 하고 한숨을 내쉬고 나서 말했다.

“오, 마릴라 아주머니. 지금 이 순간 전 프린스에드워드 섬에서 제일 행복해요. 오늘 밤에는 진심으로 기도할 수 있을 것 같아요. 다이애나와 저는 내일 오후부터 윌리엄 벨 씨의 자작나무 숲에 소꿉놀이 집을 짓기로 했어요. 장작 헛간에 널려 있는 깨진 그릇들을 가져가도 돼요? 다이애나의 생일은 2월이고, 제 생일은 3월이에요. 아주 이상한 우연이라고 생각하지 않으세요? 다이애나는 저한테 책을 빌려 주겠대요. 말할 수 없이 멋지고 가슴 두근거리게 하는 책이래요. 다이애나는 숲 뒤에 수선화가 피어 있는 곳으로 데리고 간다는 거예요. 다이애나의 눈은 굉장히 정열적이지 않아요? 저도 그렇게 정열적인 눈이면 좋을 텐데. 다이애나가 〈개암나무 골짜기의 넬리〉라는 노래도 가르쳐 준댔어요. 제 방에 걸 수 있도록 아주 아름다운 그림도 준다고 했구요. 하늘색 옷을 입은 아름다운 여자 그림이라는데, 미싱 회사 사람이 다이애나한테 준 거래요. 저도 뭔가 다이애나한테 줄 게 있으면 좋을 텐데. 키는 제가 1인치 더 커요. 하지만 다이애나가 훨씬 통통해요. 다이애나는 날씬해지고 싶어서 죽겠대요. 그래야 더 예뻐 보인대요. 그 말은 저를 위로하려고 한 말 같아요. 우린 언제 조개를 주우러 해안에 가기로 했어요. 우리는 통나무 다리 옆의 샘을 ‘드라이어드 샘’이라고 부르기로 했어요. 아주 우아한 이름이죠? 전에 책에서 그런 이름의 샘에 대해 읽은 적이 있어요.”

“다이애나가 못 참을 정도로 말을 너무 많이 하면 안 돼. 내가 걱정되는 건 그것뿐이다. 그리고 뭘 하든지 간에 이것만은 꼭 기억해 둬라. 하루종일 놀러만 다녀서는 안 된다는 거야. 우선 먼저 네가 할 일을 다 마치고 난 다음에 놀아야 하는 거야.”

마릴라가 충고했다.

앤의 행복의 잔은 가득 채워졌다. 그런데 그것을 더욱 넘치게 해준 사람은 매슈였다. 카모디의 상점에 갔다 온 그는 쑥스러운 듯 호주머니에서 작은 꾸러미를 꺼냈다. 그는 마릴라 쪽을 애원하듯 보면서 앤에게 그것을 건네주었다.

“네가 초콜릿 캐러멜을 좋아한다는 말이 생각나서 조금 사왔다.”

마릴라는 비웃었다.

“그런 건 이 아이 이빨이나 위장에 나빠요. 앤, 그런 슬픈 얼굴 하지 마라. 기왕에 사오셨으니 먹어라. 차라리 박하를 사왔으면 더 좋았을걸. 그게 몸에는 더 좋잖아요. 지금 한꺼번에 다 먹으면 배탈난다.”

“한꺼번에 다 안 먹어요. 오늘 밤에는 한 개만 먹을 거예요, 아주머니. 그리고 반은 다이애나에게 줘도 되죠? 그렇게 하면 나머지 반은 두 배나 맛있을 것 같아요. 다이애나에게 줄 것이 생겨서 너무 신나요.”

앤은 정신없이 말했다.

앤이 자기 방으로 올라가자 마릴라가 말했다.

“저 아이는 인색하지 않아서 다행이에요. 나 참, 저 애가 온 지 아직 삼 주일밖에 안 됐는데 그 전부터 계속 여기 있었던 것 같지 않아요? 이제 이 집에 저 애가 없는 건 상상할 수가 없어요. 오빠, 그런 표정 좀 짓지 마세요. 저 애를 데리고 있자던 오빠 말을 듣기 잘했다 싶고, 저 애가 좋아지고 있다는 건 기꺼이 인정한다구요.”

제13장 즐거운 예감

'벌써 집에 들어와서 바느질할 시간인데.'

마릴라는 흘끗 시계를 들여다보고 나서 밖을 내다보았다. 더위 때문에 대자연의 모든 깃이 노곤해져 있는 8월의 오후였다.

"허락한 시간보다 30분씩이나 넘게 다이애나하고 놀고 오더니, 이번엔 장작더미 위에 앉아서 오빠한테 쉴새없이 수다를 늘어놓고 있네. 자기 할 일을 해야 된다는 걸 뻔히 알면서. 그런데 오빠 좀 봐. 완전히 정신이 나가서 저 애 수다에 푹 빠져 있네. 저렇게 홀딱 빠져 있는 건 생전 처음 보겠어. 저 애가 말을 하면 할수록, 그것도 괴상한 말을 하면 할수록 흐뭇해 하니까. 앤, 지금 당장 집으로 들어오너라, 알겠니?"

서쪽 창문을 세게 두드리는 소리에 앤은 뒤뜰에서 돌아왔다. 눈을 반짝이며, 뺨은 발그레 상기되어 있었고, 빨간 머리를 찰랑찰랑 날리며 뛰어왔다. 그리고 숨을 헐떡거리며 말했다.

"아주머니, 다음주에 주일학교에서 피크닉을 간대요…… '반짝이는 호수' 바로 옆에 있는 하몬 앤드루스 씨 목장으로요. 그리고 우리를 지도하시는 벨 씨의 부인과 레이첼 아주머니께서 아이스크림을 만드신대요…… 생각해 보세요, 아이스크림이에요. 그러니까요, 아주머니, 저 가도 되죠?"

"시계를 보렴, 앤. 내가 몇 시까지 돌아와야 된다고 했지?"

"두시요. 하지만 피크닉, 너무 멋지지 않아요? 네, 저 가도 되죠? 저 한 번도 피크닉이라는 거 가본 적이 없어요. 한 번도요."

“그래, 맞다. 내가 두시에 돌아오라고 너한테 그랬지? 그런데 벌써 세시 십오분 전이다. 왜 약속을 안 지키는 거냐?”

“전 약속을 지키려고 했어요. 하지만 ‘한가한 황야’가 얼마나 매력적인지 모르실 거예요. 그리고 매슈 아저씨께 피크닉 얘기를 해드려야 되잖아요. 아저씨는 제 얘기를 정말 열심히 들어주시거든요.”

“넌 그 한가한 뭔가 하는 것의 유혹을 참는 법을 배워야겠구나. 언제언제 까지 들어오라고 하는 건 정확하게 그 시간에 들어오라는 거지 30분 더 있 다가 들어오라는 뜻이 아니야. 그리고 도중에 딴데로 새서 정성껏 들어주는 사람들한테 보고할 필요도 없고. 피크닉은 물론 가도 돼. 다른 애들은 다 가 는데 내가 왜 널 못 가게 하겠니?”

앤은 잠시 주저했다.

“다이애나가 그러는데요, 모두 바구니에 먹을 걸 잔뜩 넣어 간대요. 후유, 전 요리를 못하잖아요. 그리고…… 저는 퍼프 소매 원피스를 안 입고 피크 닉을 가는 건 상관없지만, 하지만 바구니 없이 가는 건 정말 창피해요. 그것 때문에 고민했어요.”

“그거라면 이제 고민할 필요 없다. 내가 만들어 줄 거야.”

“어머, 세상에, 아줌만 너무 고마우신 분이에요.”

앤은 열심히 ‘세상에’를 연발하더니 너무 기쁜 나머지 마릴라에게 뛰어들 어 마릴라의 혈색 나쁜 뺨에 키스를 했다. 마릴라는 아이 쪽에서 먼저 키스 를 해온 것은 태어나서 처음이었기 때문에 다시금 정신이 아뜩해질 만큼 달콤하고 짜릿한 감격을 맛보았다. 그녀는 내심 몹시 기뻐하고 있었지만 그 래서인지 더욱 무뚝뚝하게 말했다.

“그런 하찮은 일로 키스까지 할 건 없다. 요리는 조만간 하나씩 가르칠 생각이었어. 하지만 넌 너무 덜렁대니까, 좀더 차분해지면 가르쳐 줄 생각 이야. 요리할 때는 방심하면 안 되거든. 자아, 패치워크 바느질감을 가져와 서 차 마실 시간 전에 정해진 만큼 끝마치거라.”

“전 패치워크는 정말 싫어요.”

앤은 시무룩하게 말하면서 바느질 바구니를 찾아와 빨간색이나 하얀 마름모꼴 천을 산더미처럼 쌓아 놓고 한숨을 쉬고 앉았다.

"때에 따라서는 바느질도 재미있을지 모르지만 패치워크에는 조금도 상상할 거리가 없어요. 하나 이어 놓고 나면 또 하나 이어야 되고, 계속 이어 가도 끝이 없어요. 그래도 물론 놀기만 하고 다른 건 아무것도 안 하고, 오갈 데 없는 그냥 앤보다는 패치워크를 하고 있는 녹색지붕집의 앤이 더 낫죠. 하지만 다이애나와 놀 때처럼 시간이 빨리 가면 좋을 텐데. 아아, 정말 멋져요, 마릴라 아주머니. 갠 정말 대단해요. 있죠, 우리 집 밭하고 배리 씨네 밭 사이에 있는 시냇가 너머에 조그만 땅 있죠? 그건 윌리엄 벨 씨네 거예요. 그 구석진 곳에 흰 자작나무가 원을 그리며 자라고 있는데요, 굉장히 낭만적이에요. 아주머니, 거기다 다이애나와 소꿉놀이 집을 만들었어요. 이름은 '한가한 황야'로 했어요. 시적인 이름이죠? 그걸 생각해 내느라 꽤 많은 시간이 걸렸어요. 거의 밤을 샜거든요. 그랬는데 막 잠이 들려는 순간 머릿속에 영감이 떠오른 거예요. 다이애나는 그 이름을 듣더니 너무 마음에 든대요. 우리는 그 집을 멋있게 꾸몄어요. 보러 오셔야 돼요, 아주머니. 이끼가 잔뜩 끼어 있는 큰 돌을 가지고 와서 의자를 만들었구요, 나무와 나무 사이에 판자를 걸쳐서 선반도 만들었어요. 그리고 그 위에 접시들을 다 올려놨죠. 물론 깨진 것뿐이지만 모두 안 깨진 그릇이라고 상상하면 돼요. 그 중에서 빨간색과 노란색 담쟁이 덩굴이 그려진 접시가 하나 있는데 그건 특별히 아름다워요. 우리는 그 접시를 거실에 뒀어요. 거실에는 요정의 거울도 있어요, 그 거울은 꿈처럼 아름다워요. 다이애나가 닭장 뒤에 있는 숲에서 찾아낸 거예요. 무지개가 잔뜩 그려져 있어요, 어린 무지개가요. 다이애나의 엄마는 그게 원래 사용하고 있던 벽걸이 램프가 깨진 조각이라고 하셨대요. 하지만 그날 밤 무도회를 열던 요정들이 잊어버리고 간 거라고 상상하는 게 더 근사해요. 그래서 그걸 요정의 거울이라고 부르기로 했어요. 매슈 아저씨는 우리한테 테이블을 만들어 주신댔어요. 우리는요, 배리 씨네 밭에 있는 조그만 둥근 웅덩이를 '버드나무 연못'이라고 이름 붙였어요. 그 이름은 다이애나가 빌려준 책 속에서 따온 거예요. 그 책은 정말 감동적이에요. 여주인공한테 애인이 다섯이나 있었어요. 나 같으면 하나만 있으면 되는데, 그렇죠? 그 여자 주인공은 아름답지만 굉장히 고생을 해요. 그리고 기절을 쉽게 할 수 있어요. 나도 기절할 수 있으면 좋을 텐데. 아줌만 안 그러세요? 너무 낭만적이잖아요, 하지만 전 이렇게 빼빼 말라도 그것만은 안 돼요. 그런데 점점 살이 찌는 것 같아요. 안 그래요? 매일 아침에 일어나면 팔꿈치에 보조개가 생겼나 살펴보거든요. 다이애나는 반소매로 된 새 옷이 생긴대요. 그걸 피크닉 갈 때 입는대요. 이번 수요일에는 날씨가 좋아야 할 텐데. 만약 날씨가 나빠서 피크닉을 못 가게 되면 어쩌죠? 나중에 백 번 가더라도 아무 소용없죠. 이번 피크닉을 대신할 순 없어요. '반짝이는 호수'에서 보트도 타고…… 아까 말씀드린 아이스크림도 먹는대요. 전 한 번도 먹어 본 적이 없거든요. 어떤 건지 다이애나가 설명해 줬지만 아이스크림이라는 건 아무래도 상상하기 어려워요."

"앤, 저 시계로 10분도 넘게 떠들었다. 한번 시험해 볼까? 그 시간만큼 입 다물고 가만히 있을 수 있는지."

마릴라의 말에 앤은 시키는 대로 입을 다물었지만, 그 주 내내 피크닉에 대한 얘기를 하고, 생각하고, 꿈까지 꾸었다. 토요일에 비가 내렸다. 그러자 앤은 수요일까지도 계속 비가 오는 것이 아닐까 하고 걱정했다. 그래서 마릴라는 앤의 마음을 진정시키려고 평소보다 많은 패치워크를 하게 했다.

일요일에 교회에서 돌아오는 길에 앤은 마릴라에게, 목사님이 피크닉에 대해 발표했을 때 전신이 얼어붙는 것 같았다고 말했다.

"등이 찌릿찌릿했어요, 아주머니. 그제야 비로소 제가 지금까지 피크닉 간다는 사실을 진심으로 믿지 않았던 게 아닐까 생각했어요. 그저 상상으로만 생각했던 게 아닌가 하구요. 그런데 목사님이 강단에서 얘기를 꺼내시자 비로소 믿게 된 거예요."

마릴라는 한숨을 내쉬었다.

"넌 너무 깊이 생각해서 탈이야, 앤. 그러다가 일생 동안 얼마나 실망하는 일이 많겠니?"

"아주머니, 뭔가를 즐겁게 기다린다는 건 그 기쁨의 절반을 이미 이루는 거나 마찬가지예요. 그 일이 실제로 이루어지지 않을지는 모르지만, 그래도 그걸 기다릴 때의 즐거움이 있잖아요. 레이첼 아주머니는 '아무것도 기대하지 않는 자는 실망하는 일이 없다'라고 하셨지만. 하지만 전 아무것도 기대하지 않는 편이 실망하는 것보다 더 바보 같은 짓이라고 생각해요."

그날도 마릴라는 평소처럼 자수정 브로치를 달고 교회로 갔다. 자수정은 마릴라가 제일 소중하게 여기는 물건이었다. 선원이었던 삼촌이 어머니에게 주었고, 어머니가 마릴라에게 유품으로 남겨 준 것이었다. 모양은 구식의 타원형으로, 안에 어머니의 머리카락이 들어 있고 주변에는 빙 돌아가며 상급 품질의 자수성이 박혀 있었다. 마릴라는 보석에 대해서는 서의 아는 것이 없었기 때문에 그 자수정이 어느 정도 좋은 것인지 몰랐다. 그저 대단히 아름다운 것이라 생각했다. 갈색 새틴 드레스의 목 언저리에 꽂으면 보라색의 희미한 광채가 나는 게 항상 기분이 좋았다.

처음 그 브로치를 보았을 때 앤은 눈을 동그랗게 뜨고 감탄했다.

"와아, 너무 우아한 브로치예요. 그걸 꽂고 어떻게 설교를 듣고 있을 수 있어요? 저라면 못할 거예요. 자수정이라는 건 정말 아름다운 거네요. 제가 생각했던 다이아몬드하고 똑같아요. 오래 전에 책에서 읽고 어떤 걸까 상상해 보고 분명 아름답고 희미한 광채가 나는 보랏빛 돌일 거라고 생각했어요. 그런데 어떤 여자가 진짜 다이아몬드 반지를 끼고 있는 걸 보고 제가 얼마나 실망해서 울었는데요. 아름답긴 했었지만, 제가 생각했던 게 아니었어요. 그 브로치 좀 만져 봐도 돼요, 아주머니? 얌전한 제비꽃들의 영혼 같아요."

제14장 앤의 고백

피크닉을 가기 전 월요일 저녁, 마릴라는 당황하는 표정으로 자기 방에서 나와 앤을 불렀다. 앤은 얼룩 한 점 없는 식탁에 앉아 콩깍지를 까면서 〈개암나무 골짜기의 넬리〉를 흥얼거리고 있었는데, 그 기운차게 노래하는 품이나 가락으로 보아 다이애나의 지도 솜씨가 어느 정도인지 엿볼 수 있었다.

"내 자수정 브로치 못 봤니? 어제 저녁 교회에서 돌아왔을 때 바늘꽂이에 꽂아 놓았던 것 같은데 아무 데도 안 보이는구나."

"제가…… 저, 오늘 오후에 아주머니가 후원회에 가셨을 때 봤어요. 아주머니 방 앞을 지나는데 그게 바늘꽂이에 꽂혀 있어서 들어가 봤어요."

앤은 천천히 대답했다.

"만졌니?"

마릴라는 엄하게 물었다.

"네, 가슴에 달아 봤어요."

"누가 그런 거 만지랬어? 어린애가 여기저기 휘젓고 다니는 건 아주 나쁜 짓이야. 첫째로 내 방에 함부로 들어가는 건 옳지 않은 짓이고, 둘째로 자기 것도 아닌 브로치에 손을 대는 짓은 하면 안 되는 거야. 어디다 뒀어?"

"어, 옷장 위에 도로 놔뒀는데요. 전 1분도 안 만졌어요. 안에 들어가서 브로치를 달아 보는 게 나쁜 짓이라고는 생각하지 않았어요. 하지만 나쁜 짓이란 걸 알았으니 앞으로는 절대 안 그럴게요. 그게 제 장점 중에 하나예요. 같은 잘못은 두번 다시는 하지 않거든요.”

“넌 도로 갖다 놓지 않았어. 옷장 어디에도 브로치가 없던데. 밖으로 가지고 나갔던 거 아니니, 앤?”

“분명히 제자리에 뒀어요. 바늘꽂이에 꽂았는지 아니면 쟁반에 올려놨는지 생각이 잘 안 나지만 되돌려 놓은 건 정말 확실해요.”

앤은 단호하게 말했다. 하지만 그것이 마릴라에게는 건방진 행동으로 비쳤다.

“다시 한번 찾아보마. 만약 네가 그 브로치를 되돌려 놓았다면 분명히 있겠지. 만약 없다면 네가 되돌려 놓지 않은 거다.”

마릴라는 공정하려고 애썼다.

마릴라는 자기 방에 가서 옷장뿐 아니라 있을 만한 곳을 다 찾아봤지만, 아무래도 찾을 수가 없어서 다시 주방으로 돌아갔다.

“앤, 브로치는 없더라. 네 말대로 네가 그 브로치를 제일 마지막으로 만진 사람이야. 대체 어떻게 한 거야? 당장 사실대로 말해. 밖으로 가지고 나갔다가 잃어버린 거니?”

“아뇨, 안 그랬어요. 결코 방 밖으로 가지고 나오지 않았어요. 사실이에요. 설령 그것 때문에 단두대로 끌려간다 해도요…… 사실 단두대가 어떤 건지 확실히는 모르지만요. 아시겠죠?”

앤은 마릴라의 화난 시선에도 겁먹지 않고 당당하게 똑바로 쳐다보면서 대답했다.

앤이 ‘아시겠죠’라고 한 말은 단지 자기의 말을 강조하기 위해서였지만, 마릴라는 그것을 자기를 깔보는 말로 받아들였다. 그래서 날카롭게 말했다.

“넌 거짓말을 하고 있구나, 앤. 난 못 속인다. 자, 사실대로 다 말할 때까지 한 마디도 하지 마라. 네 방에 가서 모든 걸 다 말할 때까지 나오지 마라.”

앤이 2층으로 올라가자 마릴라는 복잡한 심정으로 저녁 준비를 시작했다. 귀중한 브로치를 잃어버렸을까 봐 걱정이 되어 참을 수가 없었다. ‘만약 앤이 잃어버리기라도 했다면 어쩌지? 무슨 애가 그래? 누가 봐도 알 만한 일을 잡아떼다니. 그런 태연한 얼굴로.'

마릴라는 초조한 마음으로 콩깍지를 까면서 생각했다.

'설마 이럴 줄은 몰랐어. 물론 훔칠 생각은 아니었겠지. 단지 갖고 놀려고 했든가 아니면 그 상상력인가 뭔가 하는 것 때문이었겠지. 저 애가 가지고 간 게 분명해. 저 애가 들어간 다음에는 아무도 방에 안 들어갔으니까. 분명 잃어버리고 나서 벌받을까 봐 말을 못 하는 거야. 거짓말을 하다니. 성깔 부리는 것보다 더 나빠. 믿을 수 없는 애를 데리고 사는 건 큰 문제야. 사실대로 말만 했어도 괜찮은데.'

그날 밤 이따금씩 마릴라는 자기 방으로 가서 브로치를 찾아보았지만 찾을 수가 없었다. 틈날 때 동쪽 방에도 갔지만 아무런 효과도 없었다. 앤은 브로치에 대해서는 모른다고 우겼고, 그러면 그럴수록 마릴라는 앤이 분명히 훔친 거라고 굳게 믿었다.

다음날 아침 마릴라는 매슈에게 말했다. 매슈는 몹시 당황했지만 그렇다고 갑자기 앤을 의심하고 싶지 않았다. 그러나 상황이 앤에게 불리하다는 것은 인정하지 않을 수 없었다.

"옷장 뒤에 떨어진 거 아냐?"

"옷장을 치우고 서랍도 빼고 틈새도 빠짐없이 다 찾아봤지만 없었어요. 저 애가 훔치고 나서 거짓말하는 거예요. 이건 의심할 여지가 없는 사실이라구요. 사실을 사실대로 받아들이자구요."

"넌 어쩔 생각인데?"

매슈는 초연하게 물었다. 내심 자기가 아니라 마릴라가 이 사건을 처리한다는 사실을 다행스럽게 여기는 것 같았다. 매슈는 이번만은 참견을 하고 싶지 않았다.

"다 얘기할 때까지 방에서 나오지 말라고 할 거예요."

마릴라는 지난번에 이 방법으로 성공했던 사실을 떠올리고는 매슈에게 복잡한 표정을 지으며 대답했다.

"그리고 어떻게 나오는지 볼 거예요. 저 애가 브로치를 어디에 가지고 갔는지만 말하면 아마 브로치는 찾을 수 있을 거예요. 하지만 어쨌든 저 애는 단단히 혼을 내야 해요."

"글쎄, 저 애를 야단치는 건 네가 해라."

매슈는 모자를 집으면서 말했다.

"난 일체 참견하지 않을 테니."

마릴라는 모두에게서 버림받은 기분이었다. 린드 부인한테 의논하러 갈 수도 없었다. 그녀는 몹시 복잡한 얼굴로 동쪽 방으로 올라갔다. 하지만 방에서 나올 때는 들어갈 때보다 더 무거운 표정이었다. 앤은 끝까지 말하려 하지 않고 브로치를 가져가지 않았다고 주장했다. 아이가 분명히 울고 있었던 것 같아 가여워서 견딜 수 없었지만 심성을 억눌렀다. 밤이 되자 마침내 기진맥진한 마릴라가 말했다.

"사실대로 다 얘기할 때까지 이 방에서 못 나올 줄 알아라, 앤."

마릴라는 단호하게 말했다.

"하지만 피크닉은 내일이에요. 피크닉에 보내 주신다고 하셨잖아요? 오후만 나가게 해주세요. 그 뒤에는 언제까지고 씩씩하게 여기 있을게요. 피크닉만은 무슨 일이 있어도 가야 해요."

"피크닉이든 어디든 다 얘기할 때까지는 아무 데도 못 간다."

"오, 아주머니!"

앤은 애원하듯 말했다. 그러나 마릴라는 방을 나가고 문을 닫아 버렸다.

수요일 아침은 눈부시게 맑았다. '녹색지붕집' 주변에서는 작은 새들이 노래하고 정원의 흰 백합 향기는 눈에 보이지 않는 바람을 타고 모든 창문과 문틈으로 새어들어와 마치 축복의 영혼처럼 거실과 방들을 떠다녔다. 골짜기의 자작나무들은 즐겁게 손을 흔들었다. 그러나 앤은 창가에 나타나지 않았다. 마릴라가 아침 식사를 가지고 올라가자 앤은 새초롬한 얼굴로 침대에 앉아 있었다. 창백해진 얼굴에 결의에 찬 표정으로 입술을 꼭 다물고 눈을 빛내고 있었다.

“아주머니, 저 말씀드릴 준비가 됐어요.”

마릴라는 쟁반을 내려놓았다. 또다시 자기 방법이 성공한 것이다. 그러나 이 성공은 마릴라에게는 몹시 괴로웠다.

“말해 보렴.”

“제가 브로치를 가져갔어요.”

앤은 마치 암기한 것을 외우듯이 말했다.

“아주머니가 말씀하신 대로 제가 가져갔어요. 방에 들어왔을 때는 가져갈 생각이 아니었어요. 그런데 가슴에 달아 보니까 아주머니, 너무 아름다워 보였어요. 그래서 어쩔 수 없이 유혹에 지고 말았어요. 그걸 ‘한가한 황야’에 가지고 가서, 제가 코델리아 피츠제럴드 아가씨라고 상상하면서 논다면 얼마나 멋질까 생각했어요. 만약 진짜 자수정 브로치를 달면 제 자신이 코델리아 아가씨라고 상상하기가 훨씬 쉬울 테니까요. 다이애나와 전 장미 열매로 목걸이를 만들었지만 그런 건 자수정하고는 비교할 수가 없어요. 그래서 브로치를 가지고 갔어요. 하지만 아주머니가 돌아오시기 전에 도로 갖다 놓을 생각이었어요. 조금이라도 더 오래 가지고 있고 싶어서 일부러 큰 길로 돌아갔는데 ‘반짝이는 호수’에 있는 다리를 건널 때 갑자기 다시 한 번 보고 싶은 생각에 브로치를 뺐어요. 아, 햇빛을 받으니 얼마나 반짝이고 예쁘던지요. 그러면서 다리를 건너려는데 갑자기 브로치가 손에서 미끄러져 빠지는 바람에…… 그래서…… 아래로, 아래로 보랏빛을 반짝이면서 영원히 ‘반짝이는 호수’ 밑바닥으로 가라앉아 버린 거예요 이것이 제가 할 수 있는 최선의 고백이에요.”

마릴라는 다시금 가슴속에서 화가 치미는 것을 느꼈다. 이 아이는 자기가 소중히 여기는 자수정 브로치를 가지고 나가서 잃어버렸는데도 조금도 후회하는 기색도 없이, 지금 여기 앉아서 잃어버리게 된 자초지종을 태연하게 말하고 있는 것이다.

“앤, 너처럼 못된 애는 처음 봤다.”

마릴라는 억지로 감정을 억누르려고 애쓰면서 말했다.

"네, 저도 그렇게 생각해요. 그러니 전 벌을 받아야 한다는 걸 알아요. 벌 주시는 건 마릴라 아주머니의 의무예요. 아무런 죄책감 없이 피크닉을 가고 싶으니 부디 지금 당장 벌을 내려 주세요, 네?"

앤은 너무나도 침착하게 맞장구를 쳤다.

"피크닉이라구! 세상에! 오늘 넌 피크닉에 못 간다. 그게 벌이야. 네가 한 짓에 비하면 그 벌로도 모자라."

이때 앤이 벌떡 일어나더니 마릴라의 손에 매달렸다.

"피크닉에 못 간다구요? 가도 좋다고 약속하셨잖아요. 오, 아주머니! 전 꼭 피크닉에 가야 돼요. 그래서 고백한 거란 말이에요. 피크닉만 가게 해주시면 어떤 벌이든 좋으실 대로 내려 주세요. 오오, 제발 피크닉에 가게 해주세요. 아이스크림 때문에 그래요. 누번 다시 아이스그림을 믹을 수 없을지도 몰라서 그래요."

마릴라는 매달리는 앤의 손을 얼음처럼 차갑게 뿌리쳤다.

"졸라도 소용없다, 앤. 못 간다고 하면 못 가는 줄 알아. 이제 아무 말도 듣기 싫다."

마릴라가 마음을 바꾸지 않을 거라는 걸 알게 된 앤은 손을 마주 잡고 찢어지는 듯한 비명을 지르며 침대로 얼굴을 파묻었다. 그리고 실망과 절망감으로 몸부림치며 울었다.

"세상에, 어쩌면 저럴 수가."

깜짝 놀란 마릴라는 서둘러 방에서 나가 버렸다.

"저 애가 제정신이 아니야. 제정신으로 저런 짓을 한 거라면 보통 못된 애가 아닌 거지. 아이고, 세상에!"

우울한 아침이었다. 마릴라는 미친 듯이 일을 했다. 그리고 아무 것도 할 일이 없어지자 현관 바닥과 제유실 선반을 닦았다. 선반도 바닥도 닦을 필요는 없었지만 마릴라에게는 그럴 필요가 있었다. 그런 다음 밖으로 나가 뒤뜰의 흙을 고르게 다졌다.

점심 준비를 마친 마릴라는 앤을 불렀다. 눈물로 얼룩진 얼굴이 나타나더니 난간 너머에서 비극적인 표정으로 내려다보았다.

"식사하러 내려오너라, 앤."

"점심 같은 거 먹고 싶지 않아요, 아주머니. 너무 슬퍼요. 언젠가 후회하시겠죠. 하지만 전 용서해 드릴 거예요. 제발 저한테 먹으라고는 하지 말아 주세요. 고통에 빠져 있는 사람한테 돼지고기 조림과 야채는 너무 현실적이잖아요."

앤은 흐느껴 울면서 말했다.

몹시 화가 난 마릴라는 주방으로 돌아가 매슈에게 넋두리를 늘어놓았다. 매슈는 공정하게 처신해야 한다는 생각과 앤에 대한 이해할 수 없는 동정심의 틈바구니 속에서 갈팡질팡했다.

"글쎄다, 저 애도 브로치를 가지고 가거나 거짓말로 둘러대지 말았어야 했는데."

매슈는 자신의 접시에 수북이 담겨 있는 현실적인 돼지고기 조림과 야채를 우울하게 내려다보았다.

"아무리 그래도 아직 어린애고 흥미를 느끼는 아이잖아. 그렇게 가고 싶어하는데 피크닉에 안 보내는 건 너무 심하지 않니?"

"오빠는 어쩜, 정말 못 말리겠네요. 전 오히려 너무 너그럽지 않았나 싶은데. 저 애는 반성하는 기색 같은 게 전혀 안 보인다구요…… 진심으로 후회하기만 하면 되는데 말이에요. 그걸 오빠도 모르시는 것 같네요. 항상 저 애를 위해 역성만 드시니까요."

"아무리 그래도 어린애 아니냐. 그리고 너그럽게 봐줘야지. 저 아인 가정교육이란 걸 한 번도 받은 적이 없잖니."

"그래서 지금 교육을 시키고 있잖아요."

마릴라는 쏘아붙였다.

마릴라의 이 말에 매슈는 입을 다물고 말았다. 이날 점심은 몹시 우울한 분위기였다. 단 한 사람, 즐거워하는 사람은 일꾼으로 고용된 제리 부트뿐이었는데, 그것이 또한 마릴라로서는 사람을 얕잡아보는 것처럼 느껴져서 신경에 거슬려 견딜 수가 없었다.

설거지를 마치고 빵 반죽을 만들고, 닭에게 모이를 주고 나서 마릴라는 더 이상 할 일이 없었다. 그때 문득 월요일 오후에 후원회에서 돌아와 제일 좋아하는 검은색 레이스 숄을 벗었을 때 조금 해진 곳이 있었던 게 생각났다.

숄은 트렁크 안 상자에 들어 있었다. 마릴라가 그것을 꺼내자, 창가에 우거진 덩굴잎 사이로 햇빛이 비쳐 들어왔다. 그때 뭔가 숄에 붙어 있는 것이었다…… 그것은 반짝반짝 보랏빛으로 빛났다. 마릴라는 너무 놀라 그것을 거머쥐었다. 레이스의 실 하나에 휘감겨 매달려 있는 것은 바로 자수정 브로치였다.

"세상에 이럴 수가, 대체 어떻게 된 거야? 언못 밑마틱에 기리앉이 있어야 할 이 브로치가 왜 여기 있는 거야? 어째서 저 애는 이걸 잃어버렸다고 한 거지? 그래, 그러고 보니 월요일 오후에 숄을 벗어서 잠시 옷장 위에 올려놨었지. 그때 브로치가 달라붙었던 거야. 세상에, 세상에!"

마릴라는 아연실색했다.

마릴라는 브로치를 들고 동쪽 방으로 갔다. 앤은 실컷 울었는지 힘없이 창가에 앉아 있었다. 마릴라는 엄하게 말했다.

"앤 셜리. 방금 브로치가 숄에 붙어 있는 걸 찾았는데, 오늘 아침에 네가 횡설수설한 건 대체 뭐냐?"

앤은 내키지 않은 듯했다.

"그건, 제가 무슨 말이든 할 때까지 여기서 못 나간다고 아주머니가 그러셔서 전 피크닉에 꼭 가야 되니까 가짜로 고백하기로 결심했던 거예요. 어젯밤에 침대에 누워서 고백을 생각했는데, 될 수 있는 한 재미있게 만들었어요, 그리고 안 잊어버리려고 몇 번이고 몇 번이고 연습했는데. 하지만 역시 아주머니는 피크닉에 안 보내 주셨으니 제 고생은 완전히 헛수고였어요."

마릴라는 참으려 해도 도저히 웃지 않을 수가 없었다. 그러나 양심의 가

책이 느껴졌다.

"앤, 너한테는 두 손 들었다. 내가 나빴어…… 알겠어. 지금까지 네가 거짓말을 한 적이 한 번도 없었으니까 네 말대로 믿었어야 했는데. 하지만 자신이 하지도 않은 일을 고백하는 건 옳은 행동이 아니야. 굉장히 나쁜 짓이지. 하지만 그렇게 하도록 만든 건 나였으니까 만약 네가 날 용서한다면 앤, 나도 널 용서하마. 그리고 둘이 다시 잘해 보자. 자, 피크닉에 갈 준비를 해야지."

앤은 쏘아올린 폭죽처럼 벌떡 일어섰다.

"오, 마릴라 아주머니. 너무 늦지 않았을까요?"

"아냐. 아직 두시니까 이제야 다 모였을 시간이고, 차 시간까지는 한 시간이나 남아 있어. 세수하고 머리 빗고 깅엄 체크 옷을 입어. 나는 바구니를 준비할 테니. 구워 놓은 과자가 잔뜩 있어. 그리고 제리한테 마차로 피크닉 장소까지 데려다 주라고 할게."

"아아, 마릴라 아주머니."

큰 소리로 소리치며 앤은 세면대로 뛰어갔다.

"5분 전에는 저, 아주 비참해서 태어나지 말았으면 좋았을걸 하고 생각했는데, 지금은 천사를 시켜 준다 해도 거절할 거예요."

그날 저녁, 피곤하기는 했지만 행복 그 자체인 앤은 말로 표현할 수 없이 만족스러운 모습으로 '녹색지붕집'으로 돌아왔다.

"있죠, 저 정말로 즐겁기 그지없는 시간이었어요. 즐겁기 그지없다는 말은 오늘 새로 배운 말이에요. 메어리 벨이 사용하는 걸 들었죠. 정말로 감정을 잘 표현한 말이죠? 모든 게 멋있었어요. 하몬 앤드루스 씨가 '반짝이는 호수'에서 보트를 태워 주셨어요, 한 번에 여섯 명씩요. 그리고 제인 앤드루스가 하마터면 물 속에 빠질 뻔했어요. 제인은 몸을 앞으로 내밀고 연꽃을 따려고 했어요. 아차 하는 순간에 앤드루스 아저씨가 허리띠를 안 잡았으면 떨어져서 아마 물에 빠져 죽었을 거예요. 그게 저였다면 좋았을 텐데. 빠져 죽을 뻔한 건 아주 낭만적인 경험이잖아요. 남들한테 얘기할 때 으스스한 애깃거리가 될 텐데. 그런 다음에는 아이스크림을 먹었어요. 아이스크림은 말로 표현할 수가 없을 정도예요, 아주머니. 정말 숭고한 거예요."

그날 밤 양말을 짜면서 마릴라는 모든 얘기를 매슈에게 들려주고 나서 "제가 실수했다는 건 인정해요" 하고 솔직하게 말했다.

"하지만 좋은 공부를 했어요. 앤이 한 '고백'이라는 걸 생각하면 웃음이 나와요. 사실 거짓말을 한 거니까 웃으면 안 되지만요. 어느 정도는 나한테도 책임이 있어요. 저 애는 어딘가 본성을 알 수 없는 데가 있지만 앞으로 좋아지겠죠. 그런데 한 가지만은 분명해요. 어떤 집이든 저 애가 있으면 지루할 일은 없겠다는 거예요."

제15장 교실에서의 대소동

"정말 눈부신 날이야. 이런 날 살아 있다는 것만으로도 행복하지 않니? 아직 세상에 태어나지 못한 사람들이 불쌍해. 물론 그 사람들한테도 멋진 날은 있겠지만. 하지만 오늘은 두번 다시 안 오는 거니까. 그리고 더 기쁜 건, 학교에 갈 때마다 이런 멋진 길을 지나갈 수 있다는 거야, 그렇지?"

앤은 깊숙이 숨을 들이마셨다.

"큰길로 가는 것보다 훨씬 근사해. 저 길은 너무 먼지가 많고 덥거든."

현실파인 다이애나가 대답하면서, 점심 바구니를 들여다보고는 안에 들어 있는 세 개의 딸기파이를 열 명의 친구들과 나눠 먹으려면 한 사람당 어느 정도씩 돌아갈까 계산하고 있었다.

에이번리 학교의 여자 아이들은 항상 점심을 서로 나눠 먹게 되어 있어서, 딸기파이 세 개를 혼자서 먹거나 또는 제일 친한 친구하고만 먹으면 '치사한 깍쟁이'라고 낙인 찍히게 된다. 아무리 그렇다 해도 열 명이 나누어 먹으면 자기가 먹을 파이는 공연히 식욕만 불러일으키고 결국 배는 채워지지 않을 정도로 조금밖에 안 남는다.

앤과 다이애나가 학교에 가는 길은 실제로 예쁜 길이었다. 이런 다이애나와의 통학길은 상상으로도 더 이상 아름답게 장식할 수 없을 거라고 앤은 생각했다. 큰길은 너무 지루하지만 지금처럼 '연인의 오솔길'이나 '버드나무 연못'이나 '제비꽃 골짜기'나 '자작나무 길'을 지나다니는 것은 낭만적이었다.

　‘연인의 오솔길’은 ‘녹색지붕집’의 과수원 밑에서 숲으로 빠져나가 커스버트가의 농장 끄트머리까지 뻗어 있었다. 이 오솔길을 따라 암소들을 방목장으로 데리고 갈 수 있고, 겨울이 되면 재목을 운반하기도 했다. 앤은 ‘녹색지붕집’에 온 지 채 한 달도 되기 전에 이 길에 ‘연인의 오솔길’이라는 이름을 붙였다.

　“저 길을 진짜 연인들이 걸어가기 때문이 아니구요” 하고 앤은 마릴라에게 설명했다.

　“다이애나하고 제가 진짜 재미있는 책을 읽었는데 그 안에 ‘연인의 오솔길’이라는 것이 나오거든요. 그래서 우리도 그런 게 있었으면 했어요. 너무 예쁜 이름이죠? 굉장히 낭만적이고요. 연인들이 걷고 있는 게 상상이 가시죠? 저곳이라면 생각하는 것들을 큰 소리로 얘기하며 걸어도 아무한테도 안 들릴 테니까 전 저 오솔길이 좋아요.”

　아침에 앤은 ‘연인의 오솔길’을 지나 시냇가까지 혼자 걸어간다.

　그곳에서 다이애나를 만나 아치를 이룬 단풍나무 아래로 나 있는 오솔길을 함께 걸어간다.

　“단풍나무는 굉장히 붙임성이 좋은 나무야.”
하고 앤은 말했다.

　“항상 바스락거리며 사람한테 뭔가 속삭이잖아.”

　그리고 두 사람은 다리가 있는 곳으로 나온다. 여기서 오솔길을 벗어나 배리 씨네 뒤편 밭을 가로질러 ‘버드나무 연못’을 지나간다. ‘버드나무 연못’ 너머에는 ‘제비꽃 골짜기’가 있다. ‘제비꽃 골짜기’는 앤드루스 벨 씨네 숲 뒤에 있는 푸른 골짜기에 붙인 이름이다.

　“물론 지금은 제비꽃 같은 건 없어요.”

　앤은 마릴라에게 말했다.

　“하지만 봄이 되면 수도 없이 많이 핀다고 다이애나가 그랬어요. 아아, 마릴라 아주머니, 눈에 보이는 것 같지 않아요? 정말로 전 숨이 멈출 것 같은 기분이에요. 제가 ‘제비꽃 골짜기’라는 이름을 붙였어요. 다이애나는요,

저처럼 여기저기에 이름을 잘 붙이는 애는 처음 봤대요. 뭔가 쓸모가 있다는 건 좋은 일인 것 같아요. 하지만 '자작나무 길'은 다이애나가 지었어요. 그렇게 붙이고 싶다고 해서 저도 그렇게 하자고 했지만, 저라면 그냥 '자작나무 길'보다는 훨씬 시적인 이름을 붙였을 거예요. 하지만 '자작나무 길'은 세상에서 제일 아름다운 곳 중 하나예요, 아주머니."

분명 그랬다. 앤뿐만 아니라 이 길을 우연히 지나치는 사람들이면 누구나 그렇게 생각했다. 좁고 꼬불꼬불한 오솔길로서 긴 언덕을 감아내려가 벨 씨의 숲 한가운데를 빠져나갔다. 이 숲에서는 광선이 몇 겹으로 겹쳐진 에메랄드 같은 길 사이를 뚫고 비쳐 들어와서, 마치 다이아몬드의 심장처럼 투명하게 비쳤다. 오솔길 양옆으로는 가늘고 어린 자작나무들이 하얀 줄기와 부드러운 가지들을 뻗으며 길이 끝나는 곳까지 줄지어 서 있었다. 풀고사리나 앵초·은방울꽃이나 진홍빛 풀의 열매가 길을 따라 쭉 피어 있고, 공기에는 항상 기분 좋은 향기가 감돌고 있었다. 나무들의 가지에서는 작은 새들이 지저귀고, 바람이 소곤소곤 속삭이거나 웃고 있었다. 때때로 아주 조용히 걸어가다 보면 토끼가 길을 가로질러 뛰어가는 것을 볼 수 있는데, 간혹 앤과 다이애나도 그 장면을 목격할 때가 있었다. 골짜기에서 오솔길은 큰길로 이어지고, 그 길을 따라 가문비나무 언덕을 올라가면 학교가 나온다.

학교는 흰색 건물인데, 처마가 낮고 창문이 넓었다. 그 안의 책상은 편안하고 튼튼한 옛날식이었는데, 열었다 닫았다 하게 되어 있었고, 뚜껑에는 삼대에 걸친 학생들의 이름 머릿글자나 비밀문자가 새겨져 있었다. 학교는 큰길에서 저만큼 들어가 자리하고 있고, 뒤편에는 울창한 전나무숲과 시냇물이 있었다. 아이들은 점심에 맛있고 차가운 우유를 마시기 위해 이 시냇물에 우윳병을 담가 두었다.

7월의 첫날, 앤이 학교에 가는 것을 배웅하면서 마릴라는 이것저것 생각을 하고 있었다. 앤은 너무 엉뚱한 아인데, 과연 다른 아이들과 잘 지낼 수 있을까? 그리고 수업 시간에 과연 앤이 가만히 입 다물고 있을 수 있을까?

그러나 마릴라가 걱정하는 것보다 앤의 학교 생활은 순조로웠다. 그날 저녁 앤은 신이 나서 집으로 돌아왔다.

"저, 이곳 학교가 마음에 들 것 같아요. 선생님은 별로지만요. 항상 콧수염만 꼬고 앉아 있고, 프리시 앤드루스한테 추파를 던져요. 프리시는 다 큰 여자애잖아요. 열여섯 살이니까요. 그리고 내년에 샬럿타운에 있는 퀸 전문 학교에 들어가려고 입학 시험 준비를 하고 있어요. 티리 볼더가 그러는데요, 선생님은 프리시한테 홀딱 빠져 있대요. 프리시는 피부가 곱고, 머리카락은 곱슬곱슬한 갈색인데, 그걸 아주 우아하게 올리고 다녀요. 뒤에 있는 긴의자에 앉는데, 선생님도 대개 그 자리에 앉는 거예요. 프리시한테 입학 시험에 대해서 설명해 주기 위해서래요. 하지만 루비 길리스가 그러는데요, 루비가 보니까 선생님이 프리시 공책에 뭐라고 적으니까 프리시가 그걸 읽고는 얼굴이 새빨개져서 킥킥 웃더라는 거예요. 그러니까 그게 공부하고 관계 있는 게 아닐 거래요, 루비가 그랬어요."

"앤, 다시는 그런 식으로 이러니저러니 선생님에 대해 얘기하지 마라. 학교는 선생님 흉을 보려고 가는 게 아냐. 선생님은 뭔가 가르쳐 주실 수 있을 테고, 그걸 배우는 것이 네가 해야 할 일이야. 그리고 이건 꼭 명심해라. 집에 돌아와서 선생님 얘기를 이러쿵저러쿵 하는 건 잘하는 행동이 아니야. 네가 학교에서 제대로 행동했는지 걱정이구나."

마릴라는 따끔하게 야단쳤다.

"어머 저, 잘하고 왔어요. 아주머니가 생각하시는 것 같은 일은 없었어요. 전 다이애나하고 같이 앉았어요. 우리 자리는 창 바로 옆이라서 '반짝이는 호수'가 내려다보여요. 학교에는 좋은 여자 아이들이 많아서, 점심 시간 때 너무 재밌게 놀았어요. 많은 아이들과 같이 노는 건 정말 재미있어요. 하지만 물론 제일 좋은 애는 다이애나예요. 앞으로도 항상 그럴 거예요. 전 걜 숭배하고 있는걸요. 다른 아이들보다 저는 진도가 너무 뒤처져 있어요. 모두들 5학년 과정인데 저만 아직 4학년 과정이에요. 그래서 왠지 부끄러웠어

요. 하지만 저처럼 상상력이 많은 아이는 한 사람도 없다는 걸 전 금방 알
겠더라구요. 오늘은 읽는 법과 지리와 캐나다 역사와 받아쓰기가 있었어요.
필립스 선생님은 제 받아쓰기가 너무 엉망이라고 온통 고쳐 놓은 제 공책
을 들어서 다른 애들한테 다 보여 줬어요. 전 너무 창피했어요, 아주머니.
처음 온 아이한테 더 친절하게 대해 주면 좋을 텐데 말이에요. 루비 길리스
는 저한테 사과를 줬구요, 소피아 슬론은 '집에 놀러 가도 되니?'라고 적힌
예쁜 분홍색 카드를 빌려 줬어요. 그건 내일 돌려주기로 했어요. 그리고 티
리 볼더는 오후 내내 구슬 반지를 끼고 있게 해줬어요. 저 다락방에 있는
오래된 바늘꽂이에서 진주 구슬을 좀 빼서 반지를 만들어도 돼요? 그리고
제인 앤드루스가 그러는데요, 프리시 앤드루스가 제 코가 아주 예쁘다고 세
라 길리스한테 얘기하는 걸 들었다고 미니 맥퍼슨이 제인한테 그랬대요. 저
는 태어나서 처음으로 칭찬받은 거예요. 말로 표현할 수 없는 기분이었어
요. 정말 제 코가 예뻐요? 사실대로 말씀해 주세요."

"그래, 예뻐."

마릴라는 간단하게 대답했다.

내심 앤의 코가 예쁘게 생겼다고 생각했지만, 앤에게는 그렇게 얘기할
마음이 없었다.

그로부터 삼 주일이 지난 지금까지는 만사가 순조로웠다. 그리고 지금
이 상쾌한 9월의 아침, '자작나무 길'을 발걸음도 가볍게 걸어가는 앤과 다
이애나는 에이번리 마을에서 제일 행복한 소녀들이었다.

"오늘은 분명 길버트 블리드가 학교에 올 거야. 여름 내내 뉴브런즈위크
의 사촌 집에 가 있다가 토요일 밤에 돌아왔거든. 그 아인 굉장히 잘생겼어.
하지만 여자애들을 너무 못살게 굴어."

다이애나의 말투는 오히려 길버트가 못살게 굴어 줬으면 좋겠다는 식으
로 들렸다.

"길버트 블리드라구?"

앤이 물었다.

"현관 벽에 줄리아 벨하고 이름이 나란히 적혀 있고, 그 위에 크게 '주목'이라고 적혀 있던 그 애 말이야?"

다이애나는 머리를 치켜세우며 말했다.

"맞아. 하지만 길버트는 줄리아 벨을 별로 안 좋아하는 것 같아. 걔가 줄리아의 주근깨를 갖고 구구단 외우는 연습을 한다는 얘길 들은 적이 있거든."

"애, 내 앞에서 주근깨 얘기 좀 하지 마. 내가 이렇게 주근깨투성인데 그런 말 하면 실례지. 하지만 난 벽에 남자 아이나 여자 아이의 일로 그런 식으로 '주목'이라고 적히는 바보 같은 일은 없을 거야. 누구든 내 이름을 남자애 이름하고 같이 적어 놓기만 해 봐."

라고 말하고 나서 앤은 얼른 또 이렇게 덧붙이며 한숨을 내쉬었다.

"물론 아무도 그런 짓을 안 하겠지만."

자기 이름이 적힐 리가 없지만, 그러나 전혀 그럴 염려가 없다는 것이 조금은 속상했다.

"말도 안 돼."

다이애나는 그 검은 눈과 땋아 내린 검은 머리로 에이번리 남학생들의 가슴에 불을 붙여 그녀의 이름은 여섯 번이나 입구 벽에 '주목'이라고 적혔었다.

"그건 그저 장난이야. 그리고 너도 절대로 안 적히리라고 할 수 없어. 찰리 슬론이 완전히 너한테 빠져 있잖니. 찰리는 자기 엄마한테 그랬대. 네가 학교에서 제일 머리가 좋은 애라고. 그 말이 예쁘다는 소리보다 더 낫지 않니?"

"아니, 안 그래. 머리 좋다는 것보다 나는 예쁘다는 쪽이 더 좋아. 그리고 나는 찰리 슬론 같은 애는 너무 싫어. 퉁방울눈이잖아. 만약 누가 그런 애하고 같이 내 이름을 적어 놓기만 하면 가만 안 둘 거야. 하지만 반에서 제일 머리가 좋다는 건 좋은 거지."

"앞으로 길버트도 너네 4학년 반에 들어갈 거야. 그 아이는 항상 반에서 일등이었어. 나이는 벌써 열네 살이 다 되어 가지만 아직 4학년이야. 4년 전에 그 애 아버지가 병이 나서 앨버타에 요양하러 가게 됐는데 길버트도 함께 따라갔었어. 거기서 3년 있다가 이번에 돌아왔는데, 그때까지 거의 학교에 안 다녔대. 앞으로는 지금까지처럼 쉽게 일등을 하긴 힘들 거야.”

앤은 얼른 대답했다.

“난 괜찮아. 겨우 아홉 명이나 열 명밖에 안 되는 어린아이들 중에서 일등을 해봐야 별로 자랑할 만한 것도 못 되잖아. 어제 난 ‘비등점’이라는 단어의 철자를 찾고 있었는데, 조시 파이가 제일 먼저 찾은 거야. 그런데 글쎄, 조시가 책을 훔쳐보고 있는 거 있지. 필립스 선생님은 못 봤어. 프리시 앤드루스를 쳐다보느라고 말이야. 하지만 난 봤어. 차갑게 경멸하는 눈으로 노려봤더니 그 애 얼굴이 새빨개져서 결국은 틀린 철자로 쓰더라.”

“파이네 집 여자애들은 모두 야비해.”

다이애나는 분개했다.

두 사람은 큰길의 담을 올라가고 있었다.

“어제던가? 거티 파이가 시냇물에서 내 자리에 자기 우윳병을 넣어 둔 거 있지. 질리지 않니? 지금 걔하고는 말도 안 해.”

필립스 선생님이 교실 뒷좌석에서 프리시 앤드루스의 라틴어를 들어주고 있을 때 다이애나가 앤에게 속삭였다.

“네 자리에서 통로를 사이에 두고 같은 줄에 앉아 있는 애가 길버트 블리드야. 잘 봐. 잘생겼지 않니?”

앤은 그쪽을 쳐다보았다. 정말 다이애나 말대로였다. 그 화제의 길버트 블리드가 자기 앞에 앉아 있는 루비 길리스의 길게 땋은 노란 머리를 의자 등받이에 몰래 핀으로 고정시키느라 정신이 없었기 때문이다. 그는 키가 크고, 다갈색 머리카락은 굽실거렸으며, 갈색 눈은 장난기가 가득했고, 입가에는 짓궂은 미소를 띠고 있었다.

얼마 지나지 않아 선생님에게 계산한 것을 가지고 가려고 일어난 루비 길리스가 “꺅!” 하고 소리치며 자기 자리에 도로 주저앉아버렸다. 머리카락이 뿌리째 뽑히는 것이 아닌가 싶을 정도였다.

모두가 루비 쪽을 빤히 쳐다보는데다 필립스 선생님이 몹시 무서운 표정으로 쏘아보았기 때문에 루비는 그만 울음을 터뜨리고 말았다. 길버트는 몰래 핀을 빼서 감춘 후, 나 몰라라 하는 표정으로 역사 공부에 전념하고 있었다. 소동이 가라앉자 그는 앤 쪽을 보고 말할 수 없이 익살스러운 표정으로 윙크를 보냈다.

앤은 다이애나에게 살짝 말했다.

"저 길버트 블리드라는 애는 잘생기긴 잘생겼네. 그런데 너무 뻔뻔하다. 알지도 못하는 여자애한테 윙크하다니, 예의가 엉망이군."

그러나 마침내 그날 오후에 사건이 터지고 말았다.

필립스 선생님은 교실 뒤편 구석에서 프리시 앤드루스에게 수학 문제를 설명하고 있었다. 다른 학생들은 아직 덜 익은 사과를 베어먹거나, 소곤소곤 속닥거리거나, 공책에 그림을 그리거나, 끈을 맨 귀뚜라미를 통로에 놓고 당겼다 놓았다 하는 등 제멋대로 행동하고 있었다.

길버트 블리드는 앤의 시선을 끌어 보려 했지만 허사였다. 그도 그럴 것이 그때 마침 앤은 길버트 블리드는커녕 에이번리 학교의 어느 학생에게도, 아니 학교 그 자체의 존재까지도 까맣게 잊고 있었기 때문이다. 턱을 괴고 서쪽 창문에서 멀리 내다보이는 '반짝이는 호수'의 푸르른 경치에 빠져, 멀리 눈부신 꿈나라를 헤매고 있었기 때문이다.

길버트 블리드는 여자 아이들의 시선을 끄는 데 힘들었던 적도 실패한 적도 없었다. 무슨 일이 있어도 나를 쳐다보도록 할 거야. 저 작고 뾰족한 턱에 학교의 어떤 여자 아이한테도 없는 큰 눈을 한 빨간 머리의 셜린가 뭔가 하는 여자애가! 길버트는 통로 너머로 손을 뻗어 앤의 긴 빨간 머리 끝을 잡고 팔을 뻗은 채 낮은 소리로 분명하게 들리도록 "홍당무! 홍당무"라고 말했다.

그러자 효과가 즉각적으로 나타났다.

앤은 길버트 쪽을 쳐다보았다. 그냥 쳐다만 본 것이 아니라 벌떡 일어났다. 황홀하던 공상은 무참하게 산산조각이 났다. 불 같은 눈으로 길버트를 쏘아보았지만 너무 분한 나머지 눈물까지 글썽거렸다.

"비겁하고 나쁜 자식 같으니! 네가 뭔데 그런 소리야?"

앤은 감정이 몹시 격해 있었다. 그러고는 딱! 하고 석판으로 길버트의 머리를 내리치고 말았다.

에이번리 학교 아이들은 활극을 환영했다. 특히 이번 경우는 굉장한 구경거리였기 때문에 겁도 났지만 모두들 재미난 듯 "우와!" 하고 탄성을 올렸다. 다이애나는 심장이 멎는 줄 알았고, 겁 많은 루비 길리스는 훌쩍거리기 시작했다. 토미 슬론은 자기 귀뚜라미가 달아나든지 말든지 입을 딱 벌리고 이 장면에 마음을 빼앗기고 있었다.

필립스 선생님은 성큼성큼 통로를 걸어와 앤의 어깨를 꽉 누르며 화난 목소리로 말했다.

"앤 셜리, 도대체 무슨 일이야?"

앤은 대답을 하지 않았다. 학생들이 다 듣는 앞에서 자기를 '홍당무'라고 그랬다고 앤이 설명한다는 것은 불가능한 일이었다. 그러자 길버트가 용감한 태도로 입을 열었다.

"제 잘못입니다, 선생님. 제가 괴롭혔어요."

"내 학생이 이렇게 화를 잘 내고 성질이 못되먹었다니 유감이구나."

필립스 선생님은 길버트의 말은 들은 척도 않고 엄숙하게 말했다. 마치 자기 학생이라는 이유 하나만으로 아직 완성 도중에 있는 어린 학생들의 마음에서 온갖 악의 뿌리를 절단해야 한다는 투였다.

"앤, 오후 시간이 끝날 때까지 칠판 앞에 서 있어."

앤은 차라리 회초리로 맞는 편이 훨씬 더 나았다. 감수성이 예민한 앤은 이 말에 마치 회초리로 맞은 듯 바들바들 떨며 표정이 하얗게 굳었다. 선생님은 백묵으로 앤의 머리 위 칠판에 이렇게 썼다.

'앤 셜리는 신경질쟁이. 앤 셜리는 자기 성격을 다스리는 법을 배워야 한다.'

그러고 나서 아직 글자를 못 읽는 1학년들도 이해할 수 있도록 소리내어 읽어 주었다.

앤은 오후 시간 내내 이 칠판 글씨 밑에 서 있었다. 울지도 않고 고개를 숙이지도 않았다. 그러기에는 너무도 화가 나 있었기 때문에 굴욕감을 느껴도 꼿꼿이 서 있을 수 있었다. 억울하다는 눈빛으로 뺨을 붉혔고, 다이애나의 동정에 찬 시선이나, 분개하고 있던 찰리 슬론이 앤의 행동에 수긍이 간다는 듯 고개를 끄덕이는 거나, 조시 파이의 고소해 하는 미소를 앤은 똑바로 쳐다보고 있었다. 길버트 블리드 쪽은 쳐다보지도 않았다. 두번 다시 저런 자식은 쳐다보지 않을 거야! 상대도 안 해!

수업이 끝나자 앤은 빨간 머리를 오만하게 젖히며 밖으로 나갔다. 길버트 블리드는 현관에서 앤을 붙들려고 했다.

"장난친 거 진심으로 내가 잘못했어, 앤. 정말 내가 나빴어. 응! 그렇게 화내지 마."

그는 후회하는 태도로 속삭였다.

앤은 아주 경멸한다는 듯 돌아보지도 않고 들은 척도 하지 않은 채 획 지나쳐 버렸다.

"어쩜, 어떻게 그럴 수 있어, 앤?"

다이애나는 큰길을 걸으며 비난과 존경이 섞인 표정으로 말했다. 다이애나는 자기라면 길버트의 사과를 거절할 수 없었을 것이라고 생각했다.

"난 절대로 길버트 블리드를 용서하지 않을 거야. 그리고 필립스 선생님도 내 이름에 'e'자를 빼고 썼어. 이 원한은 절대로 잊지 않을 거야, 다이애나."

앤은 단호하게 말했다. 다이애나는 앤이 무슨 소리를 하는지 전혀 모르겠지만 뭔가 끔찍한 일이라는 것만은 알 수 있었다.

"너, 길버트가 네 머리로 장난쳤다고 해서 신경쓰지 마. 걘 여자애들을 모두 괴롭히니까. 내 머리 갖고도 너무 까맣다고 놀리면서 웃었는데 뭐. 몇 번이나 날더러 까마귀라고 그랬는지 몰라. 그리고 지금까지 걔가 무슨 짓을 하든 사과하는 것을 들어본 적이 없어."

다이애나가 위로했다.

"까마귀라는 소리를 듣는 거하고, 홍당무라고 불리는 건 전혀 달라. 길버트 블리드는 내 감정에 치명적인 상처를 입혔어, 다이애나."

만약 달리 아무 일도 일어나지 않았다면, 그 이상 치명적인 상처는 없이 이 사건도 언젠가 쉽게 잊혀졌을 것이다. 그러나 일단 사건이 일어나기 시작하면 꼬리에 꼬리를 무는 법이다.

에이번리의 학생들은 언덕 너머에 있는 벨 씨의 큰 목장 앞에 있는, 역시 벨 씨 소유의 가문비나무 숲에서 자주 송진을 따서 씹으며 점심 시간을 보냈다. 그곳에서 그들은 선생님이 하숙하고 있는 이븐 라이트 씨의 집을 들여다보곤 했다. 필립스 선생님의 모습이 나타나면 그들은 학교를 향해 뛰어가지만 라이트 씨네 집에서 학교까지 가는 오솔길보다 세 배 정도 거리가 멀었기 때문에 하아하아 숨을 헐떡이며 도착해 보면 3분 정도 지각하는 경우가 자주 있었다.

마침 앤 셜리가 길버트에게 화를 냈던 그 다음날 필립스 선생님은 발작적으로 개혁을 단행하기로 결심하여, 점심을 먹으러 가기 전에 학생들에게 자기가 돌아올 때는 한 사람도 빠지지 말고 제자리에 앉아 있으라고 선언했다. 누구든 늦게 들어오는 학생은 벌을 줄 거라고 했던 것이다.

남자애들 전원과 여자애들 몇 명은 '한 번만 따서 씹고 오겠다'는 마음으로 평소처럼 벨 씨의 가문비나무 숲으로 갔다. 그러나 가문비나무 숲은 매혹적이었고, 노란 송진의 맛은 아이들의 마음을 현혹했다. 그들은 송진을 모으기도 하고 여기저기 어슬렁거렸다. 그러다가 평소에도 그랬듯이 시간을 깨달은 것은 늙은 가문비나무 꼭대기에서 지미 글로버가 "선생님 오신다"고 소리쳤을 때였다.

땅에 있던 여자 아이들은 제일 먼저 뛰어갔기 때문에 시간에 아슬아슬하게 학교에 도착했다. 남자애들은 허겁지겁 나무에서 기어 내려와야 했기 때문에 그보다는 늦었다. 앤은 송진은 조금도 뜯지 않고 즐겁게 숲의 끄트머리까지 쏘다니며 풀고사리 숲에까지 들어가 혼자서 노래를 부르고 있었다. 머리에는 어둠의 요정처럼 백합으로 만든 화환을 쓰고 있었다. 그래서 제일 늦게 도착하게 되었다. 그러나 사슴처럼 달리기가 빨랐기 때문에 현관에서 소년들을 따라잡고 필립스 선생님이 모자를 거는 순간 남자애들 속에 함께 끼여 학교 안으로 들어가는 운 나쁜 지경이 된 것이었다.

필립스 선생의 개혁 열의는 일찌감치 식어 있었기 때문에 굳이 많은 학생들을 벌주는 것이 번거로워서 싫었다. 그러나 자기가 한 말도 있고 해서 체면상 어떤 조치든 취하지 않을 수 없었기 때문에, 여럿 중에서 희생양으로 앤을 뽑았다. 앤은 자리에 털썩 앉아 가쁜 숨을 고르고 있었다. 잊고 있던 머리 위의 화환은 한쪽 귀 위로 기울어, 더욱 어수선하고 흐트러져 보였다.

"앤 셜리, 너는 남자 아이들하고 함께 있는 걸 좋아하는 것 같으니까 오늘 오후는 네 취미를 만족시켜 주도록 하마."

필립스 선생은 빈정거리는 어조로 말했다.

"머리에서 그 꽃을 떼고 길버트 블리드하고 같이 앉거라."

다른 소년들은 킥킥거리며 웃었다. 앤이 불쌍해서 창백해진 다이애나는 앤의 머리에서 화환을 끌어내리고 앤의 손을 꼭 잡아 주었다. 앤은 돌이 된 것처럼 선생님의 얼굴을 쳐다보았다.

"내 말 안 들리니, 앤?"

필립스 선생은 엄하게 거듭 말했다.

"들었어요, 선생님. 하지만 진심으로 말씀하신 게 아닐 거라고 생각했습니다."

앤은 천천히 말했다.

"진심이다."

필립스 선생은 더욱 빈정대는 어조로 말했다. 그 말투는 어느 아이라도, 특히 앤이 제일 싫어하는 말투였다.

“어서 내가 시키는 대로 해.”

순간 앤은 복종하지 않으려는 듯 보였지만 어쩔 수 없다는 것을 알자 통로를 건너 길버트 블리드 옆에 앉아 책상 위에 팔을 올리고 푹 엎드려 버렸다. 곁눈으로 보고 있던 루비 길리스는 집으로 돌아가는 길에 다른 아이에게 말했다.

“정말로 그런 얼굴은 처음 봤어. 백짓장같이 하얀 얼굴에 아주 빨간 점들이 얼룩덜룩한 거 있지.”

앤에게 있어 이 일이야말로 정말 혹독했다. 같은 잘못을 저지른 많은 아이들 중에서 자기 혼자만 걸렸다는 것도 기분 나쁜 일이지만, 남자 아이와 함께 앉혀진 것은 더욱 참을 수 없는 일이었다. 더구나 그 남자 아이가 다름 아닌 길버트 블리드였기 때문에 모욕 중에서도 모욕이었다. 그래서 더 이상은 참을 수 없는 단계에 와 있었다. 앤은 도저히 참을 수가 없었고, 참으려고 노력해도 소용이 없다는 것을 느꼈다. 수치심과 분노, 굴욕감으로 부글부글 끓었다.

처음에는 다른 학생들이 앤 쪽을 보거나 속삭이거나 킬킬거렸다. 그러나 앤이 조금도 얼굴을 들지 않고, 길버트는 분수에만 몰두하고 있는 것처럼 보였기 때문에 마침내 그들도 잊어버렸다. 필립스 선생이 역사 공부를 시작했을 때, 앤도 그 반에 가기로 되어 있었다. 그러나 앤은 꼼짝도 하지 않았다. 필립스 선생도 출석을 부르기 전에 앤이 없다는 것을 깨닫지 못했다. 아무도 보는 사람이 없을 때 길버트는 ‘너는 달콤해’라고 금박으로 글자가 새겨진 작은 핑크 하트형 캔디를 앤의 팔꿈치 밑으로 살짝 밀어넣었다. 그러자 앤은 몸을 일으켜 손가락 끝으로 핑크 하트를 조심조심 집어올려 바닥에 떨어뜨리더니 발뒤꿈치로 박살을 낸 뒤, 길버트에게는 눈길도 안 주고 원래의 자세로 되돌아갔다.

수업이 끝나자 앤은 당당하게 자기 책상으로 돌아가서 책상 안의 물건들을 전부, 책과 공책, 펜과 잉크, 성서 등을 보란 듯이 꺼내어 부서진 석판 위에 가지런히 올려놓았다.

"왜 그걸 다 집에 가지고 가는 거야?"

두 사람이 큰길로 들어서기가 무섭게 다이애나가 물었다. 그때까지는 도 저히 물어볼 분위기가 아니었다.

"나, 이제 학교에 안 다닐 생각이야."

앤은 대답했다. 다이애나는 바짝 긴장해서 진심인지 아닌지 알아내기 위 해 앤을 쳐다봤다.

"마릴라 아주머니가 그러라고 하실까?"

다이애나가 물었다.

"그렇게 하실 거야. 이제 절대로 다시는 학교에, 그런 사람이 있는 곳에 안 갈 거야."

다이애나는 당장이라도 울 것 같았다.

"제발, 앤. 너, 너무해. 난 어떻게 하라구? 아마 필립스 선생님은 그 못된 거티 파이하고 날 함께 앉힐 거야. 걔가 지금 혼자 앉아 있잖니. 그러지 마, 앤."

"난, 널 위해서라면 다른 일은 다 할 수 있어. 너한테 도움이 되는 일이라 면 몸이 갈가리 찢겨도 상관없어. 하지만 이것만은 할 수 없어. 그러니까 제 발 그렇게 말하지 마. 자꾸 그러면 내가 너무 괴로워."

앤은 슬프게 말했다.

"한 번 더 생각해 봐. 앞으로 얼마나 재미있는 일이 많은데, 그러면 손해 잖아. 우리, 시냇물 옆에 정말 멋진 집을 새로 짓기로 했잖아. 그리고 다음 주에는 공놀이를 할 거구. 너 아직 공놀이한 적 없다며, 앤? 그게 얼마나 재 밌는데. 그리고 새 노래를 배울 거야…… 제인 앤드루스가 지금 연습하고 있어. 그리고 앨리스 앤드루스가 다음주에 새 책을 가지고 와서 시냇가에서 한 장씩 읽기로 했고. 넌 소리내서 읽는 거 굉장히 좋아하잖아, 앤."

그 어떤 것도 앤의 마음을 돌려놓을 수 없었다. 앤은 이미 결심을 굳힌 것이다. 두번 다시는 학교에, 필립스 선생에게 갈 마음이 없다고 앤은 집에 돌아가서 마릴라에게 말했다.

"바보 같은 소리 하지 마."

마릴라는 말했다.

"절대로 바보 같은 소리가 아니에요. 모르시겠어요, 아주머니? 전 모욕당한 거라구요."

앤은 책망하는 듯한 시선으로 마릴라를 보았다.

"모욕이 듣고 웃긴다고 그래. 평소처럼 내일 학교 가."

앤은 고개를 저었다.

"아뇨, 안 가요. 전 학교에는 안 다녀요. 집에서 공부는 할 거고, 되도록 착한 아이가 될게요. 그리고 가능하다면 입 다물고 있을게요. 하지만 도저히 학교에는 못 가겠어요."

마릴라는 앤의 작은 얼굴에서 절대로 굽히지 않겠다는 완강함을 읽고, 그 의지를 꺾기가 무척 힘들 거라는 생각이 들었다. 지금은 더 이상 아무 말도 하지 않는 것이 현명하겠다고 판단했다.

'오늘 밤에 레이첼한테 가서 상의하고 와야겠다. 지금 앤에게 말해 봤자 소용없으니까. 몹시 흥분하고 있고, 일단 한번 하겠다고 하면 끝까지 고집을 부리는 아이라서. 그리고 이 아이 얘기를 들어봐서는 필립스 선생이 아무래도 위압적으로 일을 잘못 처리한 것 같다. 그런 말을 아이한테는 할 수 없지만, 일단 레이첼과 얘기해 보자. 아이를 열 명이나 학교에 보냈으니까 뭔가 방법을 알고 있을 거야. 지금쯤은 이 사건도 벌써 들어서 알고 있겠지.'

린드 부인은 평소처럼 부지런히 즐겁게 침대보를 만들고 있었다.

"제가 왜 왔는지 알고 계실 것 같은데요."

하고 마릴라는 쑥스러운 듯 말했다.

린드 부인은 고개를 끄덕였다.

"앤이 학교에서 소동을 일으킨 거 말이죠? 티리 볼더가 집으로 가는 길에 들러서 그러더군요."

"저 애를 어떻게 하면 좋을지 모르겠어요. 절대로 학교에는 안 가겠다고 하고, 저렇게 흥분한 건 처음 봤어요. 학교에 다니기 시작했을 때부터 저는 뭔가 말썽이 일어나지 않을까 늘 걱정하고 있었어요. 어째 그 동안 너무 순조롭다 했죠. 애가 너무 신경이 곤두서 있는데, 어떡하죠, 레이첼?"

린드 부인은 다정하게 말했다. 린드 부인은 누가 의견을 물어오는 걸 매우 좋아했다.

"글쎄, 제 의견을 묻는 거라면 말하겠는데요, 마릴라. 처음에는 그냥 아이 기분대로 하게 내버려두죠. 제가 보기엔 분명 필립스 선생이 잘못한 것 같아요. 물론 이런 말은 아이들한테는 하면 안 되지만요. 어제 저 애가 성질 부렸을 때 야단친 건 물론 잘한 일이에요. 하지만 오늘은 달라요. 똑같이 지각한 다른 애들도 앤과 같이 벌을 받았어야 했어요. 그리고 벌로 여자애를 남자애 옆에 앉히는 짓을 하다니 그건 나도 마음에 안 들더군요. 티리 볼터는 전적으로 앤 편을 들더라구요. 다른 애들도 모두요. 하여튼 앤은 정말로 인기가 있는 모양이에요. 저 애가 다른 애들과 그렇게 잘 지낼 줄은 생각도 못했어요."

"그럼, 당신은 정말 저 애를 학교에 보내지 않는 게 좋다고 생각하시는 거예요?"

마릴라는 깜짝 놀라며 말했다.

"글쎄요, 결국 저 애가 스스로 가겠다고 할 때까지는 두번 다시 학교라는 말을 꺼내지 마세요. 두고 보세요. 한 일 주일쯤 지나면 애가 자진해서 가게 될 테니까요. 만약 당신이 지금 당장 저 애를 보내려고 하면 다음에는 어떤 말썽을 일으켜서 지금보다 더 골치 아파질지도 몰라요. 그런 일이 계속된다면 학교에 안 간다고 해서 저 애한테 크게 손해될 것도 없어요. 필립스 씨는 선생으로서 아무런 도움이 안 되는 사람이에요. 그 사람 하는 짓을 보니 진짜로 괘씸해요. 어린애들은 내버려두고 퀸 전문학교에 간다는 큰 학생한테만 매달려 있고 말이죠. 학교에서 오래 못 버틸 사람인데, 그 사람 숙부가 이사회의 한 사람, 아니 이사회를 혼자서 떠맡고 있는 모양이에요. 다른 두 사람을 마음대로 주무르고 있으니까요. 이 섬의 교육이 앞으로 어떻게 될지 걱정이에요.”

린드 부인은 만약 자신이 이 지방 교육 기관의 책임자이기만 하면 사태가 훨씬 잘 수습될 거라고 말하기라도 하듯 고개를 절레절레 저었다.

마릴라는 레이첼의 충고를 받아들여 앤에게 학교 가라는 말을 두번 다시 하지 않았다. 앤은 집에서 공부하고, 정해진 일을 하고, 차가운 가을의 보랏빛 석양 속에서 다이애나와 놀며 지냈다.

그러나 길에서나 주일학교에서 길버트 블리드와 만날 때면 차갑고 경멸에 찬 태도로 지나쳐 갔고, 앤의 기분을 위로하고 싶어하는 그의 시선을 봐도 못 본 척하고 있었다. 다이애나가 중재에 나섰지만 아무 효과도 없었다. 앤은 분명히 일생 동안 길버트 블리드를 미워할 작정을 한 것 같았다. 그리고 길버트 블리드를 미워하면 할수록 꼭 그만큼 뜨거운 정열로 작은 가슴 속의 사랑을 다이애나에게 쏟아부었다.

어느 날 저녁, 마릴라가 바구니 가득 사과를 따서 과수원에서 돌아오자 앤이 땅거미 지는 동쪽 창문가에 혼자 앉아 울고 있었다.

“왜 그러니, 앤?”

“다이애나 때문이에요.”

앤은 기분 좋은 듯 훌쩍거렸다.

“저 정말 다이애나가 좋아요, 아주머니. 다이애나 없이는 살 수가 없어요. 하지만 나중에 커서 다이애나가 시집을 가버리면 저 혼자만 남겨질 거라는 걸 알아요. 그렇게 되면 전 어쩌죠? 다이애나의 남편이 미워요…… 너무 미워요. 전 모든 걸 상상하고 있는 중이에요…… 결혼식에 대한 거나 그밖에 모든 걸요. 다이애나는 눈처럼 하얀 드레스를 입고 베일을 쓰고 여왕처럼 아름답고 품위있는 모습이에요. 그리고 들러리를 서는 저도 퍼프 소매를 단 멋진 옷을 입고 있겠지만, 웃는 얼굴 뒤에 있는 제 가슴은 찢어질 거예요. 그렇게 다이애나와 이별…… 아, 아앙, 앙.”

앤은 점점 더 크게 울었다.

마릴라는 터져 나오려는 웃음을 참으려고 얼른 뒤돌아섰지만 소용없었다. 가까이에 있는 의자에 쓰러지듯 앉아 전에 없이 쾌활한 웃음을 터뜨렸기 때문에 뒤뜰을 지나가던 매슈가 깜짝 놀라 멈춰 설 정도였다. 마릴라가 저렇게 웃었던 게 언제였던가?

겨우 말을 할 수 있게 되자 마릴라가 말했다.

"그렇게 걱정할 거리가 필요하면, 제발 부탁이니 좀더 가까운 데서 찾아보렴. 정말로 넌 상상력이 뛰어나구나."

제16장 티파티의 비극

　'녹색지붕집'의 10월은 아름다웠다. 골짜기의 자작나무들은 햇빛처럼 황금색으로 변하고, 과수원 뒤편의 단풍나무는 깊은 진홍색으로, 골짜기의 벚나무는 말로 표현하기 힘든 아름다운 짙은 빨강과 청동색의 녹색으로 물들고, 그 밑으로 펼쳐진 밭도 빛을 받아 아름답게 빛나고 있었다. 앤은 자기를 둘러싼 색채의 세상을 마음껏 즐겼다.

　어느 토요일 아침 화려한 가지를 한아름 안고 앤은 춤을 추며 집안으로 들어와서 외쳤다.

　"아아, 마릴라 아주머니, 세상에 10월이라는 달이 있다는 것이 전 기뻐서 견딜 수가 없어요. 만약 9월에서 훌쩍 11월로 넘어가 버렸다면 얼마나 시시했겠어요. 어쩜, 이 단풍나무 가지 좀 보세요. 감동이 느껴지지 않아요? 제 방에 꽂아둘 거예요."

　"방 어질러져."

　마릴라가 말했다. 그녀의 심미안은 아직도 그다지 나아지지 않았다.

　"넌 이것저것 밖에서 끌어온 걸로 네 방을 너무 어질러 놓는구나, 앤. 침실이라는 건 잠자기 위한 곳이야."

　"그리고 꿈을 꾸기 위한 곳이기도 해요, 아주머니. 방에 예쁜 것이 있으면 더 멋진 꿈을 꿀 수 있단 말이에요. 전 이 가지를 그 오래 된 파란 화병에 꽂아서 탁자 위에 놓을 생각이에요."

　"계단 여기저기 잎이 떨어지지 않게 해. 오늘은 내가 점심때부터 카모디에서 있는 후원회 모임에 가니까 아마 어두워져야 돌아올 거야. 아저씨하고 제리가 먹을 저녁 식사 준비는 네가 해야 해. 또 지난번처럼 식탁에 앉기 전에 차 담가 두는 걸 깜빡한다든지 그런 일은 없도록 해라.”

“저, 정말로 죄송해요.”

앤은 면목없다는 듯 말했다.

“하지만 그날 오후에는 ‘제비꽃 골짜기’ 이름을 지으려고 할 때라서, 다른 일은 까맣게 잊고 있었어요. 매슈 아저씨는 너무 친절하셔서 조금도 야단을 안 치셨어요, 아저씨께서 먼저 ‘차야 좀 기다리면 어떠냐’고 말씀해 주셨는 걸요. 그래서 기다리는 동안 아저씨한테 옛날 얘기를 해드렸어요. 그랬더니 조금도 안 지루해 하셨어요. 아름다운 요정 얘기였거든요. 그런데 끝부분을 잊어버려서 제가 만들었죠. 그랬더니 어디서부터 제가 만들었는지 모르겠다고 아저씨가 그러셨어요.”

“아저씨야 네가 한밤중에 일어나서 밥을 먹자고 해도 좋아할 사람 아니니. 그래도 이번에는 잊어버리면 안 된다. 그리고 이런 일을 하라고 해도 좋을지 모르겠지만…… 너를 점점 더 정신없게 만들지 모르겠지만, 오후에 다이애나를 초대해서 여기서 차를 마셔도 좋다.”

“어머나, 어쩌면 이런 근사한 일이! 역시 아주머니도 상상력이 있으신 거 아니에요? 그렇지 않고서야 어떻게 제가 그러고 싶어한다는 걸 아셨겠어요. 너무 신나요. 어른이 된 것 같아요, 제 손님이 온다니요. 차를 담는 걸 잊지 않을게요. 아아, 마릴라 아주머니, 저어, 장미꽃 무늬 있는 찻잔 써도 되나요?”

“무슨 소리 하는 거야! 장미꽃 무늬 찻잔이라니! 너 대체? 그건 목사님이나 후원회 모임 때 외에는 안 쓰는 거잖아. 오래된 갈색 찻잔을 꺼내 와. 버찌 설탕절임이 담겨 있는 노란 단지는 열어도 돼. 어느 것이든 이제는 먹어도 될 때야…… 그리고 과일 케이크를 잘라 먹거나, 쿠키나 생강 비스킷도 먹어도 돼.”

앤은 황홀하게 눈을 감고 말했다.

“제가 식탁 상석에 앉아 차를 따르는 것이 눈에 선해요. 그리고 다이애나한테 ‘설탕은 어떻게?’라고 묻는 거예요. 다이애나가 넣지 않는다고 말할 줄 알지만, 물론 모르고 있었다는 표정으로 묻는 거예요. 그러고 나서 과일 케이크를 한 조각 더 먹고, 설탕절임도 더 먹으라고 권할 거예요. 아아, 생각만 해도 너무 신나요. 다이애나가 오면 손님용 침실에 모자를 두러 데리고 가도 돼요? 그리고 응접실에 가서 앉아도 되나요?”

“안 돼. 너나 네 손님한테는 거실로 충분해. 그렇지만 지난번 교회 친목회 때 사용하던 딸기 주스가 반 병 정도 남아 있으니까 먹고 싶으면 다이애나하고 같이 먹어. 거실 선반 두번째 칸에 있어. 그리고 쿠키도 오후에 먹어도 좋아. 매슈 아저씨는 감자를 배에 실어 주러 가야 하니까 늦게 돌아오실 거야.”

앤은 골짜기를 달려 내려와서 ‘요정의 샘(드라이어드의 샘)’ 옆을 지나 가문비나무 오솔길을 빠져나가, ‘비탈과수원집’으로 가서 다이애나에게 차 마시러 오라고 초대했다. 마릴라가 카모디로 마차를 타고 나가자, 금방 다이애나가 제일 좋은 나들이옷 다음으로 좋은 옷을 입고, 차 시간에 어울리는 표정으로 찾아왔다. 다른 때는 언제나 주방문으로 뛰어들어왔지만 지금은 폼을 내며 현관문을 두드렸다. 그러자 마찬가지로 두 번째로 좋은 옷을 차려입은 앤도 점잖게 문을 열었다. 두 아이는 지금까지 한 번도 만난 적이 없던 사이처럼 진지한 표정으로 악수를 했다. 모자를 두러 다이애나가 동쪽 방으로 안내되고, 그 후 거실로 와서 단정하게 발을 가지런히 하고 10분 정도 앉아 있는 동안 이 부자연스러운 점잔빼기는 계속되었다.

“어머니는 어떻게 지내세요?”
하고 앤은 정중하게 물었다. 그러나 실은 그날 아침 기운이 펄펄 넘치는 배리 부인이 사과를 따고 있는 모습을 봤었다.

“덕분에 아주 잘 계십니다. 커스버트 씨는 오늘 오후에 릴리샌드호에 감자를 실으러 가신다면서요?”
라고 묻는 다이애나는 그날 아침 매슈의 짐차를 얻어타고 하몬 앤드루스네 집에 갔다 온 터였다.

"그래요. 올해 저희 집 감자 농사가 풍년이라서요. 댁의 아버님의 감자 농사가 어땠어요?"

"네, 아주 많이 수확했어요. 덕분에요. 사과도 많이 땄나요?"

"응, 아주 많이 땄어."

앤은 점잔빼기하는 것을 잊고 벌떡 일어났다.

"과수원에 가서 빨간 사과 따자, 다이애나. 나무에 남아 있는 건 모두 먹어도 된다고 아주머니가 그러셨어. 마릴라 아주머니는 정말 마음이 좋으셔. 차에 과일 케이크와 버찌 설탕절임도 먹어도 된다고 하셨어. 하지만 손님에게 앞으로 대접할 메뉴가 뭔지 얘기하는 건 예의가 아니지. 그러니까 마릴라 아주머니가 우리가 마셔도 된다고 말씀하신 음료수의 이름은 말하지 않을래. 단지 그건 '딸'자로 시작하고, 예쁜 빨간색을 하고 있다는 말만 해둘게. 난 빨간색 음료수가 너무 좋아. 넌? 다른 색깔보다 두 배는 맛있어."

과수원에서는 가지가 휘어지게 열매가 달린 큰 가지가 지면에 드리워져 있었다. 즐거움에 빠져 있는 여자 아이들은 오후의 대부분을 이곳에서 보냈다. 서리를 피해 아직 푸르름을 잃지 않은 풀밭의 한쪽 구석에 앉아, 두 사람은 부드러운 가을 햇살을 받으며 사과를 먹거나 쉴새없이 수다를 떨며 시간을 보냈다.

다이애나는 학교에서 일어난 일로 앤에게 할 말이 너무 많았다. 다이애나는 거티 파이와 같이 앉아야 했는데, 그게 싫어서 죽을 지경이었다. 거티는 늘 연필을 키-키- 하고 소리를 내며 쓰기 때문에 머리털이 곤두선다. 루비 길리스는 크리크에서 온 메어리 조 할머니가 주신 마법의 조약돌로 사마귀가 전부 없어졌다. 그 조약돌로 사마귀를 비빈 후 초승달이 뜰 때 그 돌을 왼쪽 어깨 너머로 던지는 것이다. 찰리 슬론의 이름이 엠 화이트의 이름과 함께 현관 벽에 적혀 있는 바람에 엠 화이트가 불같이 화가 나 있다. 그리고 샘 볼터가 교실에서 필립스 선생님에게 말대꾸를 해서 선생님이 샘을 회초리로 때렸다. 그래서 샘의 아버지가 학교에 찾아와서 내 자식 중 누구한테든 두번 다시 손을 대면 가만두지 않겠다고 협박했다. 그리고 매티 앤드루스가 새빨간 모자가 달리고 술이 달린 숄을 하고 왔는데, 그 거드름 피우며 입고 다니는 꼴은 쳐다만 봐도 기분이 나빠진다. 리지 라이트는 마 미 윌슨과 말을 안 한다. 마미 윌슨의 큰언니가 리지 라이트의 큰언니의 애 인을 가로챘기 때문이다. 그리고 누구나 다 앤이 학교에 안 나오는 것을 서 운해 하고 다시 학교에 나오길 바란다. 그리고 길버트 블리드는……

그러나 앤은 길버트 블리드의 얘기 같은 건 듣고 싶지 않았다. 서둘러 벌 떡 일어나 집에 들어가서 딸기 주스를 마시자고 했다.

앤은 선반 두 번째 칸에서 찾았지만 그곳에는 딸기 주스 병이 없었다. 여 기저기 찾아보니 제일 위칸에 있었다. 앤은 병을 쟁반에 담아 식탁에 컵과 함께 놓았다.

"자, 손수 따라 드시죠, 다이애나."

앤은 정중하게 권했다.

"저는 지금은 마시고 싶지 않네요. 사과를 너무 많이 먹어서요."

다이애나는 컵에 주스를 찰랑찰랑 따르고, 그 아름다운 빨간색을 감탄스 럽게 들여다본 후 고상하게 마셨다.

"이거 굉장히 맛있는 딸기 주스네, 앤. 나 딸기 주스라는 게 이렇게 맛있 는 건 줄 몰랐어."

"맛있다니 다행이야. 마음껏 마셔. 난 잠시 저쪽에 가서 불을 살피고 올 테니. 살림 꾸리는 사람은 이것저것 챙길 일이 많거든."

앤이 주방에서 돌아오자 다이애나는 주스를 두 잔째 마시고 있었다. 더 마시라고 앤이 권하자 다이애나는 별로 이의 없이 석 잔째를 받았다. 컵은 큼지막한 것이었고, 딸기 주스는 너무도 맛있었다.

"이렇게 맛있는 건 처음이야."

다이애나가 말했다.

"레이첼 아주머니는 아주머니네 주스가 제일 맛있다고 자랑하지만 이 집 주스가 아주머니네 주스와는 비교가 안 될 정도로 맛있다. 얘, 맛이 레이첼 아주머니네 것과 전혀 달라."

"나도 우리 딸기 주스가 레이첼 아주머니 것보다 훨씬 맛있다고 생각해. 마릴라 아주머니의 요리 솜씨는 유명해. 나한테 요리를 가르쳐 주시려고 애 쓰시는데, 있잖니 다이애나, 그런데 정말 힘들어. 요리에는 전혀 상상할 거 리가 없으니까. 그저 규칙대로만 해야 되거든. 지난번에 과자 만들 때 내가 밀가루 넣는 걸 깜빡했지 뭐야. 너하고 나에 대해 멋진 상상을 하고 있었거 든. 네가 천연두에 걸려서 몹시 아파하는데 아무도 널 안 돌보는 거야. 그런 데 나는 용감하게 네 침대 곁으로 가서 간호를 해주고 결국 너를 살려내게 돼. 그런데 이번에는 내가 천연두에 걸려 결국 죽게 되고, 저 포플러나무 밑 에 묻히게 돼. 넌 내 묘 옆에 장미를 심고, 눈물로 그 나무를 적셔 줬단다. 그리고 너는 너를 위해 생명을 바친 젊은 날의 친구를 평생 잊지 않는다는 줄거리야. 아아, 너무 가슴 아픈 얘기였어, 다이애나. 과자를 섞으면서 눈물 이 폭포처럼 흘러나오더라. 그런데 밀가루를 깜빡 잊고 안 넣는 바람에 과 자를 완전히 망쳤지, 뭐. 과자에는 밀가루가 굉장히 중요하잖니. 마릴라 아 주머니가 몹시 언짢아하셨어. 그러시는 것도 무리가 아니라고 생각해. 난 정말 마릴라 아주머니한테는 골칫거리야. 지난주에는 푸딩 소스 때문에 톡 톡히 망신을 당하셨어. 화요일 점심때 자두 푸딩을 먹었거든. 그리고 푸딩 이 반쯤 남고 소스가 한 단지 남았었어. 마릴라 아주머니는 그 정도면 한 번 더 먹을 수 있으니까 주방 선반에 올려놓고 뚜껑을 닫아 두라고 그러셨 어. 난 진짜 뚜껑을 닫을 생각이었어. 그런데 그걸 들고 가면서 내가 수녀가 된 상상을 하게 된 거야…… 물론 난 기독교 신자지만 뭐 카톨릭 신자라고 말이지. 속세와 멀리 떨어진 수도원에서 실연의 아픔을 검은 수녀복에 감춘 수녀 말이야. 그러다가 푸딩 소스에 뚜껑 덮는 걸 그만 깜빡했지 뭐야. 다음 날 아침에 문득 생각이 나서 주방에 뛰어가 보니까, 다이애나, 세상에 그 푸 딩 소스 안에 쥐가 한 마리 빠져 죽어 있지 뭐니. 정말 소름끼치더라. 한번 생각해 봐. 숟가락으로 쥐를 퍼내서 뒤뜰에 버린 다음에 그 숟가락을 물로 세 번이나 씻었어. 마릴라 아주머니는 우유 짜러 가고 안 계셔서 돌아오시면 소스를 돼지한테 주면 안 되냐고 물어볼 참이었어. 그런데 마릴라 아주머니가 돌아왔을 때, 난 내 자신이 '서리의 요정'이 되어 숲을 날아다니며 나무들을 빨갛게 노랗게 나무들이 제각각 좋아하는 색으로 바꾸며 다니는 상상을 하고 있었기 때문에 푸딩 소스에 대한 생각을 까맣게 잊은 거야. 그리고 마릴라 아주머니는 나를 사과 따러 내보내셨어. 그런데 그날 아침에 스펜서베일에서 체스터 로스 씨와 그 부인이 찾아오신 거야. 세상에, 그 사람들이 얼마나 형식을 따지는 사람들이니. 특히 그 부인 말이야. 마릴라 아주머니가 나를 불렀을 때는 점심 식사 준비가 다 끝나서 모두 식탁에 앉아 있었어. 나는 가능한 한 예의 바르게, 품위 있게 행동하려고 했어. 설령 예쁘지는 않아도 난 얌전한 애라고 체스터 로스 부인이 생각하시길 바랐거든. 모든 것이 다 잘되어간다 싶었는데, 문득 보니까 마릴라 아주머니가 한쪽 손에 자두 푸딩을 들고, 또 한 손에는 푸딩 소스를 더구나 따뜻하게 데운 걸 들고 들어오시지 뭐야. 다이애나, 정말로 그 순간은 끔찍하더라. 난 그때서야 모든 게 생각나서 갑자기 벌떡 일어나 큰 소리로 말했어. '그 소스는 못 먹어요. 쥐가 빠졌어요. 아까 말씀드린다는 걸 깜빡했어요'라고. 아아, 다이애나, 내가 만약 백 살까지 산다 해도 그 끔찍한 순간을 잊을 수 없을 거야. 체스터 로스 부인은 그저 물끄러미 내 얼굴만 쳐다보시는데 난 부끄러워서 마루 밑으로 꺼지는 줄 알았어. 그 부인은 굉장히 솜씨 좋은 주부니까 우릴 어떻게 생각하셨겠어. 마릴라 아주머니는 얼굴이 불같이 빨개졌지만 한 마디도 하지 않으셨어…… 그때는 말이야. 그저, 푸딩과 소스를 내려놓고 딸기 설탕절임을 가지고 와서 나한테까지 덜어 주시더라. 하지만 난 조금도 먹을 수 없었어. 그런 망신을 당하시게 했는데도 나한테 그렇게 대해 주셨으니까. 체스터 로스 부인이 돌아가시고 나서 마릴라 아주머니한테 굉장히 혼났지. 어머, 다이애나, 왜 그래?"

다이애나는 휘청거리며 일어섰지만 머리를 감싸며 또다시 주저앉고 말았다.

"나, 나 기분이 너무 안 좋아."

다이애나는 숨쉬기가 힘든 듯이 말했다.

“지금 집에 갈래.”

앤은 실망해서 소리쳤다.

“어머, 차도 아직 안 마셨는데 간다니, 말도 안 돼. 금방 준비할게…… 지금 당장 차를 담가 놓고 올게.”

“나, 갈래” 하고 다이애나는 얼이 빠진 듯 말했지만, 생각을 바꿀 기색은 없었다.

“그럼 어쨌든 점심은 먹고 가.”

앤은 애원했다.

“과일 케이크 한 조각하고 버찌 설탕절임을 먹자. 잠시 소파에 누워 있어. 그럼 괜찮아질 거야. 어디가 아파?”

“나, 갈래.”

다이애나는 그 말밖에 하지 않았다. 아무리 앤이 애원해도 소용없었다.

앤은 투덜거렸다.

“차도 안 마시고 가는 손님이 어딨어. 아아, 다이애나, 네가 정말 천연두에 걸릴 일이 있을 것 같니? 만약 그렇다면 난 널 간호하러 갈 거야. 두고 봐. 난 절대로 널 버리지 않을 테니까. 하지만 차를 마시고 가면 좋을 텐데. 어디가 아파?”

“나, 굉장히 어지러워.”

정말로 그랬다. 다이애나의 걸음은 비틀거리고 있었다. 너무 실망한 나머지 눈에는 눈물까지 글썽이며 앤은, 다이애나의 모자를 가지고 와서 배리 씨네 뒤뜰 담장까지 데려다 주었다. 그러고 나서 오는 길에 내내 울면서 돌아왔다. 앤은 슬픈 얼굴로 딸기 주스 남은 것을 선반에 도로 올려놓고, 완전히 풀이 죽어서 매슈와 제리를 위해 차 준비를 했다.

다음날은 일요일이었는데, 새벽부터 해질녘까지 억수같이 비가 내려서 앤은 ‘녹색지붕집’에서 한 발짝도 나가지 않았다. 월요일 오후, 마릴라는 린드 부인의 집에 앤을 심부름 보냈다. 그런데 갔는가 싶더니 금세 앤은 눈물을 뚝뚝 흘리면서 오솔길을 뛰어 되돌아왔다. 주방으로 뛰어들어오자마자 앤은 소파에 엎드려 엉엉 울었다.

"또 무슨 일이야, 앤?"

마릴라는 당황해서 물었다.

"또 린드 아주머니한테 가서 버릇없이 군 건 아니겠지?"

대답도 하지 않고 앤은 점점 더 눈물을 펑펑 쏟으며 더욱더 서럽게 흐느껴 울기만 했다.

"앤, 내가 뭐라고 물으면 대답을 해야지. 지금 당장 똑바로 앉아서 왜 우는지 말해 봐."

앤은 비극의 화신 같은 모습으로 일어났다.

"레이첼 아주머니가 오늘, 다이애나네 집에 갔었는데요, 다이애나네 어머니가 몹시 화가 나셨더래요. 제가 토요일에 다이애나를 너무 엉망으로 취하게 해서 집으로 돌려보냈다고 그러셨대요. 그리고 제가 너무 질 나쁜 애라서 이제 절대로 다시는 다이애나하고 놀지 못하게 할 거라고 그러시더래요. 오, 아주머니. 전 너무나 속상해요."

마릴라는 너무 어처구니가 없었다.

"다이애나를 취하게 했다니?"

간신히 목소리를 가다듬고 마릴라가 말했다.

"앤, 네가 정신이 나간 거니, 아니면 배리 아주머니가 제정신이 아닌 거니? 대체 다이애나한테 뭘 먹였는데?"

"딸기 주스밖에 안 줬어요. 딸기 주스가 취하는 건 줄은 정말 몰랐다구요. 아무리 다이애나가 마신 것처럼 큰 컵에 세 잔이나 마셨다 해도 말이에요. 아아, 꼭 꼭…… 토머스 아주머니네 아저씨처럼 말하잖아요. 하지만 다이애나를 취하게 할 생각은 없었단 말이에요."

앤은 흐느껴 울었다.

"취하게 했다니 무슨 소리야?"

마릴라는 거실 선반이 있는 곳으로 갔다. 선반에 있는 병을 보자 마릴라는 그것이 3년 전에 직접 담근 포도주라는 것을 알았다. 포도주를 만드는 솜씨로는 마릴라는 에이번리에서도 유명했다. 물론 까다로운 사람 중에는 그것에 대해 강력하게 반대하는 사람도 있고, 배리 부인도 그 중 한 사람이었다. 그와 동시에 마릴라는 딸기 주스 병은 앤에게 말한 선반이 아니라 지하실에 놔뒀다는 사실을 깨달았다.

마릴라는 손에 술병을 들고 주방으로 돌아왔지만, 그 얼굴은 참을 수 없는 웃음 때문에 일그러져 있었다.

"앤, 넌 정말로 말썽 피우는 데는 천재다. 네가 다이애나한테 준 건 딸기 주스가 아니라 포도주였어. 넌 그것도 구분 못했니?"

"전 안 마셨거든요. 전 그게 딸기 주스인 줄 알았어요. 대접을 잘하고 싶었는데. 다이애나가 굉장히 기분이 안 좋다면서 집에 돌아가겠다고 했어요. 이미 곤드레만드레로 취했더라고 배리 아주머니가 그러시더래요. 배리 아주머니가 다이애나한테 대체 어떻게 된 거냐고 물으니까 다이애나는 멍청하게 웃기만 하고 이불 속에 들어가서 몇 시간 동안 잠만 자더래요. 그래서 냄새를 맡아보고 다이애나가 술에 취한 줄 아셨대요. 다이애나는 어제 하루 종일 두통을 심하게 앓았고, 배리 아주머니는 굉장히 화가 나셨나 봐요. 아주머니는 제가 일부러 그런 거라고 생각하신대요."

마릴라는 퉁명스럽게 말했다.

"뭐든 세 잔씩이나 걸신들린 것처럼 마신 다이애나를 나무라야 마땅하지. 그 큰 컵으로 세 잔이라면 설령 딸기 주스였더라도 탈이 났을 거다. 어쨌든 이 얘기는 내가 포도주를 만든다고 비난하던 사람들한테는 좋은 구실이 되겠구나. 목사님도 찬성 안 하시길래 3년 전부터는 전혀 안 만들었는데, 저 병은 약으로 쓰려고 남겨 둔 거야. 자아, 자아, 그만 그쳐. 일이 이렇게 돼서 너한테는 안됐지만 네가 나쁜 애라고는 생각 안 한다."

"하지만 안 울 수가 없어요. 속상하니까요. 운명의 신은 우리에게 등을 돌리고 있어요, 아주머니. 다이애나하고 전 영원히 헤어지게 돼버렸어요. 우리가 처음 우정을 맹세했을 때 이런 일이 생길 줄은 꿈에도 생각 못했는데.”

“바보 같은 소리 마. 배리 부인도 네가 진짜로 나쁜 애가 아니란 걸 알면 널 더 좋게 생각하실 거다. 아마 네가 장난으로 그런 줄 아는 모양인데, 저녁에 가서 사정을 말씀드리는 게 제일 좋겠다.”

“감정이 상해 있는 분한테 간다고 생각하니 용기가 안 나요. 아주머니가 대신 가주시면 좋을 텐데. 저보다 훨씬 위엄이 있으시잖아요. 저 같은 애가 말하는 것보다 훨씬 효과가 있을 거예요.”

마릴라는 그쪽이 현명한 방법이라고 생각했다.

“그래, 그렇게 하마. 자아, 이제 울음 그쳐, 앤. 다 잘될 테니까.”

‘비탈 과수원’에서 돌아온 마릴라는 자기가 너무 일을 쉽게 생각하고 있었음을 깨달았다. 마릴라가 돌아오길 기다리고 있던 앤은 현관에서 뛰어나왔다.

“오, 마릴라 아주머니. 얼굴을 보니 소용없었나 보군요. 배리 아주머니가 절 용서 안 하시죠?”

앤은 슬프게 말했다.

마릴라는 불만스럽게 말했다.

“배리 아주머니고 뭐고, 진짜 맘에 안 들어. 이해심이 없다 없다 해도 저렇게 지독한 사람은 처음 봤다. 전적으로 착오가 있어서 그렇지 네가 나쁜 애라서 그런 게 아니라고 얘기를 했는데도 도대체가 사람 말을 믿으려고 해야 말이지. 그리고 내가 포도주 만든 것에 대해서나, 항상 내가 포도주는 전혀 해가 없다고 했던 말을 몇 번이고 들춰내더라. 그래서 난 분명하게, 포도주는 한 번에 세 컵씩이나 마시기 위해 만든 게 아니고, 만약 내가 아는 애가 그렇게 욕심내서 먹어대면 손바닥으로 찰싹 때려서라도 정신 차리게 했을 거라고 그래 줬다.”

마침내 앤은 모자도 쓰지 않고 차가운 가을 땅거미 속으로 발걸음을 내디뎠다. 결심을 굳히고 단호한 발걸음으로 앤은 시들어 버린 클로버 들판을 지나 통나무 다리를 건너고, 서쪽 숲에 낮게 걸려 있는 창백한 달빛을 받고 있는 가문비나무 숲을 빠져나갔다. 자신 없는 노크 소리를 듣고 배리 부인이 문을 열어 보니, 입구 계단에서 핏기가 가신 입술로 눈물을 글썽이며 서 있는 작은 앤이 보였다.

배리 부인의 얼굴은 험악해졌다. 그녀는 선입견과 편견이 강한 여자이며, 화가 나면 차갑게 입을 다물어 버리는, 제일 대하기 힘든 성격의 소유자였다. 그녀의 입장에서 보면 앤이 미리 일을 꾸며 다이애나를 취하게 한 거라고 굳게 믿고, 그런 아이와 더 이상 친하게 지내도록 내버려두면 자기 어린 딸이 불량해질지도 모르니까 무슨 일이 있어도 지켜야 한다고 진심으로 마음 졸이고 있었던 것이다.

"무슨 일이니?"

배리 부인은 차갑게 물었다. 앤은 양손을 꼭 모았다.

"오, 배리 아주머니. 제발 용서해 주세요. 전, 전, 다이애나를 취하게 할 마음은 조금도 없었어요. 제가 왜 그런 짓을 하겠어요? 만약 아주머니가 불쌍한 어린 고아이고, 친절한 사람들이 키워 주시기로 했고, 세상에서 하나밖에 없는 막역한 친구가 있다고 생각해 보세요. 그 친구를 일부러 취하게 하셨겠어요? 전 그게 그냥 딸기 주스라고만 생각했어요. 딸기 주스라고 굳게 믿고 있었어요. 아아, 부디 이제 다이애나하고 놀지 말라는 말씀은 하지 말아 주세요. 그렇게 되면 아주머니는 제 생애를 고통의 먹구름으로 뒤덮으시는 거예요."

사람 좋은 린드 부인이었다면 순식간에 기분을 풀었을 이 말도 배리 부인에게는 아무 효과가 없었고, 오히려 더욱 짜증나게만 할 뿐이었다. 앤의 과장된 문구나 연극 같은 몸짓이 왠지 신용이 안 간다고 느낀 부인은 이 아이가 자기를 놀리고 있는 것이 아닌가 생각했다. 그래서 잔인하게 말했다.

"내가 보기엔 넌 다이애나하고 사귀기에 적당한 애 같지 않다. 집에 가서 행실이나 똑바로 하고 살아."

앤의 입술은 바들바들 떨렸다.

"단 한 번만이라도 다이애나한테 작별 인사를 하게 해주세요."

“다이애나는 아빠하고 같이 카모디에 가서, 지금 집에 없다.”

이렇게 말한 배리 부인은 문을 닫아 버렸다.

앤은 너무나 절망한 나머지 오히려 차분해져서 돌아왔다.

“제 마지막 희망은 사라졌어요. 제가 직접 배리 아주머니를 찾아갔지만 아주머니는 저한테 심한 모욕만 주셨어요. 전 아무리 생각해도 그 아주머니가 제대로 배운 사람이란 생각이 안 들어요. 이제 기도하는 수밖에 달리 방법이 없지만 기도해도 별소용이 없을 것 같아요. 왜냐하면요, 하느님도 배리 아주머니처럼 그렇게 고집불통인 사람한테는 손쓸 방법이 없을 테니까요.”

“앤, 그런 말 하면 못 써.”

하고 마릴라는 야단쳤지만, 실은 그 불경스러운 말에 오히려 웃음이 나오는 걸 억지로 참고 있는 중이었다. 이 웃고 싶은 경향은 난처하게도 점점 더 강해지고 있었다. 그래서 실제로 그날 밤 매슈에게 자초지종을 들려주고는, 참지 못하고 웃음보를 터뜨리고 말았다.

그러나 잠자기 전에 살짝 동쪽 방에 올라간 마릴라는 울면서 잠이 든 앤을 보자 전에 없이 다정한 표정을 지으며, “불쌍해”라고 중얼거리고, 눈물로 얼룩진 아이의 얼굴에서 흐트러진 머리카락을 걷어냈다. 그리고 몸을 구부리고 베개 위의 상기된 뺨에 키스했다.

제17장 새로운 관심

다음날 오후, 주방 창가에서 패치 워크를 하고 있던 앤이 밖을 내다보자 '요정의 샘' 근처에서 다이애나가 손짓하는 것이 보였다. 앤은 당장 뛰쳐나가 골짜기로 달려갔다. 눈에는 놀라움과 희망이 가득했다. 그러나 다이애나의 풀죽은 얼굴을 보자 희망은 자취를 감추고 말았다.

"너희 엄마, 기분이 안 풀렸구나."

앤은 숨을 죽이며 속삭였다.

다이애나는 슬픈 듯 고개를 끄덕였다.

"그래, 그리고 앤, 두번 다시 너하곤 놀지 말래. 내가 엉엉 울면서 앤이 잘못한 것 아니라고 했지만 소용없었어. 나, 억지로 졸라서 간신히 너하고 작별 인사만 하도록 허락받았어. 엄마는 10분간만 만나고 오래. 시간을 재고 계셔."

앤은 눈물을 글썽이며 말했다. 영원히 작별을 하는 건데 10분은 너무하다.

"아아, 다이애나, 설령 더 친한 친구가 그대를 사랑한다 해도 그대의 어린 시절 친구를 잊지 않으리라 굳게 약속해 주겠소?"

다이애나는 흐느꼈다.

"그럼. 그리고 또다시 막역한 친구는 사귀지 않을 거야. 어떤 사람이든 널 사랑한 것처럼 사랑할 순 없어."

"어쩌면 다이애나. 너, 정말로 날 사랑하니?"

"물론이지. 그걸 몰랐니?"

앤은 한숨을 내쉬었다.

"응. 그야, 좋아한다고는 생각했지만, 하지만 설마 사랑해 주리라고는 생각 못했어. 안 그렇겠니, 다이애나. 어떤 사람이든 나 같은 애를 사랑한다는 건 생각할 수 없었어. 지금껏 누구 한 사람도 날 사랑해 준 사람이 없었는걸. 아아, 정말 굉장한 일이야. 그대와 이별하고 걸어가야 할 암흑의 길을 영원히 비춰 주는 한 줄기 빛이오, 다이애나. 아아, 다시 한 번 말해 줄래?"

"너를 오직 한 마음으로 사랑하고 있어, 앤. 앞으로도 내내 그럴 거야. 두고 봐."

다이애나는 믿음직스럽게 말했다.

"나 또한 앞으로 항상 그대를 사랑할 거요. 앞으로 아무리 많은 세월이 흘러도 그대에 대한 추억은 둘이 함께 읽었던 마지막 이야기에서와 같이 우리 고독한 생애를 비추는 별처럼 반짝일 거요. 다이애나, 이별을 맞이해 영원한 기념으로 그대의 검은 머리카락을 조금 주지 않겠소?"

앤은 엄숙하게 손을 내밀었다.

"뭐, 자를 수 있는 게 있어?"

다이애나는 앤의 말투에 왈칵 쏟아지는 눈물을 닦으며 현실적인 문제로 돌아와 물었다.

"응, 다행히도 재봉 가위가 앞치마에 들어 있어."

앤은 대답하고 엄숙하게 다이애나의 머리카락을 한 가닥 잘라냈다.

"그럼, 안녕, 내 사랑하는 벗이여. 앞으로는 이웃에서 살고 있다 해도 서로 모르는 사람처럼 지내야 하지만, 내 마음은 항상 그대에게 충실할 것이오."

앤은 다이애나의 모습이 보이지 않을 때까지 그 자리에 서서 지켜보며, 다이애나가 뒤를 돌아볼 때마다 슬픈 듯 손을 흔들어 주었다. 그리고 집으로 돌아왔지만 이 낭만적인 이별로 그 당장에는 적으나마 위로를 받았다. 앤은 마릴라에게 보고했다.

"다 끝났어요. 이제 절대로 친구를 사귀지 않을 거예요. 정말 전보다 더 괴롭게 됐어요. 이제 꿈나라 친구인 캐티 모리스도 비올레타도 없으니까요. 설령 있다 해도 예전 같지는 않을 거예요. 어쨌든 진짜 친구를 만난 뒤여서 작은 꿈속의 여자애들로는 만족할 수 없어요. 다이애나와 전 샘가에서 너무나도 극적인 이별을 하고 왔어요. 영원히 신성한 추억으로 남을 거예요. 생각해 낼 수 있는 말 중에서 제일 비장한 말들을 사용해, '그대는'이라든가 '그대에게'라는 식으로 말했어요. '너는'이나 '너에게' 같은 말보다 훨씬 낭만적이잖아요. 다이애나는 머리카락을 한 가닥 잘라 줬어요. 저, 그걸 작은 주머니에 넣어 일생 동안 목에 걸고 다닐 거예요. 부디 그걸 저와 함께 묻어 주세요. 아무래도 전 별로 오래 살 것 같지 않아요. 차가운 시체가 된 저를 보시면 배리 아주머니노 자신의 저사를 후회하고 제 상례식에 나이애나를 보내 주시겠죠."

마릴라는 조금도 동정하지 않았다.

"말하는 걸 들어보니 슬퍼서 죽어 버릴 생각은 아니구나, 앤."

다음 월요일, 책이 든 상자를 안고, 꽉 다문 입에 결의를 나타내 보이며 방에서 나오는 앤을 보고 마릴라는 깜짝 놀랐다.

"저 학교에 다시 다닐 생각이에요. 막역한 친구와 어이없이 헤어진 이 마당에 제 인생에 남은 건 이제 학교뿐인걸요. 학교에서라면 다이애나를 볼 수도 있고, 추억에 빠질 수도 있어요."

"그보다는 네 학과 성적이나 산수에 빠져야지."

마릴라는 이 결과에 대한 기쁨을 애써 감추며 말했다.

"이제 다시는 석판으로 남의 머리를 내리치면 안 돼. 얌전하게 선생님 말씀 잘 듣고."

앤은 어두운 얼굴로 약속했다.

"모범생이 되도록 노력할 거예요. 분명 별로 신나는 일은 아니겠지만요. 필립스 선생님은 미니 앤드루스가 모범생이라고 했지만 그 애한테는 눈곱만큼도 상상력도 생기도 없는걸요. 그저 땅딸막해 가지고 재미있는 일은 하나도 없다는 얼굴을 하고 있어요. 하지만 이렇게 기분이 우울한 지금의 저라면 모범생의 기분이 될 수 있을지도 몰라요. 큰길로 걸어가겠어요. 도저히 그 ‘자작나무 길’을 혼자 걸어가지 못하겠어요.”

학교에서 앤은 대환영을 받았다. 놀 때는 앤의 상상력을, 노래를 할 때는 앤의 목소리를, 낭독 시간에는 앤의 연극적 재능을 모두들 몹시 필요로 하고 있었기 때문이다.

루비 길리스는 성서 시간에 살구를 세 개 살짝 건네주었고, 엘라 매이 맥퍼슨은 꽃목록의 표지에서 오린 커다란 노란색 삼색 제비꽃 사진을 주었다. 그것은 에이번리 학교에서 아주 귀하게 여기는 책상 장식품 중의 하나였다. 소피아 슬론은 말할 수 없이 우아한 새 레이스 뜨기 방법을 가르쳐 주겠다고 했는데, 에이프런의 테두리 장식에 사용하면 멋질 것 같았다. 캐티 볼터는 물병으로 사용할 수 있을 것 같은 향수병을 주었고, 줄리아 벨은 연분홍빛 종이에 가장자리를 부채 형태 무늬로 장식하고 다음과 같은 시를 정성껏 베껴서 주었다.

앤에게
황혼이 커튼을 두르고
별을 핀삼아 꽂을 때
기억하라 아득히 먼 저곳을
헤매다니는 그대의 벗을

“소중하게 여겨진다는 건 좋은 것 같아요.”
그날 밤 앤은 기뻐 어쩔 줄 몰라하며 마릴라에게 말했다.

소중하게 대해 준 건 여학생들뿐만이 아니었다. 앤은 필립스 선생님이 모범생 미니 앤드루스와 같이 앉으라고 해서 같이 앉게 되었는데, 점심 시간 뒤에 자리로 와보니 책상 위에 맛있어 보이는 큰 사과가 놓여 있었다. 앤은 덥석 집어들고 깨물려다가, 문득 에이번리에서 이런 사과를 재배하는 곳은 '반짝이는 호수' 반대편에 있는 블리드네 오랜 과수원뿐이라는 것을 깨달았다. 앤은 그 사과가 새빨갛게 타오르는 석탄이라도 되는 듯 손에서 떨어뜨리고, 보란 듯이 손가락 끝을 손수건으로 닦았다. 사과는 그대로 앤의 책상 위에 다음날 아침까지 놓여 있었는데, 학교 청소와 불 지피는 일을 하는 티모시 앤드루스라는 소년이 부수입으로 챙겼다.

찰리 슬론은 점심 시간 후에 석필을 보냈다. 그것은 보통 1센트로 살 수 있는 석필보다 갑절이나 비싼 것이었는데, 빨강과 노란색 줄무늬 종이로 화려하게 싸여 있었다. 이 석필은 사과보다 운이 좋은 대우를 받았다. 앤이 애교스럽게 기쁜 표정으로 받아들고, 보내 준 사람에게 보답의 미소를 보냈기 때문이다. 앤에게 홀딱 반해 있는 그 아이는 갑자기 천국에라도 떨어진 듯 들떴다. 그래서 그날 받아쓰기에서 엄청난 실수를 해, 필립스 선생이 방과 후 남아서 다시 쓰게 했다.

그러나 '브루투스의 흉상이 보이지 않는 시저의 행렬은 더욱더 로마 최상의 그를 떠올리게 했다'라는 시구처럼, 거티 파이와 같이 앉아 있는 다이애나 배리로부터는 아무런 선물도 오지 않았고, 눈인사조차 보내오지 않았기 때문에 앤에게 어두운 그림자를 드리웠다.

"다이애나도 한번쯤 웃어 줬으면 좋았을 텐데요."

앤은 그날 밤 마릴라에게 불평했다. 그런데 그 다음날 아침, 아주 조그맣게 접혀 있는 편지와 작은 꾸러미가 앤에게 전해졌다.

그리운 앤에게

엄마가 학교에서도 너하고 놀거나 얘기하지 말라고 하셨어. 그러니 나를 나쁘다고 생각하지 말아 줘. 난 예전과 변함없이 너를 사랑하고 있으니까. 너에게 내 비밀을 무엇이든 얘기할 수 없어서 너무 괴로워. 그리고 거티 파이는 조금도 좋아하지 않아. 널 위해 빨간 종이로 새로운 모양의 책갈피를 만들었어. 이건 지금 굉장히 유행하는 건데, 이 방식을 아는 사람은 이 학교에서 세 사람뿐이야. 이걸 볼 때마다 너의 진실한 친구 다이애나 배리를 기억해 줘.

앤은 편지를 읽자 책갈피에 키스하고, 곧바로 답장을 써서 교실 반대편 끝으로 보냈다.

나의 사랑하는 다이애나에게

물론 네가 엄마가 시키는 대로 한다고 해서 나는 널 나쁘게 생각하지 않아. 우리의 마음은 서로 통하고 있으니까. 너의 아름다운 선물은 영원히 소중하게 간직할게. 미니 앤드루스는 굉장히 좋은 아이야. 상상력은 없지만. 하지만 다이애나의 막역한 친구였던 내가 미니의 막역한 친구가 될 수는 없어. 내 철자는 많이 나아지긴 했지만 아직도 서툰 것 같아. 틀린 곳이 있더라도 부디 용서해 줘. 죽음이 우리를 갈라 놓을 때까지.

너의 앤 또는 코델리아 셜리로부터

추신

오늘 밤 너의 편지를 베개 밑에 넣고 잘 거야.

앤이 다시 학교에 나가기 시작하자, 마릴라는 또다시 말썽을 일으키는 것이 아닐까 하고 걱정했지만, 아무 일도 일어나지 않았다. 미니 앤드루스의 모범생 정신에 감화라도 받은 건지, 앤은 그 이후 필립스 선생과도 잘 지내고 있었다.

어느 학과에서도 길버트에게 지지 않겠다고 결심한 앤은 한결같이 공부에만 몰두했다. 두 사람의 경쟁은 금방 두드러졌다. 길버트 쪽에서는 순전히 선의의 경쟁이었지만 유감스럽게도 원한을 뿌리 깊게 품은 앤은 아니었다. 그녀는 사랑에도 격렬했지만, 미움도 그만큼 강렬했다. 학교 공부에서 길버트와 경쟁한다는 것을 자타가 공인하는 것이 앤은 마음에 안 들었다. 왜냐하면 그것은 앤이 끊임없이 무시하려고 하는 길버트의 존재를 인정하는 것이 되기 때문이다.

그러나 두 사람이 경쟁을 하고 있는 것은 사실이었고, 승리는 두 사람 사이를 왕복하고 있는 중이었다. 길버트가 받아쓰기에서 일등을 했나 싶으면, 그 다음에는 앤이 땋아 내린 빨간 머리를 치켜세우며 길버트를 누르는 것이었다.

어느 날 아침, 길버트가 산수 문제를 백 점 맞아 칠판에 이름이 적히면, 다음날 아침에는 전날 밤 필사적으로 십진법과 씨름한 앤이 일등이 되었다. 어느 끔찍한 날은 두 사람은 동점이 되어 나란히 이름이 함께 적혔다. 그것은 낙서로 나란히 이름이 적히는 것에 뒤지지 않는 흥분을 불러일으켰다.

매달 마지막날이면 필기 시험을 치르는데, 그 결과를 기다리는 마음은 정말로 견딜 수가 없었다. 첫번째 달은 길버트가 3점 위였다. 다음달에는 앤이 5점이나 그를 따돌렸다. 그러나 길버트가 전교생 앞에서 진심으로 앤을 축하해 주는 바람에 모처럼의 앤의 승리노 엉망이 뇌어 버렸나. 만악 그가 진 것에 대해 분하게 생각했다면 승리의 기쁨이 얼마나 컸을까 모를 일이다.

필립스 선생은 교사로서 별로 좋은 선생이라고는 할 수 없었지만, 앤이 워낙 배우려는 의욕이 강한 학생이라서 어떤 교사 밑에서도 발전하지 않을 수가 없었다. 그 학기가 끝날 때쯤에는 앤도 길버트도 5학년으로 진급하여 '특별 과목'인 라틴어, 기하, 불어, 대수의 초급 과정에 들어갔다. 기하에서 앤은 악전고투했다.

"그렇게 끔찍하고 싫은 과목은 없어요, 마릴라 아주머니. 아무리 시간이 지나도 전 도저히 못할 것 같아요. 상상할 거리가 전혀 없잖아요. 선생님은 저처럼 기하를 못하는 애는 처음 봤대요. 길…… 아니, 아주 그걸 잘하는 애가 있거든요. 신경질나서 죽겠어요. 다이애나도 나보다는 잘해요. 그렇지만 다이애나한테 지는 건 상관없어요. 지금은 서로 모르는 척하며 지내고 있지만 저는 언제나 꺼지지 않는 사랑의 불로 다이애나를 사랑하고 있으니까요. 하지만 이렇게 재미있는 세상에서 언제까지나 슬퍼하고 있을 수만은 없어요. 그렇죠?"

제18장 앤의 복귀

　큰 사건은 모두 작은 일과 연관되어 있다. 얼핏 보기에는 그 캐나다 수상이 유세 여행 일정에 프린스에드워드 섬을 넣기로 한 것이 '녹색지붕집'의 소녀 앤 셜리의 운명에 별로, 아니 전혀 관계가 없을 것이라 생각할 것이다. 그런데 그렇지 않았다.

　총리가 온 것은 1월이었는데, 그는 샬럿타운에서 열린 국민대회에 모인 열렬한 지지자들이나 견학하러 온 반대파들 앞에서 연설했다. 에이번리 사람들은 대부분 총리측 정당이었다. 그래서 남자들은 거의 전부, 그리고 여자들도 꽤 많이 대회 전날 밤에 30마일 떨어진 샬럿타운으로 갔다. 레이첼 린드 부인도 갔다. 부인은 그 계통으로 판을 치는 정치가라서, 설령 반대파라 하더라도 자기가 가지 않으면 이 정치적인 대회가 진행되지 않을 거라고 믿는 사람이었다. 그래서 말을 돌보기 위해 필요한 남편 토머스와 마릴라 커스버트를 데리고 샬럿타운으로 갔다. 마릴라도 내심 정치에 흥미가 있었고, 이 기회를 놓치면 실제로 총리를 볼 기회가 다시 없을지도 모른다고 생각했기 때문에 따라가겠다고 쉽게 동의했다.

　그런 이유로 마릴라와 린드 부인이 국민대회에서 즐거운 시간을 보내고 있는 동안, '녹색지붕집'의 아늑한 주방은 앤과 매슈 두 사람만이 점령하고 있었다. 구식 요리 스토브에는 불이 요란하게 타고 있었고, 푸른 빛을 띤 고드름이 유리창에서 빛나고 있었다. 매슈는 소파에서 농업 잡지를 펼친 채 졸고 있었고, 앤은 뭔가 굉장한 결심을 한 모양인지 복잡한 얼굴로 테이블에 앉아 공부를 하고 있었는데, 눈이 시계 선반에만 자꾸 가는 것이었다. 선반에는 제인 앤드루스가 그날 빌려 준 새 책이 놓여 있었다. 제인이 굉장히 감동적인 책이라는 말을 덧붙였기 때문에 앤의 손가락은 자꾸만 책을 빼오고 싶어서 좀이 쑤셨다. 그러나 책을 읽게 되면 내일의 승리는 길버트 블리드의 것이 되어 버린다. 앤은 시계 선반을 등지고 앉아 책이 그곳에 없다고 생각하려고 애썼다.

"매슈 아저씨, 학교에서 기하 배운 적 있으세요?"

매슈는 화들짝 놀라며 일어나 말했다.

"글쎄다, 아니, 없는데."

"하셨더라면 좋았을 텐데. 그랬으면 저를 동정해 주셨을 거 아녜요. 한번도 공부한 적이 없으면 잘 모르실 거예요. 이건 제 전생애에 먹구름을 던지고 있어요. 정말로 싫어 죽겠어요."

매슈는 위로했다.

"설마 그런 일은 없을 거다. 너는 뭘 해도 잘할 수 있잖니. 지난주에 카모디에 있는 브레어 상점에서 말이다, 필립스 선생님을 만났는데 네가 학교에서 제일 머리가 좋고, 지금 굉장히 빨리 성적이 오르고 있다고 그러시더라. 테디 필립스 선생을 헐뜯거나, 선생으로서 대단한 사람이 아니라고 말하는 사람들도 있지만, 나는 훌륭한 사람이라고 생각한다."

어떤 사람이든 앤을 칭찬해 주면 누구라도 '훌륭한' 사람이라고 매슈는 생각했을 것이다.

"선생님이 문제만 자꾸 안 바꾸면 기하도 더 잘할 수 있을 텐데. 제가 간신히 전제들을 외우면, 선생님은 책에 있는 것과 전혀 다른 문제를 칠판에 내시는 거 있죠. 우리는 지금 학교에서 농업을 배우고 있는데요, 길이 왜 빨갛게 되는지 이제 알게 되어 한시름 놓았어요. 마릴라 아주머니와 레이첼 아주머니는 지금 뭐하고 계실까요? 레이첼 아주머니가 오타와가 계속 이런 식이면 캐나다는 멸망할 테니 선거권이 있는 사람들은 어지간히 각오해야 될 거라고 그러셨어요. 만약 부인들한테도 참정권이 있으면 완전히 달랐을 거라고 말씀하시던데요. 매슈 아저씨는 어디에 투표하실 거예요?"

"보수당이야."

매슈는 주저없이 대답했다. 보수당에 들어가는 일은 매슈의 신앙처럼 되어 있었다.

앤은 딱 잘라 말했다.

"그럼 저도 보수당이에요. 잘됐어요. 왜냐하면 길버……"라고 말을 꺼냈지만 말을 바꾸었다. "학교의 남자애 중에는 자유당인 그리트당 사람들이 있거든요. 필립스 선생님도 그리트당일 거예요. 프리시 앤드루스의 아빠가 그러니까요. 루비 길리스가 그러는데요, 남자가 구혼을 할 때는 반드시 그 여자의 엄마와 같은 종교를 따라야 하고, 정치는 그 여자의 아빠와 같은 것으로 따라야 한다면서요. 정말이에요?"

"글쎄다."

"구혼이라는 거 해본 적 있어요, 매슈 아저씨?"

"글쎄. 아니, 없는데."

라고 대답했다. 매슈는 일생 동안 그런 일은 생각조차 해본 적이 없었다.

앤은 턱을 괴고 생각에 잠겼다.

"왠지 재미있을 것 같지 않아요, 아저씨? 루비 길리스가 그러는데요, 크면 잔뜩 숭배자들을 만들어서 모두 자기한테 미치게 만들어 버리고 싶대요. 그런데 전 그러면 너무 복잡할 것 같아요. 그런 것보다는 진실된 한 사람만 갖는 게 더 나아요. 하지만 루비 길리스는 언니들이 많아서 그런 일에 대해선 아는 게 많아요. 레이첼 아주머니는요, 길리스네 딸들은 날개 달린 듯이 잘 팔려갈 거라고 하시는 거 있죠. 필립스 선생님은 매일 밤마다 프리시 앤드루스네 집에 가요. 프리시의 공부를 봐주려고 그런다지만, 미란다 슬론도 같은 학교 입시 준비를 하는걸요. 그리고 미란다가 훨씬 공부를 못하니까 프리시보다는 미란다를 더 봐줘야 할 것 같은데, 그런데도 필립스 선생님은 미란다네 집에는 도와 주러 가신 적이 없어요. 세상에는 알 수 없는 일들이 너무 많아요, 아저씨."

“글쎄다. 나도 뭐든 다 아는 건 아니니까.”

“자, 공부해야지…… 공부를 다 못 마치면 제인이 빌려준 새 책은 절대로 안 볼 거예요. 그런데 자꾸 유혹을 느껴요, 매슈 아저씨. 돌아앉아 있어도 거기 책이 있는 게 생생하게 눈에 보여요. 저 책을 읽고 제인은 무척 울었대요. 전 사람들을 울리는 책을 굉장히 좋아해요. 저 책을 거실에 있는 잼 선반에 넣고 열쇠로 잠가 두고 올게요. 열쇠는 아저씨가 가지고 계세요. 그리고 공부가 끝날 때까지는 제가 아무리 애원해도 저한테 주시면 안 돼요, 아저씨. 유혹을 물리친다는 건 입으로는 말하기 쉬워도, 열쇠가 손에 넣기 힘든 곳에 있어야 훨씬 쉽게 물리칠 수 있어요. 그리고 지하실에 내려가서 겨울 사과 좀 꺼내 와도 돼요, 아저씨? 아저씨도 겨울 사과를 좋아하세요?”

“글쎄다. 나도 먹고 싶은데.”

이렇게 말한 매슈는 사실 겨울 사과를 전혀 좋아하지 않지만, 앤이 몹시 좋아하는 걸 알고 있었던 것이다.

앤이 접시에 사과를 가득 담아 의기양양하게 지하실에서 올라왔을 때 밖의 널빤지 깔아 놓은 길을 황급히 뛰어오는 발소리가 들렸다. 다음 순간 주방문이 활짝 열리며 머리에 숄을 뒤집어쓴 다이애나가 새하얗게 질린 얼굴로 숨을 헐떡이며 뛰어들어왔다. 앤은 너무 놀란 나머지 양초와 접시를 떨어뜨리고 말았는데, 양초도 접시도 사과도 지하실 사다리를 떼굴떼굴 굴러 떨어져 모두 녹아 있던 기름 속에 나뒹굴었다. 다음날 지하실을 치우며 그것을 발견한 마릴라는 집에 불이 안 난 것이 천만다행이라고 생각했다.

“대체 무슨 일이야, 다이애나? 드디어 엄마가 허락해 주신 거야?”

“오오, 앤, 빨리 좀 와줘. 미니 매이가 굉장히 아파. 후두염에 걸렸다고 메어리 조가 그랬어.”

다이애나는 어찌할 바를 몰랐다.

“그리고 아빠도 엄마도 시내에 가서 안 계시니 아무도 의사 선생님을 부르러 갈 사람이 없어. 미니 매이는 너무 아프고, 메어리 조는 어떻게 해야 좋을지 모르고. 오오, 앤, 나, 무서워 죽겠어.”

매슈는 아무 말도 하지 않고 모자와 외투를 들고 다이애나의 옆을 지나 어두운 뒤뜰로 모습을 감추었다.

"매슈 아저씨는 의사 선생님을 부르러 카모디에 가려고 마차에 말을 매러 가셨어."

앤은 서둘러 두건과 외투를 입으면서 말했다.

다이애나는 흐느껴 울었다.

"카모디에는 의사 선생님이 없을 거야. 블레어 선생님은 시내에 가서 안 계시고, 스펜서 선생님도 가셨을 거야. 메어리 조는 후두염에 걸린 사람을 본 적이 없고, 레이첼 아주머니도 안 계시고. 어떡해, 앤?"

앤은 씩씩한 목소리로 말했다.

"울지 마. 후두염이라면 어떻게 해야 되는지 내가 알아. 너, 해먼드 씨 집에 쌍둥이가 세 쌍이나 있었던 거 잊었구나. 쌍둥이를 세 쌍이나 돌보게 되면 자연히 이런저런 경험을 많이 하게 되는 거야. 모두 차례대로 후두염에 걸렸었거든. 잠시 기다려. 토근 병을 가져올게. 거담제로 좋거든. 너희 집에는 없을 테니까."

두 여자 아이는 손을 잡고 서둘러 '연인의 오솔길'을 빠져나가 꽁꽁 얼어붙은 들판을 가로질러 갔다. 눈이 너무 깊어서 숲속의 지름길로는 갈 수가 없었기 때문이다. 미니 매이가 진심으로 걱정스러웠지만, 앤은 이 상황이 너무나 낭만적으로 느껴졌고 다시 막역한 친구와 나누는 즐거움을 맛보았다.

그날 밤은 주위가 쌀쌀하고 꽁꽁 얼어붙은 밤으로, 모두 흑단 같은 그림자에 싸여 있었다. 그 속에서 눈 덮인 비탈은 은빛을 드러내고 있었다. 여기저기에 까맣게 서 있는 뾰족한 전나무 가지에는 가루눈이 앉아 있고, 바람은 휘파람 소리를 내며 불고 있었다. 이 신비스러운 아름다운 경치 속을 그처럼 오랫동안 떨어져 있던 막역한 친구와 함께 달려가는 것은 멋진 일이었다.

세 살이 된 미니 매이는 중태였다. 열이 많았고, 전신을 계속해서 바둥거리며 주방의 긴의자에 누워 있었다. 간신히 쉬는 숨소리가 온 집안에 다 들렸다. 배리 부인이 없는 사이에 아이들과 함께 있게 하려고 고용한 메어리 조는 크리크에서 온 얼굴이 둥글고 오동통한 빨간 얼굴의 프랑스 여자 아이였는데, 어떻게 해야 좋을지 생각도 하지 못하고 있었다.

앤은 척척 능숙하게 일을 시작했다.

"미니 매이는 분명 후두염이야. 상당히 안 좋지만 더 나쁜 경우도 봤어. 우선 뜨거운 물이 많이 필요해. 어머, 세상에, 다이애나. 이 주전자엔 물이 한 잔 정도밖에 없잖아. 물을 가득 담아오고, 메어리 조, 장작 좀 지펴 줘. 네 기분을 상하게 했는지 모르지만, 너한테 조금이라도 상상력이 있었다면 미리 그걸 알았어야지. 내가 미니 매이의 옷을 벗기고 침대에 눕힐 테니 부드러운 플란넬 천을 찾아와, 나이애나. 우선 넌서 토근을 한잔 먹이야겠어."

미니 매이는 좀처럼 그것을 먹으려 하지 않았지만, 앤도 거저 세 쌍의 쌍둥이를 키운 것은 아니어서, 토근은 길고 불안한 밤 동안 몇 번이고 미니 매이의 목을 타고 내려갔다. 밤새도록 두 소녀는 괴로워하는 미니 매이를 정성껏 간호했고, 일하는 아이 메어리 조는 너무 열심히 하고 싶었던 나머지 불을 잔뜩 지펴 후두염 전문 소아과 병원에서도 다 사용하지 못할 만큼 뜨거운 물을 많이 끓여댔다.

매슈가 의사를 데리고 온 것은 새벽 3시였다. 찾다 못해 스펜서베일까지 갔다 와야 했기 때문이다. 그러나 응급 조치는 이미 필요하지 않았다. 미니 매이는 한결 좋아져서 깊이 잠들어 있었다.

"이제 끝이다 생각하고 포기하려고 했었어요. 미니 매이는 계속 나빠지기만 하고, 마지막에는 해먼드 씨네 쌍둥이 중에서 제일 막내 쌍둥이보다 더 심해지더라구요. 정말로 숨이 막혀 죽는 줄 알았어요. 저 병에 들어 있던 토근을 마지막 남은 한 방울까지 다 마시게 했을 때 전 제 자신에게 말했어요. 다이애나나 메어리 조한테는 말구요. 두 사람 다 그러잖아도 걱정하고 있는데, 더 마음 졸이게 하고 싶지 않았거든요. 그저 제 자신을 위로하려고 말했던 것뿐이에요. '이게 마지막 희망의 밧줄인데 안 되는 게 아닐까'라구요. 그러고 3분 정도 지나니까 미니 매이가 기침과 함께 담을 토해내더니, 금방 편안해졌어요. 제가 얼마나 안심했는지 의사 선생님, 상상도 못 하실 거예요. 말로 다 표현할 수가 없어요. 말로는 표현할 수 없는 게 있다는 걸 아시죠?”

“그럼 있지.”

하고 의사는 고개를 끄덕였다. 그는 앤을 유심히 보면서 뭔가 앤에 대해 생각하는 것 같았지만, 이 또한 말로는 표현할 수 없었던 모양이다. 그러나 나중에 배리 부부에게 의사는 그 생각을 말로 표현했다.

“그 앤인가 하는 어린 여자애는 정말 기민한 아이더군요. 아기의 생명을 구한 것은 그 아입니다. 제가 여기 도착했을 때는 이미 손쓸 것이 없었으니까요. 정말로 그런 어린애한테서는 보기 드문 숙련된 솜씨와 침착한 태도였습니다. 저한테 용태를 설명해 줄 때의 그 눈빛은, 뭐라고 비유해야 좋을지 모르겠습니다.”

앤은 새하얀 서리가 내린 아름다운 겨울 아침에 집으로 돌아갔다. 수면 부족으로 눈은 부었지만 여전히 입만은 피곤한 기색도 없이 끊임없이 매슈에게 재잘거리며 길고 새하얀 들판을 가로지르고, ‘연인의 오솔길’의 반짝반짝 빛나는 단풍나무 아치 밑을 걸어갔다.

“오, 아저씨, 멋진 아침이에요. 하느님이 오로지 혼자서 즐기시려고 그린 그림 같지 않아요? 이 나무 좀 보세요. 제가 숨 한 번 쉬면 금방 날아갈 것 같죠? 훗! 전 하얀 서리라는 게 있는 세상에 살고 있어서 정말로 기뻐요. 아저씬 안그래요? 그리고 해먼드 씨네 쌍둥이가 세 쌍이나 됐던 게 역시 다행이라고 생각해요. 만약 안 그랬으면 전 미니 매이를 어떻게 해야 좋을지 몰랐을 테니까요. 쌍둥이가 있다고 해먼드 아주머니한테 화를 냈던 게 정말로 미안해요. 그런데 저 졸려 죽겠어요. 학교에 못 가겠어요. 눈을 뜨고 있을 수가 없고, 분명히 아주 이상한 대답을 쓰게 될 거예요. 하지만 쉬는 건 싫어요. 왜냐하면 길버……가 아니고, 다른 누군가가 반에서 일등이 될 테고, 그걸 또 이기려면 너무 힘드니까요……”

매슈는 앤의 파랗고 작은 얼굴과 눈 밑의 검은 기미를 보았다.

"그래도 너는 잘 해낼 거다. 곧장 침대로 들어가서 푹 자거라. 내가 다 알아서 할 테니."

앤은 한참 동안 깊은 잠에 빠져들어 눈을 떴을 때는 이미 장밋빛 태양이 비치는 새하얀 겨울 오후였다. 주방에 내려가니 앤이 자는 사이에 돌아온 마릴라가 뜨개질을 하고 있었다.

"총리는 보셨어요? 어떻게 생긴 사람이에요, 아주머니?"

"글쎄, 얼굴을 보면 별로 총리가 될 만한 사람이 아니더구나. 그 코는 어쩌면 그렇게 생겼는지. 하지만 연설은 잘하더라. 나 자신이 보수당이라는 게 자랑스럽더라. 레이첼은 물론 자유당이니까 총리를 별로 안 좋아하더구나. 네 식사는 오븐 안에 있다. 잔장에서 실구 실당질임을 꺼내와 먹어라. 배가 고플 게다. 오라버니한테 어젯밤 얘기 들었다. 그런 경우의 처치 방법을 네가 알고 있었다니 천만다행이었어. 나였다면 아무것도 못 했을 텐데. 한 번도 후두염에 걸린 사람을 본 적이 없거든. 아이구, 됐어 됐어. 먹으면서 말하는 거 아니야, 말하지 마. 네 얼굴을 보니 말이 하고 싶어 가슴이 터질 것 같은 모양이구나. 얘기는 안 없어지니까, 입에 잔뜩 음식 넣고 말 안 해도 돼."

마릴라는 앤에게 해주고 싶은 얘기가 있었지만 지금은 말하지 않았다. 만약 말을 하게 되면 앤은 너무 흥분해서 식욕이니 식사니 하는 물질적인 문제 같은 것은 거들떠도 안 볼 것이 뻔했기 때문이다. 앤이 살구를 다 먹고 나자 드디어 마릴라는 말을 꺼냈다.

"오후에 배리 부인이 왔단다. 널 만나려고 했지만 내가 널 깨우지 않았어. 부인의 말이, 미니 매이의 생명을 구한 건 너였다고, 그리고 그 포도주 건으로 너한테 그렇게 심하게 대한 거 미안하다더라. 네가 다이애나를 일부러 취하게 할 생각이 아니었다는 걸 이제는 알았으니, 부디 그건 잊어버리고 다시 다이애나와 사이좋게 지냈으면 한다고 하시더라. 괜찮으면 오늘 저녁에 네가 가기로 되어 있다. 다이애나가 어젯밤 감기가 심하게 들어서 한

발짝도 밖으로 못 나온다니까. 자, 자, 앤, 제발 부탁이니 그렇게 흥분하지
마라."

이 부탁은 소용이 없었다. 하늘에라도 뛰어오를 것 같은 표정으로 앤은
벌떡 일어났다. 얼굴은 가슴속에서 불타오르는 기쁨으로 환하게 빛나고 있
었다.

"오오, 마릴라 아주머니, 지금 당장 가도 돼요? 설거지 안 해도 돼요? 돌
아와서 할게요. 이렇게 가슴 두근거릴 때는 도저히 설거지 같은 비낭만적인
일에 매달려 있을 수가 없어요."

"그래, 좋아, 빨리 가 봐."
하고 마릴라는 응석을 받아 주듯 말했다.

"앤! 너 제정신이니? 뭐라도 걸치고 가야지. 아이구, 차라리 바람한테 설
교하는 게 낫지. 쟤는 모자도 외투도 안 걸치고 가네. 저저, 머리를 휘날리
면서 과수원을 빠져나가는 것 좀 봐. 감기라도 걸리면 어쩌려고 저래?"

앤은 자줏빛 엷은 안개가 자욱이 긴 눈 덮인 풍경 속에서 춤을 추며 돌아
왔다. 멀리 남서쪽에 큰 진주같이 빛나는 샛별이 희미한 황금빛과 장밋빛
하늘에서 새하얀 들판이나 거뭇한 가문비나무 골짜기 위로 빛을 던지고 있
었다. 눈 덮인 언덕 사이를 달리는 썰매의 종소리가 차가운 공기 속에서 마
치 요정의 종소리처럼 들렸다. 그러나 그 아름다운 소리도 앤의 마음과 입
술에서 흘러나오는 노래에는 비할 수 없었다.

"여기 이렇게 서 있는 건 더할 나위 없이 행복한 사람이에요, 마릴라 아
주머니. 전 완벽하게 행복해요. 그래요, 머리카락이 빨간색이면 어때요. 빨
간 머리 같은 건 문제가 아니에요. 배리 아주머니는 저한테 키스하고 우시
면서 잘못했다, 이 은혜를 어떻게 갚냐고 하셨어요. 전 너무 쑥스러웠어요.
하지만 가능한 한 정중하게 말했어요. '조금도 아주머니를 나쁘게 생각하지
않아요. 분명하게 말씀드리지만 전 절대로 다이애나를 취하게 만들 생각이
아니었어요. 그러니까 이제는 지나간 과거를 망각의 망토로 덮기로 해요'라
고요. 상당히 위엄있게 말한 거죠? 전 배리 아주머니한테 원수를 은혜로 대

한다는 기분이 들었어요. 그 다음에는 다이애나와 재미있게 놀았어요. 다이애나는 카모디에 있는 숙모한테서 배운 새 편물뜨기법을 가르쳐 줬어요. 에이번리에서 우리들 외에는 아무도 아는 사람이 없어요. 그리고 우리는 그걸 다른 애들한테는 안 가르쳐 주기로 굳게 약속했어요. 다이애나는 예쁜 카드를 줬어요. 장미 화환이 그려져 있고 이런 시가 적혀 있어요.

> 내가 당신을 사랑하듯
> 당신도 나를 사랑한다면
> 우리 두 사람을 갈라 놓을 것은
> 죽음뿐이리

이건 사실이에요, 마릴라 아주머니. 우린 학교에 가서 다시 함께 앉게 해 달라고 필립스 선생님한테 부탁할 생각이에요. 거티 파이는 미니 앤드루스하고 앉으면 돼요. 차는 너무 훌륭했어요. 배리 아주머니는 마치 제가 진짜 손님인 것처럼 제일 좋은 찻잔을 꺼내 주셨어요. 얼마나 감격했는지 몰라요. 지금까지 아무도 저 같은 아이를 위해 제일 좋은 찻잔을 사용해 준 사람은 없었으니까요. 그리고 과일이 든 파운드 케이크와 도넛, 두 종류의 설탕절임을 먹었어요. 배리 아주머니는 저한테 차맛이 어떠냐고 물으시고요. '여보, 앤한테 비스킷 좀 건네주세요'라고 하시는 거예요. 어른처럼 대접받는 것만으로도 이렇게 좋으니까, 어른이 되면 분명 멋질 거예요."

"글쎄, 어떤 게?"

마릴라는 작은 한숨을 내쉬었다.

"하여튼 제가 어른이 되면 어린 여자애가 말을 할 때도 항상 어른처럼 대해 줄 거예요."

앤은 단호하게 말했다.

"그리고 그 아이들이 거창한 말을 써도 절대로 안 웃을 거예요. 그게 얼마나 마음 상하게 하는지 직접 슬픈 경험을 해서 잘 알아요. 차를 마신 뒤

에는 다이애나하고 태피(taffy : 설탕, 버터, 땅콩을 섞어서 만든 캔디—역
주)를 만들었어요. 잘 안 됐지만 다이애나도 저도 한 번도 만들어 본 적이
없어서 그럴 거예요. 다이애나가 접시에 버터를 바르고 있는 동안 휘젓고
있으라고 했는데 제가 깜빡 잊고 태워 버렸어요. 그런 다음 받침 위에 올려
놓고 식히는데 고양이가 밟고 가는 바람에 그 접시는 버릴 수밖에 없었어
요. 하지만 태피를 만드는 건 정말 재미있어요. 돌아올 때는 배리 아주머니
가 자주 놀러오라고 하셨고, 다이애나는 제가 '연인의 오솔길'로 올 때까지
창문에서 내내 키스를 던져 줬어요. 있죠, 아주머니, 오늘 밤이야말로 저 기
도하고 싶은 기분이 들었어요. 이번 일을 기념해서 특별히 새로운 기도를
생각해야겠어요."

제19장 발표회와 재난과 고백

2월의 어느 날 저녁, 앤이 헐레벌떡 동쪽 방에서 뛰어내려왔다.

"다이애나네 집에 좀 갔다 와도 돼요?"

마릴라는 차갑게 말했다.

"이렇게 다 늦게 대체 무슨 일이냐? 너하고 다이애나는 학교에서 같이 돌아왔고, 그리고 눈 위에 서서 30분 이상이나 떠들었잖니. 그러는 동안 쉴 새없이 돌아가는 건 네 혀 아니니. 그것도 모자라서 또 다이애나를 만나고 싶다니 말도 안 돼."

"하지만 다이애나가 만나고 싶어해요. 뭔가 대단히 중요한 얘기가 있나 봐요."

"그걸 어떻게 알아?"

"다이애나가 창문에서 신호를 보내왔어요. 우리는 촛불로 서로 신호를 보내기로 정했거든요. 창문 문턱에 촛불을 놓고 판지로 가렸다 치웠다 하면서 빛을 보내는 거예요. 그래서 빛의 숫자가 하나의 의미가 되는 거예요. 제가 생각해 낸 통신 방법이에요."

마릴라는 서슬이 퍼렸다.

"그러다가 네 그 하찮은 신호가 뭔가로 커튼에 불이나 내게 될 게 틀림없어."

"굉장히 조심하고 있어요, 아주머니. 그리고 아주 재미있어요. 빛이 두 번 반짝이면 '너 그곳에 있니?'라는 거고, 빛이 세 번이면 '있어' 네 개는 '없어'

다섯 개는 '되도록 빨리 와. 중요한 얘기가 있어'라는 뜻이에요. 방금 다이애나가 빛을 다섯 번 깜박였어요. 왜 그러는지 궁금해서 죽겠어요."

마릴라는 빈정거리며 대답했다.

"그럼, 더 이상 죽을 필요는 없다. 갔다와도 되지만 딱 10분만 있다 와야 한다. 잊으면 안 돼."

앤은 잊지 않았다. 정해진 시간 안에 돌아오긴 했지만, 다이애나의 중요한 소식이라는 것을 10분이라는 제한된 시간 안에 듣고 얘기하느라 얼마나 힘들었는지 하늘만이 아실 것이다.

"있잖아요, 내일이 다이애나 생일이에요. 그래서 배리 아주머니가 다이애나한테 학교에서 곧바로 절 데리고 와서 같이 자도 된다고 말씀하셨대요. 그리고 뉴브리지에서 다이애나의 사촌들이 큰 썰매를 타고 와서 내일 밤에 토론 클럽이 주최하는 공회당의 발표회에 가기로 되어 있대요. 그래서 다이애나와 저를 데리고 가준대요. 마릴라 아주머니가 허락하신다면요. 가도 되죠? 아아, 가슴이 너무 떨려요."

"그럼 가슴 떨릴 것 없다, 넌 안 갈 거니까. 집에서 자기 침대에서 자는 것만큼 좋은 건 없어. 그리고 토론 클럽의 발표회 같은 건 시시한 거야. 어린 여자애는 그런 데 가는 게 아냐."

"토론 클럽은 믿을 수 있는 건전한 행사예요."

"하지만 넌 앞으로 그런 데 싸돌아다니거나, 남의 집에서 자는 일은 안 돼. 애한테 그런 걸 허락하다니. 배리 부인은 대체 어떻게 다이애나를 그런 데 보낼 생각을 했지?"

앤은 당장이라도 울 것 같은 기세였다.

"하지만 생일 같은 건 그렇게 흔하게 있는 일과 다르잖아요. 프리시 앤드루스는 〈종이여, 오늘 밤에는 울리지 마세요〉라는 시를 낭송해요. 그건 아주 교훈적인 시예요, 아주머니. 그런 걸 들으면 얼마나 공부가 되는지 몰라요. 그리고 합창단이 찬미가와 거의 다름없을 정도로 교훈이 되는 아름답고 비장한 노래를 네 곡 부르기로 되어 있어요. 그런 다음에 그래요, 아주머니,

목사님도 하세요. 목사님의 연설은 설교나 마찬가지잖아요. 네, 가면 안 돼요?"

"내가 뭐라고 했는지 못 들었니, 앤? 자 구두 벗고 가서 자거라. 벌써 여덟시가 넘었다."

"한 가지만 더요, 아주머니."

앤은 마지막 카드라도 꺼내듯 말했다.

"배리 아주머니가 우리더러 손님방 침실에서 자도 좋다고 다이애나한테 말씀하셨대요. 마릴라 아주머니의 꼬마 앤이 손님방 침실에서 자게 된 걸 생각해 보세요, 대단한 명예잖아요."

"그런 명예는 필요없어. 더 이상 한 마디도 하지 마라."

앤이 눈물을 뚝뚝 흘리며 2층으로 올라가자, 긴의자에서 깊이 잠이 든 줄 알았던 매슈가 눈을 뜨고 단호하게 말했다.

"마릴라, 앤을 보내 줘라."

"안 돼요. 저 애를 키우고 있는 게 누구예요? 오빠예요, 나예요?"

"그거야. 너지."

"그렇다면 방해하지 마세요."

"글쎄, 방해하려는 게 아니고, 각자 자기 의견을 말하는 건 방해가 아니잖아. 그래서 말인데, 내 의견은 네가 앤을 보내 줘야 한다는 거야."

"오라버닌 앤이 가고 싶다면 달나라에도 보내겠죠. 다이애나네 집에서 하룻밤 자는 것만이면 괜찮을지도 모르지만, 내가 마음에 안 드는 건 발표회예요. 그런 데 가면 감기에 걸리거나 쓸데없는 일로 머리를 꽉 채워와서 흥분이나 하는 게 고작일 거예요. 아마 일 주일은 일이 손에 안 잡힐걸요. 저 애 성격이나 저 애한테 뭐가 교육이 되는지는 내가 오빠보다 더 잘 알아요, 오빠."

"앤을 보내 줘라."

매슈는 단호하게 말을 되풀이했다. 매슈는 논쟁은 서툴렀지만 자기 의견을 고집하면 절대로 굽히지 않았다. 마릴라는 입을 다물 수밖에 없었다.

다음날 아침 주방에서 설거지를 하는 앤을 본 매슈는 헛간에 나가는 길에 마릴라에게 또다시 앤을 보내 주라고 당부했다.

순간 마릴라는 입을 열면 어떤 말이 나올지 모를 정도로 험악한 표정을 지었지만, 결국은 항복한 듯 말했다.

"좋아요. 그러죠. 안 그러면 오빠가 뭐라고 하실지 모르니까요."

앤은 물이 뚝뚝 떨어지는 행주를 든 채 주방에서 뛰어나왔다.

"이건 매슈 아저씨의 생각이니까 나하고는 상관없다. 만약 네가 폐렴에 걸리더라도 난 모른다."

"와아, 마릴라 아주머니! 저는 지금까지 한 번도 발표회 같은 데 간 적이 없어서, 학교에서 다른 애들이 얘기하는 걸 들으면 저 혼자 뒤처지는 것 같은 기분이었거든요. 그게 어떤 느낌인지 아주머니는 모르시겠지만, 매슈 아저씨는 아셨어요. 아저씨는 절 이해하세요. 누가 절 이해해 준다는 건 정말 기쁜 일이에요."

그날 아침, 너무 흥분했기 때문에 앤은 학교에서 받아쓰기에서도 길버트 블리드에게 지고, 암산은 비교도 안 될 만큼 뒤처졌다. 그러나 그건 문제가 되지 않았다. 앤과 다이애나 두 사람은 하루종일 끊임없이 그 얘기만 떠들었다.

에이번리 토론 클럽은 겨울에는 이 주일에 한 번씩 모이고, 작은 행사는 입장료 없이 몇 번이고 갈 수 있지만, 이번 것은 도서관 원조를 위해 10센트의 입장료를 받는 성대한 행사였다. 에이번리의 젊은이들은 몇 주일 동안 연습을 했고, 학교 학생들은 선배들이 나온다는 사실 때문에 모두들 흥미를 가지고 있었다.

학교에서는 9세 이상의 아이들은 누구나 갈 수 있었지만 캐리 슬론만은 예외였다. 어린아이가 밤중에 발표회 같은 곳에 나돌아다니는 것에 대해 아버지가 반대했기 때문이다. 캐리 슬론은 오후 내내 책으로 얼굴을 가린 채 울었다.

앤과 다이애나는 '멋진 차 시간'이 있은 뒤에 2층의 다이애나 방에서 즐겹게 옷단장을 하기 시작했다. 다이애나는 앤의 앞머리를 최신형으로 빗어 넘겨 주었고, 앤은 그녀만의 독특한 솜씨로 다이애나의 나비 리본을 묶어 주었다. 그리고 둘이서 뒷머리를 정리하는 데 적어도 여섯 번도 넘게 스타일을 이렇게 빗었다 저렇게 빗었다 했다.

드디어 준비가 다 끝났다. 다이애나와 앤은 빨갛게 상기된 뺨에 눈은 흥분으로 이글거렸다. 아무 장식도 없고 볼품없는 좁은 소매의 검은 옷과 집에서 만든 쥐색 외투를 다이애나의 화려한 모피 모자나 멋진 재킷과 비교했을 때 앤은 조금 속상했다. 그러나 자신에게는 상상력이 있으니까 그것을 이용하면 된다고 마음을 고쳐먹었다.

다이애나의 사촌 뮤레 씨네 사람들이 뉴브리지에서 도착했다. 모두 모피 옷으로 치장한 그들은 큰 썰매 안에 오밀조밀 타고 있었다.

앤은 공회당까지 가는 길을 마음껏 즐겼다. 공단같이 부드러운 눈길 위를 썰매가 지나가면 그 밑으로 눈이 다져지는 소리가 들렸다. 웅대한 석양을 가에 두른 듯 보이는 눈 덮인 산들과 세인트로렌스 만의 감청색 바닷물은 마치 큰 진주와 사파이어로 만든 그릇이 불과 연기를 가득 채우고 있는 것처럼 느껴질 정도였다. 썰매의 방울 소리나 저 멀리서 들려오는 웃음 소리가 숲의 요정들의 웅성거림처럼 사방에서 들려왔다.

앤은 모피 외투 속에 있는 다이애나의 장갑 낀 손을 꼭 잡으며 속삭였다.

"오오, 다이애나! 꼭 꿈만 같지 않니? 정말로 나 같아 보이니? 평소하고는 너무 다른 기분이 들어."

"너, 굉장히 멋져. 네 얼굴빛이 그렇게 예쁜 적은 지금까지 없었어."

다이애나 자신이 방금 사촌으로부터 칭찬을 받았기 때문에 다른 사람한테도 그렇게 칭찬해 줘야 한다고 생각했다.

그날 밤의 프로그램은 적어도 어떤 한 사람의 청중에게는 '감동'의 연속이었다. 앤이 다이애나에게 말한 바에 의하면, 순서가 진행될수록 그 감동은 점점 더해 갔다. 프리시 앤드루스가 분홍색 새 실크 블라우스를 입고, 부드럽고 하얀 목에는 진주 목걸이를 하고, 소문에 의하면 필립스 선생이 일부러 시내에서 그녀를 위해 가져왔다는 진짜 카네이션을 달고 나왔을 때 앤은 꼭 자신의 일인 양 기분 좋은 전율을 느꼈다. 합창대가 〈아름다운 데 이지꽃 저 높이〉를 노래했을 때 앤은 마치 천사의 그림이 그려져 있기라도 한 듯 천장을 올려다보았고, 샘 슬론이 '소켓이 어떻게 암탉에게 알을 품게 했는가'라는 얘기를 그림을 넣어 설명하기 시작하자 앤이 너무 웃어서, 옆 사람들까지 따라 웃었다. 얘기 그 자체는 케케묵은 것이었다. 그리고 필립 스 선생이 한 구절씩 할 때마다 프리시 앤드루스 쪽을 꼭 쳐다보면서, 시저 의 사체를 앞에 두고 하는 마크 안토니오의 연설을 감정이 잔뜩 들어간 복 잡한 어조로 읊었다. 그 순간 앤은 단 한 사람의 로마 시민이라도 선두에 서준다면 곧바로 그 자리에서 반역을 일으키고 싶은 기분이 들었다.

그러나 프로그램 중에서 오직 한 가지만은 앤의 흥미를 끌지 못했다. 길 버트 블리드가 〈라인 강변의 빙겐〉을 암송하자 앤은 로다 뮤레가 가지고 온 책을 들고 읽기 시작했고, 그가 끝나자 다이애나가 손바닥이 아플 정도 로 박수치고 있는 동안 앤은 꼼짝도 하지 않고 뻣뻣하게 앉아 있었다.

집에 도착한 것은 11시였다. 그들은 재미와 유쾌함을 한껏 만끽했으면서 도 그것에 대해 다시 애기꽃을 피운다고 하는 즐거움이 아직 남아 있었다. 모두 잠들었는지 집안은 쥐죽은 듯 조용했다. 앤과 다이애나는 살금살금 들 어갔다. 응접실은 기분 좋게 따스했고 난로 안에 타다 남은 불꽃이 희미하 게 비쳤다.

"여기서 옷 벗자. 아, 따뜻하고 기분 좋다."

다이애나가 말했다.

"와아, 정말 재미있었어. 거기 올라가서 암송하면 멋질 거야. 우리도 언젠 가 하게 될 날이 있을까?"

"물론이지, 언젠가는. 항상 큰 학생들한테만 암송을 시켜. 하지만 길버트 블리드는 자주 나와. 우리보다 두 살밖에 안 많은데도. 넌 어쩜, 그 애가 발 표할 때 그렇게 딴전을 피울 수 있니? '지금 한 사람이 있다. 그것은 여동생 이 아니라'라는 대목에 왔을 때 길버트가 네 쪽을 똑바로 쳐다보더라."

"다이애나, 넌 내 막역한 친구이긴 하지만, 그 애 얘기는 하지 않았으면 좋겠어. 침대에 들어갈 준비 됐어? 달려가서 누가 빨리 도착하나 시합하자."

다이애나도 찬성했다. 새하얀 잠옷 바람으로 두 아이는 긴 방을 빠져나가, 손님방 침실 문에서 둘이 동시에 침대로 뛰어올랐다. 그러자 그때 두 사람 밑에서 뭔가 꿈틀거리며 소리쳤고, 그 누군가가 숨을 헐떡거렸다.

둘은 줄행랑을 쳤다. 정신없이 뛰어나가서 보니 두 사람은 2층에 발끝으로 서서 와들와들 떨고 있었다.

"그게 뭐지?"

추위와 두려움으로 앤은 이를 딱딱 부딪치며 물었다. 다이애나는 자지러지게 웃으며 대답했다.

"조세핀 할머님이야. 왜 거기 계신지 모르지만 말이야. 분명 역정을 내실 텐데. 정말 무서워. 하지만 너무 재미있지 않니?"

"조세핀 할머님이라니, 누군데."

"우리 아빠의 고모님이셔. 샬럿타운에 살고 계시거든. 한 일흔 살쯤 되셨을 거야. 저 할머님한테도 어린 시절이 있었다는 게 믿어지지 않아. 할머님이 오시기로 되어 있긴 했지만 이렇게 빨리 오실 줄은 몰랐어. 굉장히 엄하시니까 분명히 이 일로 혼날 거야. 우린 미니 매이하고 같이 자야 돼. 걔가 얼마나 잠버릇이 고약한데."

다음날 아침 조세핀 배리 할머니는 이른 아침 식사 때는 나타나지 않았다.

배리 부인은 두 소녀에게 다정하게 미소 지으며 물었다.

"어젯밤에는 재미있었니? 너희들이 돌아올 때까지 기다리려고 했는데, 조세핀 할머님이 오시는 바람에, 너희가 2층에서 잘 수가 없다는 걸 얘기하려고 했는데 너무 피곤해서 그만 잠이 들었어. 할머님을 깨우진 않았겠지, 다이애나?"

다이애나가 침묵을 지키고 있었다. 아침 식사가 끝나자 앤은 집으로 돌아갔기 때문에 그 후에 일어난 배리 가의 소동은 짐작도 못했다. 그러다가 저녁에 마릴라의 심부름으로 린드 부인에게 갔을 때에야 그 소동을 알게 되었다.

"그래, 어젯밤에 너하고 다이애나 때문에 가엾게도 배리 할머니가 놀라서 돌아가실 뻔했다면서? 방금 전에 배리 부인이 카모디로 가는 도중에 들렀는데, 그 일로 정말 난처한 모양이더라. 배리 할머니가 오늘 아침에 일어났을 때 이만저만 노발대발하신 게 아닌 모양이더라. 그 할머니 성격이 보통이 아니거든. 다이애나한테는 말을 한 마디도 안 하신다더라."

린드 부인의 말투는 엄했지만, 눈빛은 재미있다는 듯 반짝이고 있었다.

"다이애나가 잘못한 게 아니에요. 제 탓이에요. 누가 먼저 침대까지 가나 시합하자고 제가 그랬거든요."

앤은 후회하며 말했다.

"나도 그럴 줄 알았다."

자기 짐작이 맞아서 린드 부인은 너무나도 기쁜 모양이었다.

"그런 생각이 네 머리에서 나왔을 거라는 걸 난 알고 있었지. 하여튼 그 덕분에 굉장히 골치 아프게 됐어. 배리 할머니는 한 달쯤 머무를 예정으로 오셨는데, 하루도 더 못 있겠다, 일요일이고 뭐고 내일 당장 돌아가겠다고 하시는 모양이더라. 오늘 가시겠다는 걸 간신히 말렸다는구나. 다이애나의 음악 레슨비 3개월치를 지불해 주기로 했는데, 이젠 그런 말괄량이 손녀한텐 아무것도 못해 주겠다고 하셨대. 오늘 아침에 굉장히 시끄러웠을 거다. 얼마나 난처했을까. 부자 할머니의 기분을 상하게 하고 싶지 않았을 텐데. 물론 배리 씨가 나한테 그렇게는 말하지 않았지만 말이야."

"전 어쩌면 이렇게 운이 나쁠까요. 항상 뭔가 곤란한 일을 저지르거나, 제가 제일 소중히 여기는 사람들을, 그것도 생명을 던져도 괜찮을 정도로 소중한 사람들까지 그런 난처한 지경에 빠뜨리잖아요. 왜 그런 건지 가르쳐 주세요."

"그건 말이다, 네가 너무 부주의하고 충동적이라서 그래. 넌 미리 생각하지 않아. 무슨 일이든 할 일이 머리에 떠오르면 신중히 생각하지도 않고 즉시 행동으로 옮기잖아.”

“하지만 그게 또 제일 큰 장점인걸요. 뭔가 흥분되는 일이 생기면 전 그걸 빨리 밖으로 꺼내 버려야 돼요. 조금 기다렸다가 생각을 다시 고치거나 하면 완전히 틀려 버리거든요. 아주머니는 그런 일 없으세요?”

부인은 점잖게 고개를 저었다.

“조금은 생각하는 자세를 배워야 해, 앤. 너한테 제일 필요한 말은 ‘실행하기 전에 먼저 생각하라’는 거야. 특히 손님방 침대에서 구르기 전에는 꼭 생각을 했어야지.”

린드 부인은 자기의 훌륭한 농담에 기분이 좋아져서 웃었지만, 앤은 여전히 풀이 죽어 있었다. 지금 같은 경우, 대제 뭐가 우스운지 앤은 이해가 안 갔다. 이런 중대한 사태를 앞에 놓고 진짜 웃을 기분이 드는지 이해가 안 갔다. 린드 부인에게 인사를 하고 앤은 꽁꽁 얼어붙은 들판을 넘어 ‘비탈 과수원’으로 갔다. 다이애나가 주방문으로 나왔다.

“조세핀 할머님, 아주 화가 많이 나셨지?”

앤이 속삭였다. 다이애나는 웃음을 참으며, 혹시 들리지 않을까 싶어 거실 쪽을 걱정스럽게 돌아보며 대답했다.

“그래. 그야말로 펄펄 뛰셨어. 얼마나 혼났는지 몰라. 이렇게 행실 못된 애는 처음 봤다, 그렇게 가르치고 부모로서 부끄럽지 않냐, 하시면서. 당장 가신다고 난리셔.”

“넌 왜 그게 나 때문이라고 말 안 했어?”

“내가 그렇게 할 것 같니? 난 고자질 같은 건 안 해. 그리고 어쨌든 나도 똑같이 잘못했으니까.”

“좋아, 내가 직접 가서 말씀드릴 거야.”

앤은 단호하게 말했다.

다이애나는 눈이 휘둥그래졌다.

“안 돼! 할머님은 널 잡아먹으려고 하실 거야.”

“더 이상 겁주지 마. 대포알 구멍으로 들어가는 게 차라리 더 나을 거야. 하지만 다이애나, 내 탓이니까 다 고백해야 돼. 다행히 난 고백이라면 단련이 돼 있잖니.”

“그럼 방으로 들어가 봐. 꼭 그래야겠으면, 가서 말씀드리고 와. 난 싫어. 그래 봤자 별로 소용없을 거야.”

앤은 사자굴로 뛰어들었다. 결심을 가다듬고 거실 문으로 다가가 조심스럽게 문을 두드렸다. “들어오너라” 하는 날카로운 목소리가 들려왔다.

마르고 날카롭고 엄격한 미스 조세핀 배리는 난롯가에서 맹렬한 기세로 뜨개질을 하고 있었다. 분노가 누그러지기는커녕 금테 안경 너머로 활활 불타 오르고 있었다. 다이애나라고 생각하고 빙글 의자를 돌린 미스 배리는 새하얗게 질린 소녀가 큰 눈에 필사적인 용기와 공포를 띠고 서 있는 것을 보았다.

“넌 누구냐?”

미스 배리는 인사도 하지 않고 물었다.

“전 ‘녹색지붕집’에 사는 앤이에요. 저, 고백할 게 있어서 왔어요.”

작은 손님은 떨면서 대답했다. 그녀 특유의 자세로 두 손 마주잡고, 말했다.

“무슨 고백?”

“어젯밤, 할머니 침대에 뛰어든 건 전부 제 탓이라는 걸요. 제가 그러자고 한 거예요. 다이애나라면 그런 일은 생각도 못했을 거예요. 아주 얌전한 아이거든요, 배리 할머니. 그러니까 다이애나한테 화내시면 안 돼요.”

“화 안 내게 생겼어? 다이애나도 같이 뛰어들었잖아. 한다하는 가문에서 그런 행동을 하다니 말이야.”

“하지만 우린 그냥 장난으로 그랬어요. 저희를 용서해 주세요, 배리 할머니. 어쨌든 다이애나를 용서하시고 음악 레슨을 받게 해주세요. 다이애나가 음악 레슨을 받는다고 얼마나 좋아했는데요. 하게 될 줄 알고 있다가 못 하게 되면 어떤 기분이 드는지 아세요? 저는 너무 잘 알고 있어요. 만약 꼭 화를 내서야겠으면 저한테 내 주세요. 어릴 적부터 사람들한테 화내는 걸 많이 당해 봐서 전 다이애나보다 훨씬 잘 견딜 수 있어요.”

이쯤 되자 노부인의 눈에서 노여운 기색은 거의 사라졌다. 그러나 입에서는 더욱 엄격하게 말이 나왔다.

“장난이었다는 건 변명이 될 수 없어. 우리가 어릴 때는 너희들처럼 장난치는 건 어림도 없었다. 너희들은 모를 거다, 피곤한 여행을 하고 와서 푹 자려고 하는데 다 큰 아이 둘이 느닷없이 뛰어들어서 잠을 깬다는 게 어떤 건지.”

“네 몰라요. 하지만 상상은 할 수 있어요. 아주 기분 나쁘셨을 것 같아요. 하지만요, 저희 입장이 좀 되어 봐 주세요. 저희는 그 침대에 누가 있을 줄 몰랐어요. 그러니까 오히려 저희가 할머니 때문에 놀라시 죽을 뻔했다구요. 그저 무섭다고밖에 표현할 수 없는 기분이었어요. 그리고 손님방 침실에서 자기로 약속이 되어 있었는데 잘 수가 없었잖아요. 할머니는 항상 손님방 침실에서 주무실 수 있겠지만, 하지만 만약 할머니께서 그런 대우를 한 번도 받아 보지 못한 고아였다면 얼마나 실망했을지 생각해 보세요.”

이제는 노여움이 완전히 사라진 후였다. 배리 할머니는 소리내어 웃었다. 방 밖의 주방에서 말할 수 없는 불안으로 떨고 있던 다이애나는 그 소리를 듣고 안도의 한숨을 쉬었다.

“내 상상력이 좀 녹슬었는지도 모르지만, 사실 사용 안 한 지 꽤 오래 됐거든. 인정에 호소한 네 주장도 내가 화난 것 못지 않게 세구나. 뭐, 각자의 생각이 다르니까. 앉거라 네 얘기를 해보렴.”

앤은 단호히 말했다.

“대단히 죄송하지만, 그럴 수가 없어요. 저도 그러고 싶지만요. 할머니는 재미있는 분처럼 보이고, 보기와는 달리 막역한 친구가 될지도 모른다는 생각까지 들어요. 하지만 전 마릴라 커스버트 아주머니 댁으로 돌아가 봐야 해요. 마릴라 커스버트 아주머니는 아주 친절한 부인인데, 저를 입양하셔서 훌륭하게 키워 주시는 분이에요. 열심히 키워 주시지만 너무 힘든 일이에요. 제가 침대로 뛰어들었다고 해서 우리 아주머니를 나쁘게 생각하진 말아 주세요. 하지만 제가 가기 전에 다이애나를 용서하시고 처음 예정대로 에이번리에 계실지 어떨지 말씀해 주세요.”

“네가 가끔 놀러와서 나하고 말동무가 되어 준다면 그렇게 하지.”

그날 저녁, 배리 할머니는 다이애나에게는 은팔찌를 주었고, 어른들에게는 여행 가방 열쇠를 다시 주었다고 한다.

“내가 여기 머물려고 마음을 정한 것도 그 앤인가 하는 애하고 더 가까워지기 위해서다. 걔는 유쾌한 아이야. 나 정도 나이가 되면 여간해서 유쾌한 사람을 만나기가 힘들거든.”

이 얘기를 들었을 때 마릴라는 한마디 했다.

“제가 오빠한테 그럴 거라고 했죠?”

이 말은 특별히 매슈를 위해 한 말이었다.

미스 배리는 한 달 이상이나 머물렀고, 앤 덕분에 여느 때보다 더 기분 좋게 시간을 보냈다. 미스 배리는 돌아갈 때 앤에게 이렇게 말했다.

“앤, 시내로 오면 우리 집에 오너라. 그러면 너를 제일 좋은 손님 침실에서 자게 해주마.”

앤은 마릴라에게 말했다.

“역시 배리 할머니는 마음이 통하는 분이에요. 막역한 친구라는 건 제가 예전에 생각했던 것처럼 그리 어렵지 않네요.”

제20장 지나친 상상력

또다시 봄이 찾아왔다. 아름답고, 변덕스럽고, 마지못해 찾아오는 캐나다의 봄. 4월부터 5월에 걸쳐 상쾌한 날들이 이어지고, 석양은 분홍빛으로 구름을 물들인다. 만물이 되살아난 듯 무럭무럭 자란다. '연인의 오솔길'의 단풍나무는 빨간 꽃봉오리를 피우고, '요정의 샘' 근처에는 돌돌 잎 끝이 말려 있는 작은 풀고사리들이 기세 좋게 기지개를 켠다. 사이러스 슬론 씨네의 땅 뒤편에 있는 들판에서는 산사나무에서 싹이 트기 시작하고, 갈색 잎 밑으로 분홍색이나 흰색 별 같은 귀여운 꽃들이 엿보였다.

태양이 눈부시게 내리쬐는 어느 날 오후, 전교생들은 산사나무를 주우러 나가, 활짝 갠 황혼 속에서 즐거운 한때를 보냈고, 손이나 바구니 가득 주운 꽃들을 안고 집으로 돌아왔다.

"정말로 산사나무 같은 게 없는 나라에 사는 사람들은 안됐어요. 그런 사람들은 뭔가 더 좋은 걸 가지고 있을지도 모른다고 다이애나가 그랬지만, 하지만 산사나무보다 더 좋은 게 있을 리 없어요. 그렇죠, 아주머니? 그리고 만약 산사나무가 어떤 건지 모른다면 그게 없어도 별로 그 사람들은 괴롭지 않을 거라고 다이애나가 그랬어요. 하지만 그게 무엇보다도 슬픈 일이라고 생각해요. 산사나무가 어떤 건지도 모르고, 그게 없어도 아무렇지도 않게 생각하다니 그거야말로 비극이라고 생각해요. 제가 산사나무를 어떻게 생각하는지 아세요, 아주머니? 그건 작년에 죽은 꽃의 영혼이고, 여긴 분명 그 꽃들의 천국일 거라고 생각해요. 아아, 오늘은 너무 근사했어요. 어떤 오래된 우물 옆에 큰 이끼가 낀 우묵한 곳에서 도시락을 먹었는데요, 거기는 정말로 낭만적인 곳이에요. 찰리 슬론은 아티 길리스에게 그 우물을 뛰어넘을 수 있냐고 부추겼어요. 아티는 지는 걸 싫어하기 때문에 정말로 뛰어넘었어요. 학교에서는 요즘 모험이 유행이거든요. 필립스 선생님은 자기가 찾아낸 산사나무를 전부 프리시 앤드루스에게 주시면서 '아름다운 것을 아름다운 사람에게'라고 말하는 걸 제가 들었어요. 그건 분명히 책에서 인용한 문구일 거예요. 선생님한테도 약간은 상상력이 있다는 걸 알았어요. 저한테도 산사나무를 주겠다고 한 애가 있었지만, 전 상대도 안 했어요. 그 애가 누군지는 말할 수 없어요. 왜냐하면 절대로 그 애 이름을 제 입에 올리지 않겠다고 맹세했거든요. 모두 산사나무로 화환을 만들어서 모자로 썼어요. 그리고 집으로 돌아올 때 꽃다발이나 화환을 쓰고 〈언덕 위의 우리 집〉을 노래부르면서 두 사람씩 나란히 큰길을 행진해 왔어요. 아아, 근사했어요. 사이러스 슬론 씨네 사람들이 모두 뛰어나오고, 길에서 만난 사람들도 모두 멈춰 서서 우리를 계속 쳐다봤어요. 대단한 센세이션을 일으켰어요."

"그랬겠지, 그런 바보 짓을 했으니."

이것이 마릴라의 대답이었다.

산사나무 다음은 제비꽃이었는데, '제비꽃 골짜기'는 온통 보랏빛이었다. 학교로 가면서 앤은 마치 성지의 땅이라도 밟듯이 공손한 발걸음으로, 눈에는 공손한 표정을 띠며 이곳을 지나다녔다.

앤이 다이애나에게 말했다.

"왠지 이곳을 지날 때면 길버…… 아니, 누가 반에서 나보다 공부를 잘하든 말든 그런 건 아무래도 상관없다는 기분이 들어. 하지만 학교에 도착만 하면 완전히 싹 달라져서, 역시 신경이 쓰여. 내 안에는 앤이 여럿 있나 봐. 그래서 내가 이렇게 골치 아픈 인간이 아닌가 하는 생각이 들어. 만약 내 안에 앤이 하나뿐이라면 훨씬 더 편했을 텐데. 그렇지만 재미는 지금의 절반만큼도 없었겠지."

6월의 어느 날 저녁이었다. 과수원에는 또다시 분홍색 꽃이 피고 '반짝이는 호수' 위쪽의 습지에서는 개구리가 낮은 소리로 즐겁게 노래부르고 있었다. 공기는 클로버 들판과 전나무 숲의 향기로 그윽했다. 앤은 동쪽 방 창가에 앉아 있었다. 너무 어두워져서 책을 읽을 수 없게 되었기 때문에, '눈의 여왕'이라 이름 붙인 벚나무 가지 사이를 응시하고 눈을 크게 뜬 채 공상에 빠져들기 시작했다. '눈의 여왕'은 또다시 가지가 휠 만큼 꽃송이로 뒤덮여 있었다.

근본적으로는 이 작은 동쪽 방은 변한 게 없었다. 그러나 방의 분위기는 완전히 달라졌다. 새롭고 활기차게 맥박치는 개성이 온 방안에 넘치고 있었다. 학교 다니는 아이의 책이라든지 옷·리본, 심지어 테이블 위의 이빨 빠진 파란 단지 가득 꽃혀 있는 사과꽃들노 날라신 것이있다. 이 빙에 사는 쾌활한 소녀가 밤낮없이 꾸고 있는 꿈이 눈에는 보이지만 손에는 잡히진 않는 환상의 모습으로 살풍경한 방 가득 무지개와 달빛 천을 둘러쳐 놓은 것 같았다.

얼마 안 있어 마릴라가 아이가 학교에서 쓸 앞치마를 다려 가지고 들어왔다. 그것을 의자에 걸치고 그녀는 가벼운 한숨을 쉬며 앉았다. 그날 오후 마릴라는 두통에 시달렸다. 이제 통증은 없어졌지만 기운이 없었다.

앤은 걱정스럽게 마릴라를 바라보았다.

"아주머니 대신 제가 아팠으면 좋겠어요."

"넌 일을 도와 주고 날 쉴 수 있게 해줬고, 잘해 줬잖니. 이제 일도 제법 잘하고, 평소보다 실수도 적어. 물론 매슈 아저씨의 손수건에 풀을 먹인 건 쓸데없는 짓이었지만. 그리고 남들은 대부분 파이를 오븐에 넣어 데울 때 새까맣게 될 때까지 내버려두지는 않는데 말야."

마릴라는 두통을 앓은 뒤에는 항상 약간 빈정대는 습관이 있었다.

"어머, 죄송해요. 오븐에 넣어 둔 파이 생각은 여태까지 까맣게 잊고 있었어요. 어쩐지 점심 식탁에서 뭔가 빠진 것 같다는 걸 느끼기는 했지만요. 오늘 아침에 아주머니가 저한테 맡기셨을 때 저는 절대로 상상을 하지 않고 눈앞의 일만 생각하려고 굳게 결심했어요. 파이를 오븐에 넣을 때까지는 상당히 잘했는데, 그때 그만 어쩔 수 없는 유혹이 찾아온 거예요. 그때 전 슬픈 탑에 갇힌 공주이고, 아름다운 기사가 흑마를 타고 와서 절 구해 준다고 상상하기 시작했거든요. 그래서 파이를 까맣게 잊어버린 거예요. 손수건에 풀 먹인 건 몰랐어요. 다림질을 하면서 다이애나와 시냇가에서 발견한 새 섬에 뭐라고 이름 붙일까 생각하고 있었거든요. 그 섬은 너무나도 아름다워요. 단풍나무가 두 그루 서 있고, 섬 주변에는 시냇물이 흐르고 있어요. 간신히 '빅토리아 섬'이라는 멋진 이름을 생각해 냈어요. 그 섬을 발견한 날이 빅토리아 여왕의 생일이었거든요. 우리는 아주 충성심이 강하거든요. 저, 파이와 손수건 건은 정말 죄송해요. 오늘은 기념일이라서 특별히 착한 아이가 되려고 했는데. 작년의 오늘이 무슨 날인지 기억나세요?"

"글쎄, 딱히 생각나는 게 없는데."

"어머, 마릴라 아주머니, 제가 '녹색지붕집'에 온 날이잖아요. 전 결코 잊을 수 없어요. 아주머니한테는 대단한 일이 아니겠지만, 제 생애에서는 전환점이었거든요. 지난 일 년간 전 너무 행복했어요. 저를 두기로 한 거 후회하고 계세요, 아주머니?"

마릴라는 앤이 오기 전에는 어떻게 살았을까 생각한 적도 있을 정도였다.

"아니, 후회하고 있지 않아. 공부 끝냈으면, 빨리 배리 아주머니한테 가서 다이애나의 앞치마 본 좀 빌려 가지고 와."

"저, 하지만…… 너무 어둡잖아요."

"아직 초저녁이잖아. 그리고 어두워졌어도 밖으로 나간 적이 가끔씩 있었잖니."

"내일 아침 일찍 갔다 올게요. 새벽에 일어나서요, 아주머니."

"이번에는 또 무슨 생각을 하기 시작했는데, 그러니? 그 본으로 오늘 밤 너한테 새 앞치마를 만들어 주려고 그래. 빨리 갔다 와."

"그럼 큰길을 돌아가야 돼요."

앤은 마지못해 모자를 집어들었다.

"큰길을 돌아가면 30분이나 더 걸리잖아? 애가 대체 무슨 생각을 하는지 모르겠네."

"왜냐하면 '유령의 숲'은 지나갈 수가 없어서 그래요, 아주머니."

앤은 필사적으로 외쳤다.

마릴라는 어안이 벙벙했다.

"유령의 숲이라니? 그게 대체 뭐야?"

"건너편의 가문비나무 숲 말이에요."

앤은 모기만한 소리로 우물거렸다.

"유령의 숲 같은 건 없어. 누가 그런 바보 같은 소릴 하든?"

"아무도 말하지 않았어요. 다이애나하고 제가 저 숲에 유령이 나온다고 상상한 거예요. 이 근처는 모두 어디나 너무…… 너무 평범하잖아요. 재미로 우리들이 얘기를 지어냈어요. 4월부터요 '유령의 숲'은 굉장히 낭만적이잖아요. 너무 어두워서 그래요. 아아, 우린 비참한 일을 상상했어요. 흰 옷을 입은 여자가 있는데, 밤에 바로 이 시각쯤 되면 시냇가를 따라 걸으면서 손을 꼭 쥐고 울부짖어요. 그 여자가 나타나는 건 가족 중에 누군가가 죽었기 때문이에요. 그 이후 죽음을 당한 어린아이의 유령이 숲 귀퉁이에 있는 '한가한 황야' 주변을 헤매다니고, 사람 뒤에 살며시 다가와 차가운 손가락으로 매달리는 거예요. 아아, 아주머니, 생각만 해도 떨려요. 그리고 목 없는 남자가 오솔길을 왔다갔다하고 있고, 나뭇가지 사이에서는 해골이 노려보는 거예요. 아아, 아주머니, 어두워지면 뭘 준다고 해도 전 유령의 숲은 지날 수 없어요. 분명 하얀 것이 나무 뒤에서 손을 내밀어 저를 붙잡을 거예요."

마릴라는 어이가 없었다.

"하여튼 잘도 지어낸다니까. 설마 네가 만든 그런 질 나쁜 시시한 공상을 믿고 있는 건 아니겠지?"

앤은 말을 우물거렸다.

"낮에는 안 믿지만 어두워지면 달라요. 유령이 다니는 시간이란 말이에요."

"유령 같은 건 없어."

"아아, 아네요, 있어요. 유령을 봤다는 사람을 제가 알아요. 찰리 슬론이 그러는데요, 찰리 할아버지가 돌아가신 지 일 년이 지난 어느 날 밤 소를 몰고 집으로 들어오시는 걸 할머님이 보셨대요. 생각해 보세요, 찰리 슬론의 할머니 같은 분은 얘기를 지어내실 분이 아니잖아요? 아주 신앙심이 깊은 분이잖아요. 그리고 토머스 아주머니의 친정아버지는요, 어느 날 밤 온몸에 불이 붙은 어린 양한테 쫓기셨대요. 그 어린 양의 머리는 잘려 있고 껍질도 벗겨져 있더래요. 할아버지는 그건 자기 동생의 정령인데, 자기가 9일 안에 죽을 거라는 예언이라고 그랬대요. 9일 안에 죽지는 않았지만, 2년 후에 돌아가셨대요. 그러니까 진짜라는 걸 아시겠죠? 그리고 루비 길리스가 그러는데……"

"앤" 하고 마릴라는 단호하게 말을 가로막았다.

"두번 다시는 그런 얘기 하지 마라. 네 그 상상인가 뭔가는 처음부터 마음에 안 들었지만, 이 정도로 심각하다면 더 이상은 보고만 있을 수 없다. 지금 당장 갔다 와. 꼭 가문비나무 숲으로 가거라. 좋은 교훈이 될 거다."

앤은 애원하고 울었다. 상상력이 지나쳐 해가 진 후의 가문비나무 숲을 진짜 무서워했던 것이다. 그러나 마릴라는 막무가내였다.

앤은 훌쩍훌쩍 울기 시작했다.

"오오, 어쩌면 그렇게 잔인할 수가 있어요. 만약 하얀 유령이 저를 납치해 가면 어떻게 해요."

"그렇게 되는지 안 되는지 해봐. 그 유령을 상상하는 네 버릇을 고쳐 주마."

앤은 빨리 걸었다. 결국 무턱대고 다리를 건너, 그 건너편의 무섭고 어두운 오솔길로 몸을 떨며 들어갔다. 앤은 자신이 상상력을 마음대로 휘두른 것을 뼈저리게 후회하고 있었다. 자신이 그려낸 요귀가 주변의 어둑어둑한 곳 여기저기 숨어서, 차갑고 앙상한 손을 뻗어 유령들의 진짜 부모인 이 어리고 무서워 벌벌 떠는 여자애한테 덤벼들려고 했다. 골짜기 쪽에서 바람에 쓸려 날아드는 하얀 자작나무 껍질은 앤의 심장을 얼어붙게 만들었다. 가지들이 서로 비비대며 흐느끼는 듯한 소리를 내자 앤의 이마에서는 식은땀이 흘렀다. 어둠 속에서 박쥐가 푸드득 날아가는 소리는 마치 이 세상의 것이 아닌 것처럼 들렸다.

윌리엄 벨 씨의 들판까지 가자 앤은 하얀 유령들이 떼를 지어 몰려오기라도 하는 듯 쏜살같이 뛰기 시작했다. 배리 씨네 주방에 도착했을 때는 너무 숨이 차서 용건조차 말할 수 없을 정도였다. 다이애나가 마침 집에 없어서 꾸물거릴 구실도 찾을 수 없었기 때문에, 어쩔 수 없이 또다시 그 끔찍한 길로 되돌아가지 않을 수 없었다. 앤은 하얀 유령을 보느니 차라리 나뭇가지에 머리가 깨지는 게 낫다고 생각하고 눈을 감고 걸어갔다. 마침내 통나무 다리를 더듬더듬 건넌 후에, 그때까지도 덜덜 떨던 앤은 간신히 안도의 한숨을 내쉬었다.

"어머머, 무사히 돌아왔네."

마릴라는 인정 없이 말했다.

"아아, 마리…… 마릴라 아주머니."

앤은 이를 딱딱거렸다.

"앞으로는, 펴, 평범한 장소에, 마, 만족하고 함부로 이상한 건 상상하지 않을 거예요."

제21장 향료 때문에

"이 세상은 만나고 헤어지는 일뿐이에요."

7월의 마지막 날 앤은 주방 식탁에 석판과 책을 놓으면서 흠뻑 젖은 손수건으로 빨개진 눈을 닦으며 비통한 목소리로 말했다.

"오늘은 손수건을 학교에 하나 더 가지고 가길 잘했어요. 왠지 손수건을 갖고 가고 싶더라."

"네가 그렇게 필립스 선생님을 좋아하는 줄 몰랐다. 선생님이 가신다는 말만 듣고도 눈물을 닦느라 손수건을 두 장이나 쓰다니."

"선생님을 진심으로 너무 좋아해서 운 게 아닌 것 같아요. 그저 다른 애들이 모두 우니까 따라 운 것뿐이에요. 맨 처음에 시작한 건 루비 길리스예요. 항상 필립스 선생님이 너무 싫다고 했으면서 선생님이 작별 인사를 꺼내기가 무섭게 울음을 터뜨리지 뭐예요. 그래서 여자애들이 모두 하나둘씩 따라 울기 시작했어요. 저는 참으려고 했어요, 아주머니. 필립스 선생님이 저를 길버…… 남자애하고 같이 앉히거나 'e'를 빼고 제 이름을 쓰거나, 기하를 너처럼 못하는 애는 처음 봤다고 하시거나, 제 받아쓰기를 비웃으시던 것, 항상 무섭게 대하고 빈정대시던 일 같은 걸 떠올리려고 했지만, 아무리 해도 안 되더라구요, 아주머니. 그래서 결국에는 울게 된 거예요. 제인 앤드루스 같은 애는 벌써 한 달 전부터 선생님이 가신다면서, 그래도 눈물 같은 건 한 방울도 안 흘릴 거라고 해놓고, 세상에, 제일 많이 우는 거 있죠. 그래서 자기 남동생한테 손수건까지 빌리더라구요. 손수건이 필요 없을 거라면서 아예 안 가져왔거든요. 물론 남자애들은 안 울었어요. 아아, 마릴라 아주머니, 가슴이 찢어지는 것 같았어요. 필립스 선생님은 아주 아름다운 작별인사를 하셨어요. '우리 이제 헤어질 시간이 왔다'라고 말씀을 꺼내셨어요. 너무 감동했어요. 그리고 선생님 눈에서도 눈물이 글썽거리고 있었어요. 아아, 전 늘 학교에서 선생님 험담을 하거나, 석판에 선생님 얼굴을 그리거나, 선생님과 프리시에 대한 일을 비웃거나 한 거 잘못했다고 너무 후회했어요. 미니 앤드루스처럼 모범생이었으면 좋았을걸 하고 절실히 느꼈어요. 미니라면 아무것도 마음에 걸리는 일이 없을 테니까요. 학교에서 돌아오는 길에 여자애들은 내내 울었어요. 캐리 슬론이 2, 3분마다 '우리 이제 헤어질 시간이 왔다'라는 말을 하는 바람에 우리는 잊을 만했다가 다시 울음을 터뜨렸어요. 너무 슬펐어요, 아주머니. 하지만 절망에만 빠져 있을 순 없어요. 두 달간의 방학이 시작되잖아요. 그리고 말이죠, 정거장에서 새 목사님과 부인이 오시는 걸 봤어요. 목사님 부인은 너무 예쁘시던데요. 여왕처럼 아름답다고는 할 수 없지만요. 물론 그렇게 아름다우면 안 되죠. 나쁜 본을 보이게 되면 안 되니까요. 레이첼 아주머니가 그러시는데요, 뉴브리지의 목사님 부인이 너무 유행하는 옷만 입어서 아주 나쁜 본을 보였대요. 이번에 오신 목사님 부인은 퍼프 소매가 달린 파란색 모슬린 드레스를 입고, 장미 장식이 달린 모자를 쓰셨어요. 제인 앤드루스는 목사님 부인이 퍼프 소매를 입다니 너무 세속적이라고 했지만, 그건 너무 인정머리없는 소리 같아요, 그렇죠 아주머니? 퍼프 소매를 동경하는 게 어떤 기분인지 제가 잘 알잖아요. 그리고 목사님 부인이 된 지 얼마 안 됐으니까 너그럽게 이해해 줘야 해요, 그렇죠? 목사관 준비가 끝날 때까지 레이첼 아주머니 집에서 머무르신대요."

그날 밤 마릴라는 작년 겨울에 빌린 누비 이불 틀을 갖다 주러 간다면서 린드 부인 집으로 갔지만, 진짜 이유는 따로 있었다. 그것은 마릴라뿐만 아니라 에이번리 사람들이라면 누구나 가지고 있는 약점이었다. 린드 부인은 사람들에게 빌려준 물건들이 많았는데, 그날따라 두번 다시 돌려받지 못할 거라고 포기하고 있던 물건까지 들고 온 사람들이 많았다. 색다른 일이라곤 도무지 일어나지 않는 이 조그만 마을에서는 자기 아내를 데리고 온 신임 목사는 굉장한 흥밋거리였기 때문이다.

상상력이 없다고 앤이 늘 말하던 나이 많은 벤트레 씨는 18년간이나 에이번리 마을의 목사로 있었다. 처음 부임했을 때부터 독신이었는데 끝까지 독신으로 지냈다. 설교는 잘 못했지만, 이 선량한 노목사를 오랫동안 알고 지낸 사람들은 거의 모두 그에 대해 애정을 가지고 있었다. 그때 이후로 에이번리 사람들은 일요일마다 차례차례 시험 설교를 하러 오는 여러 후보자에게 귀를 기울이며, 다양한 설교 방식을 즐겨 왔다. 그 후보자들은 전적으로 마을 장로들의 채점에 달려 있었지만, 그러나 오래된 커스버트 씨네 가족석 한구석에 얌전하게 앉아 있던 빨간 머리 소녀도 또한 나름대로의 의견을 가지고 있어서 매슈와 진지하게 토론하곤 했다.

"스미스 씨가 될 것 같진 않아요, 매슈 아저씨."

이것이 앤의 마지막 결론이었다.

"레이첼 아주머니는 스미스 씨의 설교는 너무 빈약하다고 하셨지만, 전 그 목사님의 제일 큰 결점은 벤트레 목사님처럼 상상력이 없는 거라고 생각해요. 그리고 테리 목사님은 너무 지나쳐요. '유령의 숲'을 만들어 낸 저처럼 너무 상상이 지나쳐요. 그리고 그 목사님의 신학 이론은 건전하지 않다고 레이첼 아주머니가 그러셨어요. 그레샴 목사님은 아주 좋은 분이고 신앙심이 깊지만 너무 웃기는 소리만 하셔서 사람들을 교회에서 웃게 만들잖아요. 위엄이 없어요. 목사님한테는 위엄이 있어야 돼요. 전 마셜 목사님이 정말 마음에 들었는데요, 그 목사님은 결혼은커녕 약혼도 안 했다고 레이첼 아주머니가 그러셨어요. 그 점을 특별히 알아봤다구요. 에이번리에는 절대로 미혼인 젊은 목사님은 오시면 안 된대요. 신자 중에 누구하고든 결혼 안 하란 법 있냐구요. 그렇게 되면 성가신 문제가 생긴다고 아주머니가 그러셨어요. 레이첼 아주머니는 정말 선견지명이 있으시죠, 매슈 아저씨? 앨런 목사님이 오시게 돼서 정말 다행이에요. 전 앨런 목사님이 좋거든요. 왜냐하면 설교가 재미있고, 습관처럼 하는 게 아니라 진심에서 우러나와 기도를 하시는걸요. 레이첼 아주머니는 그 목사님도 완벽하진 않지만, 일년에 7백 달러의 봉급이라면 완벽한 목사님은 바랄 수가 없다고 그러셨어요. 그리고 어쨌든 그 목사님의 신학 이론은 건전하대요. 아주머니는 목사님께 교리에 대해 모든 점을 철저하게 물어보셨대요. 그리고 아주머니는 목사님의 부인 집안을 알고 계시는데 모두 아주 훌륭한 사람들이고, 부인들도 모두 살림을 잘한대요. 건전한 교리를 가진 남자와 살림을 잘하는 여자는 목사 가정으로 는 이상적이래요. 레이첼 아주머니가 그러셨어요.”

이 쾌활한 젊은 신임 목사 부부는 아직 신혼이었다. 그리고 자기들이 선택한 필생의 임무에 대해 넘칠 정도로 선하고 아름다운 열의를 갖고 있었다. 에이번리는 처음부터 이 부부에게 마음을 열어 주었다. 이 높은 이상을 가진 솔직하고 명랑한 청년과 목사관의 주부가 된 명랑하고 나성한 작은 체구의 부인을 늙은이 젊은이 할 것 없이 모두 좋아했다. 앨런 부인에게 앤은 금방 진심으로 푹 빠져들었다. 또 한 사람의 막역한 친구가 생기게 된 것이다.

어느 일요일 오후에 앤이 말했다.

“앨런 부인은 정말 좋은 분이에요. 주일학교에서 우리 반을 맡으셨는데, 선생님만 질문하는 건 불공평하다고 그러시는 거예요. 그거야말로 제 생각 이잖아요. 묻고 싶은 게 있으면 뭐든 질문하라고 그래서, 전 정말로 질문을 많이 했어요. 그건 제가 잘하잖아요.”

“그랬겠지.”

마릴라가 자신있게 보증했다.

“나말고는 루비 길리스밖에 질문한 사람이 없었어요. 루비는 어쩜, 올여름 주일학교에서 피크닉을 가냐고 묻지 뭐예요. 그건 별로 안 좋은 질문이라고 생각했어요. 왜냐하면 학과와 아무런 관계도 없으니까요. 학과는 라이온 동굴로 들어간 대니얼에 대한 거였거든요. 그래도 앨런 부인은 그냥 웃으시면서, 아마 있을 거라고 말씀하시는 거예요. 앨런 부인은 웃는 게 정말 좋아요. 뺨에는 너무 예쁜 보조개가 생기고요. 저도 보조개가 있으면 좋겠어요, 아주머니. 여기 왔을 때보다 두 배는 통통해졌지만, 보조개는 아직 안 생겼어요. 만약 보조개가 있으면 저도 남한테 좋은 인상을 줄 수 있을 텐데. 지금까지 기독교가 그렇게 즐거운 건지 몰랐어요. 항상 왜 이렇게 우울한가 생각했는데, 앨런 부인을 보면 그렇지 않아요. 만약 앨런 부인처럼 될 수 있다면 저, 기독교인이 되고 싶어요. 벨 감독님 같은 기독교인은 되고 싶지 않아요."

"벨 씨를 그런 식으로 말하는 건 버릇없는 짓이야. 벨 씨는 정말로 좋은 분이니까."

"그렇죠. 하지만 조금도 즐거워하시는 것 같지 않아요. 만약 제가 좋은 사람이었다면 너무 기뻐서 하루종일 춤추고 노래 불렀을 거예요. 물론 앨런 부인은 이미 어른이시니까 춤추고 노래하고 그런 건 할 수 없겠죠. 그리고 목사님 부인으로서 체신 없는 짓이니까요. 하지만 자신이 기독교인인 것을 기뻐하고 계시다는 걸 확실히 알 수 있어요. 기독교인이 아니라도 천국에 갈 수 있다 해도 반드시 기독교인이 되셨을 거예요."

"가까운 시일 안에 목사님 부부를 초대해서 차를 한번 대접해야겠다. 우리 집 말고 다른 집에는 거의 다 들르신 모양이더라. 다음주 수요일이 좋겠다. 매슈 아저씨한테는 절대로 말하지 마. 앨런 목사님 부부가 오신다는 걸 알면 그날 무슨 핑계를 대서든 도망칠 거야. 벤트레 목사님과는 꽤 익숙해져서 아무 문제가 없었지만, 새 목사님과 가까워지려면 상당히 힘들 거다. 더구나 목사님 부인까지 오신다는 걸 알면 말이야."

"저, 죽은 듯이 입 다물고 있을게요. 그런데 아주머니, 특별히 저한테 과자를 만들게 해주세요. 앨런 부인께 뭐든 꼭 해드리고 싶어서 그래요. 그리고 요즘엔 저, 과자를 꽤 잘 만들잖아요."

"그럼 레이어 케이크를 만들렴."

월요일과 화요일에 대대적인 준비가 이루어졌다. 목사 부부에게 차를 대접하는 일은 흔치 않은 중대한 일이었고, 마릴라는 에이번리의 어느 주부한테도 뒤떨어지지 않겠다고 결심하고 있었기 때문이다. 앤은 흥분과 기쁨으로 들떠 있었다. 화요일 밤 해질녘에 다이애나에게 모든 얘기를 자세하게 들려주었다. 두 사람은 '요정의 샘'가에 있는 크고 빨간 돌에 앉아 전나무 수지에 적신 작은 가지로 물 위에 무지개를 만들고 있었다.

"준비가 다 됐어, 다이애나. 과자는 내일 아침에 만들기로 했어. 그리고 베이킹 파우더가 들어가는 비스킷은 차 시간 바로 전에 아주머니가 만드실 거야. 다이애나, 지난 이틀은 정말, 아주머니도 나도 너무 바빴어. 목사님 가족을 초대해서 차를 대접하는 건 보통 일이 아니야. 이렇게 힘든 건 처음이야. 젤리 바른 닭고기 요리하고 차가운 소혀 요리도 나와. 젤리는 두 종류, 빨간색하고 노란색. 그리고 생크림과 레몬 파이와 버찌 파이, 쿠키가 삼색이고 과일이 들어간 케이크, 그리고 마릴라 아주머니의 특기인 살구 설탕절임, 그건 마릴라 아주머니가 특별히 목사님 부부 드리려고 따로 남겨 놓은 요리야. 그리고 파운드 케이크와 레이어 케이크와, 아까 말한 비스킷 그리고 새 빵과 오래된 빵. 만약 목사님이 위가 약해서 새 빵을 못 드시면 안 되니까 두 가지 다 준비한 거야. 레이첼 아주머니가 그러시는데, 목사님들은 대개 위가 약하대. 하지만 앨런 목사님은 목사님 되신 지 얼마 안 되니까, 그런 병에는 안 걸리셨을 거야. 나, 레이어 케이크를 생각하면 몸이 오싹해져. 오오, 다이애나, 만약 잘 안 되면 어쩌지? 어젯밤, 큰 레이어 케이크 머리를 한 무서운 귀신한테 쫓기는 꿈을 꿨어."

"괜찮아, 잘될 거야. 2주 전에 네가 만든 과자를 '한가한 황야'에서 먹었잖니? 그거 아주 맛있었어."

정말로 그녀는 마음 편하게 해주는 친구였다.

"그래, 하지만 과자라는 게 특별히 잘 만들어야 된다고 생각할 때는 실패하는 거잖니."

앤은 한숨을 쉬면서 특별히 수지가 잘 묻은 작은 가지를 물 위에 띄워 보냈다.

"하지만 운은 하늘에 맡기고 밀가루를 안 빼먹고 꼭 넣도록 조심해야지. 어머, 이것 봐, 다이애나 멋진 무지개다! 숲의 여신이 우리들이 돌아가면 나타나서 이걸 스카프로 쓰지 않을까?"

"여신 같은 거, 그런 건 없어."

하고 다이애나가 말했다. 다이애나의 엄마는 마침내 '유령의 숲' 얘기를 알
아 버렸고, 몹시 화를 냈다. 그 결과, 다이애나는 상상의 날개를 일체 접어
버렸다.

"하지만 그런 걸 상상하는 건 괜찮잖아. 매일 밤 침대에 들어가기 전에
창문으로 내다보고 여신이 정말 여기 앉아서 이 샘을 거울로 삼아 머리를
빗고 있을 거라고 생각해. 때때로 아침이 되면 아침 이슬 속에 여신의 발자
국이 남아 있는 건 아닌가 생각해서 찾아볼 때가 있어. 다이애나, 숲의 여신
을 버리지 마."

수요일 아침, 앤은 너무 흥분한 탓에 더 이상 잠을 이루지 못하고 해뜰
무렵에 일찍 일어났다. 어젯밤 샘에서 물장난을 했기 때문에 심한 감기에
걸렸지만 정식으로 폐렴이라도 걸린다면 모를까 앤의 요리열은 식을 리 없
었다. 아침 식사가 끝나자 과자 만들기에 돌입했다. 간신히 오븐 안에 넣고
뚜껑을 닫자 안도의 한숨을 쉬었다.

"이번에는 아무것도 안 빼먹었어요, 아주머니. 하지만 잘 부풀까요? 혹시
베이킹 파우더가 안 좋았으면 어쩌죠? 새 깡통에서 꺼내긴 했지만요. 그리
고 레이첼 아주머니가 그랬어요. 모든 것이 이렇게 품질이 떨어지는 요즘
같은 땐 좀처럼 좋은 파우더를 구하기가 힘들다구요. 이것은 정부에서 문제
삼아야 된다고 아주머니가 그러셨어요. 하지만 토리당 정부는 절대로 그런
건 문제삼지 않을 거라고 했어요. 있죠, 아주머니, 혹시라도 과자가 안 부풀
면 어쩌죠?"

"한 가지 빠진다 해도 다른 게 많으니까 괜찮아."

마릴라는 대수롭지 않게 말했다.

그러나 과자는 부풀었다. 그리고 황금색 거품처럼 폭신하고 가볍게 완성
되어 오븐에서 나왔다. 앤은 너무 기뻐 얼굴을 붉히며 층층이 새빨간 젤리
를 발라 포갰다. 드디어 앨런 부인이 그것을 맛보시고, 경우에 따라서는 한

쪽 더 달라고 하실지도 모른다.

"물론, 제일 좋은 찻잔을 사용하실 거죠, 아주머니? 식탁에 고사리나 들장미를 장식해도 돼요?"

마릴라는 코방귀를 뀌었다.

"그런 쓸데없는 건 필요없어. 음식이 제일이야, 허튼 치장 같은 건 필요없어."

앤에게도 이브를 유혹한 뱀의 지혜가 조금은 잠재해 있었던 모양이다.

"배리 아주머니는 장식했었는데요? 그랬더니 목사님이 많이 좋아하시더래요. 맛있는 음식에다 시각적인 즐거움까지 대접받는다고 말예요."

마릴라는 누구한테든 뒤지지 않겠다고 결심하고 있던 차였다.

"그럼 네 마음대로 하렴. 단, 접시나 음식 놓을 곳은 남겨야 한다."

앤은 배리 부인하고는 비교도 안 될 정도로 대대적인 장식에 들어갔다. 장미와 고사리를 듬뿍 사용해, 앤 특유의 예술 감각이 어우러진 솜씨로 차 테이블을 아름답게 장식했기 때문에 목사 부부는 자리에 앉자마자 입을 모아 칭찬했다. 앨런 부인이 감탄한 표정으로 미소를 보내 왔기 때문에 앤은 하늘에라도 날아오를 것 같은 기분이었다.

매슈도 그 자리에 앉아 있었다. 어떻게 이 자리에 끌려나오게 됐는지는 하늘과 앤만이 아는 사실이었다. 매슈가 무턱대고 수줍어하고 겁을 냈기 때문에 마릴라는 포기해 버렸지만, 앤이 보기 좋게 처리한 결과 지금 매슈는 최고의 옷을 입고, 흰 칼라를 달고 테이블에 앉아 있게 된 것이다. 그리고 재미있는 듯 목사와 얘기를 나누고 있었다. 앨런 부인에게는 한 마디도 하지 않았지만, 그것까지 바라는 것은 너무 무리한 주문일 것이다.

모든 것이 즐겁고 떠들썩하게 진행되어 가는 동안 어느덧 앤의 레이어 케이크 차례가 되었다. 앨런 부인은 이미 놀랄 만큼 차려진 갖가지 음식을 먹은 뒤라서 케이크를 사양했다. 그러나 마릴라는 앤이 실망하는 얼굴을 보자 웃으며 설명했다.

"이건 한 조각이라도 꼭 드셔야 돼요, 앨런 부인. 앤이 특별히 부인을 위해 만든 거거든요.”

“그럼 꼭 맛을 봐야겠군요.”

앨런 부인은 웃으면서 잘 부풀어오른 세모꼴 케이크 조각을 집었다. 목사도 마릴라도 한 쪽씩 집었다.

앨런 부인은 입을 크게 벌리고 케이크를 입 안에 넣었다. 순간 뭐라고 표현할 수 없는 묘한 표정이 지나갔다. 그러나 한 마디도 하지 않고 먹었다. 그 표정을 본 마릴라는 서둘러 과자를 먹어 보다가 “앤!” 하고 큰 소리를 질렀다.

“대체 이 과자 안에 뭘 넣은 거야?”

“요리책에 적혀 있는 것만요, 아주머니.”

앤은 걱정이 된 나머지 안절부절 못하고 물었다.

“맛이 없어요?”

“맛이 없냐구! 세상에, 이런! 이건 너무 끔찍하다. 부인, 드시면 안 돼요. 앤, 네가 직접 먹어 봐, 향료를 뭘 넣은 거야?”

“바닐라요.”

과자를 먹어 보고 부끄러워서 얼굴이 새빨개지면서 앤은 대답했다.

“바닐라뿐이에요. 아아, 아주머니. 그 베이킹 파우더가 틀림없어요. 아무래도 그 베이킹 파우더가 의심스럽다고요.”

“베이킹 파우더라니! 네가 사용한 바닐라 병 가지고 와봐.”

앤은 주방으로 뛰어가서 작은 병을 들고 돌아왔다. 그 병에는 갈색 액체가 조금 들어 있고 노란색 글자로 ‘최상의 바닐라’라고 적혀 있는 딱지가 붙어 있었다.

마릴라는 그것을 받아들고 마개를 열고 냄새를 맡아 보았다.

“세상에, 앤 넌 바르는 진통제를 넣은 거야. 지난주에 내가 약병을 깨뜨려서 남은 약을 오래된 바닐라 병에 옮겨 담아 뒀다구. 이건 내 잘못이야. 미리 너한테 주의시켜야 했는데. 대체 왜 냄새는 안 맡아 본 거야?”

이 망신에 앤은 훌쩍훌쩍 울었다.

"냄새를 맡을 수가 없어요. 감기가 심하게 걸렸거든요."

이렇게 말하고 앤은 동쪽 방으로 도망치듯 올라가서 침대에 몸을 던지고 체면이고 뭐고 없이 펑펑 울어댔다. 드디어 계단을 올라오는 가벼운 발소리가 들리고 누군가가 방으로 들어왔다.

앤은 얼굴도 들지 않고 말했다.

"오오, 아주머니. 전 영원히 씻을 수 없는 망신을 당했어요. 이 일은 온 마을에 다 퍼질 거예요. 제 과자가 어땠냐고 다이애나가 물으면 사실대로 말 안 할 수가 없어요. 앞으로 언제까지나 '잰, 진통제를 과자 향료로 넣은 애야'라고 손가락질당할 거예요. 오오, 아주머니! 만약 조금이라도 동정심을 가지고 계시다면 밑으로 내려가서 설거지하라고는 하지 말아 주세요. 목사님과 부인이 돌아가시고 나면 하겠지만, 두 번 다시는 앨런 부인의 얼굴을 볼 수가 없어요. 아마 앨런 부인은 제가 부인을 독살하려고 했다고 생각하실 거예요. 하지만 바르는 약은 독약이 아니잖아요. 과자 안에 넣는 건 아니지만요. 앨런 부인에게 그렇게 말씀 좀 해주세요, 아주머니."

"그보다도 얼른 일어나 앨런 부인한테 직접 말해 보지 그러니?" 하는 명랑한 목소리가 들려와서 앤이 벌떡 일어나 보니 앨런 부인이 침대 옆에 서서 웃고 있었다.

"착한 아이는 그렇게 울면 안 되지."

앨런 부인은 앤의 얼굴을 보자 진심으로 놀랐다.

"어머, 누구나 할 수 있는 재미있는 실수잖아, 드문 일이 아니야."

"제가 아니면 아무도 안 하는 바보 같은 실수예요. 전 그 과자를 아주 잘 만들고 싶었다구요, 앨런 부인."

앤은 기운 없이 대답했다.

"그래, 알아. 네 과자가 잘됐든 잘못됐든 난 너의 친절과 따뜻한 마음씨가 고마워. 자아, 이제 울지 말고 나하고 같이 내려가서 정원 구경을 시켜 주지 않을래? 커스버트 씨가 그러는데 네 화단이 있다며? 보고 싶어. 나도 꽃을 굉장히 좋아하거든."

앤은 천천히 따라 내려가며 기분을 바꾸었다. 앨런 부인이 자기와 같은 취미를 가지고 있다니, 이 얼마나 행복한 일인가! 진통제를 넣은 과자에 대해서는 더 이상 거론되지 않았다. 손님들이 돌아간 뒤 앤은 그런 끔찍한 사건이 있긴 했지만 예상 외로 즐거운 시간을 보냈다는 것을 깨달았다. 그래도 앤은 깊은 한숨을 내쉬었다.

"아주머니, 내일이 아직 아무런 실패를 하지 않은 새날이라고 생각하면 기쁘지 않아요?"

"널 모르니? 분명히 또 많은 실수를 할 거다."

앤은 우울한 얼굴로 고개를 끄덕였다.

"네, 그건 잘 알아요. 하지만 한 가지 저한테 좋은 점이 있는 걸 모르세요? 같은 실수는 두번 다시 안 하잖아요."

"항상 새로운 실수를 하는데, 그게 무슨 소용이 있니?"

"어머, 모르세요? 한 사람의 인간이 할 수 있는 실수에는 한계가 있어요. 그러니까 실수를 다 해버리면 끝이에요. 그렇게 생각하면 마음이 편해져요."

"자아, 그 과자를 돼지한테 주는 게 좋겠다. 어떤 사람이라도 그것만은 못 먹을 테니까."

제22장 초대

"이번엔 무슨 일이야? 또 막역한 친구라도 찾은 거냐?"

우체국까지 뛰어갔다 온 앤이 몹시 흥분해 있는 걸 보고 마릴라가 물었다.

"내일 오후에 목사관에 차 마시러 오라고 초대받았어요. 앨런 부인이 편지를 우체국에 맡겨 두셨어요. 겉봉에 '녹색지붕집의 미스 앤 셜리에게'라고 쓰셨더라구요. 가슴이 막 두근거려요."

마릴라는 대수롭지 않다는 듯 말했다.

"앨런 부인은 주일학교에서 가르치는 반 애들은 모두 차례로 차 시간에 초대한다더라. 그러니까 그렇게 흥분해서 날뛸 것까진 없지. 매사에 좀 차분하게 행동하렴."

앤은 전신이 '활기와 불과 이슬'과 같아서 인생의 기쁨도 괴로움도 세 배나 강하게 받아들였다. 마릴라는 앤이 운명의 소용돌이 속에서 얼마나 심한 고통을 겪게 될까 생각하니 걱정이 앞섰다. 고통을 심하게 느끼는 마음은 기쁨도 그만큼 강하게 느끼게 되고, 그래서 상당히 보상된다는 것을 마릴라는 전혀 이해하지 못했다. 마릴라는 앤에게 마음의 평정을 가르치고 싶었지만, 잘되지 않았다. 어떤 계획이 허사가 되면 앤은 '절망의 늪'에 빠졌고, 그것이 성취되면 환희의 세계로 치솟아 올랐다. 이 변덕스러운 소녀를 차분한 성격으로 바꾸어 보려 했으나, 현재 상태도 싫은 것은 아니었다.

그날 밤 앤은 불안해하며 잠자리에 들었다. 바람이 동쪽으로 방향을 바꿨으니 내일은 비가 올지도 모른다고 매슈가 말했기 때문이다. 포플러 잎들이 바스락거리는 소리만 들어도 앤은 안절부절못했다. 꼭 빗소리처럼 들렸기 때문이다. 예전에는 멀리서 희미하게 들려오는 해안가의 파도 소리도 왠지 으스스하고 엄숙한 리듬에 마음이 끌렸었지만, 지금은 그 소리에 어쩐지 느낌이 좋지 않았다.

그러나 다음날 아침은 구름 한점 없이 활짝 개었다. 앤은 하늘로 날아오를 듯 기뻤다.

"오오, 아주머니. 오늘 아침에는 이 세상의 모든 사람들을 사랑할 수 있을 것 같아요. 오늘 제가 얼마나 착한 애가 되어 있는지 모르실 거예요. 매일 차 시간에 초대되기만 한다면 틀림없이 모범생이 될 수 있을 것 같아요. 하지만 실수하면 어쩌죠? 저 지금까지 한 번도 목사관에 차 마시러 가본 적이 없었잖아요? 그리고 에티켓도 아직 다 못 배웠구요. 정말 맛있으면 더 달라고 해도 예의에 벗어나지 않나요?"

"네 단점은 너무 자기 생각만 한다는 거야. 앨런 씨의 입장이 되어 어떻게 하면 부인이 제일 기뻐할까 하는 걸 생각해야지."

마릴라는 태어나서 처음으로 깊이가 있는 훌륭한 충고를 해주었다.

"알았어요, 아주머니. 제 생각은 전혀 하지 않도록 노력할게요."

앤은 큰 실수 없이 순조롭게 방문을 마친 듯, 장미색 구름이 하늘 높이 떠 있는 황혼을 등지고 행복에 겨워 돌아왔다. 주방 입구에 놓인 커다랗고 붉은 돌 위에 앉아, 마릴라의 치마 위에 피곤한 머리를 올려놓고 흡족한 표정으로 그날 일을 전부 들려주었다.

서쪽 전나무 언덕에서 불어오는 바람이 포플러잎 사이를 바스락거리며 지나갔다. 과수원 위로 별이 하나 걸려 있고, 개똥벌레가 '연인의 오솔길'의 풀고사리와 작은 가지 사이를 누비고 있었다.

"너무 근사했어요. 앨런 부인은 엷은 핑크빛 오건디 옷을 입고 계셨는데 정말 천사 같았어요. 저도 크면 목사님의 부인이 되고 싶어요. 목사님이라면 세속적인 일엔 관심이 없을 테니까 제 빨간 머리에 별로 신경쓰지 않을 것 같아요. 하지만 저는 원래 착한 성격이 아니라서 그렇게 되고 싶어해도 소용이 없겠죠. 앨런 부인은 천성적으로 착한 사람이에요. 전 열렬하게 좋아해요. 있죠, 매슈 아저씨나 앨런 부인처럼 애쓰지 않아도 금방 좋아지는 사람이 있는가 하면요, 또 레이첼 아주머니처럼 열심히 좋아하려고 노력을 해야만 되는 상대도 있어요. 경우 바르고 교회를 위해서 헌신하는 훌륭한 분이니까 사랑해야 한다고 늘 제 자신을 타이르는데도 어느새 잊어버려요. 목사님 댁에 갔더니 로레타 브래들리라고 하는 여자애가 와 있었어요. 차를 마신 뒤에는 앨런 부인이 피아노를 치면서 노래해 주셨고, 우리에게 노래를 불러보라고 하셨어요. 한참 들으시더니 저더러 좋은 목소리를 가졌으니까 앞으로 주일학교 합창단에서 노래해도 좋겠다고 하셨어요. 얼마나 감격스러웠다구요. 로레타는 오늘 밤 화이트샌드 호텔의 발표회에서 언니가 시낭송을 하기 때문에 일찍 갔어요. 로레타가 그랬는데요, 호텔에 있는 미국인들이 샬럿타운 병원을 위해 이 주일에 한 번씩 발표회를 열기 때문에 화이트샌드 사람들도 부탁받아 출연한대요. 로레타도 머지않아 부탁받으면 출연할 거라고 했어요. 로레타가 간 뒤에 앨런 부인과 둘이서 개인적인 얘기를 나누었어요. 모두 얘기했어요…… 토머스 아주머니나 쌍둥이 얘기랑, 캐티 모리스나 비올레타 얘기와 '녹색지붕집'으로 오게 된 일이나 기하로 고생하는 얘기 같은 거요. 그랬더니 앨런 부인도 기하는 전혀 못하신다는 거 있죠. 그 이야기를 들으니 너무 기운이 났어요. 제가 돌아가려고 하는데 레이첼 아주머니가 오셨어요. 있죠, 학무위원들께서 새 선생님을 부탁했대요. 그런데 여자 선생님이래요. 미스 뮤리얼 스테이시래요. 낭만적인 이름이죠? 빨리 선생님을 만나 보고 싶어요."

제23장 명예를 건 사건

진통제 사건 이후 한 달 가량 지났기 때문에 앤이 슬슬 새로운 소동을 일으킬 법한 때가 되었다. 멍하니 딴생각하다가 탈지유를 돼지 양동이에 넣는 대신 털실 바구니에 부어 버리거나, 공상에 빠져서 걷다가 통나무 다리에서 떨어지는 작은 실수는 문제도 아니었다. 목사관에 초대받은 지 일 주일 후에 다이애나 배리가 파티를 열었다.

차를 마실 때까지는 괜찮았다.

모두 정원으로 나갔다. 여러 가지 놀이를 해보았지만 싫증이 나자, '명령놀이'를 하자고 의견이 모아졌다. 그것은 에이번리 아이들 사이에서 유행하는 놀이였는데, 그해 여름 에이번리의 소년소녀들이 '명령'받아 한 수많은 바보짓들을 글로 적는다면 그것만으로도 아마 책 한 권은 됐을 것이다.

우선 맨 먼저 캐리 슬론이 루비 길리스에게, 현관 앞에 있는 큰 버드나무로 올라가라고 '명령'했다. 루비 길리스는 이 나무에 붙어 있는 살찐 송충이들이 죽을 정도로 무서웠지만 쭈르르 민첩하게 해냈기 때문에 캐리 슬론의 참패가 되었다.

그 다음에 조시 파이가 제인 앤드루스에게 '명령'하기를, 정원을 왼발로만 한 번도 쉬지 말고 한 바퀴 돌아오라고 했다. 제인 앤드루스는 세 번째 모퉁이에서 스스로 패배를 인정했다.

조시가 이겼다고 너무 얄밉게 굴자 앤은 조시에게 정원 동쪽의 판자울 위를 걸어보라고 '명령'했다. 그런데 판자울 위를 걷는다는 것은 경험이 없는 사람에게는 상상도 할 수 없을 정도의 숙련을 필요로 하는 것이었다. 그러나 조시 파이는 반에서 인기는 없었지만 판자울을 걷는 데는 천부적인 재질이 있었기 때문에 다이애나네 집 판자울을 너무나도 가볍게 걸어 보였다. 승리감에 도취된 조시는 도전적인 시선으로 앤을 쳐다보았다.

앤은 빨간 머리를 획 젖히며 말했다.

"작고 낮은 판자울 위를 걷는 건 별거 아니야. 난 지붕의 용마루 위를 걷는 여자애를 봤어."

"거짓말 마, 어떻게 그럴 수 있어. 용마루를 걸을 수 있는 사람은 없어. 너도 못할걸."

조시는 정면으로 반대했다.

"난 할 수 있어."

앤은 경솔하게 소리쳤다.

"그럼, 그걸 내가 너한테 '명령'하지. 다이애나네 집 주방 지붕 용마루를 걸어가 봐."

앤은 얼굴이 하얗게 질렸다. 그러나 선택할 수 있는 길은 단 하나뿐이었다. 앤은 주방 지붕에 걸려 있는 사다리 쪽으로 걸어갔다. 5학년 여자애들은 모두 흥분하거나 당황해서 소리를 질렀다.

다이애나는 열심히 말렸다.

"떨어지면 죽어. 조시 파이가 한 말은 상관하지 마. 이렇게 위험한 걸 명령하다니, 너무 못됐어."

"무슨 일이 있어도 꼭 해야 돼, 명예가 걸린 문제야. 저 용마루를 걸어가든가 아니면 떨어져 죽든가 둘 중 하나야, 다이애나. 만약 내가 죽으면 진주알 반지를 너한테 줄게."

앤은 모두 숨을 죽이고 바라보는 가운데 사다리를 올라갔다. 용마루에 닿자 불안정한 디딤대 위에 서서 균형을 잡고 걷기 시작했다. 현기증이 날 것 같았다. 그래도 간신히 몇 발짝 걸었지만 마침내 균형을 잃고 발이 걸려 휘청하더니 비틀거리다가 넘어져 버렸다. 뜨겁게 단 지붕 위를 미끄러져 떨어진 앤은 잡초 덤불 위로 떨어졌다. 허둥대던 아이들은 일제히 비명을 질러댔다.

만약 앤이 올라간 쪽 방향으로 굴러 떨어졌다면 다이애나는 그 자리에서 진주 반지의 상속인이 되었을 것이다. 그러나 다행히도 반대편으로 떨어졌다. 이쪽은 지붕이 포치 위로 튀어나와 있어서 땅에 아주 가까웠기 때문에 그곳에서 떨어지면 훨씬 가벼운 상처로 끝날 수 있었다. 아이들은 모두 소리를 지르며 미친 듯 뛰어갔다.

"앤 너 죽었니?"

다이애나가 털썩 무릎을 꿇으며 비명을 질렀다.

"앤, 말 좀 해봐. 죽었는지 살았는지 말해 봐."

아이들의 안도의 한숨 속에서 앤은 비틀거리며 일어났다. 이때 누구보다도 기뻐한 것은 조시 파이였다. 앤 셜리를 뜻하지 않은 비극적 죽음으로 몰고 간 사람으로 낙인찍히게 될 자신의 무서운 미래를 생생하게 떠올릴 수 있었기 때문이다.

"아니, 나 안 죽었어. 그런데 감각이 없어."

"어디가? 어딘데, 앤?"

하고 캐리 슬론은 훌쩍거리며 울었다.

그때 다이애나 엄마가 그곳에 나타났다.

"대체 무슨 일이야? 어딜 다친 거야?"

다이애나 엄마가 물었다.

"발목요. 다이애나, 너희 아버지께 나 우리 집까지 데려다 달라고 부탁드려 줘. 걸어서는 도저히 못 가겠어."

앤은 숨을 몰아쉬었다.

마릴라가 과수원에서 여름 사과를 따고 있는데 다이애나 아버지가 통나무를 건너 비탈길을 올라오는 것이 보였다. 그 옆에 다이애나 엄마가 따라오고 있었고, 뒤에는 소녀들이 줄줄이 따라왔다. 다이애나 아버지의 팔에는 앤이 안겨 있었다.

그 순간, 마릴라는 돌연 심장을 아프게 찔린 듯한 공포가 찾아왔다. 그리고 정신없이 비탈길을 달려내려가면서 앤이 이 세상에서 무엇과도 바꿀 수 없을 정도로 소중한 존재라는 것을 알게 되었다.

"애가 왜 이래요?"

마릴라는 헐떡이며 물었다.

자제심이 강하고 이지적인 마릴라가 새하얗게 질려서 완전히 침착성을 잃고 있었다.

앤이 고개를 들고 직접 대답했다.

"나 괜찮아요. 용마루를 걷다가 떨어졌어요. 발목을 삔 것 같아요. 그렇지만 목이 부러질 수도 있었는데 이만하기가 다행이죠."

안심이 된 나머지 마릴라는 날카로운 어소로 발했다.

"널 파티에 보낼 때부터 이런 일을 저지를 줄 알았다. 안에 들어가서 긴 의자에 눕혀 주세요. 세상에, 애가 기절해 버렸네."

황급히 밭에서 불려온 매슈는 급히 의사를 데리러 갔다. 상처가 의외로 심하고 앤의 발목은 부러져 있었다.

그날 밤, 마릴라가 동쪽 방에 올라오자, 앤이 침대에서 창백한 얼굴로 반겼다.

"제가 너무 불쌍해 보이세요, 아주머니?"

"네가 잘못한 거잖니."

냉정하게 말하며 마릴라는 램프를 켰다.

"그러니까 불쌍하다고 생각해 주셨으면 좋겠어요. 저 혼자만 잘못한 거라고 생각하면 견딜 수 없거든요. 다른 사람 탓이라고 할 수 있으면 훨씬 기분이 나을 텐데요. 만약 아주머니였다면 어떻게 했겠어요? 지붕 용마루를 걸어 보라고 누가 명령하면요."

"나라면 안전한 땅에 서서 '실컷 명령해 봐' 했을 거다. 어리석긴."

"전 아주머니처럼 마음이 강하지 못해요. 조시 파이한테 경멸당하는 건 참을 수 없었어요. 평생 저를 바보 취급할 테니까요. 저 충분히 벌을 받았으니까 너무 야단치지 마세요, 아주머니. 6주간인가 7주간은 밖으로 못 나가니까요.”

7주 동안 앤은 자기의 상상력을 얼마나 감사하게 생각했는지 모른다. 그러나 문병객도 많아서 하루에 반드시 한 사람이나 그 이상의 학교 친구가 꽃이나 책을 들고 찾아와, 에이번리 아이들 세계에서 일어난 일들을 전부 상세하게 얘기해 주었다.

처음으로 절뚝거리며 걷던 날, 앤은 행복한 한숨을 쉬었다.

“모두들 정말 친절해요, 아주머니. 누워 있는 건 별로 즐겁지 않지만, 그래도 소득이 있었어요. 제가 친구를 얼마나 가지고 있나를 알 수 있었으니까요. 벨 씨까지 문병을 와주셨잖아요. 정말 좋은 분이세요. 그분의 기도를 흉봤던 거 너무 죄송하게 생각해요. 지금은 그분이 진심으로 기도한다는 걸 알았어요. 벨 씨는 어릴 적에 발목이 부러졌던 일을 자세히 들려주셨어요. 벨 씨의 어린 시절은 상상이 안 가요. 제 상상력도 한계가 있나 봐요. 벨 씨를 어린 남자애로 상상하려고 하면 회색 구레나룻에 안경을 낀 모습이 그대로 축소된 모습밖에 안 떠올라요. 앨런 부인은 열네 번이나 문병을 오셨어요. 자랑할 만하지 않아요? 목사님 부인이 그렇게 시간을 많이 내주시다니요. 그분이 오시면, 아주 기운이 나요. ‘이건 자업자득이야, 앞으로는 착한 아이가 되어라.’ 이런 말은 절대 안 하시죠. 레이첼 아주머니는 문병 오셔서 그렇게 말씀하셨어요. 조시 파이까지 왔었어요. 용마루를 걸어보라고 명령한 걸 후회하는 눈치였어요. 그리고 다이애나는 정말 좋은 친구예요. 제가 쓸쓸할까 봐 매일 와서 절 즐겁게 해줬어요. 학교에 다니는 여자 아이들은 모두 그렇게 다정한 선생님은 없다고 생각하고 있어요. 너무 예쁜 금발 곱슬머리에다 눈이 정말 매력적이래요. 이 주일에 한 번씩 금요일 오후에 시 암송을 시킨대요. 그래서 모두 시를 한 편 암송하든지 대화극에 참가하든지 해야 한대요. 생각만 해도 신나요. 금요일 오후에는 ‘야외 수업’이 있어서, 숲에 가서 풀고사리나 꽃에 대해서 공부한대요. 그리고 매일 아침과 저녁에는 체조를 한대요. 레이첼 아주머니는 그런 교육 방식을 본 적이 없다, 이게

다 여선생을 들인 탓이라고 말씀하고 계세요. 하지만 전 스테이시 선생님하고도 분명 막역해질 것 같은 생각이 들어요."

"앤, 지붕에서 떨어져도 네 혀에는 아무 이상이 없다는 것만은 틀림없구나."

마릴라는 간신히 앤의 말에 끼여들 수 있었다.

제24장 발표회를 열다

10월이 되어서야 앤은 드디어 학교에 다닐 수 있었다. 온통 빨갛고 황금빛으로 빛나는 10월 아침이었다. 계곡에는 옅은 안개가 자욱했다. 그것은 마치 자수정이나 진주나 은이나 장미나 푸른색을 퍼올리기 위해 가을의 정령이 쳐놓은 그물처럼 느껴졌다.

촉촉하게 이슬에 젖은 들판은 은실로 짠 천처럼 빛나고, 숲속 골짜기에는 낙엽이 쌓여 발 밑에서 바스락거렸다. '자작나무 길'은 황금색 장막을 쳤고, 그 밑에서 자라는 풀고사리는 갈색으로 변해 있었다. 날 듯이 학교로 서둘러 가는 소녀들의 유쾌한 마음을 더욱더 들뜨게 하는 자극제가 대기를 떠돌고 있는 것 같았다.

다이애나와 나란히 앉는 갈색 책상에 다시 돌아가게 되다니 이 얼마나 즐거운 일인가! 친구들은 환대해 주었다. 루비 길리스는 건너편 줄에서 환영한다는 신호를 보내 주었고, 캐리 슬론은 편지를 보내 주었다. 줄리아 벨은 뒷좌석에서 추잉껌을 보내왔다.

앤은 행복에 겨워 달콤한 한숨을 내쉬며 연필을 깎고 책상 안의 그림 엽서를 정리했다. 인생은 정말 즐거운 것이다.

새로 오신 선생님은 앤에게는 성실하고 지도적인 친구이기도 했다. 스테이시 선생님은 따뜻하고 활기찬 성격으로 학생들에게 사랑과 존경을 한몸에 받았다. 이 건전한 감화 아래서 앤은 꽃처럼 피어나고 있었다. 앤이 학교 얘기를 이것저것 보고하면 매슈는 언제나 말없이 그저 감탄해서 열심히 들었고, 마릴라는 늘 그랬듯이 한 마디씩 비평을 하곤 했다.

"저, 진심으로 스테이시 선생님을 사랑해요, 아주머니. 선생님은 목소리도 너무 예뻐요. 제 이름을 부르실 때도 마지막에 'e'자를 붙여서 발음하신다는 걸 느꼈어요. 오늘 오후에 제가 〈스코틀랜드 여왕 메어리〉라는 시를 암송하는 걸 들으셨어야 했는데. 저 정말로 혼신의 힘을 다 기울여서 했어요. 돌아오는 길에 루비 길리스가 그러는데요, '이제 아버지를 위해 나는 여인의 마음에 작별을 고한다'라는 부분을 들었을 때는 피가 얼어붙는 것 같았대요."

"그래, 그럼 언제 나한테도 암송해 줄래?"

매슈가 말을 꺼냈다.

"네, 좋아요. 하지만 학교에서처럼 그렇게 잘하지는 못할 거예요. 전교생이 눈앞에 쭉 늘어앉아서 마른침을 삼키며 한 구절 한 구절 열심히 듣고 있을 때만큼은 긴장하지 않을 테니까요. 아저씨를 찌릿하게 할 수는 없을 것 같아요."

마릴라가 옆에서 말참견을 했다.

"린드 부인은 지난 금요일에 남자애들이 벨 씨네 언덕에 있는 그 큰 나무 꼭대기에 올라가서 까마귀 둥지를 갖고 떠들어대는 걸 보고 심장이 멈추는 줄 알았다고 하던데. 스테이시 선생님이 왜 그런 짓을 하게 했을까?"

"자연과학 시간에 까마귀 둥지가 들어 있었거든요. 야외수업 날 오후의 일이었어요. 야외수업이 있는 날은 너무 신나요. 그리고 스테이시 선생님은 뭐든지 너무 잘 설명해 주세요. 야외수업을 하는 날엔 작문을 해야 되는데 제가 제일 잘해요."

"자기 입으로 그런 말하는 거 아냐. 잘난 척은. 선생님이 그렇게 말씀하시면 모를까."

"선생님이 그렇게 말씀하셨어요. 저, 조금도 잘난 척 안 해요. 제가 어떻게 잘난 척할 수 있겠어요? 기하를 그렇게 못하는데요. 물론 기하도 전보다는 많이 나아졌어요. 스테이시 선생님이 쉽고 재미있게 잘 가르쳐 주세요.

그래도 우등은 못 할 것 같아요. 이건 겸손하고 반성하고 있다는 증거예요. 하지만 작문은 너무 좋아요. 우리는 매일 체조도 해요. 전신을 탄력있게 하고 소화를 촉진한대요."

11월이 되자 스테이시 선생님은 한 가지 제안을 했다. 크리스마스 밤에 발표회를 열어서 그 수익금으로 학교 국기를 만들자는 내용이었다. 전교생이 이 계획을 열광적으로 환영했으므로, 프로그램 준비에 곧바로 착수했다. 출연자 중에도 앤 셜리만큼 흥분한 사람은 없었다.

마릴라는 냉담하게 말했다.

"애들 머리를 말도 안 되는 걸로 가득 채워서 시간을 낭비하는 거야. 애들이 공부는 안 하고 발표회다 연습이다 하면서 몰려다니면 허영심이 강해지고, 싸돌아다니는 것만 좋아해서 안 돼."

"하지만 목적이 좋잖아요. 국기는 애국심을 키우는 거잖아요."

"허튼 소리! 너희들 중 누구 한 사람, 애국심을 생각하는 아이가 있겠어? 그저 재미있게 놀고 싶어서 그런 거지."

"애국심을 키우는 재미있는 일을 하는 거예요. 일거양득이죠. 합창이 여섯 개 있고, 다이애나는 독창을 해요. 저는 두 개의 대화극에 출연해요. 〈소문근절회〉와 〈요정의 여왕〉이라는 거요. 남자애들도 대화극을 해요. 그리고 저는 두 개의 시 낭송을 해요. 생각만 해도 가슴이 두근거려요. 그리고 마지막에 활인화(活人畫)를 보여줘요. 다이애나와 루비와 제가 출현해요. 암송은 다락방에서 연습하려고 해요. 제가 신음하는 소리가 들려도 놀라지 마세요. 아주 비통하게 신음해야 되는 부분이 있거든요. 능숙하게 극적으로 신음하는 건 너무 어려워요. 조시 파이는 대화극에서 역이 마음에 안 든다고 삐져 있어요. 요정의 여왕을 하고 싶어했거든요, 하지만 조시처럼 뚱뚱한 요정의 여왕에 대해 들어본 적 있어요? 요정의 여왕은 날씬하고 기품이 있어야 해요. 여왕은 제인 앤드루스가 되고 저는 시녀 중에 한 사람이에요. 조시는 빨간 머리 요정은 뚱뚱한 요정만큼이나 웃긴다고 했지만, 조시가 하는 말엔 신경 안 쓰기로 했어요. 저는 머리에 하얀 장미 화환을 쓰고, 루비 길리스의 샌들을 빌리기로 했어요. 우리는 공회당을 가문비나무와 전나무와 분홍색 종이로 만든 장미꽃으로 장식할 거예요. 손님이 자리에 앉으면 모두 두 사람씩 줄을 만들어서 엠 화이트가 치는 오르간에 맞춰서 입장해요. 오오, 아주머니, 아주머니가 저만큼은 흥분되지 않으신다는 걸 알지만, 아주머니의 꼬마 앤이 이름을 날리는 게 좋지 않으세요?”

“내가 바라는 건 얌전하게 행동하는 거야. 이 어리석은 소동이 끝나고 네가 차분해지면 정말로 고맙겠다. 지금으로서는 네 머릿속이 대화극이니 신음 소리니 활인화니 쓸데없는 걸로 가득 차서 이런 이야기는 귀에 들어오지도 않겠지. 네 혀는 정말 닳지 않는 게 이상할 정도다.”

앤은 뒤뜰로 나갔다. 금록색의 서쪽 하늘에서 잎이 떨어진 포플러 너머로 초승달이 빛나고 있었고, 매슈는 장작을 패고 있었다. 앤은 나무 위에 올라앉아 매슈에게 발표회 얘기를 들려주었다.

“굉장히 멋진 발표회가 될 거야. 넌 틀림없이 잘 해낼 거다.”

이렇게 말하고 매슈는 눈앞에 있는 생기 넘치는 작은 얼굴을 보고 미소 지어 주었다. 앤도 따라 웃었다.

이 두 사람만큼 사이 좋은 친구는 없을 것이다. 매슈는 앤의 교육에는 관여하지 않아도 된다는 사실에 몇 번이고 감사했는지 모른다. 그것은 마릴라의 의무였다. 만약 매슈가 그걸 맡았다면, 응석을 받아 주고 싶은 기분과 의무 사이에 끼여 고민했을 것이다. 그러나 그러지 않아도 되는 매슈는 마릴라의 말을 빌리면 마음껏 자유롭게 앤의 응석을 받아줄 수 있었다. 그러나 결국 그것도 나름대로는 좋은 교육이었다. 약간의 칭찬이 효과를 올리는 경우도 많기 때문이다.

제25장 퍼프 소매

12월의 어느 쌀쌀하고 흐린 저녁, 주방으로 들어온 매슈는 한쪽에 앉아 무거운 장화를 벗으려 하고 있었다. 앤과 친구들이 거실에서 〈요정의 여왕〉 연습을 하고 있었다. 얼마 지나지 않아 여자애들이 깔깔거리고 재잘대며 주방으로 우르르 몰려들어왔다.

아이들은 매슈가 있는 줄 몰랐다. 매슈가 살금살금 장작 뒤의 약간 어두운 그늘에 숨어 버렸기 때문이다. 매슈는 여자애들이 모자나 재킷을 입거나 대화극이나 연극에 대해 얘기하는 모습을 10분간 지켜보고 있었다.

소녀들에게 둘러싸인 앤은 눈을 반짝이며 서 있었다. 갑자기 매슈는 앤이 어딘가 다른 여자애들과 다르다는 것을 깨달았다. 매슈는 우울해졌다. 앤은 다른 어떤 여자애들보다 밝은 얼굴을 하고 큰 별 같은 눈으로 맑은 미소를 짓고 있었다. 내성적이라서 사람을 제대로 쳐다보지 않는 매슈도 그 정도는 알 수 있었다. 그러나 그 정도의 차이뿐이었다면 매슈의 마음이 이렇게 무거울 리가 없었다. 대체 어떤 점이 매슈를 괴롭혔을까?

소녀들이 모두 돌아간 후에도 한동안 이 의문이 매슈의 머리를 떠나지 않았다. 소녀들은 팔짱을 끼고 길고 꽁꽁 얼어붙은 오솔길을 따라 집으로 돌아갔다. 앤은 책을 읽느라 정신이 없었다. 매슈는 마릴라에게 물어볼 수가 없었다. 분명 코방귀를 뀌며 앤과 다른 애들의 차이점은, 다른 애들은 가끔씩 입을 다물지만 앤은 그게 안 된다는 것뿐이라고 말할 게 뻔하기 때문이다.

그날 밤, 두 시간이나 담배를 피우며 생각한 끝에 드디어 매슈는 답을 알아냈다. 앤의 옷차림이 다른 아이들과 달랐던 것이다. 그러자 매슈는 앤이 '녹색지붕집'에 온 이후 한 번도 다른 여자애들과 같은 옷차림을 한 적이 없다는 사실을 깨달았다.

마릴라는 장식이 없는 검은 옷감으로 항상 같은 모양의 옷을 만들어 입히고 있었다. 매슈는 옷에 유행 같은 것이 있다는 사실을 몰랐지만, 어쨌든 앤의 옷이 다른 여자애들 것과 다르다는 것만은 알았다. 모두 빨강이나 파랑이나 분홍이나 하얀색의 화려한 옷을 입는데 왜 마릴라는 항상 앤에게 그렇게 수수한 옷만 입히는 걸까?

그래, 저 애한테 하나 장만해 주자. 매슈는 이렇게 결심했다. 이것이 괜한 말썽이 될 리는 없다. 크리스마스가 벌써 2주 앞으로 다가오고 있었나. 예쁜 새 옷이야말로 제일 좋은 선물일 것이다. 이렇게 결론을 내린 매슈는 파이프를 물고 침실로 갔다.

그 다음날 저녁, 매슈는 서둘러 카모디로 옷을 사러 나갔다. 어려운 일은 빨리 마치지 않으면 안 된다. 쉽지 않은 시련을 극복해야 된다는 사실을 그는 느끼고 있었다. 다른 것이라면 몰라도 여자애 옷은 점원의 도움을 받아야만 했다.

오래 궁리한 끝에 매슈는 윌리엄 블레어 가게에 가지 않고 새뮤얼 로손 가게로 가기로 결정했다. 커스버트가의 단골은 윌리엄 블레어였다. 그러나 윌리엄 블레어 가게에서는 때때로 블레어의 두 딸이 가게에 나와 손님을 맞기 때문에 이것이 매슈에게는 두통거리였다. 그래도 자기가 사고 싶은 물건을 분명하게 말할 수 있을 때라면 어떻게든 참을 수 있겠지만, 지금처럼 길게 설명하거나 상담을 해야 하는 물건일 경우면 아무래도 남자 점원이 편하겠다고 매슈는 생각했다. 그래서 로손 가게로 가기로 한 것이다. 이 가게라면 주인인 새뮤얼이나 아들이 나와 있을 테니까.

그러나 가엾게도 매슈는 로손이 가게를 확장하면서 여점원을 데려다 놓은 사실을 몰랐다. 이 여점원은 새뮤얼 부인의 조카로 굉장히 활달한 젊은 여자였는데, 크고 동글동글한 갈색 눈을 하고 매력적으로 웃었다. 팔찌를 몇 개씩이나 끼고 있어서 손을 움직일 때마다 팔찌들이 반짝반짝 빛났고 딸랑거렸다. 그녀를 언뜻 보기만 하고도 매슈는 움츠러들고 말았다. 뿐만 아니라 그 팔찌 소리에 금세 머리가 혼란스러워졌다.

"뭘 드릴까요, 커스버트 씨?"

루실라 해리스 양은 계산대를 양손으로 톡톡 두드리며 활기 있게 물었다.

"저…… 저…… 으음, 갈퀴 있어요?"

매슈는 더듬거리며 말했다.

해리스 양은 조금 놀라는 것 같았는데, 그것도 무리는 아니었다. 12월도 한중간인데 갈퀴나 괭이를 주문받으면 누구든 깜짝 놀랐을 테니까.

"아마 한두 개쯤 남아 있을 거예요. 2층 창고에 있으니까 가서 찾아보고 올게요."

그 동안 매슈는 조금이라도 마음을 가라앉히려고 안간힘을 썼다.

해리스 양이 갈퀴를 가지고 내려와서, "더 필요한 건 없으세요?"라고 물었다. 매슈는 주먹을 꼭 쥐며 어렵게 대답했다.

"그럼, 그렇게 말씀하시니까, 그럼 으음 저어 풀씨를 좀 살 수 있겠소?"

매슈 커스버트가 별난 사람이라는 것은 들어서 알고 있었지만, 지금 하는 걸 보면 미친 것이 틀림없다고 결론을 내렸다.

"우리 가게에서는 봄에만 팔아요, 지금은 없어요."

"하기는 그렇겠죠."

매슈는 말을 우물거리며 갈퀴를 가지고 나가려고 했지만, 입구에서 돈을 아직 지불하지 않았다는 것을 깨닫고 주춤주춤 되돌아왔다. 해리스 양이 잔돈을 세고 있는 동안 매슈는 마지막으로 죽을 힘을 다해 말했다.

"저어 만약 큰 폐가 되지 않는다면, 저어 으음 저 설탕을 보여 주셨으면 좋겠는데."

"흰 걸로요, 검은 걸로요?"

"으음, 글쎄요, 검은 것으로."

매슈는 힘없이 대답했다.

"저쪽에 통이 있어요. 저거 한 가지뿐이에요."

해리스 양은 그쪽으로 팔찌를 흔들어 보이면서 말했다.

"그럼…… 그럼 20파운드만 주세요."

매슈는 이마에 구슬 같은 땀을 흘리며 말했다.

돌아오는 마차를 달리면서 마침내 매슈는 제정신으로 돌아왔다. 안타까운 심정이었지만, 단골도 아닌 가게로 가서 신의를 저버렸으니 당연한 벌이라고 생각했다. 집에 도착하자 갈퀴는 헛간에 숨기고 설탕만 마릴라에게 가지고 갔다.

"흑설탕 아녜요?"

마릴라는 의아한 듯이 물었다.

"왜 이렇게 많이 사왔어요? 이건 일꾼들 죽이나 과일 넣은 흑설탕 과자를 만들 때 외에는 쓸 데가 없다는 걸 알면서. 젤리도 없고 과자도 옛날에 다 만들었는데. 이렇게 알도 굵고 색이 검은 걸 어디에 쓰라고…… 윌리엄 블레어 가게에서는 이런 설탕 안 파는데."

"난…… 이런 것도 때로는 쓸모가 있겠다 생각해서……."

매슈는 겨우 변명했다.

그런데 잘 생각해 보니 매슈는 이 일에는 아무래도 여자의 도움이 필요할 것 같았다. 마릴라는 안 된다. 반드시 트집을 잡을 것이 뻔했다. 남은 사람은 린드 부인뿐이었다. 에이번리에서 매슈가 부담없이 이야기를 나눌 수 있는 사람은 린드 부인뿐이었다. 린드 부인을 찾아가니까 이 사람 좋은 아주머니는 금방 고민에 빠진 매슈의 무거운 짐을 가볍게 덜어 주었다.

"앤의 옷을 골라 달라는 거죠? 걱정 마세요. 내일 카모디로 가서 사올게요. 앤한테는 고상한 짙은 갈색이 잘 어울릴 것 같아요. 윌리엄 블레어 가게에 그 색으로 예쁜 새 천이 있어요, 그리고 제가 옷을 만드는 게 낫지 않을까요? 마릴라가 만들면 앤이 눈치를 채서 모처럼의 즐거움이 없어지지 않겠어요? 좋아요, 제가 만들죠. 아뇨, 폐는 무슨 폐요. 저는 바느질을 좋아하니까요. 조카 제니 길리스의 옷을 본따서 만들겠어요. 제니와 앤은 마치 쌍둥이처럼 체격이 같으니까요.”

“정말로 고맙습니다. 그리고…… 그…… 사실은…… 으음, 요즘은 소매 모양이 예전과 다른 것 같던데. 너무 염치없는 부탁입니다만…… 저는 그, 소매를 최신 유행으로 해주셨으면 하는데요.”

“부풀리는 거 말이죠? 알았어요. 걱정하지 마세요. 최신 유행하는 모양으로 만들 테니까.”

린드 부인은 약속하고는 매슈가 돌아간 후 혼자 중얼거렸다.

“그 불쌍한 애가 처음으로 남들처럼 옷을 입게 되다니 정말로 잘됐다. 마릴라가 해 입히는 옷은 말도 안 되는 것들이니까. 마릴라한테 말해 주고 싶다는 생각을 여러 번 했지만 말 안 하길 잘했지. 마릴라는 자기 일에 간섭하는 걸 싫어하니까. 그리고 독신자라도 아이 교육은 경험자인 나보다 더 잘 안다고 생각하고 있으니까. 하지만 아이를 키워본 사람이라면, 사람은 저마다 다 틀려서 각각의 아이에게 맞는 방법이 있다는 걸 알지만, 무경험자들은 모두 원칙대로만 키우면 되는 줄 알지. 그래서 마릴라 커스버트도 그런 실수를 저지르는 거야. 그런 옷을 입혀서 앤한테 겸손한 마음을 갖게 하려고 했겠지. 하지만 그러면 오히려 남을 부러워하는 마음과 불만만 쌓일 뿐이야. 그 아이도 분명 옷차림 때문에 괴로웠을 거야. 그런데 매슈가 그걸 눈치채다니, 어쩜! 저 남자도 70이 넘게 잠만 자고 있더니, 결국 눈을 떴구만.”

그로부터 이 주일 동안 마릴라는 매슈가 뭔가 꿍꿍이를 숨기고 있다는 걸 느꼈지만 그것이 무엇인지는 전혀 눈치채지 못했다. 그런데 크리스마스 전날 밤, 린드 부인이 새 옷을 가지고 왔다. 마릴라는 그제서야 알아차렸지만 비교적 차분한 태도로 받아들였다.

“그래서 오빠가 이 주일 동안 혼자서 뭔가 숨기는 것처럼 빙글거리며 다녔군요.”

마릴라는 조금 딱딱한 어조로 그러나 관대하게 말했다.

"뭔가 바보짓을 시작했구나 하고 생각은 했지만요. 앤한테는 이제 더 이상 옷은 필요없을 거라고 저는 생각해요. 올 가을에 따뜻한 천으로 실용적인 옷을 세 벌이나 만들어 줬으니까요. 이 소매만으로도 충분히 블라우스 한 장은 만들겠군요. 오빠는 앤의 허영심을 자꾸 더 부채질하고 있어요. 지금도 저 애는 공작새처럼 허영심이 강한데. 그 바보 같은 소매가 유행이라고 이게 갖고 싶어 죽겠다고 하더니. 하여튼 소매는 날이 갈수록 부푼다니까요. 내년이면 그런 소매를 입은 사람들은 몸을 옆으로 비켜서서 문을 드나들어야 할 거예요."

크리스마스 아침은 새하얀 은세계로 변해 있었다. 올해 12월은 이상하게 따뜻했기 때문에 사람들은 눈이 오지 않는 그린 크리스마스를 예상하고 있었다. 그러나 밤 사이에 내린 눈이 에이번리의 풍경을 바꾸어 버렸다. 앤은 동쪽 방의 얼어붙은 창문으로 밖을 내다보았다.

'유령의 숲'의 전나무들은 모두 새의 깃털처럼 아름답고, 자작나무나 야생 벚나무는 진주로 테두리를 두른 듯했다. 경작된 밭은 눈으로 덮인 들판의 보조개처럼 가로놓여 있었고, 공기는 뭐라 표현할 수 없이 상쾌했다. 앤은 집 전체가 울릴 듯한 목소리로 노래하면서 아래층으로 뛰어내려갔다.

"메리 크리스마스, 아주머니! 메리 크리스마스, 아저씨! 멋진 크리스마스예요, 그렇죠? 화이트 크리스마스라 너무 기뻐요. 눈이 없으면 아무래도 진짜 같은 기분이 안 들어요. 그린 크리스마스는 별로 안 좋아해요. 진짜 그린도 아니잖아요. 꾀죄죄한 갈색과 회색이잖아요. 그런데 왜 그걸 그린 크리스마스라고 하는 걸까요? 어머, 어머, 매슈 아저씨, 그거 저한테 주시는 거예요?"

매슈는 주춤거리며 포장지에서 옷을 꺼내 마릴라의 눈치를 살피며 내밀었다. 마릴라는 무표정하게 차를 따르면서도 옆눈으로 결과를 지켜보고 있었다.

앤은 너무 감격한 나머지 아무 말도 못하는 듯 새로 만든 옷을 들여다보고 있었다. 아아! 이 얼마나 예쁜 옷인가! 반짝반짝 윤기가 나는 멋진 갈색 글로리아 실크지! 우아한 주름에 끝이 예쁘게 장식된 스커트, 최신 유행으로 주름이 잡힌 블라우스에 목에는 하늘하늘한 레이스 장식까지 되어 있었다. 그보다도 소매, 가장 멋진 것은 소매였다. 팔목에서부터 팔꿈치까지는 꼭 맞고, 그 위로는 갈색 실크 나비 리본으로 두 쪽으로 나뉘어 있는 두 겹짜리 아름다운 퍼프 소매였다.

매슈는 수줍어하면서 말했다.

"크리스마스 선물이다, 앤. 왜 그래? 마음에 안 드니? 대체 왜 그러는 거야?"

갑자기 앤이 눈물을 흘려서 매슈는 당황했다.

앤은 옷을 의자에 올려놓고 손을 맞잡으며 말했다.

"마음에 안 들다뇨! 너무 예쁜 옷이에요. 아아, 아무리 감사를 드려도 부족할 거예요. 어쩌면, 이 소매 좀 보세요. 꼭 꿈을 꾸고 있는 것 같아요."

마릴라가 끼여들었다.

"자아, 식사해야지. 앤, 너한테 이런 옷이 필요할 것 같진 않지만, 아저씨가 너한테 만들어 주신 거니까, 곱게 입어야 한다. 레이첼 아주머니가 너한테 주라고 이 옷에 어울리는 머리 리본을 두고 가셨다. 자, 자리에 앉거라."

"저, 아무것도 못 먹을 것 같아요. 이렇게 가슴이 두근두근할 때 먹는다는 건 너무 현실적인 것 같아요. 전 차라리 입으로가 아니라 눈으로 이 옷을 마음껏 느끼고 싶어요. 부풀어오른 소매가 아직도 유행하고 있어서 정말 다행이에요. 제가 이런 옷을 입어 보기 전에 유행이 지나가 버리면 어쩌나 걱정을 많이 했거든요. 저, 지금까지는 사실 마음속으로 만족하지 못했어요. 저한테 리본까지 주시다니 레이첼 아주머니는 친절하시군요. 정말로 착한 아이가 안 되면 죄송하겠어요. 모범생이 아닌 것이 유감이에요. 언제든지 결심하지만 참기 어려운 유혹이 찾아오면 결심이 무너져 버리거든요. 앞으로는 특별히 열심히 해볼래요."

아침 식사가 끝나자 새빨간 외투를 입은 다이애나가 골짜기의 하얀 통나무 다리를 건너오는 것이 보였다. 앤은 비탈을 뛰어내려가 다이애나를 맞이

했다.

"메리 크리스마스, 다이애나! 멋진 크리스마스야. 멋진 것을 보여 줄게. 매슈 아저씨가 새 옷을 주셨어. 소매가 너무 멋있어. 그보다 더 멋진 옷은 상상할 수도 없을 거야."

"나도 선물 가지고 왔어."

다이애나가 숨을 헐떡이며 말했다.

"이 상자야. 조세핀 할머님께서 여러 가지 물건이 잔뜩 든 상자를 보내 주셨어. 그리고 이게 네 앞으로 온 거야."

앤은 상자를 열고 들여다보았다. 우선 '귀여운 앤에게, 메리 크리스마스' 라고 적힌 카드가 있고, 그리고 너무나 아름다운 어린이용 샌들이 들어 있었다. 발끝에는 구슬이 달려 있고 새틴 리본과 반짝반짝 빛나는 버글이 붙어 있었다.

"너무 멋지다. 꼭 꿈을 꾸고 있는 것 같아."

"잘됐어. 이제 너, 루비한테 샌들 안 빌려도 되잖아. 잘됐어. 루비 샌들은 너한테는 두 배나 크잖아. 발을 질질 끌면서 걷는 요정을 본 적 있니? 조시 파이가 좋아할 뻔했는데, 잘됐어. 로프 라이트가 있지, 그거게 밤에 연습하고 돌아가는데 거티 파이하고 같이 집에 갔었대. 그런 얘기 못 들었니?"

그날 에이번리 학생들은 모두 다 너무 흥분해 있었다. 공회당에 장식을 하거나 마지막 예행 연습을 하기로 되어 있었기 때문이다. 발표회는 대성공이었다. 작은 공회당은 성황을 이루었고, 출연자는 모두 대단히 훌륭하게 해냈다. 뭐니뭐니 해도 최고의 스타는 앤이었다.

"오늘 밤은 너무 멋있었어."

앤은 한숨을 내쉬었다. 발표회가 모두 끝나고 나서 앤과 다이애나는 별이 가득한 하늘 밑을 걸어서 집으로 돌아갔다.

다이애나는 시원스럽게 대답했다.

"10달러는 벌었을 거야. 앨런 목사님이 오늘 밤 공연을 적어서 샬럿타운 신문에 보내신댔어."

"어쩜! 우리 이름이 신문에 인쇄되어 나오겠구나. 생각만 해도 떨린다. 네 독창은 정말 훌륭했어, 다이애나. 앙코르를 받았을 땐 너보다 내가 더 자랑스럽더라. 나 혼자 생각했어. '저렇게 칭찬받고 있는 사람이 바로 나의 소중하고 막역한 친구다'라고 말이야."

"어머, 네가 시를 암송했을 때는 공회당이 떠나갈 듯한 박수였잖니, 앤, 그 슬픈 시는 정말 멋있더라."

"오오, 난 너무 흥분했었어, 다이애나. 내 이름이 불렸을 때 어떻게 그 단상까지 올라갔는지 나 자신도 모르겠더라구. 그 많은 눈들이 나를 바라보고 있다고 생각하니까 얼어붙은 것처럼 입이 안 떨어질 것 같았어. 그때는 있지, 그 예쁜 퍼프 소매 옷을 떠올리니까 용기가 생기더라. 그 소매를 위해 무슨 일이 있어도 해내야 한다고 생각했거든, 다이애나. 암송을 하기 시작한 후에도 내 목소리가 너무 멀리에서 들려오는 것 같은 기분이 들어서 힘들었어. 마치 나 자신이 앵무새가 된 기분이더라구. 다락에서 연습을 열심히 했던 게 얼마나 다행이었는지 몰라. 안 그랬으면 난 못 해냈을 거야. 내 신음 소리 어땠어?"

"너무 잘했어. 네 신음 소리는 정말 훌륭하더라."

"나 있지, 자리에 앉았을 때 슬론 할머니께서 눈물 닦는 걸 봤어. 누군가를 감동시켰다고 생각하니까 정말 기쁘더라. 이 감동은 영원히 잊지 못할 거야."

"남자애들이 한 대화극도 잘한 것 같지 않니? 길버트 블리드는 정말 잘하더라. 너 길버트한테 너무 심한 것 같아. 그러지 말고 제발, 내가 하는 말 좀 들어봐. 네가 요정의 대화극이 끝난 다음에 무대에서 뛰어나갔을 때 네 머리에서 장미가 한 송이 떨어졌거든. 그걸 길버트가 주워서 가슴에 달린 호주머니에 넣는 걸 내가 봤어. 넌 낭만적이니까 이 얘길 들으면 분명 좋아할 거라고 생각했어."

앤은 오만하게 대답했다.

"그런 자식이 무슨 짓을 하든 난 조금도 흥미 없어. 그런 애 일은 생각도 하기 싫어."

그날 밤, 20년 만에 발표회에 갔다 온 마릴라와 매슈는 앤이 잠자리에 들어간 후 잠시 주방 난롯가에 앉아 있었다.

"우리 앤이 누구한테도 안 지고 잘해냈어."

매슈가 자랑스럽게 말했다. 마릴라도 수긍했다.

"맞아요. 저 애는 총명해요, 오빠. 그리고 보기 좋지 않았어요? 저는 이 발표회 계획을 마음에 안 들어했지만, 별로 해가 되진 않은 것 같아요. 어쨌든 앤은 훌륭했어요. 물론 저 애한테는 그렇게 말하면 안 되지만요."

"글쎄다. 나는 너무 기뻐서, 저 애가 2층으로 올라가기 전에 그렇게 말해 줬는데. 저 애를 앞으로 어떻게 해야 될지 이제 슬슬 생각해 둬야겠어. 에이번리 학교만으로는 안 될 것 같아."

"아직 일러요. 3월이면 겨우 열세 살이죠. 하기는 오늘 밤 무대에 선 저 애가 너무 커 보여서 많이 놀랐어요. 린드 부인이 옷을 조금 길게 만들어서 앤이 아주 커 보였어요. 애가 빨리 배우니까 글쎄요, 저 애한테 할 수 있는 제일 좋은 건 좀 있다가 퀸 스쿨에 보내 주는 거겠죠. 하지만 아직 1, 2년이 있잖아요."

"글쎄다, 미리 생각해 두는 것도 나쁘진 않을 거야."

제26장 이야기 클럽

에이번리 아이들이 또다시 단조로운 생활로 돌아가는 것은 좀처럼 쉽지 않았다. 특히 앤은 몇 주 동안이나 흥분의 술잔을 맛본 뒤여서 모든 일이 끔찍하게 평범하고 시시하게 생각되었다.

앤은 마치 50년이나 지난 얘기라도 하듯 다이애나에게 말했다.

"아무래도 원래 생활로 못 돌아갈 것 같아. 한참 지나면 또 어떨지 모르지만. 하지만 발표회라는 게 사람의 일상 생활을 시시하게 만들어 버리는 것 같아. 마릴라 아주머니가 반대하셨던 이유를 알겠어. 아주머니는 아주 분별력이 있으셔. 분별력이 있다는 건 대단한 일이지만, 나는 그렇게 되고 싶지는 않아. 너무 현실적이야. 어젯밤에는 자려고 누웠는데도 한참 동안 잠이 안 오더라. 눈을 뜬 채 발표회 생각을 하고 또 하고 했어. 다시 생각하는 것도 그런 일이 있은 뒤에 오는 즐거움 중 하나일 것 같아. 생각해보면 너무 멋졌어."

마침내 학교는 이전의 생활로 되돌아갔다. 그래도 발표회의 흔적은 남아 있었다. 무대에 서는 순서 때문에 싸움을 한 루비 길리스와 엠 화이트는 더 이상 같은 책상에 앉지 않았고 3년간의 우정은 깨져 버렸다. 조시 파이와 줄리아 벨은 3개월이나 말을 하지 않았다. 줄리아가 무대에 올라가 암송하려고 인사했을 때 마치 물 마시고 난 다음 머리를 쳐든 병아리 같더라고 조시가 베시 라이트한테 말한 것을 베시가 줄리아에게 일러바쳤기 때문이다. 슬론 씨네 아이들은 아무도 벨 씨네 아이들과 상대하려 하지 않았다. 왜냐하면 벨 씨네 아이들은 슬론 씨네 아이들이 너무 많이 출연했다고 하고, 슬론 씨네 쪽에서는 벨 씨네 아이들이 주어진 얼마 안 되는 역할조차도 변변히 해낼 능력이 없지 않냐고 반박했기 때문이다. 마지막으로 찰리 슬론이 무디 맥퍼슨과 싸운 것은 앤 셜리가 암송할 때 너무 잘난 척했다고 무디가 말했기 때문인데, 이 일로 무디는 얻어맞았다. 그래서 무디의 여동생인 엘라매이는 그 겨울 내내 앤 셜리와 말도 하지 않았다.

겨울은 지나갔다. 유례 없이 따뜻한 겨울로 눈도 별로 내리지 않았기 때문에 앤과 다이애나는 거의 매일 '자작나무 길'로 학교에 다닐 수 있을 정도였다. 앤의 생일날 두 사람은 이 길을 발걸음도 가볍게 연신 재잘거리면서도 조그만 움직임도 놓치지 않으려는 듯 눈과 귀를 끊임없이 움직이며 걸어갔다. 스테이시 선생님이 '겨울 숲을 걷는다'라는 자문 숙제를 내주었기 때문이다.

"생각해 봐, 다이애나. 나, 오늘로 열세 살이 돼. 틴에이저가 됐다니 도저히 믿어지지 않아. 오늘 아침에 눈을 떴을 때 모든 게 달라진 것처럼 보였어. 넌 열세 살이 되고도 한 달이 지났으니까 나만큼 신기하지는 않겠지만, 세상이 한층 더 재미있어진 것 같아. 앞으로 2년이 지나면 난 진짜 어른이 되는 거야. 그렇게 되면 거창한 말을 써도 사람들이 비웃지 않을 거라고 생각하니까 기뻐."

"루비 길리스는 열다섯 살이 되면 남자 친구를 사귈 거래."

앤은 경멸하듯이 말했다.

"루비 길리스는 남자친구 생각밖에 안 해. 낙서로 누가 자기 이름을 쓰면, 굉장히 화난 척하지만 속으로는 좋아해. 나는 앨런 부인처럼 되고 싶어. 그렇게 완벽한 분은 없다고 생각해. 앨런 목사님도 그렇게 생각하고 계셔. 레이첼 아주머니가 그러시는데, 목사님은 자기 부인이 밟는 땅에도 절할 거래. 목사님이 그렇게 인간을 너무 사랑하는 건 좋지 않은 것 같다고 아주머니는 말씀하시지만. 하지만 목사님도 인간이잖니. 다른 사람들과 마찬가지로 타고난 죄가 있잖아. 지난 일요일 오후에 앨런 부인과 타고난 죄에 대해 여러 가지 재미있는 얘기를 했어. 내가 타고난 죄는 너무 상상만 하고 의무를 잊어버리는 거야. 열심히 그걸 고치려고 하고 있지만 별로 나아질 기미는 안 보여…… 이제 열세 살이 됐으니까 좀더 열심히 노력하면 앞으로는 나아지겠지."

"앞으로 4년만 있으면 우리도 머리를 올릴 수 있어, 앤. 앨리스 벨은 아직 열여섯 살인데도 벌써 머리를 올렸어. 나라면 열일곱 살까지 기다릴 텐데."

"만약 내가 앨리스 벨처럼 코가 비뚤어졌다면, 나라면 아냐, 뒤에는 말 안 할래. 너무 몰인정한 말이라서. 그리고 나, 내 코하고 비교하고 있었는데, 그건 자랑이잖아. 예전에 내 코가 예쁘단 소릴 들은 후로 너무 코 생각만 하나 봐. 어머, 다이애나, 저 토끼 좀 봐. 겨울숲도 여름숲만큼 아름답다. 새하얗고 조용하고, 마치 모두들 잠이 들어 예쁜 꿈을 꾸고 있는 것 같아."

다이애나는 한숨을 쉬었다.

"그 작문은 어떻게든 하겠는데. 숲에 대해서라면 어떻게든 쓰겠는데, 월요일에 내야 되는 건 정말 골치 아파. 스테이시 선생님은 자기가 창작한 얘기를 쓰라고 하셨잖아."

"왜, 뭐가 문제야."

앤이 말했다.

"너야 문제없겠지. 하지만 상상력 같은 것 없이 태어났다면 어떻게 해? 너는 벌써 얘기를 다 썼겠지?"

앤은 잘난 척하지 않으려 애썼지만 소용없었다.

"다 했어. 제목은 '질투 많은 경쟁자, 또는 죽음도 갈라 놓을 수 없다'라고 했어. 마릴라 아주머니한테 보여 드렸더니 아주머니는 이렇게 시시한 얘기가 어딨냐고 하셨어. 하지만 매슈 아저씨한테 읽어 드렸더니 좋다고 하셨어. 난 아저씨 같은 비평가가 좋아. 슬프고 아름다운 얘기야. 쓰면서 스스로 감동해서 어린애처럼 울었다니까. 이건 코델리아 몽모랭시하고 제럴다인 세이모어라는 같은 마을에 사는 아름다운 두 처녀 얘기야. 두 사람은 서로 절친한 친구였어. 코델리아는 피부색이 가무잡잡하고, 탐스러운 검은 머리에 새까만 눈동자는 반짝반짝 빛나는 아가씨야. 제럴다인은 피부가 하얘서 여왕처럼 기품이 있고 머리카락은 금색 실 같고 눈은 빌로드 같은 자줏빛이야."

"난 자줏빛 눈을 가진 사람은 본 적이 없는데."

"나도 그래. 뭔가 색다르게 하고 싶어서 상상해 본 거야. 그리고 제럴다인은 대리석으로 깎은 듯이 아름다운 이마를 가지고 있어. 어떤 이마인지 너 아니? 이것도 열세 살이 된 덕분이야. 열두 살이었을 때보다 아는 게 훨씬 많아졌거든."

"그래서 코델리아와 제럴다인은 어떻게 됐는데?"

"두 사람 다 열여섯 살이 됐어. 그러자 버트럼 디비에가 고향으로 돌아와서 아름다운 제럴다인하고 사랑에 빠지게 돼. 버드림은 제럴다인의 마차를 끌던 말이 갑자기 사납게 날뛰었을 때 제럴다인을 구출해 줘. 그 때문에 제럴다인이 그에게 안긴 채 기절해 버리거든. 버트럼은 3마일이나 걸어서 제럴다인을 집까지 데려다줘. 마차가 다 망가져 버렸으니까. 청혼 장면을 상상하려고 했지만 어려웠어. 나한테 그런 경험이 없으니까. 그래서 루비 길리스한테 물어봤지. 언니들이 결혼했으니까 잘 알 거라고 생각했어. 말콤 앤드루스가 루비 언니 수잔한테 신청했을 때 루비는 홀에 있는 식품 저장실 안에 숨어 있었대. 그랬더니 말콤이 수잔한테 '아버지가 내 명의로 밭을 주셨어'라고 하더래. 그리고 '어때, 올 가을에 나와 결혼해 주겠어?'라고 했대. 그랬더니 수잔이 '네, 좋아요. 아니, 안 돼요. 어머, 모르겠어요. 어쩌지?'라고 했대. 그런 식으로 두 사람은 약혼하게 됐대. 하지만 그런 식으로 신청하면 낭만적이지도 않고 아름답지도 않잖아. 그래서 하는 수 없이 내가 만들었지. 아주 화려하고 시적으로 말이야. 버트럼이 먼저 무릎을 꿇어. 요즘엔 그런 식으로는 안 한다고 루비 길리스가 말했지만 제럴다인은 한 페이지나 될 정도로 긴 말을 한 후에 결혼을 승낙해. 정말 그 부분에서 고생을 많이 했어. 다섯 번이나 다시 썼다니까. 난 그 부분이 가장 걸작이라고 생각해. 버트럼은 제럴다인에게 다이아몬드 반지와 루비 목걸이를 주고 신혼 여행은 유럽으로 가자고 했어. 그 남자는 굉장한 부자거든. 그런데 이게 웬일이야. 두 사람의 앞길에 어두운 그림자가 드리워지는 거야. 코델리아도 마음속으로는 버트럼을 사랑하고 있었기 때문에 제럴다인이 약혼했다는 소리를 듣자 미친 듯이 화를 낸 거야. 특히 그 눈부신 목걸이와 다이아몬드 반지를 보더니 제럴다인에 대한 지금까지의 사랑은 지독한 증오로 바뀌어서 무슨 일이 있어도 버트럼과 결혼하지 못하게 하겠다고 맹세하게 돼. 하지만 겉으로는 예전과 마찬가지로 제럴다인의 다정한 친구로 행세하지. 어느 날 저녁, 코델리아와 제럴다인은 물살이 몹시 사나운 강가에 서 있었어. 코델리아는 자기들 두 사람 외에 아무도 없다고 생각하고 제럴다인을 벼랑에서 밀어서 떨어뜨리고 '하, 하, 하' 하고 미친 사람처럼 큰 소리로 웃었어. 그런데 버트럼이 그걸 보고 있었던 거야. 그는 '당신을 구하겠소, 나의 소중한 제럴다인이여!'라고 외치면서 곧바로 물 속으로 뛰어들었어. 하지만 아아, 그 남자는 수영을 전혀 못했어. 그래서 두 사람 다 서로를 부둥켜안은 채 물에 빠져 죽어 버리게 돼. 그 후 얼마 안 돼서 두 사람의 시체가 물가에 떠밀려 올라왔어. 두 사람은 하나의 무덤에 묻혔는데, 그 장례식은 너무나 인상적이었어, 다이애나. 얘기의 마무리는 결혼식보다 장례식으로 하는 편이 훨씬 낭만적이야. 코델리아는 나중에 양심의 가책으로 미쳐서 정신병원에 갇히게 돼. 범죄의 대가로 그렇게 하는 게 시적일 것 같았어."

"와! 너무 근사해."

다이애나는 한숨을 내쉬었다. 다이애나도 매슈파의 예찬적 비평가였다.

"어쩌면 네 머리에서는 그렇게 멋진 얘기가 나오는 걸까? 나도 너처럼 상상력이 풍부하면 얼마나 좋을까."

앤이 위로했다.

"자꾸 연습하면 돼. 나한테 좋은 생각이 있어. 우리 둘이서 이야기 클럽을 만들어서 이야기를 써보자. 네가 혼자서 만들 수 있게 될 때까지 내가 도와줄게. 너도 상상력을 키워야 해."

이렇게 해서 이야기 클럽이 결성되었다. 처음에는 다이애나와 앤으로 시작했지만 나중에는 제인 앤드루스나 루비 길리스, 그밖에도 한 사람, 두 사람, 상상력을 연마할 필요를 느낀 아이들이 참가했다. 루비 길리스는 남자 아이들도 참가시키면 경쟁심이 생겨서 더 좋을 거라고 제안했지만 남자 아이는 한 사람도 입회가 허가되지 않았다. 회원들은 일 주일에 하나씩 이야기를 제출해야 했다.

앤은 마릴라에게 그 얘기를 들려주었다.

"정말로 재밌어요. 각각 자기가 만든 얘기를 소리내서 읽어요. 그리고 나서 모두 같이 토론하는 거예요. 이야기는 전부 소중하게 간직해 뒀다가 우리 후손들한테 읽히기로 했어요. 각자 필명도 지었어요. 제 필명은 로자먼드 몽모랭시라고 해요. 모두 잘 써요. 루비 길리스는요, 감상적이에요. 걔 얘기에는 너무 구애하는 장면이 많이 나와요. 적은 것도 나쁘지만 너무 많은 것도 안 좋아요. 제인은 반대로 전혀 안 넣어요. 소리내서 읽을 때 창피해서 못 쓰겠대요. 제인 얘기는 굉장히 상식적이에요. 그리고 다이애나 것은 너무 살인이 많이 나와요. 이야기가 조금 진행되고 나서는 등장하는 인물을 어떻게 처리해야 될지 몰라서 모두 자살하거나 살해당하고 말아요. 대부분 제가 어떤 글을 쓰면 좋을지 가르쳐 줘요. 저한테는 하나도 안 어렵거든요."

"듣던 중에 이 이야기 클럽이 제일 바보짓 같구나. 허튼 이야기를 꾸며 내느라 공부할 시간을 낭비하잖니."

"하지만 우린 이야기에 교훈을 넣기로 했어요. 제가 그렇게 말했어요. 착한 사람은 모두 좋은 보상을 받고, 나쁜 사람은 모두 벌을 받아야 한다고요. 그렇게 하면 유익한 효과를 얻을 수 있을 거예요. 교훈이라는 건 훌륭한 거잖아요. 목사님이 그렇게 말씀하셨어요. 우리가 쓴 이야기를 하나 앨런 목사님과 부인께 읽으시게 했더니 두 분 다 훌륭한 교훈이라고 말씀하셨어요. 다이애나가 클럽에 대한 얘기를 조세핀 할머님한테 편지로 알렸더니 이야기를 몇 개 보내 달라는 답장이 왔어요. 그래서 우리는 제일 잘된 것 네 편을 골라 깨끗하게 다시 써서 보내 드렸어요. 조세핀 배리 할머님한테서 편지가 왔는데, 그렇게 재미있는 얘기는 태어나서 처음이라고 쓰셨더라구요.

우리는 깜짝 놀랐어요. 우리가 보낸 얘기들은 모두 아주 슬프고, 대부분 전부 죽는 얘기였는데 왜 재미있다는 건지 이해가 안 돼요. 하지만 할머니 마음에 들어서 다행이에요. 클럽이 조금이라도 사회에 보탬이 된다는 뜻이니까요. 무슨 일이든 세상에 유익한 일을 해야 한다고 앨런 부인이 그러셨어요. 크면 저도 앨런 부인처럼 되고 싶어요. 가능할까요?”

“글쎄, 별로 가망이 없어 보이는데. 앨런 부인은 절대로 너처럼 엉뚱하고 건망증 심한 애는 아니었을 거야.”

“그랬겠죠. 하지만 늘 착하기만 하지는 않았대요. 아이 때는 장난이 아주 심해서 늘 실수만 하셨다는 거예요. 그걸 듣고 정말 안심했어요. 레이첼 아주머니는 사람이 아무리 어렸을 때라도 나쁜 짓을 했다는 말을 들으면 항상 몸서리가 쳐진대요. 언젠가 목사님께서 어릴 때 백모님 댁 주방에서 딸기 과자를 훔친 적이 있다고 고백하신 이야기를 듣고는 목사님을 존경하는 마음이 사라졌다고 하셨어요. 하지만 목사님이 그런 고백을 하신 건 훌륭한 행동이라고 생각해요. 나쁜 짓을 하고 후회하는 어린 남자애들이 들으면 얼마나 위로가 되겠어요.”

“내 생각은 말이다, 지금은 네가 이 설거지를 해야 되는 때라는 거야. 그 수다 때문에 30분이나 늦어졌잖니. 우선 첫 번째가 일, 수다는 그 다음이라는 걸 늘 잊지 마라.”

제27장 허영의 상처

어느 늦은 4월 저녁, 교회 부인회에서 돌아오는 길에 마릴라는 늙은 사람에게도 젊은 사람에게도, 또 슬픈 사람에게도 행복한 사람에게도 어김없이 봄이 왔음을 실감했다. 마릴라는 자신의 생각이나 감정에 대해서 깊게 생각할 줄을 몰랐다. 그러나 그 저변에 흐르고 있던 또 하나의 의식에서는 저녁해가 비추는 들판을 싸고 있는 엷은 자줏빛 안개나, 시내 저편에 있는 목장에 드리운 전나무의 긴 그림자나, 거울 같은 숲속 연못 주변에 조용히 서 있는 진홍색 단풍나무, 땅 밑에서 살며시 숨쉬는 듯한 봄의 소리를 느끼고 있었던 것이다. 봄은 온 사방으로 퍼지고, 그 깊은 대지에서부터 피어오르는 즐거움에 침착한 중년 여성인 마릴라의 발걸음도 어느덧 가볍고 빨라졌다.

마릴라는 빽빽한 나무들 사이로 보이는 녹색 지붕을 쳐다보고 미소지었다. 창에 반사된 저녁해가 무지개처럼 빛나고 있었다. 오솔길로 들어서면서 마릴라는 난롯불이 타고, 차 준비가 되어 있을 자기 집이 있다는 것에 대해 감사했다. 이 집에 앤이 없었을 때는 외출한 다음에 썰렁한 집으로 돌아가야 했다.

그런데 이게 웬일인가? 주방에 들어가 보니 불은 꺼져 있고, 앤은 보이지 않았다. 마릴라는 실망한 나머지 화가 났다. 앤에게 5시에 차 준비를 하라고 몇 번이나 당부했었던 것이다.

마릴라는 무서운 표정으로 큰 칼로 불쏘시개를 깎아내면서 중얼거렸다.

“단단히 야단을 쳐야겠어요, 오빠. 그 애는 다이애나와 쓸데없이 돌아다니면서 그 잘난 얘기를 쓴다느니, 대화 연습을 한다느니 하면서 자기 일을 다 잊어버린다니까요. 앨런 부인이 그렇게 영리한 애는 처음 봤다고 아무리 칭찬해도 소용없어요. 쓸데없는 일로 머리가 가득 차 있는데 무슨 소용이에요. 오늘 오후는 집에 있으면서 저녁 준비를 해두라고 그렇게 일렀는데 집을 비우다니.”

“글쎄다, 어쩌면 그애에게 무슨 사정이 생긴 건지도 모르지. 무슨 일이 있는지 알게 될 때까지는 그런 말은 안 하는 게 좋을 것 같다.”

“제가 집에 있으라고 했는데, 없잖아요. 그것만은 그 애도 제가 납득할 수 있게 설명하지 못할 거예요.”

저녁 식사 준비가 다 끝나도록 통나무 다리나 ‘연인의 오솔길’에서 숨을 헐떡이며 급히 뛰어오는 앤의 모습은 보이지 않았다. 마릴라는 말없이 설거지를 끝냈다. 그리고는 지하실에 내려가려고 초를 찾았다. 그러다가 문득 앤의 방으로 올라갔다. 앤의 탁자에는 항상 초가 하나 놓여 있었기 때문이다. 초에 불을 붙이자 불현듯 침대에 누워 있는 앤의 모습이 눈에 들어왔다.

“어머나! 여기서 자고 있었니?”

깜짝 놀란 마릴라가 소리쳤다.

“아뇨.”

“그럼 어디 아픈 거야?”

앤은 이불 속으로 점점 더 깊이 파고들었다.

“아녜요. 하지만 제발 아주머니, 저를 보지 말아 주세요. 저는 절망의 늪에 빠졌어요. 이제 전 더 이상 밖에도 나갈 수가 없는걸요. 제 인생은 이제 끝났다구요.”

“대체 무슨 일이야? 왜 그래? 빨리 얘기해 봐, 당장.”

앤은 하는 수 없이 힘없이 말했다.

“제 머리를 보세요, 아주머니.”

그래서 마릴라는 불을 치켜들고 앤의 등에 치렁치렁 늘어진 머리카락을 보았다. 분명 해괴한 모습이었다.

"아니 앤, 머리가 어떻게 된 거야? 세상에! 녹색이잖아."

굳이 색깔을 말하라면 녹색이라고 해야 할 것이다. 아주 기묘하고 광택이 없는 구릿빛을 띤 녹색으로, 원래의 빨간색이 섞여서 더욱 꼴사나워 보였다. 마릴라는 이렇게 괴상한 색은 처음 봤다.

앤은 신음하듯 말했다.

"맞아요, 녹색이에요. 빨간 머리처럼 보기 싫은 게 없다고 생각했는데, 지금 와서 보니까 녹색 머리카락이 열 배는 보기 싫군요. 제가 얼마나 비참한 심정인지 모르실 거예요."

"왜 이런 꼴이 됐는지 모르겠구나. 주방으로 내려가자. 무슨 짓을 한 거야? 그러잖아도 조만간 무슨 일이 있을 때가 되었다, 생각은 하고 있었다. 벌써 사고친 지가 2개월이 넘었잖니? 머리를 어떻게 한 거지?"

"염색했어요."

"머리에 염색을? 그게 나쁜 짓이란 걸 몰랐니?"

"하지만 머리카락을 바꿀 수 있다면 나쁜 짓도 그럴 만한 가치가 있다고 생각했어요."

"별일이야. 나라면 적어도 보기 좋은 색깔을 골랐을 거다. 녹색이 뭐냐."

"저도 녹색으로 염색할 생각은 아니었어요. 제 머리를 검은 머리로 바꿔 주겠다고 그 사람이 그랬어요. 틀림없이 그렇게 된다고 했다구요."

"그 사람이 누구냐?"

"오늘 오후에 여기 온 행상요. 그 사람한테 염색약을 샀어요."

"앤! 이탈리아인들은 절대로 집에 들이지 말라고 몇 번 말했니?"

"집안에 들이지는 않았어요. 아주머니가 하신 말씀 잘 기억하고 있었어요. 그래서 문을 꼭 닫아 놓고, 현관 계단에서 그 사람의 물건들을 본 거예요. 그리고 이탈리아인이 아니라 독일계 유태인이었어요. 큰 상자에 재미있는 물건들이 가득 들어 있었어요. 열심히 일해서 돈을 모아 아내와 아이들을 독일에서 데려올 거래요. 아내와 아이들 얘기를 너무나 처량하게 하길래

저, 감동받았어요. 그런 소중한 목적을 위해서라면 저도 뭔가 사줘야겠다고 생각했어요. 그런데 염색약이 눈에 띄더라구요. 어떤 머리라도 아름다운 검은 색깔로 만들어 주고 머리를 감아도 색깔이 안 빠진다고 그 행상이 그랬어요. 순간 저는 새까매진 제 머리가 눈에 아른거려서 참을 수 없었어요. 하지만 그 약은 75센트였는데, 저한테 있는 돈은 50센트뿐이었거든요. 그 행상은 너무 친절한 사람이었어요. 제가 안됐으니 50센트로 해주겠다고 했으니까요. 거저 주는 거나 다름없대요. 한 병 다 썼어요. 그리고 머리가 이렇게 끔찍한 색이 된 걸 봤을 때 너무 후회했어요. 아직도 계속 후회하고 있는 중이에요."

마릴라는 모질게 말했다.

"네 후회가 언제 효과가 있어야 말이지. 허영심이 어떤 결과를 가져오는지 이번 기회에 네가 확실히 알게 되면 좋을 텐데. 우선 이 머리를 잘 감아 봐야겠다."

그래서 비누로 머리를 박박 문질러 씻었지만 소용이 없었다.

앤은 울음을 터뜨렸다.

"아아, 아주머니, 어떡해요. 원래대로 안 돼요. 제가 한 다른 실수, 말하자면 진통제 넣은 과자나 다이애나에게 술을 먹인 거나 레이첼 아주머니한테 성질 부린 일 같은 건 모두들 다 잊었겠지만요, 하지만 모두 이 일만은 안 잊을 거예요. 모두 절 놀릴 거예요. 이 섬 어디에도 저처럼 불행한 사람은 없어요."

앤의 불행은 일 주일 동안 계속되었다. 그 동안 앤은 바깥에 나가지 않았고, 매일 머리를 감았다. 가족과 다이애나만이 이 치명적인 비밀을 알고 있었다. 일 주일이 지났을 때 마릴라가 말을 꺼냈다.

"머리를 자르는 수밖에 없겠어."

앤의 입술이 바르르 떨렸다.

"제발 빨리 끝내 주세요, 아주머니. 아아, 가슴이 찢어질 것 같아요. 책에 나오는 여자는 모두 열병이 아니면 머리를 팔아 그 돈으로 훌륭한 일을 하기 위해서 자르던데…… 그런 이유가 있다면 이렇게 괴롭지는 않겠어요."

앤은 울었다. 2층으로 올라가서 거울을 보았을 때는 포기해서 오히려 마음이 가라앉았다. 앤은 거울을 돌려 놓았다.

"머리가 자랄 때까지 두번 다시 거울은 안 볼 거야."

그러다가 벌떡 일어나 다시 거울을 원래대로 해놓았다.

"아냐, 봐야 돼. 그래서 반성해야 해. 이 방에 들어올 때마다 거울을 보면서 얼마나 내가 추한지 볼 거야. 그리고 마음을 달래지도 않을 거야."

짧아진 앤의 머리는 학교에서 대단한 화젯거리였다. 그나마 앤이 다행스럽게 여긴 것은 그 누구도 원인을 몰랐다는 것이다. 그러나 조시는 앤에게 꼭 허수아비 같다고 말하는 것을 잊지 않았다.

앤은 그날 밤 마릴라에게 말했다. 마릴라는 지병인 누통을 앓은 뒤라서 긴의자에 누워 있었다.

"조시가 그렇게 말해도 저는 가만히 있었어요. 왜냐하면요, 그것도 벌이니까요. 뭐라고 한마디 하려다가 그냥 용서했어요. 남을 용서한다는 건 정말 훌륭한 것 같아요. 앞으로는 열심히 착한 일을 할 생각이에요. 전 정말로 착한 사람이 되고 싶어요. 아주머니나 앨런 부인이나 스테이시 선생님처럼요. 그리고 크면 마릴라 아주머니가 자랑스럽게 여길 수 있는 사람이 되고 싶어요. 다이애나가 그러는데요, 제 머리가 자라면 검은 벨벳 리본을 머리에 두르고 한쪽 방향에서 나비 매듭으로 묶으면 아주 잘 어울릴 거래요. 제가 말을 너무 많이 했나요, 아주머니? 머리 아파요?"

"지금은 훨씬 나아졌다. 내 두통은 점점 심해지기만 하는구나. 의사 선생님한테 진찰을 받아봐야겠다. 네 수다 때문이 아니니까 걱정하지 마라. 하도 익숙해져서 말이야."

제28장 불행한 백합 아가씨

"당연히 네가 일레인이 돼야지, 앤. 난 도저히 저곳까지 물에 떠내려갈
자신이 없어."

다이애나가 말했다.

"나도 그래. 작은 배 안에 두 사람이나 세 사람이 앉아서 떠내려가는 거
면 괜찮지. 하지만 혼자 가만히 누워서 죽은 척해야 하다니, 난 도저히 못
해."

루비 길리스도 맞장구를 쳤다.

"물론 낭만적이겠지. 하지만 난 가만히 있지 못할 것 같아. 계속 머리를
들어서 지금 어디쯤 와 있나 보거나 너무 멀리 떠내려간 게 아닐까 보려고
내내 일어날 게 뻔해. 그렇게 하면 안 되잖아."

이번에는 제인 앤드루스가 말했다.

"하지만 빨간 머리의 일레인은, 너무 웃기잖아. 난 떠내려가는 건 안 무
서워. 일레인이 되고 싶지만 어울리지가 않잖니. 루비가 일레인이 돼야 해.
피부가 하얗고, 또 예쁘고, 긴 금발이니까. 생각해 봐. 일레인은 빛나는 금발
을 치렁치렁 늘어뜨리고 있잖아. 그리고 일레인은 하얀 백합 아가씨잖아.
빨간 머리가 하얀 백합 아가씨라니!"

"너도 루비만큼이나 피부가 하얗잖아. 그리고 네 머리카락은 자르기 전
보다 훨씬 색이 짙어졌어."

다이애나는 열심히 설득했다.

앤은 뺨을 붉혔다.

"정말 그렇게 생각해? 나도 그런 생각이 들 때가 있었는데…… 지금은 적갈색이라고 해도 되겠니, 다이애나?"

"그래, 그리고 정말 예뻐."

다이애나는 곱슬거리는 실크 같은 앤의 머리카락을 부러운 눈으로 바라보았다.

아이들은 '비탈 과수원' 밑의 연못 기슭에 서 있었다. 그곳에는 기슭에서 튀어나온 작은 곶이 있는데, 자작나무가 빙 둘러서 있었다. 그 끝에는 낚시꾼이나 거위 사냥을 오는 사람들을 위해 나무로 된 작은 선착장이 설치되어 있었다.

그해 여름, 앤과 다이애나는 대부분을 연못 근처에서 놀았다. 다리에서 송어를 낚는 것도 재미있었고, 또한 두 소녀는 다이애나의 아버지가 오리 사냥할 때 사용하는 바닥이 평평한 작은 배를 타고 노를 젓는 법도 터득했다.

일레인을 연극으로 해보자고 생각한 사람은 앤이었다. 학교에서 테니슨의 시를 배우고 나서였다. 프린스에드워드 섬의 학교에서는 국어 과목에 테니슨을 싣도록 교육 당국에서 지정하고 있었다. 학생들은 열심히 분석하고, 문법적으로 따로따로 해부했기 때문에 의미고 뭐고 다 없어지지 않은 것이 이상할 정도였지만, 적어도 아름답고 하얀 백합 아가씨와 기사 런셀롯과 왕비 기네비어와 아서 왕만은 학생들에게 실존 인물처럼 느껴졌다. 앤은 카멜롯에 태어나지 못한 것을 남몰래 아쉬워했다. 앤은 그 시절이 지금보다 훨씬 낭만적이라고 말했다.

여자애들은 작은 배를 선착장에서 쭉 밀어 주면 물의 흐름을 타고 다리 밑을 지나 아래쪽 연못의 만 끝에 튀어나와 있는 곳으로 떠내려간다는 것을 알고 있었다. 일레인을 연기하기에는 안성맞춤이었다.

"좋아, 그럼 내가 일레인을 맡겠어."

앤은 마지못해 승낙했다. 주역이 되는 것은 기뻤지만, 앤의 예술적인 양심으로는 자신이 부적당하다는 것을 느끼고 있었기 때문이다.

"루비, 넌 아서 왕, 제인은 기네비어, 다이애나는 런셀롯이 되는 거야. 나이 든 벙어리 하인은 빼야겠어. 배가 작아서 한 사람이 누우면 다른 사람은 탈 공간이 없으니까. 바닥에 까만 천을 깔자. 너희 엄마의 그 낡은 검정 숄이 어떻겠니, 다이애나?"

다이애나가 검은 숄을 가지고 오자 앤은 그것을 배에 깔고 누워서 눈을 감고 양손을 가슴 위에 가지런히 모았다.

"어머, 정말 죽은 사람 같아. 왠지 무서워. 우리가 이런 거 해도 괜찮은 거니? 연극은 모두 나쁜 거라고 레이첼 아주머니가 그러셨잖아."

루비 길리스가 불안해하자 앤이 타일렀다.

"루비, 괜찮아. 이건 레이첼 아주머니가 태어나기 몇백 년 전의 일이라구. 제인, 네가 지휘해. 일레인이 말하는 건 이상하잖아. 난 죽었으니까."

배 위에 덮을 황금 덮개는 없었지만, 대신 노란색 일본 비단으로 만든 낡은 피아노 덮개를 사용했다. 하얀 백합꽃도 없었지만 줄기가 길고 파란 아이리스를 앤의 손에 쥐어 주자 멋진 효과가 연출되었다.

제인이 말했다.

"자, 이제 다 됐어. 우리는 앤의 이마에 입을 맞추는 거야. 그리고 다이애나는 '나의 누이여, 영원히 안녕'이라고 말하는 거야. 그리고 루비, 너도 '안녕, 아름다운 누이여'라고 하고. 너희 두 사람은 가능한 한 슬프게 연기해야 돼. 앤, 조금 미소를 띠어 봐. 이봐, 일레인은 '미소지으며 누워 있었다'라고 되어 있잖아? 그래, 그게 더 낫다. 자, 이제 배 민다."

그래서 배는 떠밀렸고, 그 서슬에 박혀 있던 낡은 말뚝에 세게 부딪혔다. 작은 배가 물살을 타고 다리 쪽으로 향하는 것을 본 세 아이는 쏜살같이 달려서 숲을 빠져나가, 큰길을 가로지르고, 아래쪽 곶으로 내려갔다. 여기서 세 사람은 런셀롯과 기네비어와 아서 왕이 되어 백합 아가씨를 기다려야 했다.

앤은 천천히 떠내려가면서 말할 수 없이 낭만적인 감흥에 젖어 있었다.

그러다가 낭만적이지 못한 사건이 터졌다. 배에 물이 새어 들어오기 시작한 것이다. 그 즉시 일레인은 일어나지 않을 수 없게 되었다. 황금 덮개와 검은 천을 치우니 배 밑바닥에 크게 갈라진 틈이 보였다. 그 틈새로 물이 콸콸 솟았다. 아까 선착장에서 그 뾰족한 말뚝이 배 밑바닥에 부딪혔을 때 생긴 사고였다. 이 상태라면 아래쪽 곶으로 가기 전에 배는 분명 가라앉게 될 것이다.

앤은 비명을 질렀지만 누구의 귀에도 들리지 않았다. 입술까지 새파랗게 질려 핏기가 없어졌지만, 침착성만은 잃지 않았다.

방법은 하나뿐이다. 단 하나뿐이었다.

앤은 다음날 앨런 부인에게 이렇게 말했다.

"정말로 무서웠어요. 작은 배가 다리 밑까지 떠내려가서 도착할 때까지 얼마나 길게 느껴졌는지 몰라요. 물이 점점 차올랐으니까요. 정말 열심히 기도했어요. 하지만 눈은 안 감았어요. 왜냐하면 하느님이 저를 도와 주신다면 단 한 가지 방법은 작은 배를 다리 기둥 바로 옆으로 떠내려가게 하고, 저를 그 기둥에 올라가게 해주시는 거라고 생각했으니까요. 그 기둥은 낡은 나무 줄기라서 옹이도 많고 가지를 쳐낸 자국도 있을 거 아녜요? 그러니 눈을 잘 뜨고 살펴봐야 하잖아요. 저는 그저 '부디 하느님, 이 작은 배를 기둥 있는 데에 닿게만 해주세요. 그 다음은 제가 알아서 하겠습니다'라고만 몇 번이고 계속해서 기도했어요. 그때는 상황이 상황이라 도저히 아름다운 문구를 떠올릴 수가 없었어요. 그런데 제 기도를 들어주셨어요. 배가 갑자기 기둥 하나에 쿵 하고 부딪혔어요. 어땠겠어요? 전 올라가지도 내려가지도 못하고 그저 그 미끌미끌한 낡은 기둥에 매달려 있었어요. 정말, 너무 낭만적이지 못한 꼴이었지만 그때는 그런 걸 생각할 처지가 아니었어요. 물에 빠져 죽을 뻔하다가 간신히 빠져나온 마당에 어떻게 낭만적인 걸 찾을 수 있겠어요?"

배는 다리 밑을 떠내려가 순식간에 중류에서 가라앉아 버렸다. 이미 하류의 곶에서 기다리고 있던 루비와 제인과 다이애나는 배가 자기들 눈앞에서 사라지는 것을 보았다. 그리고 틀림없이 앤도 함께 가라앉았을 거라고 생각했다. 세 사람은 공포에 질려 새파래진 얼굴로 얼어붙은 듯 서 있다가, 미친 듯이 숲 쪽으로 뛰어올라갔다.

앤은 위태로운 발판을 딛고 필사적으로 매달려서 세 아이가 달려가는 모습을 보았고 비명을 들었다. 앤의 자세는 너무나 불안했다. 시간은 계속 흘러가고, 불운한 백합 아가씨에게는 일 분이 한 시간처럼 느껴졌다. 왜 아무도 안 오는 걸까? 저 애들은 어디로 간 걸까? 만약 아무도 안 오면 어쩌지? 앤은 오싹해져서 부르르 떨었다. 마침내 더 이상은 팔과 손목의 통증을 참을 수 없다고 생각했을 때 길버트 블리드가 배를 타고 다리 밑을 지나고 있었다.

길버트가 문득 올려다보자, 놀랍게도 겁을 먹은 듯한 새파란 얼굴이, 큰 눈으로 자신을 내려다보고 있는 것이었다.

"앤 셜리, 대체 왜 그러고 있는 거야?"

하더니 대답도 기다리지 않고 그는 기둥 옆으로 배를 저어가서 손을 내밀었다.

어쩔 수 없이 앤은 길버트 블리드의 손을 잡았다. 이런 상황에서 체면을 유지한다는 것은 정말로 힘들었다.

"대체 어떻게 된 거야, 앤?"

길버트가 노를 잡으며 물었다.

앤은 구해 준 사람은 쳐다보려고도 하지 않고 간단하게 말했다.

"일레인 연극을 하고 있었거든. 그래서 내가 배에 타고 카멜롯의 성 쪽으로 떠내려가려고 했어. 그런데 배에 물이 차는 바람에 저 기둥에 기어올라가게 된 거야. 미안하지만 선착장에 좀 내려 줄래?"

길버트는 선착장 쪽으로 저어가 주었다. 앤은 길버트가 내민 손은 쳐다도 보지 않고 기슭으로 뛰어올라갔다.

"고마워."

앤은 오만하게 말한 후 그 자리를 떠나려 했다. 그러자 길버트가 따라와 앤의 팔을 붙잡으며 조급하게 말했다.

"앤! 우리 사이좋게 지낼 수 없을까? 그때 네 머리 가지고 장난친 거 나 정말로 반성하고 있어. 그리고 벌써 오래 전 일이잖아."

순간 앤은 망설였다. 오만한 태도를 보이면서도 앤은 약간 수줍어하면서, 지금까지 느끼지 못했던 묘한 기분이 일었다. 가슴은 야릇하게 떨렸다. 그러나 금방 예전의 그 분했던 일이 마치 어제 일처럼 생생하게 되살아났다. 길버트는 앤을 '홍당무'라고 부르며 전교생 앞에서 망신을 주었던 것이다. 앤의 분노는 세월이 가도 조금도 누그러들 기색이 보이지 않았다.

"아니, 난 너하고는 친구하기 싫어. 친구가 되고 싶지 않아."

앤은 차갑게 내뱉었다.

거절당한 길버트는 뺨이 벌겋게 달아오른 채 배로 뛰어내려갔다.

"두번 다시 친구하자고 안 할 거야."

그는 도전적인 모습으로 노를 저으며 가버렸다. 앤은 머리를 꼿꼿이 세우고 있긴 했지만 왠지 묘한 후회 같은 감정이 일었다. 앤은 털썩 주저앉아 울면 속이 시원하겠다고 생각했다. 너무 놀란데다 기둥에 매달린 채 긴장하고 있던 마음이 풀어진 탓도 있었다.

앤은 미친 듯이 연못으로 뛰어오는 제인과 다이애나를 만났다. 세 사람은 다이애나의 집과 앤의 집으로 뛰어갔는데 아무도 없었다.

다이애나는 앤의 목을 끌어안고 울기 시작했다.

"오, 앤…… 우리는…… 네가 죽었는 줄 알았어…… 오, 앤, 어떻게 빠져나온 거야?"

"저 다리 기둥에 매달렸어. 그랬는데 길버트 블리드가 앤드루스 씨 배를 타고 와서 기슭으로 끌어올려 줬어."

"어머, 앤, 너무 멋있다. 아주 낭만적이야. 그럼 앞으로 넌 그 애하고 말하고 지내겠네."

간신히 입을 뗄 수 있게 된 제인이 말했다.

기분을 되찾은 앤은 발끈해서 말했다.

"아니, 말 안 할 거야. 너희들을 너무 걱정시켜서 정말 미안해. 모두 내 잘못이야. 분명 나는 나쁜 별자리를 타고났나 봐. 무슨 일을 하든 항상 제일 소중한 친구를 난처하게 만드니까. 우리, 너희 아버지 배를 물 속에 가라앉혔잖아, 다이애나. 앞으로는 연못에서 노 젓고 다니는 걸 못 하게 하실 거야."

앤의 예감은 적중했다. 그날 오후의 사건을 알았을 때 다이애나와 앤의 집에서는 대소동이 일었다.

"대체 언제쯤 분별력이 생기겠니, 앤?"

마릴라는 신음했다.

"생길 거예요, 걱정 마세요, 아주머니. 분별력이 생길 가능성이 이제 훨씬 뚜렷해졌어요."

앤은 천연덕스럽게 대답했다. 이미 동쪽 방에서 혼자 실컷 울었기 때문에 마음도 진정되어 평소의 쾌활함을 되찾은 상태였기 때문이다.

"그래, 어떻게?"

"전 오늘 새롭고 아주 좋은 걸 배웠거든요. '녹색지붕집'에 온 이후로 내내 저는 실수만 해왔지만, 한 가지씩 실수할 때마다 제 자신의 아주 나쁜 결점이 고쳐졌어요. 자수정 브로치 사건 때는 내 물건이 아닌 것을 만지는 버릇이 없어졌고, '유령의 숲' 사건 때는 너무 지나치게 상상에 빠져 헤매는 버릇이 고쳐졌구요. 진통제 든 과자를 만들었을 때는 요리는 주의깊게 해야 한다는 걸 배웠잖아요. 머리를 염색했을 때는 허영심을 고쳐서, 이제는 제 머리나 코에 대해서는 생각 안 해요. 그리고 오늘 한 실수는 제가 너무 낭만적인 걸 좋아하는 버릇을 고쳐 줬어요. 에이번리에서는 낭만적이 될 수 없다는 걸 이제 알았어요. 몇백 년 전 옛날에 탑이 있던 카멜롯 마을에서라면 모르지만요. 하지만 이제 낭만에는 별로 관심 없어요. 저도 완전히 달라질 때가 됐다고 생각해요."

"정말 그랬으면 좋겠구나."

마릴라는 미심쩍다는 듯이 말했다.

　그러나 마릴라가 방에서 나가자 늘 정해 놓은 자신의 구석 자리에서 말 없이 앉아 있던 매슈가 앤의 어깨에 손을 얹고 속삭였다.
　"다 포기하면 안 돼. 조금은 괜찮아…… 물론 너무 도가 지나치면 안 되지만 말야. 조금은 간직하는 게 좋아."

제29장 획기적인 사건

　9월의 저녁이었다. 앤은 방목장에서 '연인의 오솔길'을 따라 소떼를 몰고 돌아오는 중이었다. 숲속에는 온통 저녁 노을이 넘쳐흐르고 있었다. 오솔길도 여기저기 석양을 받아 빛나고 있었지만 단풍나무 아래는 이미 제법 어둑어둑했고, 전나무 밑에는 포도주 같은 맑은 자줏빛 땅거미가 자욱하게 끼여 있었다. 바람은 가지 끝을 스치고 있었는데, 저녁에 전나무 사이에서 살랑이는 바람의 소리만큼 아름다운 것은 이 세상에 없을 것이다. 여유롭게 몸을 건들거리며 오솔길을 걸어가는 소떼 뒤에서 앤은 영국 시인 스콧의 작품 〈마미온〉에 나오는 전쟁 노래를 흥얼거렸다. 이 시도 올 겨울 영문학 과정에 있었던 것으로, 스테이시 선생님이 학생들에게 외우도록 시킨 것이다.

　그런데 다이애나의 모습이 보였다. 뭔가 뉴스가 있는 게 분명하다고 앤은 직감했다. 그러나 내색은 하지 않았다.

　"오늘 저녁은 꼭 자줏빛 꿈 같지 않니, 다이애나? 살아 있는 게 너무 기뻐. 아침이 되면 항상 아침이 제일 좋다고 생각하면서도 저녁이 되면 아침보다 저녁이 더 아름답다는 생각이 든단 말야."

　"정말 아름다운 저녁이야. 하지만, 중대한 뉴스가 있어, 앤. 알아맞혀 봐. 세 번까지 말할 기회를 줄게."

　"샬럿 길리스가 교회에서 결혼하게 되어, 앨런 부인이 우리한테 장식을 맡긴다고 말씀하셨구나?"

하고 앤이 소리쳤다.

"아냐, 샬럿의 애인은 그런 걸 좋아하지 않아. 장례식 같을 거라고 싫대. 다시 알아맞혀 봐."

"제인의 엄마가 생일 파티를 열어도 좋다고 하신 거니?"

다이애나는 고개를 저었다. 검은 두 눈은 즐거운 듯 춤추었다.

앤은 포기했다.

"뭔지 나는 모르겠다. 아니면 어젯밤 기도회 끝나고 돌아갈 때 무디 스퍼전 맥퍼슨이 너를 데려다 준 거니?"

다이애나는 발끈해서 소리쳤다.

"천만에. 설령 그렇다 해도 누가 그런 걸 자랑하니? 그런 꼴 보기 싫은 애. 오늘 조세핀 힐미니가 엄마에게 편지를 보내셨어. 할머니가 다음주 화요일에 너하고 나한테 박람회 보러 시내로 오라고 하셨대. 어때?"

앤은 너무나 흥분해서 단풍나무에 기대야겠다고 생각했을 정도였다.

"그게 정말이야? 하지만 마릴라 아주머니가 안 보내 주실 텐데. 분명히 돌아다니는 건 못마땅하다고 말씀하실 거야."

"괜찮아, 좋은 방법이 있어. 우리 엄마한테 부탁해 달라고 하자. 그러면 분명히 가게 해주실 거야."

"난 갈 수 있을지 없을지 확실히 알 때까지 생각하지 않을래. 만약 여러 가지 상상을 해뒀는데 못 가게 되면 견딜 수 없을 테니까. 하지만 갈 수 있다면 내 새 코트가 그때쯤이면 완성될 테니까 정말 좋겠다. 마릴라 아주머니는 입던 코트로 일 년은 더 입을 수 있다고 하셨어. 옷만 좋은 걸로 만들어 줄 테니 그걸로 만족하라고. 그런데 매슈 아저씨가 우기셔서 만들게 됐는데, 그 옷 굉장히 예뻐, 다이애나. 감색이고, 유행하는 모양이야. 이제는 마릴라 아주머니도 꼭 유행하는 모양으로 만들어 주셔. 매슈 아저씨가 레이첼 아주머니한테 부탁하러 가는 게 보기 싫다고. 그래서 난 정말 기뻐. 마릴라 아주머니가 멋진 천을 사서 카모디에 있는 양장점에 부탁했어. 토요일 밤이면 완성된대. 나, 일요일에 새 옷 입고 새 모자 쓰고 교회 복도를 걸어

가는 모습을 상상하지 않으려고 애쓰고 있는 중이야. 그래도 나도 모르게 또 상상하고 있는 거 있지. 모자가 또 얼마나 예쁜데. 매슈 아저씨가 사주셨어. 조그맣고 파란 벨벳 모잔데, 금색 끈과 술이 달려 있어.”

마릴라가 앤을 시내로 보내는 것에 동의했기 때문에 다음 화요일에 다이애나의 아버지가 소녀들을 데리고 가기로 했다. 앤은 너무나 기뻐서, 화요일 아침에는 해가 뜨기도 전에 일어났다. 창문에서 내다보니 ‘유령의 숲’의 전나무 뒤로 은빛 구름 한 점 없는 동쪽 하늘이 내다보여서 날씨가 화창하다는 것을 알 수 있었다.

앤은 너무 흥분해서 아침을 먹을 수가 없었다. 아침 식사가 끝나자 앤은 화려한 새 모자를 쓰고, 새 외투를 입고, 서둘러 시내를 건너 전나무 숲을 빠져나가 ‘비탈 과수원’으로 갔다.

한참을 가야 했지만, 앤과 다이애나는 그 1분 1초를 즐겼다. 수확이 끝난 들판 너머에서 얼굴을 내민 붉은 아침 햇살을 받으며 물기 머금은 길을 흔들거리며 달려가는 것은 신나는 일이었다. 공기는 상쾌했다. 푸르스름한 안개가 골짜기에 굽이치고 언덕에서 피어오르고 있었다. 때로는 단풍나무가 붉은 잎으로 옷을 갈아입기 시작한 숲속을 지나고, 또 강을 가로질렀다. 다리를 건널 때 앤은 어린 시절처럼 조금은 기분 좋은 두려움을 느끼며 몸을 움츠렸다. 다시 언덕을 올라가자 멀리 저편에 완만하게 물결치는 능선과 파란 하늘이 눈에 들어왔다. 가는 곳마다 흥미로운 것들뿐이어서 얘깃거리가 너무 많았다.

정오가 거의 다 되어 그들은 시내에 도착해 ‘너도밤나무집’으로 향했다. 굉장히 고풍스럽고 웅장한 그 저택은, 길에서 한참 들어간 곳에 느릅나무와 가지가 무성한 너도밤나무들 사이에 있었다. 배리 할머니는 검은 눈을 즐거운 듯 반짝이며 현관에서 세 사람을 따뜻하게 맞아 주었다.

“드디어 왔구나, 앤. 세상에, 이렇게 키가 크다니! 나보다 더 크구나. 그리고 얼굴도 예전보다 훨씬 예뻐지고.”

앤은 활짝 웃으며 말했다.

"전보다 주근깨가 적어지긴 해서, 너무 다행이라고 생각은 하지만요……
하지만 달리 더 예뻐진 곳이 있다고는 꿈에도 생각 못했어요. 그렇게 생각
해 주시니 기뻐요, 할머니."

배리 할머니의 저택은 나중에 앤이 마릴라에게 말한 대로 '엄청나게 호
화롭게' 꾸며져 있었다. 배리 할머니가 식사 준비를 점검하는 사이, 응접실
에 남겨진 이 두 시골 소녀는 조금 기가 죽었다.

다이애나가 속삭였다.

"꼭 궁전 같지 않니? 이렇게 굉장할 줄은 생각도 못했어. 줄리아 벨한테
보여주면 좋을 텐데. 자기네 집 응접실이 멋지다고 굉장히 뽐내거든."

앤은 취한 듯 한숨을 쉬었다.

"벨벳 양탄자야. 그리고 실크 커튼! 책에서 봤어. 이런 것들 속에서는 마
음을 진정시킬 수 없어."

시내에서 지내는 시간은 두 소녀에게 멋진 추억으로 남았다. 처음부터
끝까지 즐거운 일들뿐이었다. 수요일에 배리 할머니는 두 아이를 박람회장
으로 데리고 가서 하루를 그곳에서 보냈다.

나중에 앤이 마릴라에게 얘기해 주었다.

"굉장했어요. 그렇게 재미있을 거라고는 생각도 못했어요. 전 말과 꽃과
수예가 제일 좋았어요. 조시 파이가 레이스 뜨기로 일등을 했을 때 정말로
기뻤어요. 그리고 제가 기꺼이 칭찬할 수 있어서 기뻤어요. 착해졌다는 증
거예요. 그렇죠, 아주머니? 하몬 앤드루스 씨는 그라벤스타인 사과로 이등
상을 받았고, 벨 씨는 돼지 경연대회에서 일등을 하셨어요. 다이애나는 글
쎄, 주일학교 교장 선생님이 돼지로 상품을 받다니 웃긴다고 했지만 저는
왜 웃기는지 잘 모르겠어요. 아주머니는 아시겠어요? 다이애나는 벨 씨가
앞으로 엄숙한 얼굴로 기도할 때마다 돼지가 떠오를 거래요. 클라라 루이스
맥퍼슨이 그림으로 상품을 받았고, 레이첼 아주머니는 손수 만든 버터와 치
즈로 일등을 하셨어요. 그러니까 에이번리는 상당히 성적이 좋았던 거죠.
그날 레이첼 아주머니가 대회장에 오셨는데, 저는 모르는 사람들만 있는 데

서 아주머니의 친근한 얼굴을 보니까 제가 아주머니를 얼마나 좋아하는지 처음 알았어요. 사람들이 수천 명이나 왔어요. 왠지 제 자신이 하찮은 사람처럼 느껴졌어요. 그리고 배리 할머니는 경마를 보여주시려고 우리를 관람석으로 데리고 가셨어요, 그것도 특석으로요. 레이첼 아주머니는 안 가셨어요. 그건 옳지 못하다구요. 그리고 교회의 임원으로서 그런 곳에 가지 않음으로써 모범을 보여야 한다고 말씀하셨어요. 하지만 그렇게 많은 사람들이 오는데, 아주머니 한 사람 안 온다고 누가 알아 주기나 하겠어요? 하지만 저도 경마장이 자주 갈 만한 곳은 아니라고 생각했어요. 왜냐하면 너무 매력이 있었거든요. 다이애나는 폭 빠져서 빨간 말이 이길 거니까 10센트를 걸자고 했어요. 저도 다른 말이 이길 거라고는 생각하지 않았지만 거절했어요. 왜냐하면 전 앨런 부인한테 모든 걸 얘기해 드려야 하는데, 그런 것까지 말씀드릴 수는 없잖아요. 목사님 부인께 말씀드릴 수 없는 일이라면 분명 나쁜 짓이잖아요. 목사님 부인을 친구로 갖는다는 건 양심을 하나 더 갖는 것과 같아요. 그리고 돈을 안 걸어서 정말 다행이었어요. 그 빨간 말이 졌거든요. 하마터면 10센트 손해 볼 뻔했어요. 역시 좋은 일을 하면 그 보답이 있는 건가 봐요. 열기구를 타고 하늘로 올라가는 남자도 봤어요. 저도 열기구를 타고 싶어서 죽는 줄 알았어요. 얼마나 가슴이 찌릿찌릿할까요. 그리고 점치는 사람도 있었어요. 10센트만 내면 작은 새가 손님의 운세를 골라요, 배리 할머니가 다이애나와 저한테 10센트씩 주시고 우리들 운세를 점쳐 보라고 하셨어요. 저는요, 얼굴이 거무스름하고 아주 돈 많은 남자와 결혼하고, 물을 건너가 살게 된대요. 그 이후부터는 얼굴이 거무스름한 남자는 전부 주의깊게 봤는데, 별로 좋아할 만한 사람이 없더라구요. 그리고 아직은 그런 사람을 찾기에는 너무 이르다고 생각했어요. 오, 정말로 잊을 수 없는 날이었어요, 아주머니. 너무 지쳐서 밤에는 잠도 안 올 정도였어요. 배리 할머니께서 약속대로 우리를 손님방에서 자게 해주셨어요. 굉장한 방이었어요. 하지만 손님방에서 잔다는 건 왠지 제가 생각하고 있었던 것만큼 좋지는 않았어요. 크면 무엇이든 사라지는 거겠죠? 어릴 때 갖고 싶었던 물건도 막상 손에 넣으면 절반도 기쁘지 않잖아요.”

목요일에 소녀들은 마차를 타고 공원을 돌았고, 밤이 되자 배리 할머니는 두 아이를 음악학교 콘서트에 데리고 갔다. 유명한 프리마 돈나가 노래하기로 되어 있었기 때문이다. 앤에게 그날 밤은 꿈 같은 환희로 빛나는 황홀한 밤이었다.

“말로는 도저히 표현 못 해요. 흥분해서 말이 안 나올 정도였으니까요. 그러니까 어느 정도였는지 짐작이 가시죠? 그저 멍하니 아무 말도 못하고 앉아 있었어요. 셀리츠키 부인은 너무 아름다운 사람이에요. 흰색 새틴 드레스에 다이아몬드로 장식했더군요. 하지만 노래가 시작되니까 더 이상 다른 건 아무것도 눈에 안 들어오더라구요. 아아, 그 노래를 듣고 제 기분이 어땠는지 말로는 설명할 수가 없어요. 하지만 앞으로는 착한 사람이 되는 것도 어렵지 않겠다는 기분이 들었어요. 별을 올려다봤을 때하고 똑같은 기분이었어요. 고상하고 높은 것을 바라보는 느낌이요. 눈물이 나왔는데, 그건 기쁨의 눈물이었어요. 끝났을 때 너무 서운해서 배리 할머니께 그랬죠, 이제는 평범한 생활로 돌아갈 수 없을 것 같다구요. 그랬더니 배리 할머니께서 길 건너에 있는 레스토랑에서 아이스크림을 먹으면 기분이 나아질지도 모른다고 하시는 거예요. 그때의 감동에 맞지 않게 너무 현실적인 얘기다 싶었지만, 먹어 보니 정말로 그렇더라구요. 그 아이스크림의 맛은 정말 환상적이었어요. 그리고 밤 11시에 그런 데서 아이스크림을 먹다니 너무 멋있잖아요. 다이애나가 자기는 도시 체질인 것 같다고 했어요. 배리 할머니께서 저는 어떠냐고 물으시길래, 그건 너무 중대한 일이니까 잘 생각해 보고 대답하겠다고 말씀드렸어요. 그래서 침대에 누워 생각해 봤거든요. 생각할 게 있을 땐 침대에 누워서 하면 정리가 잘되거든요. 그런데 아주머니, 전 도시 체질이 아니고, 또 그렇게 안 태어나길 잘했다는 생각이 들었어요. 가끔씩 밤 11시에 화려한 레스토랑에서 아이스크림을 먹는 건 근사한 일이지만, 평소에는 11시에 동쪽 방에서 편안히 잠들 수 있는 게 더 좋아요. 그리고 내가 잠든 사이에 밖에서는 별이 빛나고 바람이 시내를 건너 전나무 숲으로 불어오겠구나 생각하면서요. 그 다음날 아침에 그렇게 말씀드렸더니 할머니께서 웃으시더라구요. 배리 할머니는 제가 무슨 얘기를 할 때마다 웃으세요. 아주 진지한 얘기를 할 때도 그러세요. 그럴 땐 별로 기분이 안 좋아요, 아주머니. 전 조금도 웃기려고 하지 않았거든요. 하지만 배리 할머니는 정말정말 대접을 잘해 주셨어요.”

금요일이 되자 다이애나 아버지가 데리러 왔다.

“어때, 재미있었니?”

배리 할머니가 물었다.

“네, 정말 재미있었어요.”

다이애나가 대답했다.

“넌 어땠어, 앤?”

“전 1분 1초까지 즐거웠어요.”

이렇게 대답한 앤은 갑자기 노부인의 목을 끌어안고 주름진 뺨에 키스했다.

그런 행동을 상상도 해본 적 없었던 다이애나는 앤의 이 행동에 눈을 동그랗게 뜨고 놀랐다. 배리 할머니는 기뻐했고 마차가 보이지 않을 때까지 베란다에 서서 배웅해 주었다. 그리고 한숨을 쉬며 집 안으로 들어갔다. 할머니는 생기발랄한 아이들이 없어지자 갑자기 집이 텅 비어버린 듯이 느껴졌다.

“마릴라 커스버트가 고아원에서 여자애를 데려다 키운다고 했을 땐 그런 바보짓을 왜 하나 싶더니만, 결국 실패한 것 같진 않군. 만약 앤 같은 애가 늘 옆에 있다면 나도 행복할 수 있을 텐데.”

소녀들은 돌아가는 길이 올 때보다 더 즐거웠다. 이 길이 끝나는 곳에 우리 집이 기다리고 있다는 것을 알고 있었기 때문이다. 해질 무렵이 되자 드디어 화이트샌드를 지나 해안길로 접어들었다. 저 멀리 사프란색 하늘을 배경으로 거무스름한 에이번리 언덕이 보였다. 언덕 위로 바다에서 올라온 달이 밝게 빛나고 있었다. 작은 만에는 잔물결이 반짝이며 아름답게 출렁이고 있었다. 파도는 눈아래 보이는 바위로 부드럽게 밀려와 부딪쳤고, 대기는 바다 내음으로 가득했다.

"아아, 살아 있다는 게 너무 고마워. 집에 돌아와서 기뻐."

앤이 시냇물 위의 통나무를 건너자 '녹색지붕집'의 주방에서 따스한 불빛이 반기듯 새어나오고 있었고, 열려 있는 문틈으로 난롯불이 반짝이며 가을밤 추위에 붉은 빛을 던지고 있었다. 앤이 기운차게 언덕을 뛰어올라가 주방으로 들어가자 테이블 위에는 맛있어 보이는 따뜻한 저녁이 기다리고 있었다.

"왔구나."

"네, 돌아와서 기뻐요. 모든 것에, 심지어 시계한테까지 키스하고 싶을 정도예요. 아주머니, 먹음직스러운 통닭구이네요! 설마 저를 위해 만드신 건 아니겠죠?"

"너 주려고 만든 거야. 마차를 오래 타고 왔으니까 분명 배가 고플 거라고 생각했어. 특별히 맛있는 게 먹고 싶을 거라고 생각했지. 네가 없으니까 너무 심심하더라. 이렇게 오래 집을 떠난 적은 없었잖니."

저녁 식사 후, 앤은 난로 앞에 매슈와 마릴라 사이에 앉아 시내에서 경험한 일들을 상세하게 들려주었다. 그러고는 마지막에 덧붙였다.

"너무 멋있었어요. 제 생애에서 획기적인 사건이라고 생각해요. 하지만 무엇보다 제일 좋은 건 집으로 돌아오는 거였어요."

제30장 퀸스 스쿨 준비반

해가 거의 다 저문 11월 저녁, '녹색지붕집'의 주방에서는 난롯불만 벌겋게 타오르고 있었다. 마릴라는 뜨개질거리를 무릎에 내려놓고 힘없이 의자에 등을 기댔다. 다음에 시내에 나가면 안경 도수를 고쳐야겠다고 생각했다. 요즘 들어 부쩍 눈이 많이 피곤했기 때문이다.

앤은 난로 앞 깔개 위에 쪼그려 앉아 탁탁 소리를 내며 타오르는 불꽃을 바라보고 있었다. 읽고 있던 책은 바닥에 떨어져 있고, 반쯤 벌어진 입술에 미소를 띠며 몽상에 잠겨 있었다. 생생한 무지개 같은 환상 속에서 찬란하게 빛나는 스페인 성이 나타나고, 그곳에서 멋지고 매혹적인 모험들이 앤 앞에 펼쳐지고 있었다. 그 모험은 모두 승리로 끝났고, 현실 세계에서와는 달리 앤을 난처한 지경에 빠뜨리는 일은 한 번도 없었다.

마릴라는 사랑이 가득 담긴 눈으로 앤을 바라보고 있었다. 그러나 이런 표정은 지금처럼 난롯불이 희미하게 비치는 약간 어두운 때만 보이는 표정이고, 더 밝은 곳에서는 절대로 애정을 겉으로 표현하지 않았다. 마릴라의 성격상, 도저히 애정을 말이나 얼굴에 나타낼 수가 없었던 것이다. 그러나 내색을 하지 않는 만큼 더욱더 깊고 강하게 이 가냘픈 회색 눈의 소녀를 사랑하고 있었다. 앤은 마릴라가 자기를 얼마나 사랑하고 있는지 눈치채지 못하고, 마릴라처럼 까다롭고 쌀쌀맞고 완고한 사람은 없을 거라고 생각한 적까지 있었다. 그러나 그렇게 생각할 때마다 앤은 또 얼마나 마릴라가 자기를 위해 애써 주고 있는지를 생각하고는 자책감에 시달렸다.

"앤, 아까 네가 다이애나하고 놀러 나갔을 때, 스테이시 선생님이 오셨다가셨다."

마릴라가 불쑥 말을 꺼냈다.

앤은 깜짝 놀라 한숨을 쉬며 공상에서 현실 세계로 돌아왔다.

"어머, 그래요? 선생님께 죄송하네요. 다이애나하고 바로 요 앞 '유령의 숲'에 있었는데요. 요즘은 숲속이 아름다워요. 풀고사리도, 비단 같은 이파리도, 갖가지 나무 열매들도, 숲에서 나는 건 모두 잠들어 버렸어요. 마치 누가 봄이 올 때까지 숲 전체를 나뭇잎 모포로 휘감아 놓은 것 같아요. 분명히, 무지개 스카프를 두른 회색 요정이 지난밤 달빛에 살금살금 찾아와서 그렇게 했을 거예요. 하지만 제가 그렇게 말하자, 다이애나는 아무 대꾸도 안 했어요. '유령의 숲'에 유령이 나온다고 상상했다가 엄마한테 혼난 것 때문에 어지간히 영향을 받은 모양이에요. 그 다음부터 다이애나는 상상력을 못 쓰게 되어 버렸어요. 레이첼 아주머니가 그러시는데요, 머틀 벨이 바보가 돼버렸대요. 왜 그런지 루비 길리스한테 물었더니 아마 애인한테 배신당했기 때문이래요. 루비 길리스는 남자 생각밖에 안 해요. 나이 들수록 점점 더한 것 같아요. 남자도 물론 좋지만, 어떤 이야기든지 남자와 결부시켜요. 다이애나하고 전 평생 결혼 안 하고 언제까지나 함께 살자고 맹세할까 하고 생각하고 있어요. 다이애나는 아직 확실히 결심이 안 섰어요. 나쁜 남자하고 결혼해서 그 사람을 착하게 변화시키는 것도 좋지 않겠냐는 거죠. 요즘 우리는 중대한 일에 대해 얘기를 나누고 있어요. 언제까지나 어린애가 아니니까요. 이제 얼마 안 있으면 열네 살이 되잖아요. 큰일이에요. 지난주에 스테이시 선생님께서 열세 살 이상 되는 아이들을 모두 시냇가로 데리고 가서 얘기해 주셨어요. 틴에이저가 어떤 습관을 만들고, 어떤 이상을 갖느냐 하는 것은 그 사람의 인생에 아주 중요한 영향을 미친대요. 왜냐하면 스무 살이 될 즈음까지 우리들의 성격이 완성되어 일생의 기초가 형성되기 때문이라구요. 만약 그 기초가 흔들리면 그 위에 아무것도 좋은 것을 세울 수가 없대요. 학교에서 돌아오는 길에 다이애나하고 그 일에 대해 아주 진지하게 얘기했어요. 우리는 좋은 습관을 만들고, 가능한 한 많은 걸 배우고 현명해져서 스무 살이 될 때까지 훌륭한 성격을 갖기로 했어요. 참, 스테이시 선생님이 왜 오셨는데요?”

“그걸 말하려고 네 말이 끝나기를 기다리고 있었다. 너는 말을 시작했다 하면 끝이 없으니…… 너 때문에 찾아오셨더라.”

“저 때문에요?”

앤은 약간 겁먹은 모습이더니 금방 얼굴이 붉어져서 소리쳤다.

“아, 저, 알고 있어요. 아주머니한테 말씀드릴 생각이었어요. 오늘 오후에 역사 공부 시간에 제가 《벤허》를 읽고 있는 걸 스테이시 선생님한테 들켰거든요. 제인 앤드루스가 빌려준 책이에요. 뒷내용이 어떻게 되는지 궁금해서 견딜 수가 있어야죠. 그래서 책상 위에는 역사책을 펼쳐 놓고 무릎에 《벤허》를 올려 놓고 몰래 본 거예요. 책에 너무 열중해서 스테이시 선생님이 통로로 오시는 걸 몰랐어요. 문득 얼굴을 들어보니 스테이시 선생님이 나무라는 눈빛으로 내려다보고 계시잖아요. 얼마나 부끄러웠는지 몰라요. 스테이시 선생님은 제게 방과 후에 남으라고 하셨어요. 그때 얘기하셨어요, 제가 두 가지 점에서 아주 나쁜 짓을 했다구요. 우선 첫째는 공부에 써야 할 시간을 헛되게 썼다는 것. 둘째는 역사책을 읽고 있는 것처럼 보이면서 소설책을 읽고 있었으니까 선생님을 속인 것이 된다고 하셨어요. 그때까지는 제가 한 일이 남을 속이는 일이라고 생각하지 않았기 때문에 너무 놀라서 울어 버렸어요. 스테이시 선생님께 ‘용서해 주세요, 다시는 이런 짓을 하지 않을게요’라고 사과드렸어요. 그리고 ‘반성하는 뜻에서 앞으로 꼬박 일주일 간은 《벤허》를 안 읽을게요. 전차 경주가 어떻게 됐는지도 안 볼게요’라고 말씀드렸어요. 그랬더니 스테이시 선생님은 그렇게까지는 안 해도 된다고 하시고 용서해 주셨어요. 그런데 집에 오셔서 아주머니한테 다 일러바치셨군요. 너무해요.”

“스테이시 선생님은 그런 말씀은 전혀 안 하시던데? 네가 제 발이 저려서 그렇게 생각한 것뿐이야. 전혀 다른 얘기였어. 대체 학교에 소설책을 왜 가지고 가니? 하여튼 넌 너무 소설책을 많이 읽어. 내가 어릴 때는 소설 같은 건 아예 볼 수도 없었어."

앤은 항의하듯 말했다.

"《벤허》 같은 종교적인 책을 어떻게 소설이라고 하실 수 있어요? 그리고 지금은 스테이시 선생님이나 앨런 부인께서 열세 살 정도의 소녀에게 좋다고 생각하시는 책이 아니면 전혀 안 읽어요. 스테이시 선생님하고 그렇게 약속했어요."

"아휴, 난 램프 켜고 일이나 해야겠다. 넌 도무지 선생님이 뭐라고 하셨는지 궁금하지도 않은 모양이지?"

"말씀해 주세요. 이제 한 마디도 안 할게요. 제가 너무 말이 많다는 건 알고 있지만 그래도 열심히 참고 있는 거예요. 그렇게 말을 많이 해도 너 하고 싶은 걸 참을 때가 얼마나 많은지 아신다면 아마 조금은 칭찬하셨을 거예요. 네, 가르쳐 주세요, 아주머니."

"좋아, 스테이시 선생님은 성적이 우수한 애들 중에서 퀸스 스쿨의 입학 시험 준비를 하는 아이들을 위해 반을 만들고 싶다고 하시더라. 방과 후에 특별 수업을 해주시겠다고. 그래서 널 그 반에 넣을 건지 어떤지 오빠하고 나한테 물어보러 오신 거야. 넌 어떻게 생각하니, 앤? 퀸스에 가서 더 공부를 하고 교사 자격증을 따고 싶지 않니?"

앤은 자세를 고쳐 앉더니 두 손을 맞잡았다.

"그거야말로 제 일생의 꿈이었어요…… 지난 6개월간요. 루비하고 제인이 입학 시험 준비한다는 얘기를 들은 이후로요. 하지만 전 아무것도 안 했어요. 도저히 안 될 거라고 생각했거든요. 전 선생님이 되는 게 꿈이에요. 하지만 돈이 너무 많이 들잖아요? 앤드루스 씨가 그러는데, 프리시가 졸업할 때까지 150달러나 들었대요. 게다가 프리시는 기하도 잘하잖아요."

"돈 걱정은 하지 마라. 우리가 널 받아들였을 때 우리는 힘 닿는 데까지는 너를 교육시켜야 한다고 결심했으니까. 이제는 여자도 혼자 살 수 있는 힘을 기르는 게 좋다고 난 생각해. 매슈 아저씨하고 내가 있는 한 '녹색지붕집'은 언제까지나 네 집이야. 하지만 사람 일은 한치 앞도 내다볼 수 없으니까 미리미리 준비해 둬야 해. 그러니까 너만 좋다면 퀸스 스쿨반에 들어가도 좋아, 앤."

앤은 마릴라의 허리를 끌어안고, 진지하게 마릴라의 얼굴을 올려다보며 말했다.

"아주머니, 고마워요. 너무 감사해요. 열심히 공부해서 아저씨와 아주머니가 자랑스럽게 생각하시도록 할게요."

어떤 일이 있어도 마릴라는 앤에 대해 스테이시 선생님이 한 말을 그대로 옮길 생각은 아니었다. 허영심을 키우게 될 테니까.

"너라면 잘 해낼 거다. 머리도 좋고 열의도 대단하다고 선생님이 그러시더라. 절대로 서둘러 책에만 매달리고 그러진 마라. 서두를 필요는 없으니까. 아직 시험 보려면 일 년 반이나 남았잖니."

"지금까지보다 훨씬 공부에 의욕이 생겼어요. 일생의 목표가 생겼으니까요. 사람은 모두 일생의 목표를 설정하고 그걸 끝까지 이루어 내야 한다고 앨런 목사님이 그러셨어요. 단, 그 목표는 자기의 일생을 걸 만큼 가치 있는 일이어야겠지요. 스테이시 선생님 같은 선생님이 되고 싶다는 건 가치 있는 목표죠, 아주머니?"

드디어 퀸스 스쿨 반이 결성되었다. 길버트, 앤, 루비, 제인, 조시, 찰리, 그리고 무디가 그 안에 들어갔다. 다이애나는 부모님이 반대하셔서 들어가지 않았다. 그래서 앤은 슬펐다. 퀸 반이 시작되어 학교에 남아 특별 수업을 받는 날 저녁 앤은 다이애나가 다른 아이들과 함께 무거운 발걸음으로 학교를 나서서 혼자 '자작나무 길'이나 '제비꽃 골짜기'를 지나 집으로 향하는 것을 보고 안절부절못하다가 갑자기 다이애나의 뒤를 따라 달려나가고 싶은 충동에 휩싸였다. 자기도 모르는 사이에 눈물이 흐르자 당황한 앤은 펼쳐 놓은 라틴어 문법책으로 얼굴을 가렸다. 어떤 일이 있어도 길버트 블리드나 조시 파이에게 이 눈물을 보이고 싶지 않았다

"하지만요, 아주머니. 다이애나가 혼자서 나가는 모습을 보니까 앨런 목

사님이 일요일 설교에서 죽음과 같은 고통이라고 말씀하신 게 실감이 나더라구요."
하고 그날 밤 앤은 슬프게 말했다.
　"다이애나도 함께 입학 시험 공부를 하면 얼마나 좋을까 생각했어요. 하지만 레이첼 아주머니 말마따나 이 불완전한 세상에서 완벽한 걸 바랄 수는 없겠죠. 레이첼 아주머니가 하시는 말은 때때로 별로 기분이 안 좋지만, 그래도 옳은 말씀을 많이 하시는 것 같아요. 그리고 퀸 반은 굉장히 재미있을 것 같아요. 제인과 루비는 선생님이 되기 위해서만 공부한대요. 그게 최고의 야심이래요. 루비는 졸업하면 2년만 가르치고 결혼할 생각이래요. 제인은 일생을 교육에 바치고, 결코 절대로 결혼 같은 건 안 하겠다고 했어요. 왜냐하면, 가르치면 봉급을 받을 수 있지만 남편한테서는 아무것도 못 받고, 만약 달걀이나 버터 수입에서 자기 몫을 나눠 달라고 하면 투덜투덜 화를 내기 때문이래요. 제인은 아버지를 보고 남자들을 다 구두쇠라고 생각하는 것 같아요. 레이첼 아주머니가 그러시는데요, 제인의 아버지는 정말로 별나고 끔찍한 구두쇠래요. 조시는 그저 교육을 받고 싶어 진학하는 거래요. 자기가 돈을 벌 필요가 없으니까 그렇대요. 동정받으며 남의 집에 얹혀 살고 있는 고아하고는 사정이 다르다나요. 고아들은 열심히 빨리 공부를 마쳐서 자기 앞가림을 해야 된대요. 무디 스퍼전은 목사님이 되겠대요. 레이첼 아주머니는 그 이름으로는 목사밖에 될 게 없겠다고 하셨어요. 무디도 유명한 목사 이름이고 스퍼전도 유명한 목사 이름이잖아요. 저, 나쁜 줄은 알지만요, 아주머니. 무디 스퍼전이 목사가 된다고 생각하면 웃음이 나와 죽겠어요. 걔는 너무 웃기게 생겼잖아요. 얼굴은 크고 뚱뚱하고, 조그맣고 파란 눈에, 귀는 조그만 날개처럼 튀어나와 있잖아요. 하지만 크면 좀 나아질지도 모르죠. 찰리 슬론은 정치 쪽으로 진출해서 국회의원이 되겠대요. 그런데 레이첼 아주머니는 그건 성공하지 못할 거래요. 왜냐하면 슬론네 사람들은 모두 정직한데, 지금 정계에서 잘 나가는 사람들은 다 하나같이 부패한 사람들뿐이라구요."

"길버트는 뭐가 되겠대?"

앤이 《시저》를 펼치려는데 마릴라가 물었다.

"전 들어본 적 없어요."

이제 길버트와 앤은 서로 드러내 놓고 경쟁하는 사이였다. 이전에는 앤만 일방적으로 경쟁했지만 이젠 길버트도 반 수석이 되려는 결의를 굳힌 눈치였다. 두 사람은 팽팽한 라이벌이었다.

지난번 연못가에서 앤이 길버트의 사과를 거절한 이후로 길버트는 이 경쟁의식 외에는 일체 앤의 존재를 무시하는 태도로 나왔다. 그는 다른 여자애들과는 얘기도 하고 장난도 치고, 공부에 대해서 토론하기도 하고, 때로는 여자애 하나둘을 기도회나 토론회가 끝나면 집까지 데려다 주기도 했다. 그러나 앤 설리는 마치 존재하지도 않는 듯이 철저히 무시했다. 무시를 당한 앤은 기분이 좋을 수가 없었다. 아무리 고개를 저으며 그런 일에 신경쓰지 않겠다고 다짐해 봤지만 소용이 없었다. 앤의 변덕스럽고 여자다운 마음 속 깊은 곳에서는 자신이 자꾸 길버트에게 마음을 쓰고 있는 사실을 인정하고 있었다.

만약 '반짝이는 호수'에서 또다시 그런 기회가 찾아온다면 그때는 절대로 거절하지 않을 것이라는 걸 스스로 알고 있었다. 자기 자신도 미처 깨닫지 못하는 사이에 길버트에 대한 분노가 사라져 가는 것을 앤은 어떻게 할 수가 없었다. 그것도 무엇보다도 가장 그 분노가 필요한 시점에서 사라져 버린 것이다. 그때 일어난 사건이나 그때 품었던 분노를 생생하게 떠올리면서 처음과 같이 대단한 기세의 분노를 가슴 가득 채워 보려 노력했지만 소용이 없었다. 물론 앤이 후회하고 있다는 것은 길버트도, 다른 어느 누구도, 심지어 다이애나조차도 눈치채지 못했다.

겨울은 유쾌하고 순조롭게 지나갔다. 하루하루 거듭되어 가는 나날들은 마치 일 년이라 불리는 목걸이에 꿰인 황금 구슬처럼 앤에게는 느껴졌다. 앤은 행복했다. 멋지고 재미있는 책을 읽고 주일학교 합창단에서는 노래를 연습했다. 목사관에서 앨런 부인과 함께 이야기를 하며 즐겁게 토요일 오후를 보내는 일도 자주 있었다. 그리고 앤이 깨닫지 못하는 사이에 봄이 찾아와 세상은 또다시 꽃으로 감싸였다.

수험 준비는 조금씩 시들해져 갔다. 다른 아이들이 초록빛 오솔길이나 나뭇잎이 돋아난 숲속의 샛길이나 방목장으로 흩어져 가는 것을 학교 창문에서 바라볼 때면 퀸 학교 진학반 학생들은 라틴어 동사에도 프랑스어 문제에도 왠지 더욱 흥미를 잃어버리는 것이었다. 드디어 학기가 끝나고 즐거운 방학이 눈앞에 펼쳐졌다.

스테이시 선생님은 마지막날 저녁에 말했다.

"열심히 공부했으니까 이젠 즐겁게 방학을 지내도록 해요. 밖에 나가서 기운차게 뛰어놀고 내년을 위해 건강과 활력을 갖는 거예요. 내년에는 본격적으로 입학 시험 준비를 해야 하니까요."

"다음 학기에 다시 돌아오실 거예요, 선생님?"

조시 파이가 물었다. 조시 파이는 어떤 질문이든 거리낌없이 던졌는데, 지금은 반 아이들 모두 조시에게 고마워했다. 모두들 궁금했지만 감히 아무도 나서서 물어보지 못하고 있었기 때문이다. 얼마 전부터 학교에는 스테이시 선생님이 고향 마을 학교에서 제의를 받고 그에 응해서 내년에는 학교에 안 계실 것이라는 소문이 돌아 모두들 걱정을 하고 있었다. 학생들은 모두 숨을 죽이고 긴장하며 대답을 기다렸다.

스테이시 선생님이 대답했다.

"네, 돌아올 거예요. 다른 학교로 갈까도 생각했지만 에이번리에 돌아오기로 결정했어요. 사실대로 말하면 여러분에게 마음이 빼앗겨서 헤어질 수가 없기 때문이에요. 그러니까 여기서 여러분의 졸업을 지켜보기로 했어요."

"만세!" 하고 무디 스퍼전이 소리쳤다. 그는 한 번도 그런 식으로 자기 감정을 드러낸 적이 없었기 때문에, 그 후 일 주일 내내 이 일을 떠올릴 때마다 쑥스러워서 얼굴이 빨개지곤 했다.

앤도 기뻤다.

"아, 정말 기뻐요, 선생님. 선생님이 안 돌아오시면 안 돼요. 다른 선생님이 오시면 공부에만 전념할 수 없을 거예요."

그날 밤 집에 돌아오자 앤은 교과서를 전부 다락방의 낡은 트렁크 안에 집어넣고 열쇠로 잠가 버렸다.

"방학 때는 학교책은 안 보기로 했어요, 아주머니. 학기 동안 내내 열심히 공부했고, 기하도 1권에 나온 전제들을 몽땅 외웠으니까 기호가 바뀐다 해도 괜찮아요. 이제 공부는 뭐든 지긋지긋해요. 이번 여름은 정말로 재밌게 보내고 싶어요. 어쩌면 어린아이로서는 마지막 여름이 될지도 모르잖아요. 근사하고 바쁜 방학이 될 것 같아요. 루비 길리스의 생일 파티가 얼마 안 남았고, 주일학교 피크닉도 있고, 다음달엔 선교사 발표회가 있어요. 그리고 다이애나의 아버지가 곧 다이애나와 절 화이트샌드 호텔에 데리고 가서 저녁을 사주신대요. 호텔에서는 밤이 호화롭다면서요?"

마릴라가 후원회 모임에 참석하지 않았기 때문에 다음날 오후 린드 부인이 찾아왔다. 마릴라가 후원회에 안 나올 때는 뭔가 '녹색지붕집'에 안 좋은 일이 생겨서라는 것을 누구나 알고 있었던 것이다.

마릴라가 설명했다.

"목요일에 매슈 오빠가 심장발작을 심하게 일으켰어요. 예전보다 자주 발작이 일어나서 걱정이에요. 의사 선생님은 흥분은 절대 금물이라고 했어요."

그 동안 앤은 차를 끓이고 비스킷을 만들었는데, 그 비스킷이 너무나 부드럽게 잘 만들어졌기 때문에 흠잡기 좋아하는 레이첼도 칭찬하지 않을 수 없었다. 오솔길이 끝나는 곳까지 마릴라가 배웅할 때 린드 부인이 말했다.

"앤도 많이 총명해졌군요. 저 아이가 도움이 많이 되겠어요."

"그래요. 이제는 많이 차분해졌어요. 하도 덜렁거려서 걱정했는데, 어느샌가 그런 일이 없어졌어요. 이젠 뭐든 안심하고 맡겨요."

린드 부인이 말했다.

"3년 전에 봤을 때는 저 애가 저렇게 잘 자랄 줄은 몰랐어요. 정말로 그

때 저 애가 성질 부린 것만은 못 잊겠어요. 그날 밤에 집에 가서 토머스한
테 그랬죠. '두고 보세요. 마릴라 커스버트가 이제 곧 자기가 얼마나 어리석
은 짓을 했는지 가슴을 치는 날이 올 테니까'라구요. 그런데 제 생각이 틀렸
어요. 그리고 제가 틀려서 정말 다행이라고 생각해요. 전요, 자기 잘못을 인
정하지 않는 그런 사람은 아니에요. 제가 앤을 잘못 본 건 확실하지만 사실
무리도 아니었죠. 저 애처럼 별나고 엉뚱한 애가 어딨어요. 다른 아이들한
테 적용되는 상식으로는 저 애를 판단할 수가 없어요. 지난 3년 동안 저렇
게 변한 게 정말 믿어지지 않을 정도라니까요. 그리고 정말로 예뻐졌어요.
저는 다이애나 배리나 루비 길리스처럼 터질 것같이 혈색이 좋은 편을 좋
아해요. 루비 길리스의 얼굴은 정말로 화려하잖아요. 하지만 그 애들과 함
께 있으면 앤이 더 예쁘지도 않은데 오히려 그 애들이 뭔가 부족해 보이는
거 있죠. 마치 크고 붉은 작약과 함께 있는 하얀 수선화 같은 느낌이에요."

제31장 시냇물과 강물이 만나는 곳

앤은 즐거운 여름을 보냈다. 다이애나와 둘이서 거의 대부분 밖에서 보내며, '연인의 오솔길'이나 '요정의 샘', '버드나무 연못', '빅토리아 섬'의 아름다움을 즐겼다. 앤이 이렇게 밖으로만 도는데도 마릴라는 한 마디도 하지 않았다. 미니 매이가 후두염에 걸렸던 날 밤 스펜서베일에서 왔던 의사가, 어느 날 환자집에 우연히 와 있던 앤을 유심히 보더니, 다른 사람을 통해 마릴라에게 편지를 보냈다. 편지에는 '댁에서 사는 빨간 머리 여자애는 여름 내내 밖에 나가서 놀게 하십시오. 그리고 걸음걸이가 더 활발해질 때까지 책은 일체 못 보게 하십시오'라고 씌어 있었다.

마릴라는 부들부들 떨었다. 그 주의사항을 잘 지키지 않으면 앤이 폐병으로 죽게 될 것이라는 사실을 알았기 때문이다. 앤은 산책도 하고, 배도 젓고, 공상도 마음껏 했다.

9월이 되자 앤의 눈에는 다시 생기가 넘쳤고, 몸은 민첩해졌으며, 가슴속에는 또다시 포부와 열의가 가득 넘쳤다.

앤은 다락방에서 교과서를 가지고 내려와 말했다.

"이제 공부하고 싶어졌어요. 아아, 그리운 친구들아, 또다시 너희들의 다정한 얼굴을 보게 되어 반가워. 기하야, 너까지도 그리웠어. 이렇게 아름다운 여름은 없었어요, 아주머니. 그리고 이제 용사처럼 용감하게 경쟁하러 나갈 참이에요. 앨런 목사님이 지난 일요일에 말씀하신 대로요. 앨런 목사님의 설교는 정말 훌륭하지 않아요? 레이첼 아주머니가 그러시는데요, 점점 더 잘하신대요. 그리고 분명 어떤 큰 도시 교회에서 앨런 목사님을 탐내고 있어서, 우리는 어쩔 수 없이 또 누군가 신출내기 목사님을 골라야 될 거래요. 하지만 벌써부터 그런 걱정을 할 필요는 없어요, 아주머니. 앨런 목사님이 여기 계시는 동안은 그저 감사하면 된다고 생각해요. 만약 제가 남자라면 목사님이 되고 싶어요. 건전한 신학만 가지고 있으면 아주 좋은 감화를 불러일으킬 수 있을 거예요. 그리고 훌륭한 설교를 해서 듣는 사람들을 감동시킬 수 있다면 좋겠어요. 그런데 왜 여자는 목사가 될 수 없는 거예요, 아주머니? 레이첼 아주머니한테 여쭤 봤더니 깜짝 놀라시면서, 여자가 목사가 된다는 주제넘은 소리는 절대로 하지 말라고 하시더라구요. 미국에는 그런 일이 있을지도 모른다, 아니 분명히 있을 거다, 하지만 다행히도 캐나다는 아직 그렇게까지 되지는 않았고, 앞으로도 그런 일은 없기를 바란다. 이렇게 말씀하셨어요. 어째서 그러셨을까요? 여자도 얼마든지 훌륭한 목사가 될 수 있을 텐데. 친목회나 그 외에 뭐든지 기부금을 모으려고 모임을 가질 때면 부인회에 의존해야 되잖아요? 레이첼 아주머니라면 주일학교 교장 선생님이신 벨 씨만큼 기도를 잘하실 수 있을 거고, 조금만 더 연습하면 설교도 하실 수 있을 거예요."

"아마 그렇겠지. 지금도 개개인한테는 대단히 설교가 많으니까. 레이첼이 감독하고 있으니까 에이번리에서는 누구도 크게 나쁜 짓을 못 하지."

마릴라의 대답은 무뚝뚝했다.

앤은 갑자기 목소리를 낮추었다.

"아주머니, 저 비밀 얘기가 있어요. 저, 난처한 때가 있어요. 일요일 오후 같은 때 달리 생각할 것이 없으면, 특별히 이 문제가 마음에 걸려요. 저는요, 아주머니나 앨런 부인이나 스테이시 선생님하고 같이 있을 때는 진심으로 착해지고 싶다는 생각이 들거든요. 그래서 그분들이 기뻐하실 만한 행동만 하고 싶어요. 그런데 왜 그런지 레이첼 아주머니하고 있을 때는 괜히 못된 사람이 된 것 같은 기분이 들고, 아주머니가 안 된다고 하시는 행동이 자꾸 하고 싶어지는 거예요. 왜 그런 기분이 드는 걸까요? 제가 정말 못된 아이라서 그런 거예요?"

잠시 동안 마릴라는 뭐라고 해야 좋을지 몰랐다. 그러나 마침내 웃음을 터뜨렸다.

"네가 못됐으면 나도 못됐구나, 앤. 나도 자주 그런 생각이 들거든. 네 말 대로 레이첼이 사람들한테 올바른 행동을 하라고 잔소리만 덜 한다면 오히려 더 좋은 감화를 주지 않을까 하고 나도 생각한 적이 있어. 함부로 잔소리하지 말라는 율법이 있었으면 좋았을 텐데. 하지만 뭐, 레이첼은 좋은 기독교 신자고, 나쁜 마음으로 그런 건 아니니까. 에이번리에서도 그이만큼 친절한 사람은 없고, 또 레이첼은 자기가 할 일을 절대로 회피하지도 않아."

"아주머니도 저하고 똑같은 생각이라니 정말 다행이에요. 정말 안심이에요. 하지만 어른이 되니까 생각하고 결정해야 할 일들이 많이 생기는 것 같아요. 여러 가지 생각하고, 어느 것이 옳은지 정해야 되니까 항상 바빠요. 어른이 된다는 건 보통 일이 아니에요, 아주머니. 저처럼 매슈 아저씨나 마릴라 아주머니나 앨런 부인이나 스테이시 선생님 같은 좋은 친구를 가지고 있는 사람은 훌륭한 어른이 되지 않으면 안 돼요. 전 그 사람들에 대해서 책임을 느끼고 있어요. 친구들을 실망시킬 수는 없잖아요. 그리고 기회는 오로지 한 번뿐이니까요. 만약 올바르게 성장하지 않을 경우, 원래로 돌아가서 또다시 고칠 수가 없잖아요. 올 여름에는 키가 5센티미터나 자랐어요. 새옷을 길게 만들어 주셔서 정말 다행이에요. 그 짙은 초록색 옷은 정말 예뻐요. 그리고 옷자락에 주름 장식이 달려 있어서 좋아요. 그런 디자인이 올 가을에 유행이거든요."

"그렇다니 다행이구나."

에이번리 학교로 돌아온 스테이시 선생님은 학생들이 모두 또다시 열심히 공부하려 한다는 것을 알 수 있었다. 특히 퀸 학교 준비반은 전투에 대비하는 무사 같은 태세였다. 이미 그들의 앞길에는 끔찍한 '입학 시험'이 검은 그림자를 던지기 시작했기 때문이다.

그러나 겨울은 유쾌하게 쏜살같이 지나갔다. 변함없이 공부는 재미있었고 반의 분위기에도 활기가 있었다. 그것도 스테이시 선생님의 능숙하고 면밀하고 대담한 지도 덕분이었다. 선생님은 학생들을 스스로 생각하고 탐구하고 찾아내도록 이끌었고, 구태의연한 방식에서 탈피하도록 격려했기 때문에 린드 부인이나 학교 위원들이 모두 불안감을 가질 정도였다. 그들은 기존의 형식을 깨는 일에는 거부감을 가지고 있었던 것이다.

공부 외에 앤은 사교 모임에도 진출했다. 마릴라는 스펜서베일의 의사 말을 명심하고 있었기 때문에 앤이 때때로 외출하는 것에 더 이상 반대하지 않았다. 토론회는 여전히 잘되어 갔고, 발표회도 몇 번인가 열렸다. 거의 어른 수준에 가까운 파티도 한두 차례 있었고, 썰매로 드라이브도 가고, 스케이트도 자주 즐겼다.

그러는 동안 앤은 쑥쑥 자랐다. 어느 날 마릴라는 앤과 나란히 서보고 앤이 자기보다 키가 크다는 사실을 알고 깜짝 놀랐다.

"세상에, 앤, 너 어쩜 이렇게 컸니."

마릴라는 믿어지지 않는 듯 한마디 하고는 한숨을 내쉬었다. 앤의 키가 자라는 것에 대해 마릴라는 소중한 것을 잃어버린 듯한 아쉬움을 느꼈다. 자기가 귀여워하던 어린아이는 사라지고, 대신 키 크고 열다섯 살이나 되는 진지한 눈빛의 소녀가 사색적인 눈을 빛내며 작은 머리를 사랑스럽게 뒤로 젖히고 서 있는 것이다. 마릴라는 갑자기 허전하고 까닭 모를 슬픔을 느꼈다. 그래서 그날 밤 앤이 다이애나와 기도회에 가고 나자, 마릴라는 겨울 저녁 어스름 속에 혼자 앉아 울음을 터뜨렸다. 그러나 등불을 들고 들어오던 매슈가 그 모습을 보고 너무 놀랐기 때문에 마릴라는 눈물을 흘리면서도 웃지 않을 수가 없었다.

"앤을 생각하고 있었어요. 앤이 이제 너무 커버려서요. 그리고 아마 올 겨울에는 이곳에 없겠죠. 저 애가 없으면 난 쓸쓸해서 견딜 수 없을 것 같아요."

"집에 자주 올 수 있을 거야. 그때까지는 카모디에 철도가 생길 테니까."

매슈가 위로했다.

"그래도 항상 집에 같이 있을 때하고는 다를 거 아녜요. 하여튼요, 남자들은 이런 기분 이해 못 해요."

마릴라는 낮은 목소리로 말하며 한숨을 내쉬었다.

앤에게는 더 큰 변화도 있었다. 그 하나는 전보다 훨씬 조용해졌다는 것이다. 마릴라는 이 변화도 눈치채고 있었다.

"넌 예전의 반만큼도 말을 안 하는구나, 앤. 그리고 거창한 말도 별로 안 쓰고. 어떻게 된 거니?"

앤은 약간 얼굴을 붉히며 웃더니 책을 덮고 멍하니 창문 밖을 내다보았다. 봄날 햇빛에 이끌려 크고 통통한 붉은 싹이 담쟁이 덩굴에서 움텄다.

"모르겠어요. 별로 말을 하고 싶지 않아요."
라고 말하고 앤은 집게손가락으로 살짝 자기 볼을 찔렀다.

"정겹고 아름다운 생각은 보석처럼 가슴에 담아 두는 게 더 좋아요. 남들이 이상하게 여기거나 웃어넘기는 게 이젠 싫어요. 그리고 왠지 더 이상은 거창한 말을 쓰고 싶지 않아졌어요. 그런 말을 써도 사람들이 함부로 웃지 못할 만큼 어른이 됐는데 쓰고 싶지 않다니 정말 애석해요. 어른이 된다는 건 분명 기쁜 일이지만, 약간은 제 기대하고 다른 점도 있어요. 배워야 할 것도 생각할 것도 너무 많아서 거창한 말 같은 건 쓸 여유가 없어요. 그리고 스테이시 선생님께서 짧은 말이 긴 말보다 더 설득력있고 좋다고 하셨거든요."

"이야기 클럽은 어떻게 됐니? 얘기 들은 지가 오래됐네."

"이야기 클럽은 이제 없어요. 같이 모일 시간도 없구요. 그리고 싫증이 나기도 했구요. 사랑이니 살인이니 가출이니 미스터리니 하는 황당한 걸 쓴다는 게 어리석게 느껴졌어요. 가끔 스테이시 선생님이 작문 연습 때 소설을 쓰게 하시는데요, 실제 생활 속에서 일어날 수 있는 일만을 쓰라고 하셨어요. 그리고 그것을 날카롭게 비평하시고, 저희들한테도 자기 작품에 대해 비평하게 하셨어요. 스스로 비평해 보고 나니까 제 작문에 여러 가지 결점이 있었다는 걸 알았어요. 너무 창피해서 글쓰는 걸 그만두고 싶었지만, 스테이시 선생님은 자기 작품에 대해 가장 엄격한 비평가가 될 수 있게 되면 그제야 좋은 글을 쓸 수 있게 된다고 하셨어요.”

“입학 시험까지 이제 두 달밖에 안 남았잖니. 자신은 있지?”

앤은 몸서리를 쳤다.

“모르겠어요. 어떤 때는 잘할 수 있을 것도 같지만, 그 다음에는 또 너무 두려워져요. 우리는 열심히 공부하고 있지만, 그래도 떨어질지 몰라요. 각각 약점이 있거든요. 저는 물론 기하구요, 제인은 라틴어, 루비하고 찰리는 산수예요. 무디 스퍼전은 영국사에서 떨어질 것 같은 불길한 예감이 든대요. 빨리 다 끝났으면 좋겠어요, 아주머니. 가끔씩 자다가도 깨서 떨어지면 어쩌나 하는 걱정을 해요.”

“그럼, 내년에 시험을 또 보면 되잖니.”

마릴라는 태연했다.

“아아, 도저히 그럴 자신이 없어요. 떨어지면 너무 창피해서요. 특히 길버…… 다른 아이들이 합격하면요. 그리고 저, 시험 칠 때 흥분해서 엉망진창이 될 것 같아요. 저도 제인 앤드루스 같은 성격이면 좋았을 텐데. 걘 항상 차분하거든요.”

앤은 한숨을 길게 내쉬었다. 아름다운 봄의 세계, 산들바람이 불고 하늘은 푸르고 맑게 개어 손짓하고 있는 듯하지만, 앤은 결연하게 교과서에 몰두했다. 봄은 언제든지 찾아오지만, 만약 입학 시험에 떨어지면 영원히 봄을 즐길 수 없다고 앤은 생각했다.

제32장 합격자 발표

  6월의 학기말이 끝남과 동시에 에이번리 학교에서 스테이시 선생님의 계약도 끝났다. 그날 저녁 앤과 다이애나는 굉장히 심각한 얼굴로 돌아왔다. 울어서 눈이 벌겋게 부어 있는 것으로 보아 3년 전 필립스 선생님 때처럼 스테이시 선생님의 작별 인사도 아마 감동적이었던 모양이다. 다이애나는 가문비나무 언덕의 기슭에서 학교를 돌아보고 깊은 한숨을 내쉬었다.

  "모든 것이 다 끝나 버린 것 같아."

  다이애나는 쓸쓸하게 말했다.

  "넌 나보다 낫지. 넌 이번 겨울에도 다시 돌아오겠지만 난 영원히 이 정든 학교를 떠나는 거잖아. 만약 운이 좋다면."

  "그래도 모든 게 예전 같지 않을 거야. 스테이시 선생님도 안 계시지, 너도, 제인도 루비도 없어지잖아. 난 혼자서 앉아야 될 거야. 너 말고는 아무하고도 짝이 되고 싶지 않으니까. 얼마나 쓸쓸할까."

  커다란 눈물 방울이 다이애나의 코를 타고 흘러내렸다.

  "제발 울지 마. 안 그러면 나도 눈물을 그칠 수가 없어. 레이첼 아주머니 말마따나 정말로 기분이 내키지 않더라도 애써 기운을 좀 내자. 어쩌면 난 신학기에도 다시 돌아올지 몰라. 아무래도 시험에 떨어질 것 같은 예감이 들어. 이런 느낌이 자주 들거든."

  "하지만 넌 스테이시 선생님 시험에서 성적이 아주 좋았잖아."

  "그때는 차분하게 시험을 봤으니까. 진짜 시험에서는 도저히 차분할 수가 없을 거야. 그리고 수험번호가 13번이야. 조시 파이가 그러는데, 아주 운이 나쁜 숫자래. 난 미신은 안 믿지만 그래도 13번이 아니면 좋을 텐데 하는 생각이 들어.”

“나도 너하고 같이 가면 좋을 텐데. 하지만 만약 그런다면 이제부터 매일 밤 죽도록 공부를 해야겠지.”

“아냐, 스테이시 선생님이 이제 책은 보지 말라고 하셨어. 그러잖아도 피곤한 머리를 더 혼란스럽게 할 거라고. 시험에 대해서는 조금도 생각하지 말고 산책하고, 밤에는 일찍 잠자리에 들어서 푹 자라고 하셨어. 그렇게 할 수 있으면 좋겠지만 너무 어려워. 프리시 앤드루스가 그러는데, 입학 시험이 있는 주에는 매일 밤늦게까지 안 자고 죽도록 공부에 매달렸었대. 그러니까 나도 프리시처럼 늦게까지 공부할 생각이야. 너희 조세핀 할머님이 시내에 있는 동안 ‘너도밤나무집’에서 묵어도 좋다고 해주셔서 정말로 고마워.”

“거기 가 있는 동안 편지 보내.”

다이애나는 약속대로 편지를 받았다.

　다이애나에게

　화요일 밤이야. 난 지금 ‘너도밤나무집’ 서재에서 이 편지를 쓰고 있어. 어젯밤 방에 혼자 있었더니 너무 쓸쓸해서 네가 같이 있었으면 얼마나 좋을까 생각했어. 선생님과의 약속 때문에 공부는 안 했지만, 유혹을 뿌리치기가 너무 힘들었어. 읽다 만 소설책을 안 보려고 꾹 참았을 때처럼 역사책을 펼쳐 보고 싶어서 못 견디겠더라.

　오늘 아침에 스테이시 선생님이 나를 데리러 와주셨어. 도중에 제인과 루비와 조시한테 들러서 모두 같이 학교로 갔지. 루비가 자기 손 좀 만져 보라고 해서 만져 보니 얼음장 같더라. 조시는 내가 한잠도 안 잔 것 같다면서 합격하더라도 내 체력으로는 힘들고 어려운 교사 과정 공부를 견뎌내기 어려울 거라고 하는 거야. 지금도 여전히 난 조시 파이를 좋아할 수가 없어. 학교에 도착해 보니 섬 전체에서 몰려든 학생들이 많이 와 있었어. 제일 먼저 눈에 띈 애는 무디 스퍼전인데, 계단에 앉아서 뭘 혼자 중얼중얼하고 있더라. 제인이 대체 뭘 하느냐고 물으니까 무디는 "마음을 가라앉히려고 구구단을 외우고 있어. 제발 부탁이니 방해하지 말아 줘. 잠시라도 멈추면 떨려서 모처럼 기억한 것을 모두 잊어버릴 것 같아. 하지만 구구단만 외우고 있으면 외운 게 다 제자리에 가만히 있어" 그러는 거 있지.

우린 지정된 교실로 들어가게 되어 스테이시 선생님과는 헤어져야 했어. 난 제인과 함께 앉았는데, 제인이 너무 차분하게 있어서 부러웠어. 착하고 차분하고 착실한 제인한테는 구구단 같은 건 전혀 필요하지 않았어. 나는 내 기분이 얼굴에 드러날까 봐, 그리고 내 심장 뛰는 소리가 교실 전체에 들릴까 봐 걱정이 될 정도였어.

그러고 있는데 어떤 남자가 들어와서 국어 시험 용지를 나눠 주기 시작했어. 그걸 받아든 순간 내 손은 차갑게 얼었고, 눈앞이 캄캄하고 머릿속은 뒤죽박죽 엉켜 버렸어. 정말 무서운 순간이었어. 4년 전에 마릴라 아주머니한테 나를 '녹색지붕집'에 있게 해주실 거냐고 물었을 때하고 똑같은 기분이었어. 그러고 나서 다시 모든 것이 맑아졌고 심장도 다시 뛰기 시작했어…… 아, 참! 말하는 걸 잊었는데 그 전에 심장이 완전히 멎었었거든. 점심 식사 때 집에 돌아갔다가 오후에 다시 역사 시험을 치러 갔어. 역사는 상당히 어려웠어. 하지만 아아, 다이애나, 기하 시험은 내일이야. 계속 기하 책을 펼쳐 보지 않겠다고 열심히 참고 있는 중이야. 만약 구구단이 조금이라도 기하에 도움이 된다면 나는 지금부터 내일 아침까지라도 암송할 거야.

저녁에 다른 애들한테 가봤어. 가는 도중에 무디 스퍼전이 어두운 얼굴로 고개를 숙이고 있는 걸 봤는데, 역사를 망쳐 버렸대.

자기는 부모님을 실망시키려고 태어난 것 같다면서 내일 아침에 기차로 집에 돌아갈 생각이래. 목사가 되는 것보다 목수가 되는 게 더 쉬울 것 같다면서. 나는 포기하면 안 되니까 기운 내서 끝까지 잘해 보라고 했어. 안 그러면 스테이시 선생님께 죄송하다고 설득했어. 때로는 나도 남자애로 태어났으면 좋겠다고 생각한 적이 있지만, 무디 스퍼전을 보면 내가 여자로 태어나서 다행이고, 더구나 무디 스퍼전의 누이가 아니라서 다행이라고 생각해.

루비의 숙소에 가보니 루비는 한창 히스테리를 부리고 있는 중이었어. 영국

사 시험에서 실수를 많이 해서 분하다면서. 루비가 진정되고 나서 우리는 시내로 나가 아이스크림을 먹었어. 네가 있었으면 좋았을 텐데. 아아, 다이애나! 기하 시험만 끝나면 얼마나 좋을까! 하지만 레이첼 아주머니의 입버릇처럼 내가 기하 시험에서 실패하든 아니든 태양은 변함없이 뜨고 지겠지. 그건 틀림없지만 그렇다고 해서 마음이 편해지진 않아. 내가 떨어지면 태양이 안 뜬다고 하면 조금 위로가 되겠지만.

그럼 이만.

너의 충실한 앤으로부터

드디어 기하 시험과 함께 다른 시험들도 모두 끝나고, 앤은 금요일 저녁 무렵에 돌아왔다. 지금은 지쳐 있었지만, 홀가분한 표정이었다. 앤이 '녹색지붕집'에 도착하자 다이애나가 기다리고 있었다. 두 사람은 마치 몇 년 만에 만난 것처럼 기뻐했다.

"앤, 잘 왔어. 네가 간 지 몇 년은 된 것 같아. 시험은 어땠어?"

"기하 외에는 모두 잘 본 것 같아. 하지만 합격할지는 모르겠어. 아무래도 안 될 것 같은 예감이 들어. 아아, 돌아와서 기뻐. 세상에서 '녹색지붕집' 만큼 좋은 곳은 없어."

"다른 애들은 어때?"

"모두 말로는 떨어졌을 거라고 하지만, 잘 본 것 같아. 조시는 기하가 너무 쉬워서 열 살짜리 애도 풀 수 있겠더라고 하는 거 있지. 무디 스퍼전은 역사에서 망쳤다고 하고, 찰리는 대수를 망쳤다고 해. 하지만 결과는 발표가 되어야 확실하게 알 수 있는 거니까. 아직 이 주일이나 남았어. 생각해 봐, 이 주일이나 긴장하면서 지내야 되잖아. 난 깊이 잠들어서 발표하는 날에나 눈을 떴으면 좋겠어."

다이애나는 길버트는 어땠냐고 물어도 소용없다는 것을 알고 있었기 때문에, 그냥 "다 합격할 거야. 걱정할 것 없어"라고만 말했다.

"난 아주 뛰어난 성적이 아니면 차라리 떨어지는 게 더 나아."

라고 앤이 말했다. 그것은 길버트 블리드보다 더 좋은 성적이 아니면 합격을 한다 해도 분할 거라는 뜻임을 다이애나는 잘 알고 있었다.

이런 이유 때문에 앤은 발표를 기다리는 동안 내내 온 신경을 곤두세우며 지냈다. 길버트도 그랬다. 두 사람은 시내에서 몇 번이고 마주쳤지만, 서로 모르는 척하며 지나쳤다. 그때마다 앤은 고개를 더 꼿꼿이 세우면서도, 마음속으로는 길버트가 사과했을 때 거절하지 않았으면 좋았을 텐데 하고 더욱 절실히 느꼈다. 그러나 한편으로는 무슨 일이 있어도 시험에서 그를 이겨야겠다고 굳게 결심했다.

앤은 에이번리의 아이들이 모두 앤과 길버트 둘 중에 누가 더 좋은 성적을 받느냐에 관심이 있었을 뿐 아니라, 지미 글로버와 네드 라이트가 내기까지 걸었다는 것, 또한 조시가 틀림없이 길버트의 성적이 더 좋을 거라고 말한 것까지 알고 있었다. 그랬기 때문에 만약 떨어지게 되면 도저히 망신스러워서 살 수가 없다고 생각했다.

그러나 앤이 좋은 성적으로 합격하고 싶다고 바라는 마음에는 그보다 더 숭고한 동기가 있었다. 앤은 매슈 아저씨와 마릴라 아주머니를 위해, 특히 매슈 아저씨를 위해 그러기를 바랐던 것이다.

매슈 아저씨는 항상 앤이 일등을 할 거라는 확신을 가지고 있었다. 그런 것은 감히 꿈도 꾼 적이 없지만, 하다못해 10등 안에라도 들어서 매슈 아저씨의 다정한 갈색 눈동자가 자랑스럽게 빛나는 것을 보고 싶다고, 앤은 간절히 바라고 있었다. 그거야말로 지금까지 낭만적인 것과는 전혀 거리가 먼 방정식이나 동사 활용에 꾸준히 매달려 온 수고에 대한 가장 큰 보답이라고 생각했다.

이 주일이 끝날 즈음에는 앤도 안절부절못하는 아이들과 함께 모여 우체국 주변을 어정거리다가 떨리는 손으로 《샬럿타운 일보》를 펼쳐 보곤 했다. 그럴 때마다 입학 시험 때 못지 않게 손이 덜덜 떨리며 바닥으로 꺼져 들 듯한 무거운 기분이었다. 찰리도 길버트도 마찬가지였지만 무디 스퍼전만은 나오지 않았다.

"난 거기 가서 신문을 볼 용기가 없어. 그냥 누가 갑자기 찾아와서 내가 합격했는지 안 했는지 알려 주는 걸 기다릴 생각이야."

삼 주일이 지나도 결과는 발표되지 않았다. 앤은 이제 더 이상 긴장감을 견뎌 내지 못할 것 같았다. 식욕도 없어졌고, 세상 모든 일이 다 시들해져 버렸다. 린드 부인이 보수당이 교육부 업무를 담당하는 한 이런 일이 생기는 건 당연하다고 했기 때문에, 매슈는 앤이 매일 창백한 얼굴로 기운 없이 우체국에서 터덜터덜 돌아오는 것을 볼 때면 내년에는 자유당에 투표하는 게 좋지 않을까 진지하게 고민했다.

마침내 뉴스가 들어왔다. 마침 앤은 시험 걱정과 이 세상의 고통을 모두 잊은 채 창가에 앉아 여름 황혼의 아름다움에 취해 있었다. 전나무 위의 동쪽 하늘은 서쪽의 황혼이 반사되어, 희미한 분홍빛으로 불들어 몽환적인 느낌을 자아내고 있었다. 색채의 요정이 만약 있다면 저런 느낌이 아닐까 하고 앤은 멍하니 바라보고 있었다.

바로 그때 전나무 숲속에서 다이애나가 뛰어나오더니 통나무 다리를 건너 비탈을 올라오는 것이 보였다. 손에는 신문이 펄럭였다.

앤은 벌떡 일어섰다. 시험 결과가 발표된 것이다. 앤은 머리가 빙빙 돌고, 가슴은 아플 정도로 쿵쿵 뛰었다. 마침내 다이애나가 복도를 지나 노크도 하지 않은 채 방으로 뛰어들어왔다. 몹시 흥분해 있었다.

"앤, 너 합격했어. 일등이야…… 너도 길버트도 두 사람 다…… 동점이야…… 하지만 네 이름이 먼저 나왔어. 아아, 너무 기뻐."

신문을 탁자 위에 던진 다이애나는 앤의 침대에 풀썩 엎어졌다. 숨이 차서 그 이상 아무 말도 할 수 없었던 것이다. 앤은 램프에 불을 붙이려다가 성냥갑을 뒤엎고 성냥개비 여섯 개를 버리고 나서야 간신히 불을 붙였다. 그리고 신문을 집어들었다. 그랬다. 앤은 합격했다. 더구나 2백 명의 이름 중에 제일 앞에 적혀 있었다.

"잘했어."

드디어 호흡이 편안해진 다이애나가 일어나 할딱거리며 말했다. 앤이 멍한 표정으로 한 마디도 하지 않았기 때문이다.

"아버지가 브라이트리버에서 이 신문을 가지고 오신 지 10분도 안 됐어. 이건 오후 기차로 왔으니까 여기에는 내일 도착할 거야. 나, 발표 보자마자 그냥 미친 것처럼 뛰어왔어. 모두 합격했어. 무디 스퍼전도 모두. 제인도 루비도 상당히 잘 쳤어. 중간보다 위야…… 찰리도 그래. 조시는 겨우 3점 차이로 간신히 합격했어. 하지만 두고 봐. 분명 일등이라도 한 것처럼 뽐낼 테니. 오오, 앤. 수석 입학하는 기분이 어때? 나라면 기뻐서 미쳐 버릴 거야. 지금도 좋아서 죽겠어. 그런데 넌 꼭 봄날 저녁처럼 침착하네."

"마음속은 그렇지 않아. 하고 싶은 말이 산더미처럼 있지만 말이 안 나와. 이런 일은 상상도 못 했어. 아저씨께 알려 드리고 올게."

두 사람은 매슈가 헛간 아래 건초밭에서 건초를 뭉치고 있는 곳으로 급히 달려갔다. 마침 린드 부인이 울타리에서 마릴라와 얘기를 나누고 있었다.

"오오, 매슈 아저씨 저 합격했어요. 일등으로 합격했어요…… 일등 중에 한 사람이에요."

앤은 큰 소리로 외쳤다.

"그래, 내 짐작대로구나. 네가 다른 아이들을 쉽게 이길 거라는 걸 난 알고 있었다."

매슈는 기쁜 표정으로 신문을 들여다보았다.

"잘했다, 앤."

마릴라는 앤을 칭찬해 주고 싶어서 가슴이 터질 것 같았지만, 흠잡기 좋아하는 린드 부인에게 들키지 않으려고 그렇게 말했다. 그러나 린드 부인은 진심으로 기뻐해 주었다.

"정말 멋지게 해냈구나. 앤, 넌 우리 모두의 명예야. 네가 정말 자랑스럽단다."

앤은 자기 방의 열린 창가에 무릎을 꿇고 앉아 달빛을 받으며 진심으로 감사와 희망의 기도를 바쳤다.

제33장 호텔 발표회

"꼭 그 흰색 오건디로 해, 앤."

하고 다이애나는 단호히 말했다.

두 사람은 동쪽 방에 있었다. 노린 빛을 띤 황혼이 가득한 하늘에는 구름 한 점 없었다. 은빛으로 빛나는 커다란 보름달이 '유령의 숲' 위로 얼굴을 내밀고 있었다. 대기는 아름다운 여름의 속삭임으로 진동하고 있었다. 졸린 새들의 지저귐, 변덕스러운 산들바람, 멀리서 들려오는 재잘거림이나 웃음소리 등. 그러나 앤의 방에는 셔터가 내려지고 램프가 켜져 있었다. 중요한 몸치장이 시작되었던 것이다.

이 동쪽 방은 4년 전, 앤이 바짝 움츠러들 정도로 썰렁한 느낌을 맛보았을 때하고는 완전히 바뀌어서, 소녀에게 더할 나위 없이 아름답고 우아한 보금자리가 되어 있었다.

바닥에는 깨끗한 깔개가 깔려 있고, 높은 창문에는 연한 녹색 모슬린 커튼이 산들바람에 살랑거렸다. 벽에는 사과꽃 무늬의 벽지를 발랐고, 앨런 부인에게 선물 받은 아름다운 그림이 두 장 걸려 있었다. 스테이시 선생님의 사진이 걸려 있는 곳이 이 방에서 제일 명예로운 장소였는데, 그 밑에 앤이 항상 싱싱한 꽃들을 꽂아 두었다.

오늘 밤은 하얀 백합이 온 방안에 꿈처럼 아련한 향기를 채우고 있었다. 책이 가득 쌓인 흰 페인트칠이 된 책꽂이, 쿠션을 댄 버드나무 흔들의자와 흰 모슬린 천으로 가장자리를 두른 화장대, 원래 손님방에 걸려 있던 고풍스러운 금박 테두리 거울, 그리고 나지막한 하얀 침대가 있었다.

앤은 화이트샌드 호텔의 발표회에 가기 위해 옷을 차려입고 있었다. 호텔 손님이 샬럿타운의 병원을 돕기 위해 마련한 것인데, 이 근방의 재능있는 아마추어들 모두에게 응원을 요청한 것이다. 화이트샌드의 침례교회 성가대에서는 버사 샘프슨과 펄 클레이가 이중창을, 뉴브리지의 밀턴 클라크가 바이올린 독주를, 카모디의 위니 아델라 블레어가 스코틀랜드 민요를, 그리고 스펜서베일의 로라 스펜서와 에이번리의 앤 셜리가 낭송을 하기로 되어 있었다.

앤이 늘 입버릇처럼 말했듯이 오늘 밤은 앤의 생애에서 획기적인 사건이었다. 앤에게 주어진 이 영광에 매슈는 천국에라도 올라간 듯 기뻐했다. 마릴라도 자랑스럽게 생각하는 것은 그에 못지 않았다. 하지만 겉으로 내색하지는 않은 채, 어린애들이 마땅한 보호자도 없이 호텔 같은 곳에 가는 것이 못마땅하다는 식으로만 말하고 있었다.

앤과 다이애나는 제인 앤드루스와 제인의 오빠 빌리와 함께 대형 마차를 타고 가기로 했다. 그밖에도 에이번리의 소녀나 소년들이 여러 명 가기로 했고, 시내에서도 손님이 많이 오기로 되어 있었다. 발표회가 끝나면 출연자들에게 저녁 식사가 나올 예정이었다.

"정말로 오건디가 제일 나아? 저 파란색 꽃무늬 모슬린이 더 예쁘지 않니?"

앤은 걱정이 되는지 물었다.

"하지만 너한테 아주 잘 어울리잖아. 부드럽고 주름도 많고 네 몸에 잘 맞아. 모슬린은 뻣뻣하고 너무 정장을 한 것처럼 보여. 그렇지만 오건디는 자연스러워 보여."

앤은 한숨을 내쉬었다. 다이애나는 옷을 잘 입는다고 평판이 자자했기 때문에, 옷 문제에 대해서는 대부분 다이애나의 충고를 따랐다. 이날 밤 다이애나는 핑크색 들장미 무늬의 드레스를 입었는데 아주 예뻤다. 앤은 다이애나 같은 핑크색은 영원히 포기해야 했다. 그러나 다이애나는 오늘 밤 무대에 서지 않기 때문에 자신은 둘째였고, 온통 앤의 치장에만 정신을 쏟았다. 다이애나는 에이번리의 명예가 걸려 있기 때문에 앤을 여왕처럼 기품있고 아름답게 입히고, 머리를 틀어올려 장식해야 한다고 단언하고 있었다.

"그 주름을 좀더 잡아당겨 봐. 그래, 됐어. 자아, 허리엔 리본을 묶어 줄게. 자아, 샌들. 머리는 두 갈래로 나누어 땋고 한가운데에서 커다란 흰 나비 리본으로 묶을 거야. 어, 이마로 머리 끌어내리지 마. 그냥 부풀리기만 해야 돼. 이 스타일이 너한테 제일 잘 어울려, 앤. 그렇게 머리를 가르면 성모 마리아처럼 보인다고 앨런 부인도 그러셨어. 이 작고 흰 장미를 네 귀 바로 뒤에 꽂을 거야. 우리 집 장미밭에 한 송이 피었길래 너한테 주려고 가지고 왔어."

"진주 목걸이 해도 되겠어? 지난주에 매슈 아저씨가 시내에 가서 사오신 건데, 내가 그걸 하는 모습을 분명히 보고 싶어하실 거야."

다이애나는 입술을 오므리고, 검은 머리를 갸웃거리면서 곰곰이 생각하더니 그러라고 했다. 그래서 가늘고 하얀 앤의 목에 진주 목걸이가 걸렸다. 다이애나는 진심으로 감탄하며 말했다.

"네 스타일에는 어딘가 굉장히 근사한 데가 있어, 앤. 머리를 들고 다니는 게 위엄이 있어 보여. 그리고 전체적으로 스타일이 좋은 것 같아. 난 너무 뚱뚱해. 그렇게 될까 봐 걱정했는데 결국엔 그렇게 되고 말았어."

"하지만 너한테는 귀여운 보조개가 있잖아. 크림을 약간 파놓은 것 같은 멋진 보조개야. 이제 다 된 거니?"

그때 마릴라가 들어왔다. 마르고 머리카락은 예전보다 더 희끗희끗했고 여전히 딱딱한 모습이었지만, 표정은 훨씬 부드러워졌다.

"자, 우리 낭송가 좀 보세요. 멋지죠?"

다이애나가 자랑스럽게 말했다.

마릴라는 뭐라고 설명하기 힘든 기묘한 목소리로 말했다.

"단정하고 우아해 보이는구나. 그 머리는 잘 어울리는데. 하지만 그 옷은 먼지나 이슬 때문에 호텔까지 마차 타고 가면 엉망이 되지 않겠니? 그리고 이렇게 습기가 많은 밤의 옷차림으로는 너무 얇은 것 같다. 아무튼 오건디처럼 다루기 힘든 천은 없다니까. 오빠가 이걸 사왔을 때 그렇게 말했지만. 하여튼 요즘엔 오빠한테 무슨 말을 해도 소용없다니까. 내가 시키는 대로만 하고 살던 시절도 있었는데, 요즘엔 앤에게 필요하다 싶은 물건이라면 한마디 상의도 없이 다 사버려. 카모디 상점 사람도 그걸 눈치채고, 매슈 아저씨한테 물건을 떠넘길 수 있는 방법을 터득했을 정도야. 이 물건은 예쁘고 최신 유행입니다, 라고만 하면 매슈는 돈을 아낌없이 내던지니까. 스커트가 차 바퀴에 안 닿도록 신경써야 한다, 앤. 쌀쌀하니 외투를 입고 가거라.”

그렇게 말하고 마릴라는 아래층으로 내려갔다. 한줄기 달빛이 이마에서 얼굴로 흐르는 앤이 너무나 예쁘고 자랑스러웠고, 앤이 낭송하는 것을 들으러 갈 수 없는 것이 못내 아쉬웠다.

“정말로 습기가 많을까?”

앤은 걱정스러웠다.

“아니야. 날씨가 아주 좋아. 이슬도 내리지 않아. 저기 달빛을 좀 봐.”

다이애나는 창문 셔터를 올렸다.

앤은 다이애나가 있는 곳으로 다가갔다.

“이 창문이 동쪽으로 나 있어서 정말 좋아. 아침해가 저 긴 언덕 위로 솟아오르고, 저 뾰족한 전나무 꼭대기에서 반짝이는 걸 보면 얼마나 근사한데. 매일 아침마다 달라 보여. 아침 햇살이 환하게 창으로 들어오면 마음까지 깨끗하게 씻기는 기분이 들어. 다이애나, 난 이 작은 방이 너무너무 좋아. 다음달에 샬럿타운으로 가게 되면 어떻게 해야 좋을지 모르겠어.”

“오늘 밤엔 떠난다는 얘긴 하지 마. 오늘 밤만은 마음껏 즐기며 지내고 싶어. 뭘 낭송할 거야, 앤? 떨리지 않니?”

“아니. 많은 사람들 앞에서 낭송한 경험이 많아서 지금은 아무렇지도 않아. 〈처녀의 맹세〉로 할까 해. 아주 감동적이야.”

“만약 앙코르를 청하면 어떻게 할래?”

앤은 내심 앙코르를 받고 싶었다. 그리고 다음날 아침 식탁에서 그 자랑스러운 얘기를 매슈 아저씨에게 들려주는 장면을 그려 보고 있었다.

"빌리와 제인이 왔나 봐. 마차 소리가 나잖아."

빌리 앤드루스가 앤에게 꼭 앞좌석에 자기와 함께 앉으라고 했기 때문에, 앤은 마지못해 그 말에 따랐다. 사실은 뒷좌석에서 친구들과 같이 앉고 싶었다. 빌리는 별로 웃지도 떠들지도 않았다.

빌리는 크고 뚱뚱한 체격의 촌스러운 스무 살 청년이었다. 둥글고 무표정한 얼굴에, 안쓰러울 정도로 말을 못했다. 그러나 평소에 앤을 몹시 좋아하고 있었기 때문에 이 소녀와 나란히 화이트샌드까지 마차를 타고 간다는 생각에 가슴이 뿌듯했다. 앤은 어깨 너머로 친구들과 재잘거리며, 때로는 빌리에게도 가끔씩 예의로 한마디씩 건네며 애교를 부렸다. 빌리는 씩 웃거나 껄껄 웃다가 적당한 대꾸가 마침 생각나서 입을 열려고 하면 벌써 때를 놓쳐 버리곤 했다.

즐거운 밤이었다. 길은 호텔로 향하는 마차로 북적거렸고, 사람들이 웃고 떠드는 소리가 사방으로 메아리쳤다. 호텔에 도착해 보니 천장에서 바닥까지 휘황찬란한 불빛의 홍수였다. 발표회 위원회 부인들이 앤과 그 일행을 마중해 주었고, 그 중 한 사람은 앤을 출연자 대기실로 안내해 주었다. 이미 그곳에는 샬럿타운 교향악단 사람들이 와 있었다. 그 대기실 안으로 들어가자 앤은 갑자기 주눅이 들고 떨려서 자신이 너무 촌스럽게 느껴졌다. 옷도 동쪽 방에서는 그렇게 아름답고 우아해 보이더니, 실크와 레이스 장식이 번쩍이고 사각사각 옷자락 스치는 소리를 내며 지나쳐 가는 사람들 속에서는 너무나 단순해서 평범하게 생각되었다. 옆에 있는 아름다운 부인이 달고 있는 다이아몬드에 비하면 진주 목걸이 같은 것은 아무것도 아니었다. 그리고 자신이 꽂고 있는 한 송이의 조그만 흰 장미도 다른 사람들이 달고 있는 화려한 온실꽃 옆에서는 너무나 빈약해 보였다.

마침내 호텔 발표회장의 무대로 불려갔을 때는 더욱더 견딜 수가 없었다. 전등은 눈부셨고, 향수 냄새와 웅성거리는 소리에 앤은 침착성을 잃고 말았다. 청중이 되어 다이애나와 제인과 함께 앉아 있다면 얼마나 좋을까 싶었다. 앤은 핑크색 실크 옷을 입은 뚱뚱한 부인과 흰 레이스 옷을 입은 키 크고 냉소적인 표정을 짓고 있는 소녀 사이에 끼여 있었다. 뚱뚱한 부인은 이따끔씩 뒤로 돌아 안경 너머로 앤을 정면으로 쳐다봤다. 나중에는 하도 빤히 쳐다보아 앤은 큰 소리로 비명을 지르고 싶은 충동을 느꼈다.

마침 그 호텔에 전문적인 낭송가가 한 사람 묵고 있었는데, 그 여인은 발표회에 출연해 달라는 제의를 흔쾌히 수락했다. 검은 눈빛의 그 부인은 달빛으로 짠 듯한 반짝이는 아름다운 회색 드레스를 입고, 목과 검은 머리에서는 보석이 번쩍이고 있었다. 그 목소리는 정말 놀라울 정도로 아름다웠고, 표현이 능숙했다. 청중들은 모두 열광했다. 앤은 잠시 동안 넋을 잃고 멍하니 눈을 반짝이며 낭송에 빠져 있었다. 낭송이 끝나자 앤은 갑자기 양손으로 얼굴을 가렸다.

도저히, 저 부인 다음 차례에는 낭송을 할 수가 없어. 어떻게 내가 낭송을 할 수 있겠어? 아아, 이대로 집으로 돌아갈 수만 있다면!

이 불운한 순간, 앤의 이름이 불렸다. 앤은 휘청거리며 일어나서 앞쪽으로 걸어갔다.

앤은 너무 상기되었다. 전신이 마비될 것 같았다. 줄지어 앉아 있는 이브닝드레스 차림의 여인들, 빤히 뚫어지게 쳐다보는 얼굴들, 전체적으로 풍기는 부유하고 세련된 분위기, 이 모든 것이 너무나 생소하고 화려해서 당혹스러웠다. 토론회의 소박한 벤치에 가득 줄지어 앉아 있던 친구들이나 이웃들의 친숙하고 배려 깊은 표정들과는 전혀 달랐다. 이 사람들은 모두 인정사정없는 비평가처럼 느껴졌다. 아마 저 레이스 옷 소녀처럼 모두 자신이 '촌스러운' 짓을 하기를 기다리고 있을 것이다. 앤은 참을 수 없이 부끄럽고 비참한 기분에 휩싸였다. 무릎은 후들거렸고, 가슴은 두근거렸고, 머리는 멍해지는 것 같았다. 무대에서 도망쳐 버리고 싶었다.

그러나 돌연, 홀 뒤편에 있는 길버트 블리드가 눈에 들어왔다. 그는 머리를 숙이고 재미있다는 듯이 미소짓고 있었다. 그것이 앤에게는 승리감에 젖어 조롱하는 미소처럼 보였다. 그가 함께 태우고 온 조시 파이는 그와 나란히 앉아 있었는데, 그 얼굴에는 분명 승리감에 젖은 비웃음이 가득했다.

앤은 숨을 한번 깊이 들이마시고, 머리를 자신있게 뒤로 젖혔다. 갑자기 전기 충격이라도 받은 것처럼 용기가 솟아올랐다. 어떤 일이 있어도 길버트 블리드 앞에서는 쓰러지지 않는다. 길버트 같은 애한테 절대로 웃음거리가 되지 않겠다. 떨림이 사라지자 앤은 낭송하기 시작했다. 맑고 아름다운 목소리는 떨리지도, 끊기지도 않고 홀 구석구석까지 퍼져 나갔다. 완전히 침착함을 회복하고, 그 무서운 순간을 만회하려는 듯 그 어느 때보다도 잘했다. 낭송이 끝나자 홀이 떠나갈 듯이 요란한 박수 갈채가 쏟아졌다. 부끄러움과 기쁨으로 뺨을 붉히며 앤이 자기 자리로 돌아오자, 핑크색 실크 드레스를 입은 뚱뚱한 부인이 앤의 손을 힘껏 잡으며 말했다.

"정말 잘했어요. 난 마치 어린애처럼 울어 버렸다니까. 저것 봐, 모두들 앙코르를 청하고 있네. 다시 한 번 나오라고 하는 거야."

앤은 당황했다.

"어머, 저 못 나가요. 그래도…… 안 나가면 안 돼요. 안 그러면 매슈 아저씨께서 실망하실 테니까요. 제가 틀림없이 앙코르를 받을 거라고 하셨거든요."

"그럼, 아저씨를 실망시키면 안 되지."

부인은 웃으며 말했다.

앤은 얼굴을 붉힌 채 미소지으며 또다시 앞으로 나가, 위트가 넘치는 짧은 작품을 맑은 눈빛으로 낭송했다. 청중들은 더욱 매료되었다. 그 이후에 이어진 그날 밤은 완전히 앤의 것이었다.

발표회가 끝나자 미국의 백만장자 부인이었던 핑크 드레스의 그 뚱뚱한 부인은 앤의 보호자를 자청해 모든 사람들에게 소개해 주었다. 사람들은 모두 앤을 칭찬했다. 낭독 전문가인 에반스 부인은 목소리가 아름답고, 작품을 훌륭하게 '소화'했다고 격려해 주었다.

모두들 크고 우아한 식당에서 식사를 했다. 다이애나와 제인도 앤의 일행이어서 초대받았다. 세 소녀는 떠들썩하게 웃고 재잘거리면서 조용한 하얀 달빛 속으로 나왔다.

아아, 맑게 갠 밤의 고요함 속으로 다시 나왔을 때의 기쁨. 모든 것이 위대하고 고요하고 아름다웠다. 멀리에서 은은하게 들려오는 바다의 속삭임과, 그리고 마법에 걸린 해안을 지키는 거인과도 같은 저 너머 어둠 속의 절벽들까지도.

제인은 한숨을 쉬었다.

"이렇게 근사한 일은 처음이지? 난 부자 미국인이 되어 여름에는 호텔에서 지내고, 휘황한 보석을 달고 가슴이 파인 드레스를 입고 매일 아이스크림과 치킨 샐러드를 먹고 싶어. 학교에서 아이들을 가르치는 것보다 훨씬 더 재미있을 거야. 앤, 네 낭송은 정말 대단하더라. 처음에는 하도 떨어서 네가 시작도 못 하는 게 아닌가 걱정했지만. 에반스 부인보다 훨씬 잘한 것 같아."

"어머, 그런 소리 하지 마, 제인. 아무려면 내가 에반스 부인보다 더 잘했겠니. 그분은 전문가이신데."

다이애나가 말을 꺼냈다.

"너한테 경의를 표한 사람이 있어. 제인과 내 뒤에 미국인 한 사람이 앉아 있었거든. 조시 파이가 그러는데, 그 사람은 유명한 화가래. 보스턴에 있는 조시 엄마의 사촌 여동생이 그 사람과 같은 학교에 다녔던 남자와 결혼했대. 그런데 그 사람이 이렇게 말하는 걸 들었어. 너도 들었지, 제인? '저 아름다운 티치아노 머리를 하고 무대 위에 서 있는 소녀는 누구지? 내 그림의 모델로 삼고 싶은 얼굴인데'라고 말이야. 그런데 티치아노 머리가 무슨 뜻이야?"

앤이 웃었다.

"그건 빨간 머리라는 뜻일 거야. 티치아노는 빨간 머리 여자를 많이 그린 유명한 화가거든."

제인은 한숨을 내쉬었다.

"그 여자들이 달고 있던 다이아몬드 모두 봤니? 너무나 눈부시더라. 부자가 되고 싶지 않니, 너희는?”

앤이 자신있게 말했다.

“우린 부자야. 왜냐하면 우리는 행복하고, 그리고 모두 상상력을 가졌어. 저 바다를 봐, 은빛과 그림자와 그리고 어둠에 묻혀 있는 것들을. 설령 백만 달러를 가지고 있다 해도, 다이아몬드 목걸이를 수십 개 가지고 있다 해도 이 아름다움을 즐길 수는 없을 거야. 난 다른 어떤 여자가 나와 바꿔 주겠다고 해도 바꾸고 싶지 않아. 저 흰 레이스 옷을 입은 사람이 돼서 늘 언짢은 얼굴을 하며 살고 싶니? 마치 세상을 비웃으려고 태어난 사람처럼! 아니면 저 핑크 드레스의 여자처럼 저렇게 뚱뚱하고 키가 작고, 맵시라고는 하나도 없는 사람이 됐으면 좋겠니? 에반스 부인도 아주 슬픈 눈을 하고 있지 않든? 그런 걸 보면 아주 불행한 일이 있었던 게 틀림없어. 난 그런 선 싫어, 제인.”

“난 잘 모르겠어. 다이아몬드가 사람들에게 큰 위로가 되어 줄 거라고 생각해.”

제인은 아직 인정하기 어려운 모양이었다.

앤은 말했다.

“난 나 자신 외에는 아무것도 되고 싶지 않아. 난 진주 목걸이를 한 ‘녹색 지붕집’의 앤으로 대만족이야. 매슈 아저씨가 이 목걸이에 담은 애정이 핑크 드레스 부인의 보석에 뒤떨어지지 않는다는 걸 난 알아.”

제34장 퀸의 여학생

　그 후 3주일 동안 '녹색지붕집'은 분주했다. 앤의 퀸 학교 입학 준비 때문이었다. 미리 상의하고 정리할 것도 많았다. 앤의 옷은 예쁜 것들뿐이었다. 매슈가 이것저것 신경을 많이 썼기 때문이다. 마릴라도 이번만은 매슈가 무엇을 사든 전혀 반대하지 않았다. 그러기는커녕 오히려 어느 날 저녁 마릴라는 아름다운 연한 초록색 천을 안고 동쪽 방으로 올라왔다.

　"앤, 이걸로 이브닝 드레스를 만들면 어떨까? 예쁜 옷이 많으니까 별로 필요할 것 같진 않지만, 시내에서 저녁 파티에라도 초대받으면 너도 뭔가 그럴 듯한 옷이 있어야 되지 않을까 싶어서. 제인도 루비도 조시도 이브닝 드레스를 준비했다더라. 난 네가 다른 애들한테 처지는 건 싫다. 이건 지난 주에 앨런 부인이 시내에서 함께 골라 주신 거야. 그리고 에밀리 길리스한테 만들어 달라고 할 생각이야. 센스도 있고, 솜씨도 따라갈 사람이 없으니까."

　"오, 아주머니. 너무 아름다워요. 하지만 이렇게 저한테 잘해 주시면 안 돼요. 그러니까 자꾸 더 떠나기가 힘들어지잖아요."

　초록색 드레스는 완성되었다. 그 옷에는 에밀리의 취향에 따라 가능한 한 많은 장식이 달려 있었다. 앤은 어느 날 밤 매슈와 마릴라를 위해 그 옷을 입고 주방에서 〈처녀의 맹세〉를 낭송했다.

　그 밝고 생기 넘치는 얼굴을 바라보는 동안 마릴라는 앤이 '녹색지붕집'에 처음 왔던 날을 떠올렸다. 누르스름해진 회색의 보기 흉한 옷을 입은 아이가 눈물을 가득 머금고 있던 모습이 또렷이 되살아났다. 그 생각을 하는 동안 마릴라의 눈에도 눈물이 넘쳐흘렀다.

"어머, 제 낭송이 아주머니를 울렸네요."

앤은 까불거리더니 마릴라의 뺨에 가볍게 키스했다.

"그럼 대성공인데요."

"네 낭송 때문에 운 게 아냐. 그냥 네가 어렸을 때 일이 생각나서 그랬어. 굉장히 엉뚱한 꼬마였는데, 언제까지나 어린 꼬마로 있어 주면 얼마나 좋을까 생각하고 있었어. 이렇게 커서 떠나 버리면 괴롭잖니. 그리고 그 옷을 입으니까 너무 키가 크고 날씬해 보여서 왠지…… 왠지 완전히 변해 버린 것 같아서…… 꼭 에이번리 아이 같지가 않다…… 이런 생각을 하다 보니 우울해진 거야."

앤은 마릴라 앞에 무릎을 꿇고 앉아 양손으로 마릴라의 주름진 얼굴을 감싸고, 진지한 눈빛으로 다정하게 마릴라의 눈을 들여다보았다.

"전 조금도 변하지 않았어요. 정말로 항상 똑같은 앤이에요. 제가 어디에 가든, 외모가 어떻게 변하든 조금도 달라진 건 없어요. 마음은 언제나 마릴라 아주머니의 어린 꼬마 앤이에요. 매일매일 날이 갈수록 더 마릴라 아주머니와 매슈 아저씨와 이 정다운 '녹색지붕집'이 좋아지기만 하는걸요."

앤은 자기의 뺨을 마릴라의 수척한 뺨에 비비고, 손을 뻗어 매슈의 어깨를 어루만졌다. 마릴라는 그때 자기 감정을 앤처럼 말로 표현할 수 있다면 좋겠다고 생각했다. 하지만 성격과 습관이 허락하지 않았기 때문에 그저 자신의 어린 딸아이를 다정하게 꼭 감싸안은 채 보내지 않을 수만 있다면 하고 바라고 있을 뿐이었다.

왠지 자꾸 눈이 젖어오자 매슈는 일어나서 집 밖으로 나가 버렸다. 여름 날 밤하늘에 촘촘히 떠 있는 별빛 아래에서 그는 뒤뜰을 가로질러 포플러 나무 아래에 있는 대문까지 걸어갔다.

"음, 저 아이는 버릇없이 자라지는 않았어. 내가 가끔씩 참견하기를 잘했어. 저 애는 영리하고 예쁘고, 무엇보다도 마음이 따뜻해. 저 애가 우리에게

온 것은 축복이야. 정말로 스펜서 부인이 고마운 실수를 해주신 거야. 운이 좋았어. 아니, 그게 아니고 이건 하느님의 뜻이었어. 하느님은 저 아이가 우리들한테 필요하다는 것을 아셨던 거야.”

마침내 앤이 샬럿타운으로 가는 날이 왔다. 7월의 어느 화창한 날 아침, 다이애나와 울면서 작별 인사를 하고, 마릴라의 눈물 없는 담백한 배웅을 받으며, 앤과 매슈는 마차를 타고 갔다.

앤이 가버리자 마릴라는 닥치는 대로 일을 해대며 하루종일 일에 매달렸지만, 자기도 모르는 사이에 자꾸 눈물이 흘러나왔다. 그날 밤 잠자리에서, 복도 끝 그 조그만 동쪽 방에 이제 더 이상 생기발랄한 아이가 없다는 생각이 들어, 베개에 얼굴을 묻고 몹시 울었다.

가까스로 시간에 맞춰 시내에 도착한 앤과 그 외의 에이번리 학생들은 서둘러 학교로 갔다. 첫쨋날은 신입생 전체와 인사를 나누고, 교수들을 소개받고, 반을 배정받았다. 앤은 스테이시 선생님의 추천으로 2학년 과정을 밟을 예정이었다. 길버트 블리드도 그랬다. 성적만 좋으면 2년 걸려야 하는 1급 교사 자격증을 1년 만에 딸 수 있게 되는 것이다. 그러나 그만큼 공부는 힘들었다. 앤은 50명의 학생과 함께 교실로 들어갔는데, 아는 얼굴이 없어 몹시 쓸쓸했다. 물론 갈색 머리의 키 큰 소년은 예외였지만. 그러나 아는 사이라 해도 별로 도움이 될 만한 사이가 아니었다.

그래도 앤은 두 사람이 같은 반이라서 기뻤다. 지금까지 해왔던 경쟁을 앞으로도 계속할 수 있을 테니까. 이렇게 해서 하나의 목표가 생기게 된 것이다.

‘길버트도 단단히 결심한 모양이야. 분명 메달을 목표로 하고 있을 거야. 어쩜, 쟨 턱이 저렇게 잘생겼지. 이제까지는 그걸 몰랐네.’

그날 저녁 아직 어스름하게 빛이 남아 있을 때 자기 침실에 혼자 틀어박힌 앤은 더욱 쓸쓸함을 느꼈다. 앤은 다른 여자애들과 숙소가 달랐다. 다른 애들은 모두 시내에 친척이 있어서 그곳에서 통학하기로 되어 있었다. 조세핀 배리 할머니는 앤을 자기 집에 두고 싶어했지만 학교에서 너무 떨어져 있었기 때문에 그럴 수가 없었다. 그래서 배리 할머니는 앤의 하숙집을 찾아 주고, 편지를 써보내 매슈와 마릴라를 안심시켰다.

이 집을 경영하고 있는 부인은 원래 좋은 가문 출신이고, 남편은 영국 장교였습니다. 하숙생을 고를 때 아주 까다롭기 때문에 여기라면 앤이 수상쩍은 사람과 한지붕 밑에 있을 염려가 없습니다. 식사도 좋고 학교에서 가깝고, 주변은 깨끗하고 한적합니다.

실제로 모두 사실이었다. 그러나 그런 장점들이 앤의 향수병을 달래 주지는 못했다. 앤은 슬픈 얼굴로 좁고 작은 방을 둘러보았다. 어두운 색의 벽시에 그림 한 짐 걸려 있지 않은 벽, 작은 철제 침대, 텅 빈 책꽂이. '녹색지붕집'의 자신의 하얀 방을 생각하자 앤은 자꾸 눈물이 흘러나왔다. 창 밖은 복잡하고 딱딱한 포장 도로이고 하늘은 전화선들로 가로막혀 있고, 익숙하지 않은 발소리와, 낯선 사람들의 얼굴을 비추는 무수한 전등불뿐이었다.
"난 울지 않을 거야. 마음이 약해지면 안 돼. 어머, 눈물이 세 방울이나 코를 타고 떨어졌네. 뭔가 재미있는 일을 생각해야지. 하지만 재미있는 일이라고 해도 모두 에이번리하고 관계된 건데 괜히 그립기만 할 거야……넷, 다섯 …… 이번 금요일에는 집에 갈 수 있잖아. 하지만 몇백 년은 기다려야 될 것 같아. 지금쯤 아주머니는 문 앞에서 매슈 아저씨를 기다리며 오솔길 쪽을 보고 계실 거야. 여섯, 일곱, 여덟, 아아, 숫자를 세도 소용없어. 이젠 눈물이 한꺼번에 쏟아져 내리네."
눈물이 홍수처럼 쏟아지려던 참이었는데, 마침 그때 조시 파이가 들어왔다. 친숙한 얼굴을 본 기쁨에 앤은 조시와 친한 사이가 아니라는 사실도 잊어버렸다.
"잘 왔어."
앤은 진심으로 말했다.
조시는 동정하는 척했다.

"너 울고 있었구나. 향수병에 걸린 모양이네. 난 향수병 같은 건 안 걸려. 갑갑하고 지루한 에이번리에 비하면 도시 생활은 너무 즐겁잖아. 그런 곳에서 지금까지 잘도 살았다 싶어. 내가 생각해도 신기할 정도야. 울지 마, 앤. 보기 흉해. 네 코하고 눈이 다 빨개져서 나중에는 얼굴 전체가 새빨개지겠다. 뭐 먹을 것 좀 있어? 난 배가 고파 죽을 지경이야. 마릴라 아주머니가 과자를 잔뜩 넣어 주셨을 거라고 생각해서 왔는데. 안 그러면 프랭크 스토클리하고 공원에 가서 밴드 연주를 봤을 거야. 프랭크는 나하고 같은 곳에서 하숙하는데 아주 재미있는 애야. 오늘 교실에서 너를 봤대. 나한테 그 빨간 머리 애는 누구냐고 묻더라. 그래서 커스버트 씨네 집에 입양된 고아인데, 그 전에는 무슨 일을 했는지 아무도 잘 모른다고 얘기해 줬어."

조시와 함께 있느니 차라리 혼자 울고 있는 게 낫겠다고 앤이 생각하고 있을 때, 제인과 루비가 찾아왔다. 두 사람 다 보라색과 진홍색의 퀸 학교 리본을 가슴에 달고 있었다. 조시는 제인과 '말도 안 하는' 상태였기 때문에 조금 조용해졌다.

"아휴, 난 오늘 아침부터 벌써 몇 개월이나 지난 것 같은 기분이 들어. 돌아가서 베르길리우스에 대해 공부를 해야 되는데. 그 지독한 할아버지 교수가 내일 첫 시간에 20행을 외워 오라는 거 있지. 그런데 도저히 오늘 밤만은 차분하게 공부 못 하겠어. 앤, 혹시 너도 울지 않았니? 고백해. 그러면 나도 안심하게. 왜냐하면 아까 루비가 오기 전에 실컷 울고 있었거든. 누군가 다른 사람도 같은 바보짓을 했다고 말하면 아무래도 좀 위안이 되잖아. 어머, 과자네? 작은 걸로 하나 줘. 고마워. 정말 에이번리의 냄새가 나는 것 같아."

루비는 책상 위에 퀸 학교 학사 달력이 놓여 있는 것을 보고, 앤에게 금메달을 목표로 하고 있는지 물었다.

앤은 얼굴을 붉히며 그럴 생각이라고 대답했다.

그때 조시가 말했다.

"참, 그러니까 생각난다. 퀸에도 드디어 에이브리 장학금이 나오게 됐어.

프랭크 스토클리가 가르쳐 주더라. 그 애 숙부가 이사 중에 한 사람이래. 내일 발표될 거래."

에이브리 장학생! 앤은 가슴이 고동쳤다. 조시가 이 뉴스를 알려 주기 전까지만 해도 앤의 최고의 야심은 일 년 후에 지방 교사 자격증과 그리고 금메달을 받는 것이었다. 그러나 지금은 앤의 목표가 바뀌었다. 자신이 에이브리 장학금을 받아 레드먼드 대학 예술과에 들어가서 가운과 학사모를 쓰고 졸업하는 모습이 눈앞에 떠올랐다. 에이브리 장학금은 영어학 성적에 달려 있고, 그 과목은 앤이 자신하는 과목이었기 때문이다.

뉴브런스위크의 어떤 부자 실업가가 죽으면서 유산의 일부를 장학금으로 기부했다. 학교별로 분배되는 그 돈이 퀸 학교에도 할당될지 의문이었는데, 마침내 결정되어 올 연말에 영어학과 영문학으로 최고의 성석을 얻은 졸업생이 그 장학금을 받기로 되어 있었다. 한 해에 250달러씩 4년간, 레드먼드 대학 재학중에 받게 되는 것이었다. 앤이 그날 밤 불타는 듯한 얼굴로 잠자리에 든 것도 무리는 아니었다.

"열심히 공부해서 받을 수 있는 거라면 꼭 받고 말 거야. 매슈 아저씨가 얼마나 좋아하실까. 야심을 갖는다는 건 즐거운 일이야. 이렇게 많은 야심이 있어서 기뻐. 끝이 없어 보이지만 그게 더 좋아. 하나의 야심을 실현했다 싶으면 또 다른 야심이 더 높은 곳에서 빛나고 있잖아. 사는 데 정말 의욕이 생겨."

제35장 퀸의 겨울

주말마다 에이번리로 돌아가면서 앤의 향수병은 점점 나아졌다. 날씨가 그다지 나쁘지 않으면 에이번리의 학생들은 금요일마다 카모디까지 새로 개통된 기차를 타고 집으로 돌아왔다. 그러면 다이애나를 비롯해 몇 명의 젊은이들이 대개 마중을 나와 있다가, 모두들 떼를 지어 에이번리까지 걸어서 돌아가곤 했다.

이렇게 가을의 차가운 공기 속을 언덕을 넘어 에이번리의 불빛들을 헤아리며 돌아가는 금요일 저녁은, 앤에게는 일 주일 중에 가장 즐겁고 소중한 시간이었다.

길버트는 거의 항상 루비 길리스와 걸으며 그녀의 가방을 들어 주었다. 루비는 대단히 아름다운 아가씨였는데, 자기 자신도 그 사실을 잘 알고 있었으며 완전히 어른이 된 것처럼 생각했다. 스커트도 엄마가 허락하는 한 길게 입었고, 머리도 도시풍으로 올렸다. 크고 파란 눈에 희고 고운 피부여서 금방 남의 눈을 끌었으며 약간 통통하고 잘 웃고, 쾌활하고 마음씨 착한 소녀였다.

"그래도 그 애는 길버트가 좋아할 타입이 아니야."

제인이 앤에게 속삭였다. 앤도 같은 생각이었지만, 그런 말은 입 밖에 내지 않았다.

앤은 길버트처럼 관심사가 같은 친구와 얘기하고 웃고 책이나 공부나 야심에 대해 의견을 나누고 싶었다. 길버트가 야심을 품고 있다는 것을 앤은 알고 있었다. 하지만 길버트가 루비 길리스에게 그런 애기를 하더라도 루비는 별로 흥미를 가질 아이가 아니었다.

앤이 길버트에 대해 이성으로서 관심을 갖는 것은 아니었다. 앤에게 남자 친구는 좋은 전우에 지나지 않았기 때문에 만약 길버트와 친구가 되더라도 그가 다른 여자 친구를 얼마나 많이 사귀든, 그런 것은 상관하지 않았을 것이다.

앤은 친구를 만드는 재주가 있었기 때문에 여자 친구라면 얼마든지 있었지만, 남자 친구도 우정의 폭을 넓혀 주고 판단을 할 때나 의견의 수준을 높이는 데 상당한 도움이 될 것이라고 생각했다. 물론 자신의 마음을 정확히 알 수는 없었다. 그러나 앤은 만약 길버트가 기차에서 집까지 함께 걸어가 준다면 기분 좋은 들판이나 오솔길을 걸으며 자신들의 새로운 세계에 대한 것이나 미래의 포부에 대해 즐겁게 애기 나눌 수 있을 거라고 생각했다. 그는 매사에 자신의 의견이 분명한 사람이어서 대화하기 좋은 상대였다.

루비는 제인에게 말했다.

"길버트가 하는 말은 반도 못 알아듣겠어. 꼭 앤이 뭔가 생각에 잠겨서 말할 때하고 같아. 나는 복잡하게 머리를 쓰는 것이 귀찮아. 프랭크 스토클리가 훨씬 재미있고 활기있지만, 길버트만큼 멋지지는 않아. 어느 쪽이 더 좋은지 모르겠어."

학교에서 앤은 드디어 작은 그룹을 만들었다. 모두 상상력이 풍부하고 야심에 찬 학생들이었다. 붉은 뺨의 소녀 스텔라 메이나르도, '꿈꾸는 소녀'인 프리실라 그랜트와도 친해졌다. 창백하고 고상해 보이던 프리실라는 무척 심술궂었지만 재미있는 아이였고, 그에 반해 검은 눈동자의 재기발랄한 스텔라는 앤처럼 아름다운 꿈과 공상을 가슴 가득 지닌 아이였다.

크리스마스 후 에이번리 출신 학생들은 집에도 돌아가지 않고 더욱 열심히 공부했다. 이들은 점점 확실히 각자의 재능과 개성이 두드러지게 드러났다. 그래서 몇 가지 사실들이 아이들 사이에서 널리 알려지게 되었다. 메달

경쟁자는 길버트 블라이드와 앤 셜리와 루이스 윌슨, 이 세 사람으로 좁혀졌다는 것, 에이브리 장학금은 더 애매해서 여섯 명 정도의 경쟁자 중 누구 한 사람이 타게 된다는 것이었다. 또한 수학 성적에 따라서 주는 동메달은 울퉁불퉁한 이마에 기운 코트를 입은 내륙 출신의 작고 뚱뚱한 남자애가 탈 거라고 했다.

루비 길리스는 그해에 학교에서 가장 예쁜 여학생으로 인정을 받았고, 2학년 반에서는 스텔라 메이나르가 미인의 영예를 안았으며, 개성을 중시하는 몇몇 소수의 학생들은 앤 셜리를 좋아했다. 에델 마르는 최신 유행으로 머리 손질을 잘한다고 인정을 받았고, 끈기 있고 성실한 제인 앤드루스는 가정학에서 일등을 했다. 조시 파이마저 퀸 학교 학생 중에서 가장 신랄한 독설가로 명망을 얻었다. 그래서 스테이시 선생의 옛 제자들은 퀸에서 모두들 자신의 위치를 확고히 했다고 할 수 있었다.

앤은 열심히 공부했다. 길버트에 대한 경쟁 의식은 에이번리 때와 마찬가지였지만 반 아이들은 거의 그 사실을 모르고 있었다. 그러나 이제 앤은 길버트를 반드시 싸워 이겨야 하는 상대가 아니라, 서로에게 자극이 되는 좋은 라이벌로 생각할 뿐이었다. 이제는 더 이상 이기지 못하면 살 가치가 없다고 생각하지는 않았다.

시간이 있을 때나 대부분의 일요일은 '너도밤나무집'에서 지냈고, 배리 할머니와 함께 교회에 갔다. 배리 할머니는 나이를 먹어 가면서도 눈빛은 아직 흐려지지 않았고, 그 혀는 조금도 날카로움을 잃지 않았다. 그러나 앤은 언제나 까다로운 노처녀 할머니의 귀한 손님이었다.

배리 할머니는 이렇게 말했다.

"그 꼬마 앤은 볼 때마다 더 좋아지는걸. 난 다른 여자애들한테는 싫증을 느끼곤 했지. 모두들 짜증스러울 정도로 언제나 똑같으니까. 그런데 앤은 무지개처럼 갖가지 색깔을 지니고 있고, 보여주는 색깔마다 모두 예쁘거든. 그 아인 정말 사랑스러워."

마침내 봄이 찾아왔고, 에이번리에서는 산사나무꽃이 분홍빛 싹을 피우기 시작했다. 그러나 샬럿타운의 학생들은 시험으로 머릿속이 가득 차 있었고, 모이면 온통 시험 얘기뿐이었다.

앤이 말했다.

"이번 학기도 끝나가는구나. 벌써 시험이 다음주로 다가오다니. 때로는 저 밤나무의 커다란 꽃봉오리와 길 끝의 희미한 푸른 하늘을 볼 때면 시험은 사소한 것처럼 느껴지기도 해."

마침 그곳에 있던 제인과 루비, 조시는 생각이 달랐다. 그들에게 시험은 아주 중대한 문제여서, 밤나무 꽃봉오리니 봄안개니 하는 것과는 비교할 수 없는 것이었다. 앤은 적어도 시험에 통과할 자신이 있으니까 그렇게 생각해도 괜찮겠지만, 운명을 이 시험에 걸었다고 생각하는 자신들은 그런 식으로 차분하게 대처할 수 없다고 생각했다.

제인은 한숨을 내쉬었다.

"난 하도 걱정을 해서 지난 2주 동안 살이 7파운드나 빠졌어. 퀸에 와서 돈을 많이 썼는데 교사 자격증을 못 따면 어떻게 하지."

조시 파이가 말했다.

"난 상관없어. 만약 통과하지 못하면 내년에 다시 오지 뭐. 우리 아버지는 능력이 있으시니까. 앤, 프랭크 스토클리가 그러는데, 길버트 블라이드가 메달을 따고, 에밀리 클레이가 에이브리 장학금을 받게 될 거라고 트레메인 교수가 말씀하셨대."

앤은 웃었다.

"그 말을 들었으니 내일은 두통이 생기겠는데, 조시. 하지만 지금은 '녹색 지붕집' 아래 골짜기에 제비꽃이 가득 피어 있는 한, '연인의 골짜기'에 작은 풀고사리가 고개를 내밀고 있는 한, 장학금이 어찌 되든 상관없어. 난 최선을 다했으니까. 이제 시험 얘기는 그만 하자. 저 집 위에 옅은 녹색 하늘을 봐."

"졸업식에는 뭘 입을 거야, 제인?"

하고 루비가 현실적인 문제를 꺼내자, 금방 소녀들은 옷에 관한 얘기로 꽃을 피우기 시작했다.

　앤은 노을 지는 하늘을 꿈꾸듯 바라보며 청춘의 희망으로 불타는 황금의 실로 꿈을 짜고 있었다. 앤의 앞길은 장밋빛으로 빛나고, 한해 한해가 만개한 장미로 불후의 화관을 만들어갈 것만 같았다.

제36장 영광과 꿈

시험의 종합 성적이 발표되는 날, 앤과 제인은 시내를 함께 걷고 있었다. 제인의 얼굴에는 웃음이 가득하고 기쁜 듯했다. 어쨌든 합격할 자신은 있었고, 그 다음 일은 어찌 되든 상관없었다. 별로 큰 야심을 가지고 있지 않았기 때문에 불안한 마음으로 괴로워할 필요도 없었다. 앤은 창백해졌고 말도 별로 하지 않았다. 이제 앞으로 10분 후면 누가 메달을 받고, 누가 에이브리 장학금을 받게 될지 알게 된다.

"물론 넌 둘 중 하나는 받게 될 거야."

제인이 앤을 격려했다.

"난 에이브리는 힘들 거라고 생각하고 있어. 모두들 에밀리 클레이가 받을 거라고 해. 난 모든 애들이 다 보는 앞에서 게시판에 가서 볼 용기가 없어. 대기실로 먼저 가 있을 테니 네가 보고 와서 알려 줘. 우리들의 긴 우정에 걸고 하는 부탁이니까 가능한 한 빨리 해줘."

제인은 굳게 약속했지만, 그러나 그럴 필요가 없었다. 두 사람이 학교 입구 계단을 올라가자 홀 안에는 남학생들이 가득했고, 그들은 길버트 블리드를 헹가래 치면서 "블리드 만세, 메달 수상자 블리드 만세!"라고 큰 소리로 외치고 있었다.

순간 앤은 너무나 실망한 나머지 가슴이 쿡쿡 쑤시는 것 같았다. 그러면 길버트가 이긴 건가? 매슈 아저씨가 슬퍼하실 텐데.

누군가가 외쳤다.

“미스 셜리 만세! 에이브리 수상자 만세!”

“오오, 앤, 잘됐어.”

제인은 숨을 헐떡였다. 두 사람은 여자 대기실로 뛰어가서 진심에서 우러나는 환호성을 들었다. 앤은 축하해 주는 친구들에게 둘러싸였다. 모두 앤의 어깨를 치며, 손이 떨어질 만큼 힘차게 악수를 건넸다. 밀고 잡아당기고 껴안고 하는 와중에 앤은 제인에게 속삭였다.

“아아, 매슈 아저씨와 마릴라 아주머니가 이 사실을 아시면 얼마나 기뻐하실까. 나, 곧바로 집에 알릴 거야.”

졸업식은 그 다음으로 중요한 행사였다. 학교의 커다란 강당에서 졸업식이 거행되었다. 연설을 하고, 작문을 읽고, 노래를 부르고, 학위증과 상장과 메달을 수여했다.

졸업식에는 매슈와 마릴라도 참석했다. 둘은 단상 위에 있는 단 한 아이만 쳐다보았다. 연한 초록색 옷을 입고, 빰을 붉히며 별처럼 빛나는 눈을 가진 키 큰 소녀. 사람들은 저 애가 에이브리 장학금 수상자라고 수군거렸다.

“저 애를 키우길 잘했지, 마릴라.”

매슈가 식장에 들어온 이후 처음으로 입을 열었다.

“자꾸 짖궂게 옛날 얘기 하실 거예요, 오빠?”

두 사람 뒤에 앉아 있던 배리 할머니가 말했다.

“당신들, 저 앤 때문에 자랑스럽죠? 나도 자랑스러워요.”

그날 저녁 앤은 매슈와 마릴라와 함께 에이번리로 돌아왔다. 모든 것이 활기차고 신선했다. 다이애나가 ‘녹색지붕집’에서 기다리고 있었다. 앤의 하얀 방 창가에는 마릴라가 온실 장미를 꽂아 두었다. 앤은 천천히 방을 돌아보고 행복한 듯 한숨을 내쉬었다.

“아아 다이애나, 집에 돌아온다는 건 너무 좋은 거야. 저 뾰족한 전나무도 하얀 과수원도, 그리운 ‘눈의 여왕’도 볼 수 있고, 그리고 이 월계꽃 좀 봐. 꼭 노래와 희망과 기도가 함께 이루어져 있는 것 같아. 그리고 또 네 얼굴을 볼 수 있어서 얼마나 기쁜지 몰라. 여기 앉아서 너를 바라볼 수 있는 것만으로도 기뻐. 조금 지쳤나 봐. 당분간은 공부나 야심 같은 것은 잊어버릴 거야. 내일 난 적어도 두 시간은 저 과수원 잔디에 누워 있을 거야. 아무 생각도 안 하고.”

“넌 정말 훌륭해, 앤. 에이브리 장학금을 받다니. 이제 가르치지 않고 진학하겠네.”

“응, 9월에는 레드먼드에 갈 거야. 멋지지 않니? 3개월간의 방학을 마음껏 즐길 수 있다는 게. 제인과 루비는 교사가 되겠대.”

“뉴브리지 학교에서는 벌써부터 제인한테 초청장을 보내왔대.”

다이애나가 말했다.

“길버트 블리드도 교사가 된대. 길버트의 아버지가 내년에 대학 학자금을 대줄 수 없어서, 길버트는 자기가 벌어서 살 모양이야. 만약 아메스 선생이 이 학교를 그만두게 되면 길버트가 오지 않을까 싶어.”

앤은 묘하게 실망감을 느꼈다. 길버트도 레드먼드에 갈 거라고 생각하고 있었다. 서로 자극이 되는 경쟁 상대가 없어지면 어떻게 될까?

다음날 아침, 식사할 때 매슈의 안색이 안 좋은 것을 본 앤은 깜짝 놀랐다. 분명 작년보다 흰 머리도 눈에 띄게 늘었다. 그가 밖으로 나간 뒤 앤은 마릴라에게 조심스럽게 물어보았다.

“아주머니, 매슈 아저씨 어디 안 좋으세요?”

“그래, 안 좋아. 올 봄에 아주 심한 심장발작을 일으킨 뒤로 회복이 아직 안 됐어. 나도 걱정이야. 하지만 요즘 조금은 나아졌고, 또 너도 돌아왔으니 아저씨도 조금은 편해지실 거다.”

앤은 탁자에 몸을 기대고 마릴라의 얼굴을 양손으로 감쌌다.

“아주머니도 별로 건강이 안 좋아 보이세요. 너무 일을 많이 하셔서 그래요. 이제 제가 집안일을 다 할게요. 오늘 하루만 쉬면서 옛날에 놀던 곳에 가보고 옛날 꿈들을 생각해 볼게요. 그 다음엔 제가 다 할 테니 아주머니는 쉬세요.”

마릴라는 사랑스럽게 앤에게 미소지었다.

"너무 일을 많이 해서 그런 게 아니야. 머리가 아파서 그래. 스펜서 선생님은 안경이 문제라고 하지만 아무리 안경을 바꿔도 좋아지지가 않는구나. 6월말에 섬에 유명한 안과 의사가 온다니 꼭 가보라고 하셨어. 나도 그럴 생각이다. 읽는 것도 바느질도 부자유스러워. 그런데 앤, 너 정말 잘했다. 일년 만에 1급 교사 자격증만 해도 대단한데 에이브리 장학금까지 받다니. 레이첼 아주머니는 '교만은 파멸을 부른다'라면서 여자가 너무 교육을 많이 받는 건 안 좋다고 하지만, 난 그렇게 생각 안 한다. 그건 그렇고, 너 최근에 아베이 은행에 대해 뭐 좀 들은 거 있니, 앤?"

"좀 위태롭다는 소릴 들었는데요, 왜요?"

"레이첼도 그러더라, 그런 소문이 떠돈다고. 매슈 아저씨가 그것 때문에 걱정이 아주 많아. 우리 집 돈이 전부 그 은행에 들어 있거든. 한 푼도 남김 없이 말이야. 난 처음에 세이빙스 은행에 넣자고 했는데, 아저씨는 아베이 씨가 아버지의 친한 친구였다며 항상 그 은행에 저금을 했어. 어느 은행이든 그 사람이 맡으면 걱정 없다는 거야."

"그분은 지난 몇 년간 명목상으로만 책임자였던 것 같던데요. 그분은 나이가 많아서 실제로는 조카가 은행을 맡고 있대요."

"글쎄, 레이첼한테 그 얘길 듣고 아저씨한테 당장 돈을 찾자고 했더니 아저씨도 그러겠다고 했거든. 그런데 어제 러셀 씨가 아저씨한테 은행은 아무 문제 없으니 걱정 말라고 했다는구나."

앤은 그날 여유롭게 바깥 세상을 즐기며 보냈다. 어두운 그늘 하나 없이 황금빛으로 빛나고 꽃으로 가득한 날이었다. 과수원이나 '제비꽃 골짜기'와 '버드나무 연못'을 돌아봤고, 목사관에서 앨런 부인과 마음껏 얘기를 나눈 후, 저녁에는 매슈와 함께 방목장에서 소들을 데리고 '연인의 오솔길'을 지나 집으로 돌아왔다. 숲은 황혼빛으로 물들어 무척 아름다웠고, 그 따뜻한 황혼빛은 서쪽의 골짜기들로 흘러내리고 있었다. 매슈가 고개를 떨구고 느릿느릿 걸어갔기 때문에 앤도 매슈와 보조를 맞추었다.

"오늘은 일을 너무 많이 하셨어요. 일을 좀 줄이시지 그러세요."

"글쎄다, 난 그게 잘 안 될 것 같다."
라고 말하면서 매슈는 문을 열고 소들을 집어넣었다.

"나이 탓이야. 그래, 나도 아주 열심히 일해 왔지."

"제가 만약 남자 아이였다면 지금쯤 굉장히 도움이 됐을 거고 여러 가지로 아저씨를 편하게 해드릴 수 있었을 텐데."
하고 앤은 슬픈 듯 말했다.

"글쎄다. 난 열두 명의 남자애보다 너 하나가 더 좋다."

매슈는 앤의 손을 쓰다듬으며 말했다.

"에이브리 장학금을 탄 건 남자 아이가 아니고 여자 아이가 아니었니, 그렇지? 여자 아이였어. 우리 딸아이 말이다. 우리 자랑스러운 딸아이 말이다."

매슈는 늘 그랬듯이 수줍은 미소로 앤을 바라보면서 뒤뜰로 들어갔다. 그 순간을, 앤은 그날 밤 자기 방 창가에 앉아 오랫동안 떠올리고 있었다. 그리고 과거를 돌아보고 미래를 꿈꾸었다. 밖에는 달빛 속에서 안개처럼 하얀 '눈의 여왕'이 서 있고, '비탈 과수원' 너머에 있는 늪에서는 개구리들이 노래하고 있었다.

그것이 앤에게 슬픔이 찾아오기 전의 마지막 밤이었다. 그리고 일단 그 슬픔의 차가운 손에 닿은 이후부터 앤의 인생은 두 번 다시 어두움을 모르던 그 전으로는 돌아갈 수 없었다.

제37장 죽음이라는 이름의 불청객

"오빠, 오빠, 왜 그래요! 어디 아파요?"

마릴라가 다급하게 외쳤다. 흰 수선화를 한아름 안은 앤이 입구 계단에서 뛰어들어와 보니 매슈가 접힌 신문을 손에 쥐고 문 입구에 서 있었다. 그 얼굴은 이상하게 굳어 있었고, 잿빛이었다.

앤은 꽃을 내던지고 뛰어갔지만 매슈는 이미 바닥에 쓰러졌다.

"앤, 마틴을 불러와. 빨리, 빨리! 헛간에 있어."

우체국에서 방금 돌아온 일꾼 마틴은 곧 의사를 부르러 갔고, 가는 길에 다이애나네 집에 들러 이 다급한 소식을 알렸기 때문에, 다이애나의 부모와 마침 그 집에 와 있던 린드 부인이 달려왔다.

린드 부인은 매슈의 맥박을 짚어 보고 가슴에 귀를 갖다 댔다. 마침내 린드 부인의 눈에서 눈물이 흘러나왔다.

"오오, 마릴라, 이제 아무 소용이 없어요."

"설마…… 설마 매슈 아저씨가……"

앤은 그 말밖에 할 수가 없었다. 앤의 얼굴이 하얗게 질렸다.

"그래, 앤, 그런 것 같다. 이 얼굴을 보렴. 나처럼 이런 모습을 많이 본 사람은 금방 알 수 있단다."

매슈를 진찰한 의사는 죽음이 순간적이라서 전혀 고통이 없었으며, 뭔가 갑작스러운 충격이 있었던 것 같다고 했다.

그 충격의 원인은 매슈가 들고 있던 신문으로 알 수 있었다. 아베이 은행의 파산 기사가 실려 있었던 것이다.

이 소식은 금세 마을에 퍼졌다. 하루종일 사람들이 몰려들었고, 죽은 사람과 산 사람들을 위한 심부름꾼들이 오갔다. 이날 처음으로 수줍고 말이 없던 매슈가 마을 사람들의 화제의 주인공이 된 것이다.

밤이 찾아왔을 때 오래된 '녹색지붕집'은 바늘 떨어지는 소리라도 들릴 듯 고요해졌다. 관에 누워 있는 매슈는 응접실에 안치되어 잠을 자고 있는 듯 희미한 미소를 띠고 있었다. 그 주위를 아름다운 꽃들이 둘러싸고 있었다.

매슈는 어머니가 신혼 시절 농가 정원에 심어 놓은 이 향기로운 꽃들을 늘 남몰래 말없이 사랑하고 있었다. 그래서 앤은 그 꽃들을 모아 매슈에게 가져다주었다. 그것은 앤이 매슈를 위해 할 수 있는 마지막 일이었다.

배리 씨 부부와 린드 부인이 같이 밤을 새우려고 남아 있었다. 다이애나가 동쪽 방에 올라가 보니 앤이 혼자 창가에 서 있었다. 다이애나는 조심스럽게 물었다.

"앤, 오늘 밤 내가 같이 자줄까?"

앤은 친구의 얼굴을 빤히 쳐다보았다.

"고맙지만, 다이애나. 내가 혼자 있고 싶다고 해도 오해하지 말아 줘. 난 무섭지 않아. 혼자 있고 싶어. 아무 말도 하고 싶지 않아."

다이애나는 이해할 수가 없었다. 평소의 자제력과 일생 동안의 기질을 깨뜨리고 폭풍처럼 격렬하게 쏟아내는 마릴라의 슬픔이 앤의 눈물 없는 슬픔보다 더 이해하기가 쉬웠다.

앤은 혼자 있으면 눈물이 나올 줄 알았다. 자기가 그렇게 사랑하고 자기에게 그토록 다정하게 대해 준 매슈 아저씨의 죽음에 눈물이 나오지 않는다는 사실이 너무 끔찍했다. 어제 저녁까지도 황혼 속을 함께 걸었는데 이제는 아래층의 어두컴컴한 방 안에서 오싹할 정도로 평화로운 미소를 띠며 누워 계신 매슈 아저씨의 죽음인데도 말이다. 처음에는 눈물이 나오지 않았다. 어둠 속 창가에서 무릎을 꿇고 기도하고 언덕 위의 별들을 쳐다볼 때도 눈물은 나오지 않았다. 그 불행한 일에 대한 이 소름끼치는 둔중한 고통은 그날의 고통과 놀라움에 지쳐 쓰러져 잠이 들 때까지도 계속되었다.

자다가 깨어 보니 사방이 고요하고 어두웠다. 슬픔이 파도처럼 밀려왔다. 앤은 어제 저녁 대문 앞에서 헤어지며 매슈가 자기를 쳐다보고 웃던 모습을 떠올렸다. "우리 자랑스러운 딸아이 말이다"라고 하던 기억이 떠오른 순간 앤은 가슴이 터지도록 울음을 터뜨렸다. 그 소리를 듣고 마릴라가 방으로 들어왔다.

"그렇게 울지 마, 앤. 그런다고 아저씨가 살아 돌아오는 건 아니잖니. 그렇게…… 울지 마라. 나도 그러면 안 되는 걸 알면서도 울음을 참을 수가 없더구나. 나한텐…… 언제나 다정한 오빠였는데."

앤이 흐느끼며 말했다.

"실컷 울게 내버려두세요, 아주머니. 우는 게 가슴 아픈 것보단 나아요. 잠깐 여기 계시면서 절 안아 주세요, 그렇게요. 다이애나하고는 같이 있을 수가 없었어요. 다이애나는 착하고 다정하고 친절하지만 이건 다이애나의 슬픔이 아니니까요. 그러니 제 마음을 충분히 이해하고 도울 수가 없을 것 같았어요. 이건 우리의 슬픔이에요, 아주머니하고 제 슬픔요. 아주머니, 이제 우리는 아저씨 없이 어떻게 살아요?"

"우리에겐 서로가 있잖니, 앤. 네가 없었다면 어땠을지 모르겠구나…… 네가 오지 않았더라면. 아, 앤. 너한테 엄하고 차갑게 대했다는 걸 알아. 하지만 내가 매슈 오빠만큼 널 사랑하지 않았다고 생각하진 말아 다오. 말이 나왔으니 얘기해 두고 싶구나. 난 늘 속에 있는 말을 하기가 어려웠다. 하지만 지금은 말하기가 쉽구나. 난 널 친자식처럼 사랑하고 있단다. 네가 '녹색 지붕집'에 온 이후로 넌 나의 기쁨이고 위안이었어."

이틀 후 매슈 커스버트는 그가 경작하던 밭이나 소중히 기르던 과수와 그가 심은 나무들을 뒤로한 채 떠나갔다.

에이번리 마을은 다시 평소의 평온함을 되찾았다. '녹색지붕집'의 사건은 어느덧 일상 생활에 묻혀 버렸다. 아픔은 있었지만 사람들은 이전처럼 정상적으로 일을 하고 의무를 다했다. 앤은 사람들이 매슈가 없어도 예전과 다름없이 지낼 수 있다는 사실 때문에 새삼 슬퍼졌다. 여전히 전나무 뒤로 해가 뜨고 정원에 연분홍빛 꽃봉오리가 피어오르자 예전에 느끼던 기쁨이 다시 밀려들고, 다이애나가 찾아와 재미있게 들려주는 얘기에 즐거워 웃고 떠드는 것이 왠지 부끄럽고 양심의 가책을 느꼈다. 꽃이 만발한 아름다운 세상과 사랑과 우정은 조금도 변함없이 앤의 상상력을 채워 주었고 감동을 불러일으켰으며, 여전히 인생은 집요한 목소리로 앤을 불러댔다.

목사관 정원에서 앨런 부인과 함께 있을 때 앤이 말했다.

"아저씨가 돌아가셨는데도 그런 일들이 즐겁다는 게 죄송하기만 해요. 아저씨가 너무 그리워요. 그 동안 내내 그랬어요. 하지만 그래도 세상은 제게 너무 아름답고 즐거워 보여요. 오늘도 다이애나가 무슨 우스운 얘기를 하자 문득 웃고 있는 제 자신을 발견했어요. 전, 다시는 웃지 못할 줄 알았어요. 웃으면 안 될 것 같았어요."

앨런 부인이 부드럽게 위로했다.

"아저씨는 평소에 네가 웃는 걸 좋아하셨어. 아저씨는 지금 그저 멀리 계실 뿐이야. 아저씨는 여전히 네가 옛날처럼 지내길 바라실 거야. 난 자연이 우리에게 주는 치유의 힘을 거부해서는 안 된다고 생각해. 하지만 네 기분도 이해해."

앤이 꿈을 꾸듯 말했다.

"오늘 오후에 아저씨 무덤에 장미를 심으러 갔어요. 아저씨 어머니께서 오래 전에 스코틀랜드에서 가져오신 흰 장미 묘목이죠. 아저씨는 늘 그 장미를 가장 좋아하셨거든요. 아주 작고 향기가 진해요. 그걸 아저씨 곁에 가까이 두면 아저씨가 기뻐하실 것 같아서요. 수많은 여름 동안 아저씨가 사랑하던 그 작고 하얀 장미의 넋이 모두 아저씨를 만나기 위해 그곳으로 올지도 몰라요. 이제 집에 가야 해요. 아주머니가 혼자 계시는데 해가 지면 외로워하시거든요."

"네가 대학에 가면 마릴라는 더 외로워지실 텐데 걱정이구나."

앤은 천천히 '녹색지붕집'으로 돌아갔다. 집에 돌아와 앤은 현관 계단에 앉아 있는 마릴라 곁에 나란히 앉았다.

"네가 없을 때 스펜서 선생님이 다녀가셨다. 내일 안과 의사한테 꼭 눈 검사를 받아야 한다고 하시더구나. 가보고 끝을 내야겠다. 그 의사가 내 눈에 맞는 안경을 해주면 얼마나 좋을까. 내가 없는 동안 혼자 있을 수 있겠니? 마틴은 날 태워다 줘야 하고, 다림질거리도 있고 빵도 구워야 되는데."

마릴라가 말했다.

"전 괜찮아요. 다이애나가 와서 같이 있을 거예요. 다림질도 하고 빵도 기가 막히게 만들어 놓을게요. 이젠 손수건에 풀을 먹이거나 케이크에 진통제를 넣을까 봐 걱정 안 하셔도 돼요."

마릴라가 빙그레 웃음지었다.

"그때는 참 실수도 잘했는데. 항상 말썽을 일으키곤 했지. 네 머리를 염색했던 일 생각나니?"

앤은 쑥스러워서 머리를 만지며 웃었다.

"물론이죠. 그건 절대로 잊을 수 없을 거예요. 가끔 제가 머리 때문에 얼마나 걱정했는지 생각하면 웃음이 나올 때가 있어요. 하지만 그때는 정말 그게 큰 걱정거리였거든요. 이제 주근깨는 완전히 없어졌고, 요즘은 사람들이 제 머리를 보고 모두들 적갈색이라고 해요. 조시 파이만 빼고요. 어제 조시는 제 머리가 어느 때보다도 더 빨간 것 같다고 하더라구요. 어쩌면 제 검정 드레스 때문에 더 빨갛게 보이는지도 모른다면서, 빨간 머리에 익숙해진 사람은 아무렇지도 않냐고 물었어요. 아주머니, 전 조시 파이를 좋아하려고 더 이상 애쓰지 않기로 했어요. 한때는 조시를 좋아해 보려고 노력도 많이 했지만 앞으로는 안 그럴래요."

"조시도 이제 선생이 되는 거니?"

"아뇨, 내년에 퀸으로 돌아가요. 무디 스퍼전과 찰리 슬론도요. 제인과 루비는 선생님이 될 거고, 벌써 학교도 정해졌어요. 제인은 뉴브리지에 있는 학교이고, 루비는 서부에 있는 어떤 학교래요."

"길버트 블리드도 학교에서 가르친다던데, 정말이니?"

"네."

마릴라는 꿈꾸는 듯한 표정으로 말했다.

"그 애는 어쩌면 그렇게 잘생겼니. 지난 일요일에 교회에서 봤는데, 아주 훤칠하고 남자답더라. 그 애 아버지가 젊었을 때 모습하고 똑같아. 존 블리드는 좋은 사람이었지. 우린 아주 다정한 연인이었어."

앤은 금방 흥미를 느끼며 얼굴을 들었다.

"어머, 아주머니. 그래서 어떻게 됐어요? 왜, 아주머니는……"

"우리는 싸웠어. 존이 사과했는데도 내가 용서해 주지 않았지. 사실은 용서해 주고 싶었는데. 나는 화가 나서 존을 혼내 주고 난 다음에 용서해 줄 생각이었어. 그런데 존은 그 길로 달려가서 다시는 돌아오지 않았던 거야. 블리드 집안 사람들은 모두 자존심이 굉장히 강하거든. 그래서 난 언제나 그 일을 후회했어. 그때 용서해 줄 걸 그랬다고 생각하면서."

"그럼 아주머니한테도 낭만이 있었군요."

앤은 다정하게 말했다.

"그래, 네가 그렇게 말할 줄 알았어. 나한테는 그런 일이 없었을 거라고 생각하고 있었겠지만, 하지만 사람은 겉만 보고는 모르는 거야. 사람들은 모두, 나와 존의 일은 잊어버렸어. 나조차도 거의 잊고 있었지. 그런데 지난 일요일에 길버트를 보니 지난 일들이 떠오르더구나."

제38장 길모퉁이

다음날 마릴라는 시내에 나갔다가 저녁에 돌아왔다. 앤이 다이애나와 함께 '비탈과수원집'에 갔다가 돌아와 보니 마릴라가 손으로 이마를 짚은 채 식탁에 앉아 있었다. 뭔가 몹시 낙심한 듯한 모습에 앤은 가슴이 철렁 내려앉았다. 마릴라가 그렇게 맥없이 앉아 있는 것은 이제껏 본 적이 없었기 때문이다.

"많이 피곤하세요, 아주머니?"

"그래…… 아니, 나도 모르겠다. 피곤한 것 같기도 한데 그게 문제가 아니다."

마릴라는 앤을 쳐다보며 지친 듯 힘없이 말했다.

"안과에서 뭐라고 하던가요?"

앤은 불안한 마음으로 물었다.

"그래, 맞아. 눈 검사를 했는데, 의사 선생님이 앞으로 절대로 책도 읽지 말고 바느질도 하지 말고, 눈에 피로를 주는 일은 아무것도 하지 말라는구나. 그리고 절대로 울지 말라고 하더라. 자기가 처방해 준 안경을 쓰면 더 이상 눈은 나빠지지 않을 거고, 두통도 가라앉을 거라는구나. 안 그러면 7개월 안에 완전히 눈이 멀게 될 거래. 내가 장님이 되다니! 앤, 어떡하지?"

"세상에!"

앤은 너무 놀라서 외마디 소리를 낸 다음 한참 동안 말이 없었다. 아니, 말을 할 수가 없었다. 잠시 후 앤은 목멘 소리로 말했다.

"그런 생각은 하지 마세요. 그래도 의사 선생님이 희망을 주셨잖아요. 조심하면 절대로 시력을 잃지 않을 거예요. 그리고 그 안경을 써서 두통이 낫는다면 정말 다행이잖아요."

"난 그걸 희망이라고 생각할 수가 없구나."

마릴라는 쓸쓸하게 말했다.

"책도 읽을 수 없고, 바느질도 할 수 없고, 일도 전혀 할 수 없잖니. 그럼 내가 어떻게 살 수 있겠어? 그건 장님이나 마찬가지야. 살아 있다고 할 수가 없어. 그리고 울지 말라니, 외로울 때는 어떻게 안 울 수가 있어. 넋두리를 늘어놓으면 무슨 소용 있겠니. 차나 한잔 갖다 주렴, 난 손가락 하나 까딱할 기력이 없어. 어쨌든 아직은 아무한테도 말하지 마라. 사람들이 동정하고 수군거리는 건 참을 수 없어."

저녁 식사가 끝나자 앤은 마릴라에게 좀 자라고 권하고, 자기도 동쪽 방으로 올라가 창가에 앉았다. 어두움 외에는 아무도 앤의 눈물과 무겁고 괴로운 마음을 아는 사람이 없었다. 집으로 돌아왔던 그 다음날 밤에 이곳에 앉았을 때와 비교하면 어쩌면 이렇게도 많은 것이 달라졌을까. 그때의 앤은 희망과 기쁨으로 넘치고, 미래는 장밋빛으로 빛나고 있었다. 그날 이후로 몇 년이나 지나간 것처럼 느껴졌다. 그러나 잠자리에 들 때쯤에는 자신이 해야 할 일을 생각해 냈다. 앤은 자신이 감당해야 할 일을 피하지 않고 용감하게 맞서겠다고 결심했다. 의무도 진심으로 대면하면 친구가 될 수 있다고 생각하며.

며칠 뒤 어느 날 오후, 마릴라는 뜰에서 손님과 얘기를 나누고는 천천히 안으로 들어왔다. 앤이 내다보니 그 사람은 카모디에서 온 존 새들러라는 부동산 매매인이었다.

"새들러 씨가 여긴 왜 오셨어요, 아주머니?"

앤이 물었다.

"이 집을 팔려고 해."

안과 의사의 경고에도 불구하고 마릴라는 눈물을 글썽였고, 목소리도 갈라졌다.

"'녹색지붕집'을 파신다구요?"

앤은 자신의 귀를 의심했다.

"오, 아주머니. 그게 무슨 말씀이세요?"

"다른 방법이 없구나. 내 눈만 괜찮다면 일하는 사람을 구해서 어떻게든 꾸려 가겠지만, 지금으로서는 어쩔 수가 없구나. 무리하다가 남아 있는 시력까지 모두 잃게 될 거야. 그리고 이 모든 일을 나 혼자 감당할 수가 없어. 하지만 자꾸 나쁜 일만 일어나니 아무도 이 집을 안 사려고 할지도 몰라. 우리 돈은 모두 그 은행에 있었고, 게다가 지난 가을에 오빠가 쓴 어음도 좀 있더구나. 린드 부인은 농장을 팔고 하숙을 하는 게 어떻겠냐고 묻더라. 아마 자기 집에 있으란 얘기겠지. 집을 팔아도 돈은 얼마 안 될 거야. 작고 낡았으니까. 네가 장학금을 받아서 정말 다행이야, 앤. 방학 때 돌아올 집이 없어서 미안하다."

마릴라는 참다가 울음을 터뜨렸다.

"집을 파시면 절대 안 돼요."

앤이 단호하게 말했다.

"나도 팔고 싶지 않아. 하지만 너도 잘 알잖니. 아무리 생각해도 나 혼자서는 지낼 수가 없어. 난 힘들고 외로워서 미치고 말 거야."

"전 레드먼드에 가지 않겠어요."

"안 가다니?"

마릴라는 깜짝 놀라 얼굴을 들었다.

"그게 대체 무슨 소리냐?"

"말씀드린 대로예요. 장학금을 포기할래요. 어떻게 아주머니를 혼자 두고 갈 수 있겠어요? 절 키우시느라 얼마나 고생하셨는데요. 벌써 전 계획도 세웠어요. 한번 들어보세요. 배리 아저씨가 내년에 우리 농장을 빌리고 싶어 하시니까, 밭과 과수원은 걱정 없어요. 그리고 전 학생들을 가르칠 거예요. 이곳 학교에 지원서를 냈지만 크게 기대하진 않아요. 학교 운영위원회에서 이미 길버트에게 자리를 주기로 약속했대요. 하지만 카모디 학교엔 갈 수 있어요. 물론 에이번리 학교에 가는 것보다는 못하지만, 마차를 타면 집에서 카모디까지 출퇴근할 수 있어요. 따뜻할 때만이라도 말예요. 겨울에도 금요일마다 집에 올 수 있어요. 그리고 제가 아주머니께 책을 읽어 드릴게요. 우린 여기서 정말 따뜻하고 행복하게 지낼 거예요."

마릴라는 꿈꾸듯 앤의 말을 듣고 있었다. 그러나 그 제안을 받아들일 수는 없었다.

"앤, 네가 여기 있겠다면 난 정말 좋을 거야, 나도 알아. 하지만 그러면 안 돼. 내가 너의 앞날에 걸림돌이 될 수는 없어."

"말도 안 돼요. 걸림돌이라뇨. '녹색지붕집'을 포기하는 것보다 더 가슴 아픈 일은 없을 거예요. 우린 정든 옛집을 지켜야 해요. 레드민드에 인 기고 여기서 지내면서 아이들을 가르칠 거예요. 전 잘할 수 있어요. 제 걱정은 조금도 하지 마세요."

앤은 명랑하게 웃었다.

"하지만 네 포부는? 그리고……"

"전 지금 어느 때보다도 포부에 차 있어요. 제 포부를 조금 수정한 것뿐이에요. 전 좋은 선생님이 되고, 또 아주머니의 시력을 잃지 않게 할 거예요. 게다가 이 집에서 독학으로 대학 과정을 조금씩 공부할 거예요. 아, 전 계획이 너무 많아요. 일 주일 동안 열심히 생각했거든요. 전 여기서 최선을 다해 살 거예요. 퀸을 졸업했을 때는 제 미래가 곧장 앞으로만 뻗은 길이라고 생각했어요. 제 앞에 다가올 미래가 어떤 것인지 다 알 수 있다고 생각했어요. 이제는 그 길에 모퉁이가 생겼어요. 그 모퉁이길을 돌아가면 그 앞에 무슨 일이 기다리고 있을지 저도 몰라요. 하지만 분명 제일 좋은 것이 기다리고 있을 거라고 믿을 거예요."

"넌 포기하면 안 돼."

마릴라가 장학금 생각을 하며 말했다.

"하지만 절 못 말리실걸요. 전 레이첼 아주머니가 늘 말씀하셨듯이 노새처럼 고집이 센 아이잖아요. 전 정든 ‘녹색지붕집’에서 지낸다는 걸 생각만 해도 너무 기뻐요. 아주머니와 저만큼 이 집을 사랑하는 사람은 없어요. 그러니 우리 둘이서 지켜야 해요.”

“오, 넌 정말 착한 아이야! 네가 내게 새 생명을 준 것 같구나. 무슨 수를 써서든 널 대학에 가도록 해야 한다는 걸 알면서도, 더 이상 어쩔 수가 없구나. 네가 하자는 대로 하마.”

마릴라는 하는 수 없다는 듯 말했다. 그러나 마릴라는 생기를 되찾은 듯했다.

앤 셜리가 대학을 포기한다는 소식이 에이번리 마을에 알려지자, 사람들이 수군거렸다. 마릴라의 눈이 잘못된 줄 모르는 선량한 이웃들 대부분은 마릴라가 이기적이라고 생각했지만, 앨런 부인은 달랐다. 앨런 부인이 잘 생각했다고 말하자, 앤은 기쁨의 눈물을 글썽거렸다. 마음 좋은 린드 부인도 마찬가지였다.

어느 날 저녁 앤과 마릴라가 황혼녘에 현관 앞에 앉아 있는데, 린드 부인이 왔다. 어스름이 내려앉은 정원에 하얀 나방들이 날아다니고 이슬을 머금은 대기 속에 박하 향기가 가득할 무렵 앤과 마릴라는 거기에 앉아 있는 것을 즐겼다.

린드 부인은 한숨을 길게 내쉬며, 뒤편으로 높다랗게 분홍색과 노란색 접시꽃이 줄지어 피어 있는 문가의 돌의자에 육중한 몸을 내려놓았다.

“아이고 편해라. 90킬로그램이나 되는 몸으로 하루종일 걸어다녔어요. 그래, 앤. 대학에 안 가기로 했다며? 잘했다. 난 여자애가 남자들과 같이 대학에 들어가서 라틴어나 그리스어 같은 온갖 쓸데없는 걸로 머리를 꽉 채우는 건 반대야.”

“그래도 전 라틴어하고 그리스어를 공부할 건데요? 여기 ‘녹색지붕집’에서 학사 과정을 공부하면서 제가 대학에서 배우려던 걸 모두 공부할 생각이에요.”

앤이 웃으며 대꾸했다.

"그건 너무 무리야."

린드 부인은 몹시 놀랐다.

"천만에요. 전 할 수 있어요. 결코 무리하진 않을 거예요, 긴 겨울밤에는 시간이 많잖아요. 전 카모디에서 애들을 가르칠 거예요."

"글쎄, 난 네가 이곳 에이번리에서 가르치게 될 것 같은데. 운영위원회에서 네게 이 학교를 맡기기로 했단다."

앤은 벌떡 일어났다.

"왜요? 길버트가 가르치기로 했잖아요."

"그랬지. 그런데 네가 지원서를 냈다는 소리를 듣고는 길버트가 자기 지원서를 철회하겠다면서 네게 자리를 주라고 했단다. 자기는 화이트샌드에서 가르치기로 했다구. 물론 순전히 널 위해서 포기한 거지. 길버드는 정말 생각이 깊은 애야. 자기 힘으로 대학에 가야 하는데. 화이트샌드로 가면 하숙비가 들잖니. 그야말로 진정한 자기 희생이지. 그래서 위원회에서 널 채용하기로 결정했대."

"그러면 안 될 것 같아요. 저 때문에 그럴 수는 없어요."

"길버트는 이미 화이트샌드 학교와 계약을 했어. 그러니 지금 네가 거절한다고 해도 길버트에겐 아무 도움이 안 돼. 당연히 네가 에이번리 학교에 나가야지. 넌 잘할 수 있을 거야. 아니, 다이애나네 집에서 깜빡거리는 게 도대체 뭐냐?"

앤이 장난스럽게 웃으며 말했다.

"저더러 오라고 하는 표시예요. 옛날부터 하던 거예요. 왜 그러는지 잠깐 갔다 올게요."

앤은 클로버 비탈길을 사슴처럼 재빠르게 뛰어내려가 땅거미가 깔린 전나무 그늘 속 '유령의 숲'으로 사라졌다. 린드 부인은 앤의 뒷모습을 바라보면서 말했다.

"아직도 어린애 같은 구석이 많아요."

"숙녀다운 면이 훨씬 더 많아요."

마릴라는 반박했다.

앤은 아름다운 에이번리 마을의 저녁 경치를 즐기며 언덕을 내려오고 있었다. 언덕을 반쯤 내려오는 도중 키가 큰 청년이 휘파람을 불며 걸어오고 있는 것을 보았다. 길버트였다.

그는 앤을 본 순간 휘파람을 그쳤다. 그리고 정중하게 모자를 벗고 인사를 한 후 그대로 지나쳐 가려 했다. 앤은 멈춰서 손을 내밀었고 그녀의 뺨은 붉어졌다.

"날 위해 학교를 포기해 줘서 정말 고마워."

"뭘, 별로 대단한 일도 아니야, 앤. 너한테 조금이라도 도움이 돼주고 싶었어. 앞으로 우리 좋은 친구로 지내지 않을래? 내가 옛날에 한 장난 용서해 줄 거니?"

"난, 그날 연못에서 이미 용서했어. 내가 왜 그렇게 고집스럽게 굴었는지 모르겠어. 그때부터 계속 후회하고 있었어."

길버트는 몹시 기뻐하며 말했다.

"우린 아주 좋은 사이가 될 수 있을 거야. 이미 태어날 때부터 그렇게 정해진 거야, 앤. 그 운명을 우린 오랫동안 거스르고 있었던 거야. 서로 여러 가지 도움을 줄 수 있을 거라고 생각해. 공부는 계속할 거지? 나도 그래."

앤이 주방에 들어오는 것을 마릴라가 보고 있었다.

"그 애 누구니, 앤?"

"길버트예요."

라고 대답하며 앤은 괜스레 얼굴을 붉혔다.

"너희들이 문 앞에 서서 30분이나 대화를 나눌 만큼 사이가 좋은 줄은 몰랐구나."

마릴라는 놀리듯 물었다.

"지금까지는 그랬지만…… 우린 지금까지 좋은 적수였죠. 하지만 이제부터는 좋은 친구가 되기로 했어요. 정말 제가 30분이나 서 있었어요? 한 5분쯤밖에 안 된 것 같은데. 하지만 5년간의 공백을 메워야 하잖아요, 아주머니.”

　그날 밤 앤은 미소를 지으며 창가에 앉아 있었다. 벚나무 가지 사이로 부드럽게 살랑거리는 바람에 실려 박하 향기가 은은히 풍겨 왔다. 우거진 전나무 위로 별들이 반짝였고, 예전처럼 그 사이로 다이애나 방의 창에서 새어나오는 불빛이 어렴풋이 비치고 있었다.

　앤의 지평선은 좁아졌다. 그러나 앤은 잔잔한 행복의 꽃들이 그 길을 따라 아름답게 피어 있다는 사실을 알고 있었다. 성실한 노력과 값진 포부와 두터운 우정은 앤의 것이었다. 그 어떤 것도 앤의 천부적인 상상력과 꿈속의 이상 세계를 빼앗아갈 수는 없었다. 그리고 길에는 항상 모퉁이가 있게 마련이다.

　　하나님은 천국에 계시고, 세상은 공평하도다.

　앤은 브라우닝의 시를 나지막이 속삭였다. World Best

《빨간머리 앤 *Anne of Green Gables*》 바로 읽기

—행복하게 사는 방법—

황정현(서울교대 교수, 문학평론가)

1. 작품 이해의 전제

우리는 대표적인 '어른을 위한 동화'로 생텍쥐페리의 〈어린 왕자〉와 바스콘셀로스의 〈나의 라임오렌지나무〉를 든다. 그러나 루시 몽고메리의 〈빨간 머리 앤〉 역시 두 작품 못지 않게 오랫동안 '어른을 위한 동화'로 전 세계의 독자들에게 사랑을 받아오고 있다. 이 작품은 한때 우리 나라에서는 T·V 만화 영화로 소개되어 인기를 얻었고, 또한 주제곡이 아이들에게 널리 불리기도 하였다.

이 작품이 세계 모든 사람들에게 사랑을 받는 이유는 무엇일까?

그것은 무엇보다도 이 작품의 주인공 '앤'이 세계를 인식하는 방법이 독특하여 읽는 사람으로 하여금 새롭게 사물을 보게 만든다는 것이며, 그 결과 끊임없이 닥치는 불행을 행복의 방정식으로 풀어 나간다는 점이다.

행복의 방정식을 푸는 열쇠는 이 작품의 주인공 '앤'의 현실 인식 방법이 동화적이라는 것이다. '동화적'이란 의미는 분열과 갈등의 세계를 화해와 조화를 통해 사물과 의식, 세계와 자아의 통합을 시도함으로써 전 인격적인 실체를 이루는 아동 특유의 심리 상태인 동심(童心)의 상태를 말한다. 그런 의미에서 분열과 갈등의 현실에서 초래하는 불행은 앤의 '동화적'인 방식으로 세계를 인식할 때, 비로소 해소될 수 있는 것이다. 이 작품을 올바로 이해하기 위해서는 이러한 전제에서 출발해야 할 것이다.

2. 행복하게 사는 방법

우리는 모두 행복하게 살기를 바란다. 그럼에도 불구하고 행복하게 사는 사람들은 많지 않다. 많지 않다는 것보다 최소한 불행을 비껴가고 싶어도 그것조차 마음대로 되지 않는다고 한다. 그렇다면 '행복은 어디에 있는 것일까?'라는 물음을 던지지 않을 수 없다.

여기서 '무지개'와 관련한 일화를 상기할 필요가 있다.

무지개를 찾기 위해 산을 넘고, 강을 건너 행복을 찾아 헤매었는데도 어디에도 없어 지친 몸을 이끌고 집으로 돌아오니 바로 내 창 앞에 있더라는 것이다. 이것이 시사하는 바는 행복은 바깥에 있는 것이 아니라 자신의 마음속에 있다는 것이다. 이런 행복의 존재에 대한 인식론은 동·서양이 동일하다. 그것은 유심론(唯心論)으로 매사에 마음을 바꾸면 불행도 행복하게 된다는 것이다. 그러나 유심론(唯心論)은 추상적이다. 이런 추상성을 '앤'을 통하여 구체화시키고 있다는 것이 이 작품의 장점이다. 다음은 누구보다 불행한 '앤'이 풀어 가는 행복의 방정식을 따라가 보자.

(1) 남을 행복하게 하기—개방성과 순진성

자신이 행복하기 위해 남이 행복해야 한다. 가장 나쁜 경우가 남의 불행이 자신의 행복이라고 생각하는 사람이다. 행복은 비교에서 오는 것이 아니다. 그럼에도 불구하고 우리는 상대와 비교하여 행·불행을 찾는 경우가 많다. 이런 상대적 행복감은 일시적이다.

상대적으로 비교해 보면 앤은 가장 불행한 존재이다. 앤은 11살의 고아

소녀로, 남자 아이를 원하는 입양인의 입장에서 보면 원하지 않는 존재였다. 다시 그 지긋지긋한 고아원으로 돌아갈 처지에 놓인 앤의 입장은 처음부터 불행으로 시작된다. 뿐만 아니라 앤은 여자 아이로서는 자괴감(自愧感)을 느낄 정도로 못생겼을 뿐만 아니라 게다가 아무도 좋아하지 않는 빨간 머리를 가진 소녀였다.

나이는 열한 살 정도, 누르스름해진 회색의 보기 흉한 면모교직 옷을 입었는데, 그 옷은 몹시 짧고 꼭 끼어 보였다. 빛바랜 갈색 세일러 모자 밑으로 눈에 띄게 진한 빨간 머리가 두 갈래로 땋여서 길게 늘어뜨려져 있었다. 작은 얼굴은 희고 말랐으며, 더구나 주근깨투성이였다.

이런 앤이 처음 만난 '남'은 평생을 혼자 살며 남과 어울리지 않고 말이 없는 노인인 매슈였다. 그는 농사일 하는 것 외에 세상에 관심이 전혀 없는 사람이다. 자아와 세계가 단절된 채 평생을 살아온 사람에게 행복은커녕 삶의 즐거움조차 느끼지 못한다. 그럼에도 불구하고 매슈가 앤 없이는 살 수 없게 되는데는 많은 시간이 필요하지 않았다. 즉, 매슈는 앤으로 하여금 행복을 느끼게 된 것이다.
감정은 전염된다. 이 전염은 순식간에 이루어진다. 앤은 누가 보더라도 불행한 아이지만 그 불행을 이길 수 있을 뿐만 아니라 남을 행복하게 하는 힘을 가지고 있다.

"(중략) 하지만 모르는 걸 안 물어보고 어떻게 세상을 알 수 있어요? 그런데 왜 길이 빨간 거예요?"
"글쎄다, 잘 모르겠는데."
"좋아요. 그것도 언젠가 알아봐야 할 것 중 하나네요. 전 사는 게 너무 즐거워요. 세상은 정말 재미있는 곳이에요. 그런데 제가 말이 너무 많은 거예요? 항상 사람들이 그래요. 제가 말 안 하는 게 좋으세요? 그럼 그렇다고 말씀해

주세요. 금방 고칠게요. 하겠다고 마음만 먹으면 할 수 있어요. 좀 힘들긴 하
지만요.”
　　매슈는 스스로도 놀랄 정도로 즐거웠다.

　　말이 없는 사람의 특징은 상대방이 맞장구를 쳐주가를 요구하지만 않는
다면 남의 말을 듣기를 좋아한다. 그런데 그 동안 매슈는 자신에게 이렇게
많은 말을 해주는 사람을 만난 적이 없었다. 그리고 앤의 말에는 지금까지
당연히 그렇다고 생각해 온 것들에 대해 새로운 의미를 부여할 줄 아는 힘
이 있었다. 평생을 재미없게 살아온 매슈가 앤을 통하여 즐거움을 느끼는데
걸리는 시간은 30분도 채 되지 않은 짧은 순간이었다.
　　자신이 불행함에노 불구하고 ᄀ 불행을 의식하지 않은 재, 저음 민닌 사
람에게 자신을 다 드러닐 수 있는 개방성은 자연 상대방의 마음을 열게 된
다. 이 경우는 매슈 외에도 매슈의 여동생인 깐깐한 성품의 마릴라에게도
마찬가지였다. 마릴라는 엄격하고 신앙심이 돈독하며, 예의를 존중하는 전
형적인 농촌의 여인이다. 그럼에도 불구하고 수다스럽고 예의가 없어 보이
지만 앤의 묘한 매력에 금세 빠지게 된다.

　　“자, 그만. 그렇게 울 필요는 없어.”
　　“아뇨.”
　　아이는 재빠르게 머리를 들었다. 얼굴은 눈물로 범벅이 되었고, 입술은 바
르르 떨고 있었다.
　　“아주머니가 저였더라도 울었을 거예요. 만약 아주머니가 고아이고, 앞으로
자기 집이 될 거라고 생각한 곳에 와보니 남자 아이가 아니니까 필요없다는
얘기를 들었다면 분명 울었을 거예요. 이런 비극적인 일은 처음이에요.”
　　자기도 모르는 사이에 입가에 떠오른 미소가 마릴라의 위엄있어 보이는 표
정을 부드럽게 했다. 오랫동안 사용하지 않았던 탓에 녹슬어 버린 듯한 어색
한 미소였다.

남자 아이의 입양을 바라던 마릴라가 다시 앤을 돌려보내려고 하자, 이러한 앤의 반응에 대해 마릴라는 웃지 않을 수 없다. 엄격한 마릴라로 하여금 웃게 하는 앤의 매력은 순진성이다. 아이의 순진성은 사람들을 행복하게 한다. 아이가 있는 집에 웃음이 그치지 않는다는 것은 바로 이런 순진성 때문이다. 환경의 질곡에 의해 웃음은 잃어버리고 환경의 틀에 갇혀 살아온 사람들은 불행하다. 그러나 앤은 불행한 자신의 환경에 구애받지 않고 자신이 하고자 하는 말을 솔직하게 털어놓는 순진성이 마릴라와 함께 살게 하는 것이다. 앤이 있음으로써 매슈 남매의 집은 행복한 가정으로써 자리를 잡아가는 것이다.

(2) 사물을 새롭게 보기—감수성의 문제

현대 과학은 관찰자가 관찰 대상에 영향을 미친다는 사실을 입증하고 있다. 이것은 사물의 존재는 객관적으로 홀로 존재하는 것이 아니라 그 존재를 바라보는 사람에 의해 존재의 의미가 다르게 해석될 수 있다는 것을 의미한다.

보통 우리는 일상성에 함몰되어 존재한 것의 의미를 새롭게 보지 못한다. 그래서 고정관념으로 세상을 읽는 것이다. 고정관념은 하나의 의미에 묶여 다른 것을 보지 못한다. 다양한 의미로 구성되어 있는 세상을 하나의 관점으로밖에 볼 수 없는 것은 불행하다. 즉, 불행과 행복을 이분법적으로 보고 스스로 불행하다고 느끼며 살 수밖에 없는 것이다. 행복한 삶은 이러한 일상적 고정관념에서 벗어나 새로운 의미를 획득할 때 얻을 수 있는 것이다. 예컨대, 가족을 가지고 있는 사람들은 가족이 행복한 삶을 위해 얼마나 소중한지 모른다.

"아저씨의 가족이 되는 건 정말 멋진 일일 거예요. 전 지금까지 누구와도 가족이 된 적이 없었거든요." 누구나 가지고 있는 가족 관계는 그것이 없을 때 비로소 소중하다고 느끼듯이 사물을 새롭게 보면 행복해진다. 매슈 남매의 삶은 무미 건조하였다. 그러면서 웃음을 잃고 살아왔다. 이들에게 가족의 의미를 부여하고 삶의 즐거움을 제공한 것은 앤이었다.

　앤이 사물을 바라보는 관점은 특이하다. 그녀에게 자연은 그냥 자연이 아니다. 그 자연은 객관화된 사물로 존재하는 것이 아니라 앤의 감수성에 의해 새롭게 창조되는 자연이다.

　그 나무도 고아처럼 보여서 그걸 보면 항상 울고 싶었어요. 그래서 말해 줬죠. '너희들, 너무 가엾구나. 만약 너희들이 숲속에 있어서 너희들의 뿌리 위에 작은 이끼나 꽃들이 자라고 가지에 작은 새들이 앉아 노래 부른다면 더 잘 자랄 수 있을 텐데. 안 그러니? 너희들이 어떤 기분인지 난 잘 알아'라구요. 오늘 아침에 개네들을 두고 떠나오는데 얼마나 슬펐는지 몰라요. 그런 것들한테는 마음이 쉽게 끌려요. 녹색지붕집 근처에는 시냇물이 있나요?

　앤은 이렇게 자연과 교감을 한다. 앤의 자연에 대한 감수성은 그녀의 사고의 반영이다. 매슈가 늘 다니는 평범한 가로수 길을 앤은 다르게 명명(命名)함으로써 그 길은 새로운 의미를 갖게 된다. "그런 곳을 그냥 '가로수길' 같은 시시한 이름으로 부르면 안 돼요. 그런 이름에는 의미가 없잖아요. 그런 식으로 불러야죠. 으음…… '새하얀 환희의 길'은 어떨까요? 시적이지 않아요? 전 장소든 사람이든 이름이 마음에 안들 때는 새로운 이름을 붙여요."라는 앤의 말에는 사물의 본질을 통찰하는 힘이 있다.

　감수성은 사람으로 하여금 새롭게 세상을 보게 한다. 그럼으로써 사물의 본질을 이해하고 그 역설적 의미까지 해석해 낼 수 있는 것이다. 따라서 그것은 불행을 행복으로 볼 수 있게 한다. 예컨대, 한용운의 〈님의 침묵〉에서 '만남=이별', '절망=희망'의 등식이 성립되는 것은 바로 앤의 시적 감수성에 의한 것과 같다. 따라서 앤은 '불행=행복'이라는 등식으로 자신의 불행을 극복하고 행복하게 살 수 있는 것이다.

(3) 상상하기—행복의 조건

앤의 불행 극복 방식은 '상상하기'이다. 현실의 질곡으로부터 벗어나는 방법은 그 현실을 뛰어넘어 마음의 평안함을 얻는 것이다. 현실을 뛰어넘는 힘은 상상에 의해서이다.

상상은 감각적 체험을 상상으로 파악하는 능력일 뿐 아니라, 감각의 대상이 없을 때도 머리 속에 심상을 만들어 보고, 또한 여러 심상들을 융합하여 전혀 새로운 심상을 형성할 수 있는 능력이다. 즉 상상은 사실이나 실재(reality)의 부족한 것을 완전하게 꾸밀 수 있는 일종의 창조적 능력이다. 그런 의미에서 상상은 외계의 사물을 한 주체가 받아들일 때 거칠 밖에 없는 정신 영역이며, 그렇지 않는 한 이성은 무력하다. 더욱이 상상은 이성에 대해 필수적인 동조자의 역할을 할 뿐 아니라 그 자체로서 자유롭게 활동하는 능력으로, 외계의 사물에 매이지 않고 스스로 창조한다. 현대 과학이 관찰자가 관찰의 대상에 영향을 미친다는 것을 입증한다는 것은 바로 상상의 과학적 해석이다. 따라서 상상은 단순한 허구가 아니라 실제를 변화시키는 힘인 것이다.

앤은 자신의 불행한 현실을 상상에 의해 행복으로 바꿀 줄 아는 힘을 가졌다.

기차에 타니까 모두 절 불쌍하다는 듯이 쳐다봤어요. 하지만 전 금방 상상을 하기 시작했죠. 제가 더할 나위 없이 아름다운 엷은 하늘빛 실크 드레스를 입고 있다고 생각했어요. 어차피 상상하는 거니까 기왕이면 멋진 상상을 해야죠. 꽃이나 하늘거리는 깃털 장식이 잔뜩 달린 큰 모자를 쓰고 금시계를 차고, 새끼염소 가죽으로 만든 장갑과 구두를 신고 있다고 상상했죠, 뭐. 그랬더니 금세 기분이 좋아지더라구요. 섬으로 올 때까지 마음껏 즐겁게 타고 올 수 있었어요.

입양되기 위해 스펜스 부인을 따라 기차와 배를 타고 섬으로 오는 과정에서 초라한 면모교직의 옷을 입고 있는 자신을 위와 같이 상상하여 마음의 행복감을 맛본다. 일부의 논자들은 아무리 상상한다고 하더라도 그것은 어디까지나 상상이지 사실은 아니지 않느냐고 반론을 제기할 수 있을 것이다. 그러나 현실은 상상의 산물임을 잊지 말아야 할 것이다. 현재 우리가 누리고 있는 여러 가지 편리한 물건들은 상상의 산물이다. 예컨대 현실적으로 인간은 하늘을 날 수 없지만 하늘을 나는 상상을 늘 해 왔기 때문에 우리는 현재 새보다도 더 멀리, 더 빠르게 하늘을 나는 비행기를 만들었다. 이렇게 상상은 현실을 개조해 내는 힘이 있다.

앤 역시 단순히 상상만 하는 것이 아니라 그 상상을 현실적으로 구현해 내는 능력을 가시고 있다. 앤이 매슈의 집에 도착하여 마릴라와 만나 이름을 말할 때의 예를 보자.

"어머, 그게 아니에요. 그냥 코델리아가 더 좋아서 그래요. 전 항상 제 이름은 코델리아라고 상상해 왔거든요. 훨씬 어릴 때는 제럴딘이라는 이름으로 할까 했는데, 지금은 코델리아가 좋아요. 앤이라고 부르고 싶으시면 철자에 'e'가 붙은 앤으로 불러 주시든지요."

"철자야 어떤 식으로 부르든 무슨 상관이야?"

어색한 미소가 또다시 마릴라의 얼굴에 떠올랐다.

"어머, 많이 다르죠. 그쪽이 훨씬 멋져 보이잖아요. 이름을 들으면 금방 눈앞에 마치 인쇄된 것처럼 그 이름이 떠오르지 않으세요? 전 그래요. 'Ann'보다는 'Anne'이 훨씬 고상해 보여요. 아주머니가 끝에 'e'자를 붙인 앤으로 불러 주신다면 '코델리아'를 포기할게요."

"좋아, 그렇다면 'e'자가 붙은 앤 양, ……."

남자 아이가 아니기 때문에 다시 고아원으로 돌아갈 불행한 처지에 놓여 있음에도 불구하고 결국 마릴라 부인으로 하여금 자신이 상상하는 만든 이름을 부르게 만든다. 이러한 앤의 상상력은 주위 사람들을 유쾌하게 한다.

'철자야 어떤 식으로 부르든 무슨 상관이야?'라고 생각하는 마릴라 부인이 앤의 말에 어색한 미소를 지을 수밖에 없는 이유는 그 상상력의 매력 때문이다. 마릴라 부인이 앤을 돌려보내지 않고 함께 살기로 결심하는 중요한 동기가 된다.

(4) 자기 사랑하기—진정한 자존심

자기가 자신을 사랑하지 않으면 아무도 자신을 사랑하지 않는다. 이 평범한 진실을 우리는 잊고 산다. 그래서 대부분의 사람들은 남이 자기를 사랑해 주기를 기다리고 심지어 왜 사랑해 주지 않는가 하고 불행해 하기도 한다.

자기 사랑의 조건은 외부에 있는 것이 아니라 자기 자신의 내면에 있다. 그것은 자기 존재에 대한 진정한 사랑에서 출발한다. 그러나 일반적으로 사람들은 외부의 조건에 의해 자기 사랑을 확인하려고 한다. 이 점이 앤과 다른 점이다.

앤은 고아에다, 못생겼으며 특히 남들이 싫어하는 빨간 머리를 가진 입양아임에도 불구하고 처음 학교에 가서 친구들과 만났을 때 자기 사랑이 어떻게 행복을 만들어 가는가를 여실히 보여준다. 앤이 남에게 사랑을 받을 수 있는 외부적 조건은 거의 전무하다. 그러나 이러한 악조건(惡條件)을 호조건(好條件)으로 전환할 수 있는 것은 앤의 자기 사랑이다.

작품에 나타난 몇 가지 예를 보자.

㈎ 길버트는 통로 너머로 손을 뻗어 앤의 긴 빨간 머리 끝을 잡고 팔을 뻗은 채 낮은 소리로 분명하게 들리도록 "홍당무! 홍당무"라고 말했다.

그러자 효과가 즉각적으로 나타났다. 앤은 길버트 쪽을 쳐다보았다. 그냥 쳐다만 본 것이 아니라 벌떡 일어났다. 황홀하던 공상은 무참하게 산산조각이 났다. 불 같은 눈으로 길버트를 쏘아보았지만 너무 분한 나머지 눈물까지 글썽거렸다.

“비겁하고 나쁜 자식 같으니! 네가 뭔데 그런 소리야?”
앤은 감정이 몹시 격해 있었다. 그러고는 딱! 하고 석판으로 길버트의 머리를 내리치고 말았다.

㈏ “난 절대로 길버트 블리드를 용서하지 않을 거야. 그리고 필립스 선생님도 내 이름에 ‘e’자를 빼고 썼어. 이 원한은 절대로 잊지 않을 거야, 다이애나.”
앤은 단호하게 말했다.

길버트는 공부도 잘하고, 잘생겨서 인기있는 소년이지만 장난이 심하다. 그러나 이런 길버트의 장난은 다른 친구들에게는 통하지만 앤은 용서하지 않는다. 특히 뻘긴 미리에 열등감이 있는 앤에게 ‘홍당무’라고 말한 것은 치명적이었다. 그리고 석판으로 길버트를 친 사건으로 자신을 하루 종일 칠판 앞에서 벌을 세우고 자기 이름에서 ‘e’를 뺀 필립스 선생님에 대한 앤의 분노는 진정한 자기 사랑의 표현이다. 그 후 길버트가 아무리 사과하고 용서를 빌어도 앤은 받아들이지 않는다. 그리고 앤이 필립스 교사가 자기 존재를 모독하였다고 규정하고 학교 가기를 거절하는 등 철저하게 대응해 나가는 것은 진정한 자존심의 발로이다. 사실 외적 조건으로 보면 앤은 자존심을 내세울 처지가 못 된다. 그러나 앤은 자기 사랑은 외부에 의해 규정되는 것이 아니라 자신에 의해서만 가능하다는 것을 알고 있는 것이다. 학교의 모든 아이들이나 교사가 앤을 사랑하게 되는 것은 바로 이런 점 때문이다.

3. 마치며

행복하게 살기 위해서는 행복의 조건을 만드는 것이다. 따라서 우리는 행복의 조건을 만드는 일에 관심을 기울여야 할 것이다.
이 작품은 앤을 통하여 사랑의 조건을 만드는 과정을 그린 것이다. 앤은 누구보다도 일상적 의미에서 행복하게 살기에는 외적 조건이 열악하다. 그

럼에도 불구하고 그 외적 조건을 극복해 나가는 것은 스스로 행복을 만들
줄 아는 힘이 있기 때문이다.
　그것은 남이 행복해야 자신도 행복하다는 것을 알고 있다는 것과 사물을
새롭게 볼 줄 아는 감수성, 상상력, 그리고 자기 사랑하기였다. 이런 힘들이
앤으로 하여금 행복의 조건을 만들어 나가는 것이다.
　일반적으로 행복은 외부에서 온다고 믿는 사람들에게 있어 이 작품은 많
은 시사점을 보여 주고 있는 것이다.

몽고메리 연보

1874년　11월 30일 캐나다의 세인트로렌스 만(灣) 안의 프린스에드워드
　　　　섬에서 아버지 휴 존 몽고메리, 어머니 클레아라 울너 맥닐 사
　　　　이에서 태어났다.

1876년(2세)　태어난 지 1년 9개월 만에 어머니를 여읨. 아버지는 재혼하
　　　　고 어린 루시는 에드워드 섬 북쪽 연안에 있는 캐벤디쉬 마을에
　　　　서 우체국을 경영하고 있는 외조부모에 의해 양육됨.

1883년(9세)　제임스 톰슨(18세기의 스코틀랜드 시인)의 〈사철〉이라는 시
　　　　를 읽고 감동을 받아 그것을 흉내내어 〈가을〉이란 시를 씀.

1885년(11세)　친구들과 이야기 클럽을 만들어 소설과 시를 공부함.

1886년(12세)　시 〈저녁의 꿈〉을 지어 미국의 잡지 「하우스 홀드」 지에
　　　　보냈으나 반송됨. 고쳐서 「이그재미너」 지에 보냈으나 역시 반
　　　　송됨.

1889년(15세)　처음으로 기차를 타고 외할아버지와 함께 재혼한 아버지가
　　　　살고 있는 프린스 앨버트로 감. 그곳에서 1년간 고등학교에 다
　　　　님. 「패트리엇」이라는 신문에 투고한 시가 실림. 그 이후 적지
　　　　않은 작품들을 투고했고 몇 편의 작품들이 호평을 받기도 했음.

1890년(16세)　노바스코샤 주의 핼리팩스 시의 다르하우지 대학에 입학.
　　　　문학을 공부함.

1893년(19세)　다르하우지 대학 졸업. 캐벤디쉬 마을의 조부모 곁으로 돌

아옴.

1895년(21세) 프린스에드워드 섬의 초등학교 교사가 됨.

1898년(24세) 외할아버지가 사망하자 외할머니를 도와 우체국을 경영함.
그와 동시에 지방신문에 단편소설과 시가 게재됨.

1904년(30세) 〈빨간머리 앤(원제 : *Anne of Green Gables*)〉쓰기 시작함.

1905년(31세) 10월 〈빨간머리 앤〉집필 완료. 캐나다의 주요 출판사에 원고를 보내지만 거절당하고 실망.

1907년(33세) 미국의 보스톤 시에 있는 페지 사에 〈빨간머리 앤〉원고를 보냄. 원고료로 500달러를 받음.

1908년(34세) 〈빨간머리 앤〉출판. 단숨에 인기작가가 됨.

1909년(35세) 〈에이번리의 앤 *Avonlea of Anne*〉을 냄.

1910년(36세) 〈과수원의 세레나데〉를 냄.

1911년(37세) 이 해 겨울 외할머니 87세를 일기로 사망.

1912년(38세) 7월 5일 맥도날드 목사와 결혼. 장남 출생. 〈앤의 친구들 *Chronicle of Avonlea*〉출간.

1915년(41세) 차남 출생.

1923년(49세) 영국 왕립예술협회의 회원에 추대.

1938년(64세) 1915년부터 1938년에 걸쳐 〈무지개 골짜기의 앤 *Rainbow Valley*〉, 〈앤의 사랑 *Anne of the island*〉, 〈앤의 꿈의 집 *Anne's of Windy willows*〉을 위시하여 14편의 작품을 냄.

1942년(68세) 4월 24일 토론토에서 사망. 소향 캐벤디쉬의 동산에 묻힘. 이곳은 1936년 이래 국립공원으로 지정.

▲ 〈빨간머리 앤〉의 작가 L.M.몽고메리와 원고.

▲ 프린스에드워드 섬의 전경.

▲ 몽고메리의 생가.

▲ 앤이 살았던 그린 게이블즈(녹색지붕집) 전경.

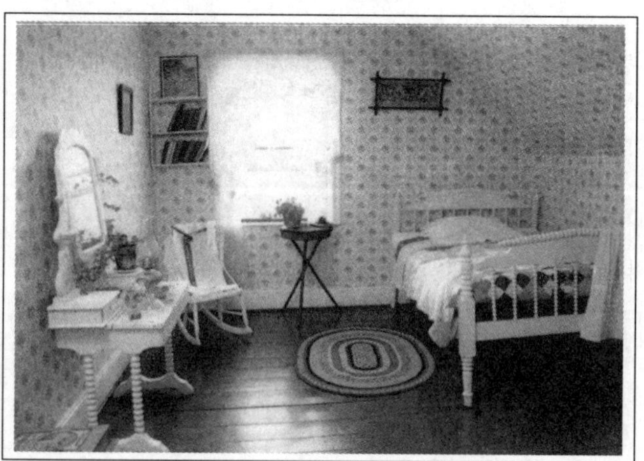

▲ 앤의 방.

❋계속 간행됩니다❋

혜원 세계문학 시리즈

잊고 사는 것들,
잊어버린 것들에 대해
새롭게 의미를 부여하고
젊은이들의 순수한 마음에 오래도록
풍부한 자양분이 될 세계의 명작들!

계속 간행됩니다

Hye Won World Best
Hye Won World Best

Hye Won World Best